最新ベスト・ミステリー

喧騒の夜想曲《ノクターン》

日本推理作家協会編

光文社

赤川次郎
芦沢央
天祢涼
太田忠司
恩田陸
呉勝浩
近藤史恵
知念実希人
長岡弘樹
新津きよみ
東川篤哉
東山彰良
深緑野分
前川裕
米澤穂信

最新ベスト・ミステリー

喧騒の夜想曲《ノクターン》

序文――「動と静」から生じる意外性

編纂《へんさん》委員　円堂都司昭《えんどうとしあき》

本書『喧騒の夜想曲《ノクターン》』は、一カ月早く刊行された『沈黙の狂詩曲《ラプソディ》』と対になったアンソロジーである。二冊は、作家、評論家、翻訳家、漫画家などミステリーにかかわるプロたちが参加する団体、日本推理作家協会が編纂したものだ。これらには二〇一六年〜二〇一八年の三年間に発表されたミステリー短編から選ばれた作品が収録されている。

本をまとめるにあたっては、今回の編纂委員（西上心太《にしがみしんた》、円堂都司昭）が、まず今読むべきミステリー作家を三十名選んだ。そして、各作家に自薦で二作ずつ（人によっては一作決め打ち）をあげてもらい、編纂委員二人の合議で一作家一作ずつを選び、二冊のアンソロジーにふり分けた。若手から中堅、ベテランまでを揃《そろ》えた、いわばミステリー界のオールスター感謝祭のような内容である。

不可解な謎を論理的な推理によって解き明かす、いわゆる本格ミステリー。悪事を行う犯罪者の視点で書かれたもの。逃げ場のない状況に追いこまれていくサスペンス。異常な心理が暴走するサイコもの。特殊な状況でのサバイバル。このアンソロジーには、様々なタイプの物語を集めている。多くに共通しているのは、意外性というミステリーならではの要素をみなどこかに含んでいることだ。

今回の『喧騒の夜想曲』、『沈黙の狂詩曲』という書名は、二冊とも「動と静」、「静と動」の相反するイメージを組みあわせている。激しい行動の裏に冷静な計画が、あるいは、物静かな表情の下に慟哭《どうこく》したいような思いが秘められている。ミステリー作品の意外性が、そんな形で成り立っていることを表現した書名だと受けとっていただければ幸いだ。

『喧騒の夜想曲』の収録作について紹介していこう。

●赤川《あかがわ》次郎《じろう》「手から手へ、今」

女子大生・永井夕子と宇野警部が活躍する「幽霊」シリーズの一作。メダルが期待されたのにバトンを落とした陸上リレー選手が描かれる。世間から非難され、コーチの父は傷害致死罪で服役。さらなる事件で新たなリレーのドラマが展開される皮肉さがポイントだ。

●芦沢央《あしざわよう》「春の作り方」

去年夏に亡くなったおばあちゃんは、桜茶にする桜の塩漬けを毎年作っていた。おじいちゃんはそれを楽しみにしていたのに「僕」は残された最後の瓶を割ってしまう。おばあちゃんの作り方を真似《まね》て代わりを作ってみたけれど、拾った仔猫《こねこ》も絡んで事態は思わぬ方向に進む。級友・水谷くんの推理が光る。

●天祢《あまね》涼《りょう》「居場所」

女子高生殺害で服役した男は、出所後に真面目に働こうとしても過去を暴かれ、居場所がない。

ふとも好きの変態と蔑まれ、彼を脅すものまで現れる。男には人を思いやる気持ちがあったのだが、素直に受けとってもらえない状況を自ら作ってしまった。そんな関係性のなかで意外な心の動きが描かれる。

●太田忠司《おおたただし》「川の様子を見に行く」

歴史的有名人から市井《しせい》の人々まで、本人の遺志ではなく学芸員が選定して収蔵する「遺品博物館」連作の一編。設定が秀逸である。遺品の選定基準は、人生の重要な物語に関わっていること。本作では、辛口で知られるミステリー評論家が過去に世話になった家を訪れ、遺品である寄木細工の秘密箱と対峙《たいじ》する。

●恩田陸《おんだりく》「降っても晴れても」

特定の曜日に傘をさして歩く青年は、几帳面に決まった行動を繰り返していた。あだ名は「日傘王子」。彼は解体作業中の足場の崩落に巻き込まれ死亡した。浮上するのは、なぜ、あのような行動パターンだったのかという疑問。「日傘王子」の存在と謎の魅力に引きこまれる短編である。

●呉勝浩《ごかつひろ》「論リー・チャップリン」

金をよこせ。でなければコンビニ強盗するぞ。十三歳の一人息子にそう脅された父親は、うまく反論できなかった。息子を止めるにはどうすればいいのか。知恵が欲しいと人伝《つて》で彼が頼ったのは、ユーチューバーだった。怪作である。口の達者な息子を論破するのは、なかなか難しいのであった。

●近藤史恵《こんどうふみえ》「シャルロットと猛犬」

元警察犬のジャーマンシェパード、シャルロットをめぐるシリーズの一作。近所の家からのシャルロットを借りたいという申し出を断った。その家は土佐犬を飼い始めたが、しつけができておらず危なっかしい。なぜ猛犬を欲しがったのか。寒気がする真相が待っている。

●知念実希人《ちねんみきと》「永遠《とわ》に美しく」

天才女医が謎を解くシリーズの一作。鍼灸《しんきゆう》師が若返り治療を行っている。胡散臭《うさんくさ》いが高齢女性の肌艶はよくなり、確かに身体《からだ》は若返っている。なにが起きているのか。真実を暴く天久が、女子高生のようにしか見えない幼さなのがユーモラス。

●長岡弘樹《ながおかひろき》「巨鳥《きよちよう》の声」

缶詰工場でアルバイトをしていたエルナンドに事務所荒らしの容疑がかかった。別人の犯行の身代わりではないかともみられたが、自供内容に矛盾はなかった。しかし、事件にはやはり裏があったのである。タイトルの「巨鳥の声」とはなにか。わかった時にあっけにとられる。

●新津《にいつ》きよみ「兄がストーカーになるまで」

恋人がいない三十三歳兄に対し、二十三歳妹は婚活ならぬ「恋活《こいかつ》」を勧める。この女性がいいのではないかと伝えると、理系人間の兄は相手のデータをまめに集め始める。ストーカーと化していく兄を妹は心配する。やがて、あさっての方向から危機が現れるのがスリリング。

●東川篤哉《ひがしがわとくや》「陽奇館（仮）の密室」

不可能なはずの犯行がなぜ可能だったのか。そうした謎を扱うミステリー作品の華といえるのが、密室殺人である。そして、本書のなかで最もとぼけているうえに豪快なトリックが炸裂《さくれつ》するのが、建築途上の館で天才マジシャンが殺害されるこの作品だ。ユーモアミステリーの第一人者ならではの内容である。

●東山彰良《ひがしやまあきら》「追われる男」

子供誘拐犯の身代金を横取りした男は、一刻も早く遠くへ行こうとする。だが、ホームレスに邪魔されているうちに追手が迫り、必死に逃げなければならなくなる。彼を追うのは、金を横取りされた連中だ。また、過去にした自身のふるまいが、現在の彼の立場を悪くするのだった。その皮肉。

●深緑野分《ふかみどりのわき》「見張り塔」

「僕」らは見張り塔で戦っている。祖国は優勢なはずだが、配置替えで次第に人員が少なくなっていく。射撃に優れた主人公は、やがて隊長から特別任務の狙撃を命じられる。敵兵は減り、終戦間近と思えるのに任務は続く。この奇妙な状況はどうしたことか。戦争の狂気をとらえたシリアスな作品だ。

●前川裕《まえかわゆたか》「動機なし」

完全犯罪がテーマの対談。元刑事の「私」は、実現の条件は動機がないことだと犯罪心理学者に語った。後に「私」は対談相手を訪ね、過去の未解決事件について話しあう。一般論から具体例に議論が移ったことで緊張感は高まる。浮かび上がるのは、わかりやすい動機だけが動機ではないということだ。

●米澤穂信《よねざわほのぶ》「守株」

交番にきて自分を捕まえてくれと訴える男。彼が語り出したのは、ごみ集積所横の崖の上に消火器が放置され続けていた事実だった。兎《うさぎ》が切り株に当たって死ぬのを見た農民が、再現を期待して見張ったものの無駄だったというのが「守株」の故事である。この短編でもなにが期待されていたのかが焦点となる。

十五作の収録短編を読み直してみると、動機が物語の核になったものが多いことに気づく。事件を起こした本人の動機ばかりでなく、周辺人物の心理に意外性やひねりを持たせたものも散見される。

日本推理作家協会の前身である探偵作家クラブは一九四七年に発足し、初代会長を江戸川乱歩が務めた。乱歩は、この国にミステリーを根づかせた、ジャンルの「父」的存在である。小説の実作ばかりでなく、海外のミステリーを紹介し、面白さを論じる批評家でもあった。彼はミステリーの成り立ちや傾向を考察した文章を多く残している。

例えば、『探偵小説の「謎」』では各種のトリックを分類し解説するとともに、動機についても先行文献を参照しつつ次の四つに分類している。

一、感情の犯罪（恋愛、怨恨、復讐《ふくしゅう》、優越感、劣等感、逃避、利他）
二、利慾の犯罪（物慾、遺産問題、自己保全、秘密保持）
三、異常心理の犯罪（殺人狂、変態心理、犯罪のための犯罪、遊戯的犯罪）
四、信念の犯罪（思想、政治、宗教などの信念にもとづく犯罪、迷信による犯罪）

なかでも、一に含まれる「自己の優越を証明するための犯罪と、逆に自分の持つ劣等感に対して復讐するための犯罪」に注目し、著名な作品にしばしば使われてきた動機だと指摘している。本書の収録作について考えてみても、優越感と劣等感に関連した動機が多い。また、家族、親族の感情の齟齬《そご》を扱った作品の比率が高いのも、それが優越感と劣等感が入り交じった関係になりやすいからだろう。互いの負の感情が、ドミノ倒しのように連鎖したり、対決の図式になったりすることで事態をこじれさせる。ミステリーとしての意外性を支えている、そうした心理の綾《あや》も読みどころだ。

昼間の喧騒《けんそう》に疲れた夜、この本をめくり、静かに推理して作者と知恵比べするなどしてはいかがだろうか。ひととき、非日常の世界に遊んでほしい。

夜想曲

目次

暗躍の

装幀　泉沢光雄
写真　Getty Images

手から手へ、今

赤川次郎

Akagawa Jiro

1948年、福岡県生まれ。'76年「幽霊列車」で第15回オール讀物推理小説新人賞を受賞しデビュー。'80年『悪妻に捧げるレクイエム』で第7回角川小説賞、2005年、長年の功績で第9回日本ミステリー文学大賞、'16年『東京零年』で第50回吉川英治文学賞をそれぞれ受賞。ユーモアミステリーを得意とする一方、ホラー、評論も発表。「幽霊」「三毛猫ホームズ」「三姉妹探偵団」「杉原爽香」など人気シリーズ多数。映像化も多い。

1　トラック

「あの子、風邪ひかないかしら……」

と、朋子《ともこ》は言った。

そしてすぐ後悔した。隣に座っている夫が、今にも怒鳴りつけそうな様子を見せたからだ。

しかし、そのときワーッと場内がわいたので、夫に怒鳴られずにすんだ。

――冷たい小雨が降り続けている競技場では、最後の種目になる、四百メートルリレーが行われようとしていた。

もう暗くなって照明が四百メートルのトラックを照らし出している。

早く……早く終ってくれればいいのに……。

飯田《いいだ》朋子はビニールのコートにフードをかぶっていたが、それでも体は冷え切って、吐く息は白くなって風に流れて行った。

実際のところ、スタジアムにはそれほど多くの観客が残っていたわけではない。一時間ほど前の、百メートル決勝が終ると、かなりの人が帰って行った。

雨に濡れながらの観戦では無理もないが、隣の夫、飯田啓一《けいいち》は、ゾロゾロと立って帰って行く人たちの方を、凄い目つきをしてにらんでいた。

朋子は、夫が他の客へ、

「帰るな！」

と怒鳴るのではないかとハラハラした。

「――ほら、日本チームだ！」

と、夫が朋子をつついた。

分ってるわよ、それくらい。ちゃんとアナウンスは聞こえてるわ。

でも、もちろん口に出してそんなことは言わない。夫は聞いちゃいないだろうが。

「――飯田周一《しゅういち》君」

という名が呼ばれると、場内に拍手が広がった。

「いいぞ！　周一！」

いきなり夫が大声を出したので、朋子は思わず首をすぼめた。

四百メートルリレーのアンカー。――それは確かに陸上短距離の選手として、誇るべきことだったかもしれない。

そんな息子が、今、ちょうど座っている席のすぐ前の辺りで、手足を動かしている。

その息子のことを、「風邪ひかないかしら」と心配するのは馬鹿げているかもしれない。

しかし、母親としては当然のことでもあった……。

合図の銃声がして、第一走者がスタートした。ワーッと声が上る。

ああ……。まだ二人もある。早く終ってくれないかしら。

この国際大会で、日本はほとんどメダルを取れていなかった。何といっても外国選手の見るからに脚の長い体つきと比べたら……。

たぶん、誰だってそう思っているのだ。でも、少なくとも、朋子はそんなことを口に出せない。

夫が怒って、

「根性だ！　そんな体格の差など、根性で何とかなる！」

と怒鳴るに決っているからだ。

でも……。あぁ、もう第三走者だわ。

周一が足踏みをしながら、前の走者を待っている。

日本のチームは、バトンを渡す技術で、他のチームに差をつけている。「少なくとも銅メダルは絶対！」と、スポーツ紙などは書き立てていた。

確かに、他のチームはバトンを渡すのにもたついて、一人一人は速いのに、今、日本は二位を走っていた。

「行け！　周一！」

と、飯田啓一は立ち上って叫んだ。

第三走者が、ほとんどスピードを落とさずにやって来る。タイミングをみて、周一が走り出した。

バトンが渡る。

周一が全力で走り出した。そのとき――。

周一の手からバトンが落ちた。白いバトンがトラックにはねて、雨が飛び散るのが見えた。

スタンドに、何とも言えない、「声にならない声」が洩れた。

――周一が足を止め、呆然として立っていた。

「周一……」

と、朋子は呟いた。

「あいつ……」

と、夫が呻《うめ》くように言うのが聞こえた。

「あなた――」

周囲の客は、二人が周一の両親だと分っているだろう。

朋子は、夫が体を震わせながら、大股に通路を歩いて行くのを見ていた。

いけない。――朋子には、夫が失意の息子を慰めたりしないことが分っていた。

朋子はあわてて立ち上ると、夫の後を追った。

あの子、風邪ひかないかしら……。

そう心配しながら。

2　クシャミ

静まり返ったコンサートホールに、突然派手なクシャミが響き渡った。

一瞬、誰もがそのクシャミの主の方を振り向いた。まるで私がにらまれているようで、私はあわてて座り直した。

クシャミの主は、私の隣の席だったのである。

背広姿のその若い男はハンカチで口を押えていたが、出てしまったクシャミはどうしようもない。

その男の向うには、母親らしい女性が座っていて、息子の派手なクシャミにあわてて左右へ詫びるように、小さく頭を下げ続けていた。

その男への刺すような目は、その後、しばらく続いた。

それでも演奏は終って、盛大な拍手が客席を包んだ。

その母親はホッとした様子で、息子を促して立ち上った。

二十分の休憩に入るのである。

私は夕子《ゆうこ》に、

「やれやれ、眠らずにすんだよ」

と言った。

「あのクシャミのおかげ？」

と、夕子は言った。

「ああ……そうだな」

クラシックに強いわけでもない、警視庁捜査一課の警部が、こうしてコンサートホールへやって来たのは、つい先日解決した事件の礼に、招待されたからである。

――ロビーに出て、売店でビールを買って飲んでいると、

「先ほどは申し訳ありませんでした」

と、あの母親が声をかけて来た。

「え？　ああ、いやいや……」

「誰だってクシャミくらいしますよ」

と、夕子は言った。

「息子は花粉症なんです。どうしてもクシャミをしてしまって……」

「ご心配なく。気にしてませんよ」

と、私が言った。

すると、

「貴様か！」

と、少しアルコールの入った大きな声で、

「肝心のところで、いつもヘマしやがって！」

言われているのは、あの若い息子である。

「分ってるぞ！　お前、飯田周一じゃないか！」

飯田周一？　どこかで聞いた名だ、と思った。

「人違いですよ」

と、若者はそっぽを向いたが、

「いや、お前だ！　肝心のところでバトンを落としやがって！　日本がメダルを取れなかったのはお前のせいだ！」

声が大きいので、周囲の客が振り向いている。そして、

「飯田周一だわ」

と、囁《ささや》き合っている声が聞こえた。

私も思い出していた。一年ほど前の陸上大会で、四百メートルリレーのアンカーだった飯田周一だ。

「違うと言ってるだろう！」

と、若者は言い返して、足早に人をかき分けて行く。

母親があわててその後を追った。

「逃げるのか！」

と、酔った男は大声で喚《わめ》くと、「日本人の恥だ！」

と、手にしていたプログラムを振り回した。

その手からプログラムが飛んで行き、夕子の足下に落ちた。夕子はそれを拾うと、男の方へ持って行き、

「あなたも落としたわ」

と言うと、プログラムで男の顔をはたいた。

男がギョッとして目を丸くする。

夕子はプログラムを男の胸に押し付けて、

「あなたみたいな人に、ベートーヴェンを聞く資格はないわ」

と言った。

「戻って来なかったな」

と、コンサートホールを出て、夜の町を歩きながら、私は言った。

「気の毒にね」

と、永井夕子《ながい》が言った。「ベートーヴェン聞いても、スッキリしない。ね、ワインのおいしい所に行かない？　おごるから」

「おい……。大学生におごってもらっちゃ、捜査一課の名がすたるよ」

——結局、コンサートの後半、あの母子は席に戻って来なかったのである。

私と夕子は、コンサートホールから歩いて五分ほどのイタリア料理の店に入った。

「これはどうも。いつもありがとうございます」

と、店の支配人らしい男性が、夕子に挨拶しているので、私はちょっと面食らった。

奥のテーブルへ案内されながら、

「そんなにいつも来てるのか？」

と、小声で夕子に訊く。

「どのお客にもああ言うのよ」

と、夕子は涼しい顔で答えたが、私としては少々面白くなかった。

ところが——。

「あら……。先ほどは」

隣のテーブルに、あの母子がいたのだ。

「どうも」

と、夕子が微笑んで、「残念でしたね、アンコールの〈エグモント〉がとても良かったですよ」

「あの……」

と、母親の方が、「あの後のこと、ホールの方から伺いました。あなたですね、あの男の人を……」

「本当はけっとばしてやりたかったんですけどね」

「何と言われても仕方ないんです」

と、息子の方が言った。「飯田周一です」

「永井夕子です。女子大生。こちらは恋人の宇野《うの》さん」

「やあ、ロマンだなあ」

と、周一は笑顔になった。「僕もあのときメダルを取ってたら、きっと今ごろもてただろうけど」

「あの後、陸上は……」

「やめました。とてもやってられませんよ。仲間や関係者に合わせる顔がない。TVで、あのバトンを落とすところが何度も流れて……。今は、普通のサラリーマンです」

先に食事していた飯田周一と母親——朋子といった

——は、メインの料理を食べていたが、こちらはオードヴルから。

オーダーをすませて、ワインも飲んで、私も、隣のテーブルと話すようになった。

「——あの大会の後、大変だったんです」

と、朋子が言った。「電話や手紙、ファックス、メール……。周一を犯罪者扱いして」

「切腹しろ、なんて言って来て」

と、周一が苦笑した。「生きてちゃいけないような雰囲気でした」

「変な世の中ですね」

と、夕子が首を振って、「自分がその人の立場だったら、って考えることができない人が多いんですね。その代り、自分は神様にでもなったつもりで、人を非難する。——神様は非難しないか」

夕子の言葉に、何となくみんな一緒に笑った。

——こちらがパスタを食べていると、

「飯田じゃないか」

と、やって来た長身の男性。

「神原《かんばら》か」

と、周一が言った。

「まあ、神原さん……」

と、朋子が食事の手を止めて、「ごぶさたして」

思い出した。神原保《たもつ》。——あのリレーで、走者の一人だった選手である。

「どうしてるんだ、今？」

と、神原が訊いた。

「うん……。知り合いのつてで、小さな会社に勤めてる。お前は〈M工業〉に入ったんだな」

「うん。今日は社長のお供で。——お前、何も陸上やめなくてもよかったのに」

「そうはいかないだろ。大体、親父が……」

「ああ、そうか。——まあ、しっかりやれよ。またな」

神原は他のテーブルへ戻って行った。

「——もう帰りましょう」

と、朋子が言ったが、

「いや、コーヒーまで、ちゃんと飲もうよ。今度はいつ来られるか分らないもの」

と、周一は淡々とした口調で言った。

そして、私たちの方へ、

「今の神原は、あのときの第二走者でした」

と言った。

「憶えてます」

と、夕子は肯《うなず》いて、「何番めだったか、までは忘れましたけど」

「お父さんがどうかしたんですか」

と、私は訊いた。

「それが……」

と、朋子が深々とため息をついた。

「いや、いいんです」

と、私は急いで言った。

言いにくいことを、無理に訊くつもりはない。しかし、周一は、

「別に恥ずかしいことじゃないよ」

と、母親へ言って、「父は、陸連の幹部になることが決ってたんです。むろん、自分も陸上の選手だったし、コーチでもありましたから。でも、あの一件で、荒れて……」

「ニュースで見たような気がします」

と、夕子が言った。「何か傷害事件を……」

「ええ」

と、周一は肯いて、「酔っているとき、やっぱり僕のことでからかわれて、父は怒って相手を殴ったんです」

「相手の人、確か――」

「打ちどころが悪くて、亡くなりました」

「運が悪かったんですね。――どなたも」

「全く」

と、周一はコーヒーが来て、ブラックのまま飲みながら、「亡くなった方には本当に申し訳ないことです。――僕が陸上をやめたのも当然でしょう」

「でも、あなたのせいじゃないのに……」

「いや、あれは僕の責任です。バトンを落としたのは、練習不足ですよ」

と、周一は言い切った。「どんなに寒くて手が凍えてかじかんでいても、どの選手も同じ条件だったんです。言いわけはできません」

「お父さんは……」

「傷害致死ということで、刑務所です」

「周一……」

「私は警察の人間ですが、その場合……」

「刑事さんですか？」

と、朋子が身をのり出して、「まあ、偶然なこと」

「というと？」

「お母さん、ご迷惑だよ」

「でも、お前……」

「何かあるんですか？　お役に立てるのなら……」

「ずっと、つけ狙われているんです」

　と、朋子が言った。「周一が殺されるかもしれません」

　私と夕子は顔を見合せた。

　まさか、こんな所で「殺す」という話が出ようとは。

　夕子とのデートは、やはりまともには終らないのだと思った……。

3　事件

　バトン一本が、大変なことになってしまったものだ。

　飯田周一と朋子の親子と出会って、一週間ほどたっていた。

「周一」という名は、父親がグラウンドを周回するとき一位になるようにつけたものだということだった……。

「生れたときから、そんな名前つけられてたら、たまらないわね」

　と、夕子が言った。

「そうだなあ。父親が陸上の選手だからって、息子がスポーツに向いてるとは限らないのに」

　そろそろ夕方になろうという時刻。――私は夕子と静かな喫茶店でコーヒーを飲んでいた。

「その後、何か分ったの？」

　と、夕子が訊いた。

「見当はついた。あの親子を脅《おど》してる奴がいるんだ」

「誰なの？」

「たぶん――」

　と言いかけた私は、店に入って来た男を見て、言葉を切った。

　夕子は私の視線を追って振り向いた。

　白い上着に、黒いシャツ。赤いネクタイ。――マンガに出て来そうなヤクザである。

　その男は真直ぐ私の方へやって来ると、

「俺を捜してるって聞いたぜ」

　と、空いた椅子にかけて、「こっちから出向くことにした」

「いい心がけだ」

と、私は言った。「大月《おおつき》、お前、飯田周一君を脅してるんだろ」

「ああ、あのバトンを落としたドジな奴か」

と、大月はニヤリと笑って、「本気じゃねえよ。ちょっと大げさに、『ぶっ殺してやる』って言ってやったが」

「陸上選手に何の恨みがあるんだ？」

「金さ」

と、大月はアッサリと言った。「あいつのおかげで大損したんでな」

「どういう意味だ？」

大月修二《しゅうじ》は、四十代半ば、あまり大きくない暴力団の組員で、兄貴風をふかしている。

これまで何度か取締りで会っていた。

見た目がいかにもという割には、あまり大きな犯罪には手を出していない。

「もしかして」

と、夕子が言った。「あのリレーで、賭けをしてたんですか？」

「ああ、そうさ」

と、大月は肯いて、「どんなことだって、勝ち負けのあるもんなら、賭けになる」

「呆れたな。それじゃ、周一君がバトンを落としたことで……」

「ああ、メダルが取れるかどうかで賭けをしてた。結構な人数がやってたんだぜ。俺が仕切ってたんだが、同時に賭けてもいた。それがあいつのおかげで……」

「だからって、そんなことを知らない周一君を脅してどうするんだ」

「知らなかったはずはねえぜ」

「何だと？」

「あいつの親父も賭けてたからな」

と、大月は言った。「嘘じゃねえ」

「飯田啓一が？」

「ああ、酔って暴れたくもなっただろう」

私は首を振って、

「たとえその通りだったとしても、あの母親と息子をそっとしておいてやれ。金を払うような余裕はないだろう」

「ま、あてにゃしてねえさ」

と、大月は言った。「せっかく入って来て、コーヒーぐらい頼まねえと悪いよな。おい、コーヒー！」

ウェイトレスが、怖がって水も持って来ていなかったのだ。

しかし、大月は、本当に「店に悪い」と思ってオーダーしているのだ。そういう点、妙に気が弱いところがある。

「――うん、なかなかいける」

と、大月はコーヒーを一口飲んで言った。

「俺はコーヒーにゃうるせえんだ」

「大月――」

「分った。もうあの周一やお袋につきまとわねえよ」

「約束だぞ」

「ああ。あの親父も、当分は金なんか持ってねえだろうしな」

「父親は刑務所だ。金のあるわけがないだろう」

「何だ、知らねえのか？　あの親父、仮釈放で出てるんだぜ」

と、大月は言った。

私は面食らって、

「本当か？」

「ああ。嘘じゃねえよ。スポーツの世界にゃ色々偉い先生方が係ってるからな。そっちから手を回したんじゃねえのか」

確かに、飯田啓一が出所していたとしても、私のところに知らせては来ないだろう。しかし、家へ帰っていれば、妻の朋子か周一が何か言って来そうだが……。

大月はしっかりコーヒーを飲み干すと、

「コーヒー代はいくらだ？」

と、ちゃんと小銭で払って店を出て行った。

「連絡してみたら？」

と、夕子が言った。

「そうだな」

私は肯いて、聞いていた飯田朋子のケータイへかけてみた。

「――まあ、主人が？」

話を聞いて朋子はびっくりしたようで、「知りませんでした」

「じゃ、お宅には――」

「帰って来ていません。連絡もありませんし」

「そうですか。帰りにくいんでしょうね」

と、私は言った。「ともかく、周一君を脅していた男の方は、もう大丈夫だと思いますから」

「ありがとうございます！　電話が鳴るたびにビクビ

クしていたので。助かりました」

朋子は何度も礼を言った。

「ともかく、これで何も起らなきゃいいけどね」

と、夕子が言った。

しかし、そううまくはいかなかったのである。


「宇野さん」

現場に着くと、原田《はらだ》刑事が欠伸《あくび》しながらやって来た。

「何だ、寝不足か？」

と、私が言うと、

「いくら寝ても眠いんです。育ち盛りですかね」

原田らしいジョークだ。しかし、私の方にも欠伸が伝染して、つい……。

朝、まだ七時を過ぎたところだ。

現場は、住宅地の中の小さな公園。

公園といっても、ブランコと砂場があるだけの、猫の額と言ったら猫が気を悪くしそうな小さな空間である。

そこに今は鑑識などの人間が立ち働いている。

ベンチが一つ、置かれていて、そこに男が倒れていた。

発見した巡査は、

「初めは、ホームレスがベンチで眠ってるんだと思いました。それで、風邪でもひいてはと思い、起こしてやろうとすると、背中に刃物が……」

と、説明した。

「身許は？」

と、私が訊くと、原田が、

「手紙を持ってました。宛名が、たぶんこの男の……」

封筒を何げなく見て、

「――え？」

と、思わず声を上げていた。

「宇野さん、お知り合いですか？」

「いや……。まさか……」

宛名は〈飯田啓一様〉となっていたのである。

被害者の顔を見下ろす。

私は飯田啓一の顔を知っているわけではないが、見た目の年齢や印象は、これが啓一当人でもおかしくない、と思わせた。

「宇野さん――」

「少し待て」

私は、飯田朋子に電話した。そして何も告げず、ただこの公園に来てくれと言った。

そして、分ったことがある。飯田啓一の家は、この公園のすぐ近くだったのである。

朋子はこの公園を知っていて、十分ほどでやって来た。

「宇野さん、何があったんでしょう……」

と、不安げで、「ここで何が？」

「実は、男が殺されているのですが……」

私がそう言うと、朋子はサッと青ざめた。

「あの人が……」

「見てもらえますか。もしかすると……」

朋子は大きく息を吸うと、背筋を伸して、そのベンチの方へと歩いて行った。

その死体を見下ろして、却《かえ》って落ちついたかのように、私の方へ向き直って言った。

「主人です」

「やはりそうですか」

と、私は息をついて、「残念です」

「いいえ」

「いいえ、とは？」

「こうなって当然でした。――宇野さん」

「はあ」

「私を逮捕して下さい」

私は面食らって、

「何ですって？」

「主人を殺したのは私です」

と、朋子は堂々と（？）自白した……。


妙な成り行きに困惑しているところへ、私が連絡したからだが、夕子もやって来た。

「こんなことになっちゃったのね」

と、夕子はため息をついた。

「もう死体を運び出しても？」

と訊かれて、

「そうだな」

と、私は許可しようとしたが――。

「母さん、何してるんだ？」

と、声がした。

飯田周一だった。

「まあ、周一！　こんな時間に……」

と、朋子が不機嫌そうに、「ゆうべはどこに泊ってたの？」

「どこだっていいだろ、子供じゃないんだ」

と、周一は言い返して、「あれ？　宇野さんですね？　何かあったんですか」

「お父さんが死んだのよ」

と、朋子が代りに答えた。「私が殺したと言ってるんだけど、信じていただけないの」

「母さん……。本当に父さんが？」

周一が死体を確認して、もちろんびっくりしてはいたが、あまり悲しむでもなく、

「また、ニュースでバトンを落とした場面が流れるんだな……」

と、ため息をついた。

なるほど、被害者の身許が分れば、そういうことになるだろう。

夕子が、そのとき、気付いたように、

「啓一さんが持ってた手紙って、誰からのだったの？」

と訊いた。

「そうだった！」

あまりにややこしいことになって、忘れていた！

「差出人は……〈伊勢原克代《いせはらかつよ》〉となってるな。中は空だ」

「まあ……」

と、朋子が目を見開く。

「知っている人ですか？」

と、私が訊くと、

「知っています」

と、周一が言った。「父が殴って死なせた、伊勢原徹《とおる》さんの娘さんです」

夕子がその封筒の差出人を見て、

「ここ、住所も近いですね」

と言った。

「ええ、父はこの近くの駅前で飲んでいて、事件を起こしたんです。相手の方も近くに住んでおられて。葬儀に母と僕も伺いました」

すると――この〈伊勢原克代〉が、飯田啓一をここへ呼び出したとも考えられる。

「あの……」

と、朋子がおずおずと、「私を逮捕されないんですの？」

と言った。

「自首は改めてして下さい」

　捜査一課の警部としては、どうにも妙なセリフだった……。

4　走　る

　銃声はなかった。

　といっても、犯人を追いつめての捕りもの劇の話ではない。

　銃声の代りに、ポンと手を打つ、というささか迫力に欠ける合図と共に、その女性は百メートルの距離を猛然と駆け抜けた。

　私などから見れば、そのスピードは信じられないほどの速さなのだが、走り切って足どりを緩めた女性は、肩で息をしながら、不満げに首を振った。

「スタートが少し遅れたな」

　ストップウォッチを手にした、トレーニングウェアの男性が言った。「0秒2、遅かった」

「分ってるわ」

　と、女性は肯いて、「でも、フライングするのは怖いもの。途中から加速しないとね」

　そして、少し離れて立っている私と夕子の方を見ると、

「何かご用ですか？」

　と、声をかけた。

「お邪魔して申し訳ない」

　と、私は言った。

「あ、神原さんですね」

　と、夕子が、ストップウォッチを手にした男性の方へ言った。

「ああ。――この間、レストランで、飯田と一緒だった……」

　神原保。あのリレーの走者だった男だ。

「飯田さんって……」

　と、女性が言いかける。

「伊勢原克代さんですね」

　と、私は言った。「警察の者です」

　――競技の行われていないグラウンドは、ずいぶん広く感じられる。

「すみません。体が冷えるので」

　と、伊勢原克代はタオルで体を拭くと、トレーニングウェアを着た。「何かご用でしょうか？」

「この手紙は――」

私はあの封筒を取り出して、「あなたが出したんですか？」

それを見て、

「ええ、そうです。それが何か？」

「飯田啓一さんが殺されたんです」

「え？」

克代は目を見開いて、「だって――刑務所にいるんじゃ……」

「仮釈放されたんです。知らなかったんですか？」

「ちっとも。――殺された？」

「待って下さい」

と、神原が言った。「何の話です？」

私は飯田啓一が殺されたことを説明して、

「この封筒を持っていたんです」

と言った。「しかし、中には手紙が入っていなかった。それで、どういう手紙だったのか、伺いたくて」

「彼女を疑ってるんですか？」

と、神原が気色ばんで、「そんなはずが――」

「誰もそうは言ってませんよ」

と、私はなだめるように、「ただ、手紙の内容を知りたいだけです」

「これ、父のことについて、書いた手紙でした」

と、克代は言った。

「亡くなったお父さんのこと？」

「ええ、――もちろん、飯田さんのことは恨んでいました。いくら弾みとはいえ、父を死なせたんですもの。刑務所に入って当然と思いました。でも……」

克代はちょっとためらって、「ある人が……あのときの様子を、ケータイの動画で撮っていたんです」

「啓一さんが殴ったときの？」

「ええ。もちろん居合せた人の話は聞いてましたけど、同じ居酒屋にいたお客の一人が、動画を撮っていて、この間、私が陸上の大会に出たとき、帰りがけに声をかけて来たんです。そして、その動画を……」

克代は首を振って、「それを見て、私……。飯田さんが父を殴ったのは仕方ないと思いました」

「つまり……」

「ええ、父はもともと酔うとしつこく人に絡むくせがあったんですけど、そのときは本当にひどくて……。周一さんのことを口汚なくののしって、『父親がこんな風だからだ』って、飯田さんを突き飛ばしたり……。

飯田さんが父を殴ったのも当然です」

　克代は息をついて、「私、飯田さんに自分の気持ちを伝えたかったんです。あれは仕方のないことだったんだ、って。運が悪かった、って。――飯田さんのことを、もう恨んでいません、と」

「で、手紙を自宅へ？」

「刑務所へどうやって出せばいいか分りませんでしたから、ご自宅へ出したんです。きっと、飯田さんに渡して下さると思って」

「そうでしたか」

　と、私は肯いた。

「でも、啓一さんが仮釈放になったこと、朋子さんも知らないと言ってたわ」

　と、夕子が言った。「それなのに、どうして啓一さんが手紙を持ってたのかしら？」

「確かにそうだ」

「つまり……啓一さんが帰宅したとき、朋子さんはたまたま留守だったのね。啓一さんは自分宛ての手紙を見付けて、中を読んだ。きっと嬉しかったでしょう」

　と、夕子が言った。

　すると、

「――僕が父を追い出したんです」

　と、声がした。

「周一さん……」

　克代がハッとしたように、「まさか、あなた――」

「違うよ。僕は父を殺したりしない。――黙っていてすみませんでした」

　と、周一は言った。

「お父さんと会ったんですね」

　と、夕子が言った。

「僕は仕事の途中で、用があって家に寄った。父がちょうど帰っていて、びっくりした。手紙のことは知らなかったし、突然帰って来られたら、母がショックを受けると思った。それに、父はあのリレーに……」

「賭けをしてたんですね。あなたもそれを知っていた」

「ええ。息子が必死で練習を積んで、大会に臨んでいるのに、お金を賭けるなんて！　それを知ったのは後からでした。僕はそのことで父を責めて、喧嘩になり、『出て行け』と言って、家から追い出したんです」

「それで公園に……」

「でも、喧嘩はしたけど、殺してはいません。本当です」

「ええ」

と、肯いたのは克代だった。「あの夜は、周一さんは私と一緒でした」

しばらく沈黙があった。

「――そうなのか」

神原が、こわばった表情で、「克代、君は……」

「すみません。神原さんには感謝しています。でも、お気持ちは分ってたけど、どうしても……」

少し間があって、神原は笑い出した。

「神原さん……」

「バトンを落とすなんて、とんでもないドジをやった奴の方がいいのかよ」

「恋って、そんなものですよ」

と、夕子が言った。

「全く……。克代が、どうしても俺を拒むんで、ムシャクシャして彼女の家から帰る途中、あの公園の前を通った。ベンチに座ってるのが飯田の父親だと気付いて、声をかけた。親父さんは酔ってて、俺に絡んで来た。あのときバトンの渡し方が下手だったんだ、って。俺が周一に渡したわけじゃないのに。――放っといて行こうとしたら、親父さんが俺の腕をつかんで、『逃げるのか！』って言った。俺は逃げることの大嫌いな男なんだ。腹が立って、親父さんを殴った……」

と、神原は肩をすくめて、「まさか死んじまうとは思わなかった。刑事さん、俺がやったんです」

「待って下さい」

と、私は言った。「飯田啓一さんは刺し殺されたんですよ。殴られて死んだわけじゃない」

「え？」

と、神原が目を丸くした。「それじゃ……」

私のケータイが鳴った。

夕子が周一に言った。

「朋子さん、あなたとお父さんの喧嘩を、きっと聞いてたんですよ。だから、てっきりあなたが殺したのかと思って、ご自分が自白されたんです」

「それじゃ一体……」

私はケータイをポケットに戻して、

「犯人が捕まったそうです」

と言った。「殴られてのびている啓一さんを見かけて、ポケットから金を盗《と》ろうとしたチンピラがいて、でも啓一さんが気が付いて争いになって、ナイフで刺してしまったと……。克代さんの手紙を、ポケットの千円札と一緒に持って行ったそうですよ。啓一さんはあなたの手紙がよほど嬉しかったんですね。封筒から出して何度も読み返していたんでしょう」

誰もがしばらく黙って立っていた。

「――運の悪いことが重なる。そんなこともあるんですね」

と、夕子が言った。

「おい、飯田」

と、神原が言った。「克代を指導するのはお前に任せるよ」

「神原、僕はもう……」

「また走ればいいじゃないか」

周一は首を振って、

「僕は親父に走らされてただけだ。これから自分が本当にやりたいことを捜すよ」

「そうか。じゃ、克代を譲ってくれるか？」

「いやよ！」

克代が周一に駆け寄った。

「そのダッシュだ」

と、神原が言った。「それなら、百メートルの記録も縮められるぞ」

克代が苦笑して、周一を強引に引っ張って行った。

「引き上げるか」

と、私は夕子に言った。

「やれやれ」

と、神原が言った。「結局、どっちが損したんだか……」

「バトンの他にも、人が人に渡すものは色々あるんですよ」

と、夕子が言った。

春の作り方

芦沢　央

Ashizawa You

1984年、東京都生まれ。千葉大学卒。2012年「罪の余白」で第3回野性時代フロンティア文学賞を受賞しデビュー。'17年『許されようとは思いません』が第38回吉川英治文学新人賞候補。同書のタイトル作が'15年に第68回日本推理作家協会賞短編部門候補になったほか、'18年、'19年にも同部門候補。'19年『火のないところに煙は』が第7回静岡書店大賞受賞、第32回山本周五郎賞と'19年本屋大賞の候補。近著に『カインは言わなかった』。

手の甲に当たった瓶《びん》の感触が消えた瞬間、心臓が見えない手で握られたように鋭く痛んだ。

あ、という叫びが声にならない。けれど、床から足の裏に響いた衝撃と音は想像していたよりも小さかった。

僕は詰めていた息を細く吐き出し、しゃがみ込んで足元に転がった瓶をつかむ。拾い上げかけたところで、ぎくりと手を止めた。

——割れてしまっている。

咄嗟《とっさ》に振り向き、のれんの隙間《すきま》から居間の奥の和室を見た。だが、昼寝をしているおじいちゃんには今の音が聞こえなかったのか、起き出してくる気配はない。

僕はもう一度瓶に向き直り、縦に大きく入った割れ目が開かないようにそっと押さえながら持ち上げた。濃いピンク色と白と枯葉色——瓶の中に詰め込まれているのは、おばあちゃんが作った桜の塩漬けだ。

どうしよう、と言葉にして思った途端、背筋を冷たい汗が流れた。


おばあちゃんが桜の塩漬けを作るようになったのは、おじいちゃんが校長先生を定年退職して数年経《た》ってからだった。

きっかけが何だったかは僕も覚えている。おじいちゃんが緑茶の入った湯呑《ゆの》みをちゃぶ台に置いて、ふいに『不思議なもんだなあ』とつぶやいたのだった。

『本当はずっと、桜茶が苦手だったはずなんだよ。香りよりも塩気ばかりが主張しすぎている気がしてね。お祝い事だから仕方なく飲んでいただけで、いつもほとんど味わってはいなかったんだ。だけど、いざ飲まなくていいとなると、何だかなあ……』

『春が来た感じがしませんか？』

おばあちゃんが両目を細めて尋ねると、『そうなんだよ』と顔を上げる。

『そう、そう。春が来た感じがしないんだ』

おじいちゃんは気持ちを上手く表現してもらえたことが嬉《うれ》しかったのか、声を弾ませた。おばあちゃんはゆったりとうなずく。

『校長先生になってから長かったですものねえ』

それからおばあちゃんは、毎年、三月の下旬になると菩提寺《ぼだいじ》の桜並木から桜の花びらをもらってきて桜茶の元になる桜の塩漬けを手作りするようになった。水洗いをして塩をまぶし、梅酢に漬け、一週間ほどしたら取り出して天日干しをし、もう一度塩をまぶす。それを熱湯で消毒した瓶に詰め、冷蔵庫にしまっておくのだ。

おばあちゃんは、僕の目の前で桜の塩漬けを作りながら解説してくれた。おじいちゃんが校長先生をしていた小学校では、毎年卒業式や入学式には桜の塩漬けにお湯を入れて作る桜茶を飲んでいたらしいこと、おじいちゃんは僕が生まれてから今までの時間よりも長い間、校長先生として生きてきたこと。

そしておばあちゃんは、秘密の話をするような声と表情で続けた。

『卒業式や入学式でみんなに向かって話をするおじいちゃんは、とてもかっこよかったのよ』

初めの年は作ってすぐに飲んでいたけれど、翌年からは桜が咲き始める頃に前年に作ったものを飲み、また新しく作ったものを来年用に保存するようになった。

桜茶を飲むたびに、おじいちゃんは縁側からまぶしそうに外を見て、ああ、今年も春が来た、とつぶやいた。その、桜茶よりもおばあちゃんが考えた表現を味わっているようなどこか得意げな横顔に、なんだかおじいちゃんってかわいいな、と思ったことを覚えている。

だけど、去年の夏、おばあちゃんは死んでしまった。

急に心臓が止まってしまったらしく、苦しまなくてある意味幸せだったのかもしれないと言う人もいたけれど、おじいちゃんはお葬式の間中たくさん泣いて、それ以来少し小さくなってしまったような気がする。

僕の前では今までと同じように笑ったり面白い折り紙の折り方を教えてくれたりするものの、僕が遊びに行くとほとんどいつも仏壇にまだ燃えかけの線香が立っているようになった。おばあちゃんの得意料理だった卯《う》の花を自分で作っては、作り方を教えてもらっておくべきだったなあ、とため息をついているおじいちゃん。

おじいちゃんはきっと、今年の分の桜茶を飲むのを楽しみにしていただろう。おばあちゃんは死んでしまったけれど、今年もちゃんと春が来たと――おばあちゃんの桜茶があれば、そう思って少しは元気になれたかもしれないのに。

僕は下唇を強く噛《か》みしめる。どうすればいいのかわからなかった。新しい瓶に入れ替える？　ダメだ、ガラスの欠片《かけら》が入ってしまったかもしれない。一度水で洗って、もう一度塩漬けにし直す？　いや、それじゃあ花びらがボロボロになってしまうはずだ。それなら――

僕は考えがまとまらないままに割れた瓶をビニール袋に入れ、食器棚の奥から割れてしまったのと同じ大きさの瓶を取り出した。新しい瓶はジャンパーのポケットに突っ込み、そっとおじいちゃんの家を後にする。

水谷《みずたに》くんなら、とすがるように考えていた。川野《かわの》さんのリコーダーがなくなったときも、トイレに流し忘れのうんちがあったと佐藤《さとう》くんが騒ぎ始めたときも、クラスで飼っていたハムスターがかごから逃げ出してしまったときも、顔色一つ変えずに真相を推理して解決してきた水谷くんなら、何とかしてくれるんじゃないか。

泣き出しそうになるのを歯を食いしばって堪《こら》えながら、さっき通ったばかりの通学路を駆け戻っていく。お寺の前を過ぎ、公園の角を曲がり――自分がそもそもおじいちゃんの家に牛乳を取りに帰ったのだったと思い出したのは、水谷くんが待っている歩道橋が見えてきたところだった。

僕が思わず足を止めるのと同時に、水谷くんが顔を上げる。その視線が僕の手元へと動き、牛乳がないことがわかったのか目が微《かす》かに見開かれた。耳の裏がカッと熱くなる。

「ごめん、牛乳なんだけど……」

「ああ、いい」

言いかけた僕を、水谷くんが手を挙げる仕草で止めた。

「よく考えたら、牛乳はまずいかもしれない」

いつもの唇をほとんど動かさないしゃべり方で言って、歩道橋の階段下に置かれた段ボール箱に視線を戻す。

「まずい？」

「いや、牛乳は元々牛の赤ちゃんのための飲み物だろう？　仔猫に飲ませたらお腹を壊してしまうかもしれない」

「あ」

僕は声を漏らしながら〈ひろってください〉と黒い油性ペンで書かれた箱の中を覗《のぞ》き込んだ。最初に視界に飛び込んできたのは黄緑色の毛布で、毛布が動いた、と思った瞬間に隙間から黒と茶色の斑《まだら》模様が現れる。水谷くんが毛布ごと抱き上げると、まぶしそうに目を細めた仔猫は、みぃ、と小さく鳴いた。

「とりあえず、どこか具合が悪いところがないかどうかも確かめた方がいいし、動物病院に連れて行こう」

水谷くんは声のトーンを少しだけ落として言ってすばやく踵《きびす》を返す。いつもながらの決断力に、さすが頼もしいな、と思った瞬間、胸に抱えたビニール袋の存在を思い出す。

ハッとしてビニール袋を見下ろすと、水谷くんは、

「それ、何？」

と僕の胸元を顎で示した。

「あと、ポケットに入っているやつ」

将来の夢は名探偵だという水谷くんは、僕のポケットの膨《ふく》らみにも鋭く視線を向けてくる。

僕はどこか救われた思いで、ついさっき起こったことを話し始めた。自分の家よりもおじいちゃんの家の方が近いからおじいちゃんの家に向かったこと、横差しになっている未開封の牛乳を取ろうとして冷蔵庫の上の方に手を伸ばしたら、うっかり瓶を落として割ってしまったこと、その中身は死んだおばあちゃんが作った桜の塩漬けで、それがダメになってしまったのを知ったらおじいちゃんがすごくがっかりするだろうこと。それで、水谷くんなら何とかする方法を思いつかないかなと思って、と続けると、水谷くんは動物病院へ向かう歩を緩《ゆる》めないままに「まあ、選択肢は三つだろうな」と告げた。

「正直に話して謝る、お店で桜の塩漬けを買ってその瓶に入れ替える」

仔猫を抱いていなければ顔の横で指を折って見せていただろう口調で言って、「あるいは作る」と続ける。

「作るって、僕が？」

「今、作り方を言っていただろう」

水谷くんは当然のことを口にするような表情で僕を見た。

「おばあさんが作るのを手伝ったことがあるんじゃないのか？」

「手伝うっていうか……隣で見ていただけだけど」

僕は割れた瓶をビニール袋越しに握りしめる。

「無理なら買うか？　ただ、その場合は作り方が違うはずだから味や見た目が違うものにはなるだろうけど」

「それは……」

「なら、正直に謝るか？」

僕は、答えられずにうつむいた。正直に言っても、おじいちゃんは怒りはしないだろう。そうか、と静かに言って、割れた瓶で怪我《けが》をしなかったかと心配してくれる——おじいちゃんは、そういう人だ。だが、だからこそ本当のことを言ってしまう気にはなれない。

「……僕に、作れるのかな」

「桜が咲いてさえいればな」

僕が声を絞り出すようにして言うと、水谷くんは何でもないことのように答えて腕の中の仔猫を見下ろした。

「だけど、まずはこいつが先だ」


動物病院では、仔猫に牛乳を飲ませなかったことを褒められた。やはり、水谷くんの言う通り、猫用のミルクと牛乳とでは成分が違うようで、無理に飲ませるとお腹を壊してしまうことがあるらしい。

お医者さんは、キャリーケースを貸してくれ、お世話の仕方をひと通り教えてくれた上に、仔猫用のミルクも分けてくれた。


僕たちはお礼を言って動物病院を出て、ひとまず水谷くんの家へ向かうことにした。先に猫に気づいたのは水谷くんだったし、家に連れて帰る水谷くんの足取りに迷いがなかったからだ。名前は何にするの、と僕が尋ねると、水谷くんは珍しく即答せずに仔猫をじっと見つめた。仔猫も水谷くんを見上げ、みぃ、と鳴く。

数十分の間にも、すっかり愛着が湧いていた。水谷くんも言葉にこそ出さないものの、キャリーケースを持つの替わろうか、と声をかけても、大丈夫、と言うだけで手放そうとしない。

だが、水谷くんの住むアパートへ着くと、水谷くんのお母さんは動物病院の名前がプリントされたキャリーケースを見るなり目を丸くした。

「それ、どうしたの」

「捨て猫。拾ったんだ」

水谷くんはキャリーケースを持ったまま器用に靴を脱ぐ。

「動物病院で仔猫用のミルクももらったし、お世話の仕方も教わったから大丈夫」

早口に言って、そのまま廊下に進もうとしたところで、「ちょっと待ちなさい」と水谷くんのお母さんが呼び止めた。水谷くんがぐっと身体《からだ》を強張《こわば》らせるようにして立ち止まる。水谷くんのお母さんは、小さくため息をついた。

「その様子ならたぶん想像はついているんだろうけど、このアパートではペットは飼えないの」

え、と思わず僕は声を出す。

水谷くんは振り向かなかった。水谷くんのお母さんは、近くの部屋のドアを開け、掛け時計でも見上げたのか、今の時間ならいるかしら、とひとりごちて水谷くんに向き直る。

「お母さん、大家さんに事情を話して一週間くらいは飼わせてもらえないか頼んでみるから、その間に誰か飼ってくれる人を探そう？」

僕は口を開いたが、二人ともこちらを向いていないので上手く声が出せなかった。水谷くんはうなずかないが、首を横に振りもしない。その後ろ姿に、僕は何となく水谷くんはこうなることがわかっていたのかもしれないと思った。だからこそ、水谷くんはすぐには名前をつけようとしなかったんじゃないか。

水谷くんは、感情を悟らせない無表情で僕を振り向いた。

「ひとまず、クラスのやつらに飼えるやつがいないか訊《き》いてみるか」

「いや……というか」

僕は、ようやく切り出す。

「うちのおじいちゃんが、ちょうど猫を飼いたがってたけど」

「え？」

水谷くんと水谷くんのお母さんが揃《そろ》って声を上げた。

一拍置いて、水谷くんのお母さんの方が、「あら！」と声のトーンを上げて両手を叩《たた》き合わせる。

「よかったじゃない」

水谷くんは、それでもすぐには状況を飲み込みきれないのか驚いた顔のままだった。

「そうなの？」

「うん。ごめん、水谷くんが飼いたいのかと思って言い出すのが遅くなっちゃって」

水谷くんが目をしばたたかせてから、「おじいちゃんって、あの桜茶の？」と続ける。

そう言われると、不思議な巡り合わせのような気がした。おばあちゃんがいなくなって桜の塩漬けが最後の一瓶になってしまったから、それをダメにしてしまったことが重大事になり、おばあちゃんがいなくなって家の中が静かになってしまったから、おじいちゃんが猫を飼いたいと言い出したのだから、どちらも無関係の話ではない。だが、ちょうど同じタイミングでどちらも水谷くんに絡んでくるとなると、何だか妙な気がした。

僕が「うん」と答えると、水谷くんは、そうか、とつぶやいてその場にしゃがむ。ケースを覗き込み、あくまでも淡々とした声音《こわね》で「よかったな」と仔猫に話しかけた。

その場で早速電話を借りておじいちゃんに連絡を取り、仔猫を拾ったという話をすると、おじいちゃんは『そりゃあ騒がしくなるなあ』と声を弾ませた。けれど、ちょうど明後日から三泊四日で老人会の旅行に行く予定が入っているということで、猫を受け取るのは帰ってきてからにしてもらえるとありがたいと言う。

おじいちゃんは残念そうだったが、僕はこっそりと胸を撫《な》で下ろした。おじいちゃんが旅行に行くということは、少なくともその間は桜の塩漬けの瓶がないことに気づかれる心配はなく、その間に新しいものを作れるということだからだ。

自分で桜の塩漬けを作るというのは、最初はひどく難しいことのように思われたけれど、水谷くんの言う通りに覚えている手順を紙に書き出していくと、一つ一つはそれほど大変なことでもなかった。

おじいちゃんが旅行のために戸締まりをしてしまう前におばあちゃんが使っていた塩と梅酢を持ち出すこともできたし、ここ一週間は晴れ間が続くということで天日干しをするのにも問題はない。

一番の心配は、まだ三月の中旬のこの時季に咲いている花があるだろうかということだったが、実際にいつも桜の花びらを摘《つ》ませてもらっていたお寺に行ってみると、たった一本だけ開花している樹があった。

ずらりと並んだ桜並木は、まだほとんどがつぼみだというのに、その一本だけが大輪の花をつけて美しく咲き誇っている。その不思議な光景は、まるでおばあちゃんが特別な魔法でもかけてくれたかのようだった。

「すごいね」

僕は興奮を抑えきれずにつぶやく。

「おばあちゃんが応援してくれてるみたいだ」

はしゃいだまま水谷くんに話しかけると、普段から幽霊は信じていないと公言している水谷くんは、いや、と反論しかけて、けれど結局何も言わずに口をつぐんだ。

そのまま、二人で手分けして花を摘み取っていく。水洗いをして塩をまぶし、梅酢に漬けていく間は調理実習のようで、天日干しをしている間は理科の実験のようだった。学校の宿題でもないのに、二人で一緒にまるで勉強のようなことをしているのが面白くて、そんな場合でもないはずだと思いながらも少し楽しくなってくる。

水谷くんに相談するまでは本当に取り返しがつかないことになってしまったとしか思えなかったのに、水谷くんと作業をしているとすべてが上手くいくような気がするから不思議だった。

ピンポーン、と調子外れのチャイムの音が玄関先に響く。

はーい、どうぞー、という朗らかなおじいちゃんの声が奥から聞こえた。僕と水谷くんは顔を見合わせて小さくうなずき合う。

引き戸を開ける音が、いつもよりも大きく響く気がした。僕は生唾《なまつば》を飲み込み、脇をしめてジャンパーのポケットを肘で押さえる。

「お邪魔します」

後ろから水谷くんの普段通りの声が聞こえて、少しだけ肩の強張りが緩んだ。大丈夫だ、と自分に言い聞かせる。おばあちゃんがいつも使っていたのと同じ材料で同じ作り方で作ったはずなのだ。梅酢に漬ける時間が短くしか取れなかったのが気になるけれど、見た目としてはほとんどおばあちゃんの桜の塩漬けと変わらないものになった。作り直したと言わなければ、きっとおじいちゃんも気づかないはずだ。

「いらっしゃい」

居間から現れたおじいちゃんが、僕を見てから水谷くんに視線を移した。水谷くんが「お邪魔します」と繰り返すと、「はい、こんにちは」と返す。その慣れた様子に、僕はそう言えばおじいちゃんは校長先生だったんだよな、と改めて思った。僕が物心がついた頃にはもう退職して今のおじいちゃんになっていたけれど、と思った途端、ふいにおばあちゃんの言葉が蘇《よみがえ》る。

『卒業式や入学式でみんなに向かって話をするおじいちゃんは、とてもかっこよかったのよ』

おじいちゃんにとっておばあちゃんの桜茶は、本当に大切なものだったのだろう。校長先生でいた頃の——そして、それを覚えていてくれたおばあちゃんの思い出の品だったのだから。

僕はジャンパーのポケットに手を入れ、中の瓶を強く握りしめた。

「おお、本当にまだ仔猫だ」

キャリーケースを覗き込んで歓声を上げるおじいちゃんの脇をすり抜けて台所へ向かう。のれんをくぐり、音を立てないようにそっとそれを戻すと、電気をつけていない台所はさらに暗くなった。

僕は再び居間を振り向き、おじいちゃんの気配が近づいてこないことを確認してから瓶を取り出す。

口の中がひどく渇いていた。心臓の音が速くなり、ほとんど動いていないはずなのに呼吸が浅くなる。

「名前は決まっているのかい？」

おじいちゃんの声が薄膜に包まれたように遠くで聞こえた。水谷くんの返事は聞こえなかったが、おじいちゃんが「どうして」と続ける声がする。

「飼う人がつけたいだろうと思ったので」

水谷くんの淡々とした返事が今度は聞こえた。一瞬、驚いたような間が空き、おじいちゃんが「優しいんだな、水谷くんは」としみじみとした口調で言う声が耳に届く。

僕は冷蔵庫の取っ手をつかんだ。できるだけ音を立てないようにそっと引っ張るとびくともしなくて、仕方なく少しずつ腕に力を込めていく。突然、バッ、とゴムが擦《こす》れる音と共にドアが勢いよく開いて後ろに転びそうになった。慌ててドアにしがみついて堪え、息を詰めたまま居間をもう一度振り向く。おじいちゃんがこっちに来ないか足音や会話を聞かなければと思うのに、心臓の音がうるさくてよく聞こえなかった。僕は飛びつくように冷蔵庫に向き直り、背伸びをしておばあちゃんの桜の塩漬けの瓶が入っていた場所に持ってきた瓶を押し込む。

踵《かかと》を下ろしながらドアを閉めると、パタン、という音が響いた。思わず身をすくませてから、そう言えば麦茶でも取り出せばよかったのかもしれないと気づく。そうすれば、冷蔵庫を開け閉めする音を聞かれても、麦茶を取り出すためだったと思ってもらえたのに。

今からでも開け直して麦茶を出そうか、と思って冷蔵庫と居間の方を見比べる。

「これ、母が猫を引き取ってくれてありがとうございますって」

「ああ、そんなそんな。こちらこそ御礼をしないといけないのに」

おじいちゃんが困ったような声で言ってから、「そうだ」と続けた。

「ちょうどおやつの時間だし、よかったらちょっと食べていきなさい。今お茶でも淹《い》れるから」

心臓が、どくんと大きく跳ねる。

隠れなければ、と咄嗟に思いながらも一歩も動けずにいるうちにのれんが開き、姿を見せたおじいちゃんが「お」と僕を見た。僕は反射的に冷蔵庫を向くそぶりでおじいちゃんに背を向ける。

「麦茶いれる？」

「おお、気が利くな」

おじいちゃんは僕がいつの間にか台所に来ていたことの不自然さには気づかなかったのか、感心したような声で言って食器棚から湯呑みを取り出した。僕は冷蔵庫のドアで顔を隠しながら麦茶のポットをつかむ。

だが、僕が引っ張り出し終わるより前に、おじいちゃんは、いや、と低く言った。

「せっかくだから、桜茶でも飲んでみるか」

咄嗟に叫び声が出てしまいそうになる。実際には叫ばずにいられたのは、我慢できたというよりもただ喉が引きつって声が出なかっただけだった。

「そうだ、そうだ。今日は新しい家族が増えてめでたいしな」

おじいちゃんは嬉しそうにひとりごちてヤカンをコンロの火にかける。

「じゃあおじいちゃんが淹れるから、おまえはあっちで座って待っておいで」

うん、と答えるのが精一杯だった。のれんをくぐると、台所での会話が聞こえていたのか水谷くんも微妙な表情をしている。

僕は水谷くんの隣まで駆け寄り、耳に口元を寄せた。

「どうしよう」

「いいから普通にしてろ」

水谷くんは短く答え、ごまかすように「見てよ」と少し大きめの声で言う。

「こいつ、もうじゃれたりできるようになったんだ」

ケースから猫じゃらしのような形のおもちゃを取り出し、仔猫の顔の前で振ってみせた。仔猫は真ん丸の目を輝かせてパッとおもちゃの先に前足を伸ばす。わあ、と僕は思わず声を上げた。

「かわいい！」

「抱っこしてみるか？」

水谷くんが慣れた動きで仔猫を抱き上げ、僕を向く。僕は、え、と言いながらも両腕を伸ばしていた。ちゃんと抱っこできるだろうか。嫌がって逃げたりしないだろうか。そんな思いが頭をよぎったけれど、仔猫はそのまま暴れることなく僕の腕の中に収まってくれる。

柔らかい、とまず思った。それから、軽い、と思って、温かい、と思う。前に会ったときには、みい、と鳴いていたはずの仔猫は、今は、みゃあ、と鳴いていた。骨なんて一本もないようなくにゃくにゃの背中が動くたびに、ふかふかの毛が手のひらをくすぐる。

そのキラキラした目で見つめられると、それだけで胸が一杯になった。なんてかわいいんだろう、と思いすぎて、「かわいいね」とまたつぶやいてしまう。

「かわいいなあ」という声が隣からして、ハッと顔を向けるとおじいちゃんが戻ってきていた。おじいちゃんは仔猫を眺めながら、ちゃぶ台の真ん中に湯呑みと木の皿を並べる。上体をねじって後ろを向き、〈アソートせんべい〉と書かれた缶からせんべいを、茶色い紙箱からクッキーを出して皿の上に盛った。

「おもたせで申し訳ないが」

小さく言い添えて皿を水谷くんの前に滑らせる。水谷くんは「いただきます」と伸ばした背筋を前に傾けると、せんべいの方を取った。僕は少しだけ迷ったものの、チョコレートクッキーを取る。しょっぱいお茶には何となくせんべいの方が合う気がしたが、あまり好きではないアーモンドせんべいばかりだったからだ。

おじいちゃんは、お菓子のお皿ではなく湯呑みに手を伸ばした。僕は反射的に息を詰める。

おじいちゃんが湯呑みの中を見た。僕もつられるようにして視線を向けると、ほんの少しだけピンクに色づいたお湯の中で、中心だけが濃いピンクで先はほとんど白い花びらがクラゲのように揺れている。

おじいちゃんが嬉しそうに両目を細め、湯呑みにそっと口をつけた。ずず、と小さな音を立ててすするようにして飲む。

次の瞬間、おじいちゃんの白い眉毛がぴくりと動いた。口の中のお茶を遅れて飲み込みながら、怪訝《けげん》そうな目を湯呑みの中に向ける。

――まさか、気づかれた？

　全身が、水をかけられたように一気に冷たくなった。味が違ったんだろうか。でもなんで？　材料も作り方も同じはずなのに――それとも、梅酢に漬ける時間がいつもより短かったから、違う味になってしまったんだろうか。

　どうしたらいいかわからなくて、水谷くんを向く。水谷くんは微かに険しい顔で湯呑みをつかんだ。舐《な》めるようにして一口飲み、僕を見る。

　僕も慌てて少しだけ飲んだ。だけど、おばあちゃんの味とどこがどう違うのかわからない。

　そもそも、僕はおばあちゃんが桜の塩漬けを作る姿は見ていたが、出来上がった桜茶を飲んだことは数えるほどしかなかったのだ。

　もし、このままおじいちゃんが「味が違う」と言い始めたら――

　僕は、視線を彷徨《さまよ》わせる。おじいちゃんは、一年経つ間に味が変わってしまっただけだと思うだろうか。それとも、僕が犯人であることに気づくだろうか。

――いや、問題はそんなことじゃない。もし、おじいちゃんがこれを「おばあちゃんの味じゃない」と思うのなら、おじいちゃんはもう二度とおばあちゃんの桜茶の味を楽しめなくなってしまうのだ。

　だが、おじいちゃんは何も言わずにクッキーをつかんだ。クッキーを食べるのは久しぶりなのか、老眼鏡をずらしてクッキーの袋をしげしげと眺め始める。

――気のせいだと思うことにしたんだろうか。

　僕は、湯呑みの陰からおじいちゃんの横顔を盗み見た。おじいちゃんはもうお茶を見ようとはせず、さらにクッキーの包装紙を手にとって裏返す。

　すると、紙が擦れる音に反応したのか、仔猫が弾かれたように顔を上げた。あ、と思う間もなく僕の腕からすり抜けて包装紙に飛びつく。おっと、とおじいちゃんが包装紙を上に掲げると、それを追うように長く身体を伸ばして跳ねた。

　おお、とおじいちゃんが上体を反らす。

「すごいな、もうこんなに動けるのか」

　包装紙を素早く畳んで床に置き、仔猫を抱き上げた。

「よしよし、でも今は熱いお茶があるからね。危ないからおじいちゃんに抱っこされていなさい」

　優しく語りかけてちゃぶ台から少し離れた場所にあぐらをかき直し、脚の間に仔猫を下ろす。仔猫は、みゃあ、と鳴いたものの飛び出すわけでもなく、おじいちゃんの親指のつけ根をあぐあぐと噛んだ。痛くないのかな、と思ったけれど、おじいちゃんはやめさせることもなく反対側の手の指で仔猫の顎を撫でる。

ゴロゴロゴロゴロ、というゆっくりとうがいをしているような小さな音が聞こえた。仔猫は気持ちよさそうに目を閉じて顎をぐんぐんと反らせていく。

「名前は何にするかなあ」

おじいちゃんが仔猫を見下ろしながらつぶやいた。仔猫の顎から手を離して腕を掻《か》き、仔猫の顎に戻したと思うとまたすぐに離して目をこする。

撫でるのをやめられた仔猫が不思議そうにおじいちゃんを見上げた。僕も何気なくおじいちゃんの顔を見て、息を呑む。

おじいちゃんの顔が、いつの間にか真っ赤になっていた。

「え?」

僕は思わず上体を引く。

「おじいちゃん、どうしたの」

「いや、ちょっと……」

おじいちゃんも困惑したように言いながら腰を浮かせた。仔猫がぴょこんと床に降り、水谷くんの方へ向かう。

おじいちゃんが喉を押さえて、強く咳払《せきばら》いをした。痰《たん》が絡んだような激しい音に胸の奥がざわつく。おじいちゃんはどうしちゃったんだろう。大丈夫だろうか。

「おじいちゃん」

呼びかけた僕の声に答えず、おじいちゃんは足早に居間を出て行く。洗面所からさらに咳払いが聞こえ、ガタガタと引き出しを開け閉めするような音が続いた。

「大丈夫かな」

僕は不安になって水谷くんを見る。だが、水谷くんも呆然《ぼうぜん》とした表情のまま、わからないというように首を振った。

どうしたらいいのかわからず、ひとまず洗面所まで追いかけていくと、おじいちゃんは僕に背を向けたまま「大丈夫だから」と繰り返した。

「ちょっとそっちで待ってなさい」

「でも」

僕の言葉を遮るようにして、おじいちゃんは洗面所のアコーディオンカーテンを後ろ手に閉める。それでも僕は居間に戻ってしまっていいのかわからずに、カーテンの前で足踏みをした。遅れてやってきた水谷くんと顔を見合わせる。

救急車、という言葉が喉の奥まで込み上げてきた。けれど、おじいちゃん自身が大丈夫だと言っている以上、事を大きくしてしまっていいのか判断がつかない。でも、もしこれで取り返しがつかないことになってしまったりしたら——

水谷くんが、ひとまず誰か大人を呼んでこようと言い出した。すばやく玄関へと駆け出した水谷くんを僕も追いかけ、「おまえはおじいちゃんについてろ」と言われて引き返す。

僕が居間まで戻ってきたのと、おじいちゃんがアコーディオンカーテンを開けたのがほとんど同時だった。「驚かせてすまなかったね」と言いながら居間に現れたおじいちゃんの顔はもう普段の色で、呼吸も苦しそうではない。

「おじいちゃん？　大丈夫なの？」

「ああ」

苦笑交じりに答えられて、僕はハッと玄関を振り向いた。

「水谷くん！　おじいちゃん大丈夫だって！」

慌てて声を張り上げると、水谷くんはバタバタと音を立てて居間へ戻ってくる。おじいちゃんの全身へざっと視線を滑らせた。

おじいちゃんが水谷くんに、「驚かせてすまなかったね」ともう一度言う。それでも水谷くんは表情を和らげず、「大丈夫ですか？　救急車を呼びますか？」と口にした。

「大丈夫だよ。もう薬を飲んだから」

「薬？」

訊き返したのは僕だった。おじいちゃんは、何か病気だったのだろうか。だが、そんな話はお母さんからも聞いたことはない。

おじいちゃんは眉尻を下げ、僕と水谷くんの間で身体を小さく丸めて座っている仔猫を見下ろした。

「いや、まさかとは思ったんだが……この薬が効いたということは」

そこまで言って、深くため息をつく。

「どうも、アレルギーらしい」

「アレルギー？」

今度は水谷くんが訊き返した。おじいちゃんは、顎を引くようにしてうなずく。

「せっかく連れてきてもらったのに本当に申し訳ないんだが……今日、このタイミングで症状が出たということは、アレルギー源は猫かもしれない」

え、と僕は声を出していた。思わず水谷くんを向く。

水谷くんは、感情を読み取れない無表情で仔猫を見ていた。「猫アレルギー」と復唱するようにつぶやき、その場で膝をついて猫を抱き上げる。

「じゃあ、飼うのは無理ですね」

「ああ、せっかく連れてきてもらったのに本当に申し訳ない」

「連れて帰ります」

おじいちゃんがもう一度謝ると、水谷くんはそれだけを早口に言って仔猫をキャリーケースに入れた。

「え、水谷くん！」

僕は慌てて声を上げる。

「でも、その子どうするの」

「ひとまずうちに連れて帰って、別の飼い主を探すしかないだろう」

水谷くんは怒っているというよりも、ただ事実を口にする口調で言った。僕は身を縮ませ、うん、とうなずく。

たしかに、僕がおじいちゃんが猫を飼ってくれると言ったから、他の飼い主は探していなかった。僕の家にはインコがいるし、おじいちゃんが飼えないということは、仔猫を飼ってくれる人はいなくなってしまう。

みゃあ、とキャリーケースの中で仔猫が鳴いた。話している内容がわかっているのかいないのか、忙《せわ》しなくみゃあみゃあと鳴き続ける。

おじいちゃんは悲しそうな目をキャリーケースに向けた。思わずといった感じで手を伸ばしかけ、振り切るように踵を返す。

「お腹がすいたのかもしれないな」

自分に言い聞かせるようにつぶやいて台所へ向かった。しばらくして小皿を手に戻ってくる。

「一応人肌程度には温めてきたが、皿から直接飲めるのかな？」

おじいちゃんは、僕に小皿を渡しながら水谷くんに尋ねた。

水谷くんは顔だけを上げる。

「これは、仔猫用のミルクですか？」

おじいちゃんは思いもしないことを言われたという

ように目をしばたたかせた。

「いや、牛乳だが……牛乳じゃダメなのか？」

「ダメだよ！」

僕は手に持っていた小皿をすばやく引く。自分だってつい一週間前まで知らなかったくせに、

「牛乳は牛のミルクでしょ。猫に飲ませたらお腹を壊しちゃうんだよ。見た目は似ていても違うものなんだから」

と、どこか得意になってそう口にした瞬間だった。

水谷くんがハッと息を呑み、宙を見つめる。

その横顔に、水谷くんが何かに気づいたことがわかった。いつもならば、鼻の下を指でこすって「謎の匂いがする」と言い出しているところだ。僕はその、本当に名探偵のような決めゼリフが好きだったが、今日は水谷くんは口にしなかった。何かを考え込むように難しい顔をしたまま、唐突に「失礼します」と言って玄関へ向かう。

「水谷くん！」

僕は振り向かないまま出ていってしまった水谷くんの後を慌てて追った。二百メートルほど進んだところで踵をつぶして履いた靴の紐《ひも》を踏んでしまい、転びそうになる。

うわ、と叫んで何とか転ばずに踏ん張ったとき、ようやく水谷くんが足を止めた。

「水谷くん」

僕は両膝に手をついたまま顔を上げる。

目の前にあった建物は、市立図書館だった。

「図書館？」

「ちょっとここで待ってて」

水谷くんは有無を言わせない口調で言って僕にキャリーケースを押しつける。どうするの、と尋ねる間もなく、水谷くんは建物の中へ消えた。

僕は、キャリーケースを手にしたまま、その場に立ち尽くす。

何が起こっているのかわからなかった。僕も追いかけて中に入りたいけれど、猫を連れて入るわけにもいかない。

僕は建物の後ろの駐輪場になっているスペースに回り込み、キャリーケースを地面に置くと、背伸びをして窓を覗き込んだ。水谷くんはどこだろう。何かを調べようとしているんだろうか。窓枠に指をかけてつま先立ちになった体勢のまま、横に移動しながら棚の間

を一つ一つ見ていく。

外よりも少し暗い室内は、人がまばらだった。大学生くらいの男の人、杖《つえ》をついたおじいさん、セーラー服姿のお姉さん、クリーム色のエプロンをつけた女の人――あ、いた。

見つかった水谷くんは、それまでに見えていた人たちよりも頭が二つ分くらい小さかった。そのことに、僕はなぜだか少し驚く。

水谷くんは一冊の本を小脇に抱え、足を横に滑らせるようにして歩きながらうなずいていた。何にうなずいているんだろう、と不思議に思ったところで、うなずいているわけではなく、本の背表紙に目を走らせているのだと気づく。

そう言えば、水谷くんはいつもぎょっとするほど本を読むのが速かった。きっと、棚にずらりと並んだタイトルを読むのも、それと似ているのだろう。

ふいに、水谷くんの足と頭が止まる。水谷くんはすっと手を伸ばして一冊の本を引き抜いた。僕は一度踵を下ろして痺《しび》れてきたつま先をほぐし、改めて窓にへばりついて目を凝《こ》らす。

本のタイトルは所々読めない漢字があってよくわからなかったが、〈アレルギー〉という文字だけが読み取れた。

――アレルギー？

僕は眉根を寄せる。何を調べているんだろう。おじいちゃんの猫アレルギーについてだろうか。

やがて、水谷くんが本から顔を上げた。そっと本を閉じ、もう一冊と同じく小脇に抱える。

そのまま棚から離れると、柱の陰に隠れて窓からは見えなくなってしまった。僕は地面に降りてキャリーケースを持ち上げ、図書館の入口へ戻る。

僕が入口に着いてしばらくして、水谷くんが出てきた。

「水谷くん、何を調べてたの？」

水谷くんは、答える代わりに脇に挟んでいた本を手に持ち替える。それは、先ほどのアレルギーの本ではなく、植物図鑑のようだった。表紙には白や黄色やピンクの花が並んでいる。

水谷くんはキャリーケースを受け取り、本を僕に渡しながら「最初に疑ったのは、毒性のある植物だったのかもしれないということだったんだ」と唐突に話し始めた。

「毒性のある植物？」

僕は何の話が始まったのかわからずにオウム返しに訊く。

水谷くんは僕の目を真《ま》っ直《す》ぐに見据えたまま「ああ」とうなずいた。

「おじいさんの具合が悪くなったのは、猫を抱き上げたときでもあったけど、お茶を飲んだ直後でもあっただろう？　もしかして、桜の花の中でも毒性がある品種で塩漬けを作ってしまったのかもしれないって思ったんだ」

そこで言葉を止めると、まつ毛を伏せる。

「……実は、僕たちが摘んだあの花が、まだ咲いていなかった桜並木の桜――おそらくこれまでおばあさんが摘んでいたソメイヨシノとは違うものだということはあのときにも気づいていたんだ」

「え？」

僕は大きく目を見開いた。あのとき――あの花を摘んだとき。水谷くんは唇をほとんど動かさずに続ける。

「ソメイヨシノはほぼすべてクローンで、咲くタイミングが同じはずだから」

「クローン？」

僕は首を傾《かし》げた。聞いたことがある単語ではあったが、どういう意味だっただろうか。水谷くんは一瞬考えるように視線を上へ向ける。

「ＤＮＡの持つ遺伝情報が同じなんだよ」

解説するような口調で言い換えてくれたが、僕は余計にわからなくなった。けれど水谷くんは、これで僕も話についてこられるようになったと思ったのか、「そう、つまり」とまとめる言葉を口にする。

「一斉に咲いて散るはずのソメイヨシノの中で一本だけが先に咲いていたということは、品種が違うということになる。……だけどあの場でそう言わなかったのは、おばあさんが使っていたのがソメイヨシノだったんだとしたら、どちらにしても同じ品種を今この辺りで見つけるのは難しいだろうと思ったからだ」

水谷くんの言葉に、花を摘みに行ったときの光景が蘇った。

つぼみばかりの桜並木の中で、たった一本、大輪の花を咲かせていた樹。おばあちゃんが応援してくれているみたいだとはしゃいだ声で言った僕に、何かを言いかけた水谷くん。

「それに」と水谷くんは眉根を寄せて続ける。

「同じ桜なら、品種が違ったとしてもそれほど味に違いが出るとも思わなかったんだ。作り方からしても、どうせ味のほとんどは塩で決まるようだったし——だけど、それが間違いだった」

水谷くんは声のトーンを一段低くした。何かを噛みしめるように目をつむり、ため息を吐き出す。

ゆっくりとまぶたを開き、僕を見て言った。

「あの花は桜じゃなくて、アーモンドの花だったんだよ」

「アーモンド？」

水谷くんは、僕の手の中の植物図鑑を器用に片手でめくる。現れたのは、僕たちが一週間ほど前に摘んだのと同じ花だった。

だが、それは桜にしか見えない。

「え、これ桜じゃないの？」

「ああ、見た目は似ていても違うものだよ」

水谷くんは、僕が先ほど牛乳について言ったのと同じ言葉を口にした。そして、図鑑の中の写真に添えられた文字を指さす。

〈アーモンドの花〉

水谷くんは再びページをめくって、今度は桜の花のページを開いた。

「そっくりだろう？　だけど、よく見ると、桜は枝から出た細い茎の先に咲くのにアーモンドの花は枝から直接咲くんだ」

僕は二つのページを見比べる。ほんとだ、という声が思わず漏れた。

それから一拍遅れて今までの話の流れを思い出し、「え」と水谷くんを見る。

「じゃあ、アーモンドの花には毒があったってこと？」

「いや」

水谷くんは短く答え、植物図鑑の上にもう一冊の本を載せた。その表紙の〈アレルギー〉という文字に目が吸い寄せられる。

水谷くんはすっと息を吸い込み、神妙な顔で言った。

「おじいさんは、アーモンドアレルギーなんじゃないか」

僕の目をじっと見てから、アレルギーの本のページをめくる。〈ナッツアレルギー〉という項目を開き、指で文字をなぞった。

「〈代表的なのはピーナッツアレルギーですが、その他に、くるみやカシューナッツ、アーモンドがアレルギー源になる場合もあります〉」

本を僕の方に向けているのだから文字が逆さまに見えるはずなのに、淀《よど》みなく読み上げる。

「考えてみれば、もしアーモンドの花に毒があったんだとしたら、同じお茶を飲んだ僕たちも症状が出ていないとおかしい。それに、おじいさんはアレルギー用の薬を飲んだらよくなった」

「あ」

僕は目をしばたたかせた。そう言えば、そうだ。

「そもそもアレルギー用の薬を持っていたということは、何かのアレルギーを持っていたということだ。それに、おじいさんはクッキーの袋の裏面や包装紙を確かめるように見ていた。そして――アーモンドせんべいだけが余っていたアソートせんべい」

水谷くんはひと息に言い、音を立てて本を閉じる。

「おじいさんの具合が悪くなったのが僕たちの作ってしまったアーモンド茶のせいなんだとしたら、おじいさんはあのお茶を飲むたびに具合が悪くなってしまうかもしれない」

おばあちゃんの桜の塩漬けをダメにしてしまったこと、そしてそれを言い出せずに自分でおばあちゃんの作り方を真似《まね》して作ったこと――僕が本当のことを白状して謝る間、おじいちゃんは何も言わなかった。

そのことで、僕はますます消え入りたくなる。

おじいちゃんが、瓶を手に取って眺めた。

「そうか……おまえが」

ごめんなさい、と吐き出す声が震える。

おじいちゃんは、瓶をテーブルに置いた。

「でも、どうして本当のことを言う気になったんだ」

「この花は、桜ではなくアーモンドの花だったんです」

僕の代わりに答えたのは水谷くんだった。

その言葉に、おじいちゃんが目を大きく見開く。その瞬間、ああ、と僕は悟っていた。水谷くんの推理はやはり当たっていたのだ。

「水谷くんが、おじいちゃんがアーモンドアレルギーかもしれないから、このお茶を飲んだらまた大変なことになるって」

「どうしてわかったんだ？」

おじいちゃんが、目を丸くしたまま水谷くんを見下ろす。

水谷くんはうつむいたまま、僕に答えたのと同じ推理を口にした。おじいちゃんは水谷くんと僕を見比べる。

「驚いた」

つぶやき以上に、本当に驚いていることはその呆然とした口調から伝わってきた。だが、水谷くんは得意そうにするわけでも、照れくさそうにするわけでもない。

それ自体は、いつものことだった。今までだって、教室で何か問題が起こったときに真相を推理して解決してきた水谷くんは、自慢げに振る舞うようなことはなかった。どんなときも淡々と必要なことだけを口にして、周りがどよめいても平然としていた水谷くん。けれど今日は、どこか居心地が悪そうだった。

そのことにも、僕は申し訳なくなる。

僕が、瓶を割ったりしなければ――せめて、あのときすぐに正直に謝っていれば。

そうすれば、水谷くんにこんな顔をさせてしまうこともなかった。おじいちゃんに苦しい思いをさせてしまうこともなかった。


――僕さえ、いなければ。

おじいちゃんが、ゆっくりと水谷くんの隣にしゃがみ込んだ。

「もう一度、抱いてみてもいいかい？」

キャリーケースを指さし、水谷くんを見上げる。水谷くんは無言でうなずき、キャリーケースの蓋を開けた。嬉しそうな鳴き声を上げる仔猫を抱き上げ、おじいちゃんに渡す。

おじいちゃんは、そっと、柔らかなものを手にするような手つきで受け取った。その場で板の間に座り込み、喉を撫でる。仔猫はゴロゴロと喉を鳴らした。だが、もうおじいちゃんの顔色は変わらない。

そして、その静かな横顔からは、何を考えているのかがまったく読み取れなかった。

怒っているだろう、と僕は奥歯を噛みしめながら思う。

ただ瓶を割ってしまっただけならば、怒らなかったかもしれない。だけど、僕はそれを隠そうとした。ごまかそうとして、おじいちゃんを騙《だま》した。おじいちゃんはがっかりしたはずだ。僕がそんなふうに嘘《うそ》をつくような孫だったこと、そして何より、おばあちゃんの桜の塩漬けがダメになってしまったこと――

もう、おじいちゃんの顔を見ていられなかった。僕はつま先をにらみつけ、拳《こぶし》を強く握る。

食いしばった歯の間から、嗚咽《おえつ》が漏れた。自分が情けなかった。恥ずかしかった。消えてしまいたい、ともう一度思う。

だが次の瞬間、ふいに額に乾いた、けれど温かな感触を覚えた。

ハッと顔を上げた途端、おじいちゃんの腕が視界に飛び込んでくる。

その向こうに見えたおじいちゃんの目は、僕の目を見ていなかった。視線が少し上にずれている。どこを見ているのだろうと不思議になって目線だけを持ち上げると、額に置かれた手のひらにぶつかった。

おじいちゃんは、僕の頭を見つめたまま、小さく言った。

「……おまえが、覚えてくれていたのか」

何を、と訊き返しそうになって、おばあちゃんの桜の塩漬けの作り方だと遅れて気づく。まぶたの裏に、おばあちゃんの得意料理だった卵の花を自分で作っては、作り方を教えてもらっておくべきだったとため息をついていたおじいちゃんの丸い背中が思い浮かんだ。

うん、と答える声が自分の耳にもかすれて届く。

やがて額から伝わり始めた細かな震えを、僕は身動きもできずに受け止めていた。

居場所

天祢　涼
Amane Ryo

1978年生まれ。2010年『キョウカンカク』で第43回メフィスト賞を受賞しデビュー。犯人の意外な動機が話題となった同作は『本格ミステリー・ワールド2011』の「読者に勧める黄金の本格ミステリー」に選出された。『2013本格ミステリ・ベスト10』では『葬式組曲』が第7位。他の著作に政治家を探偵役にした「セシューズ・ハイ」シリーズ、『希望が死んだ夜に』『境内ではお静かに 縁結び神社の事件帖』など。

1

「矢沢《やざわ》さんって、免許証持ってる？」

バックヤードに入るなり、峰岡《みねおか》から早口で訊ねられた。

「ちょっと来てくれるかな？」。出勤してくるなり声をかけてきたときの顔つきで、こういう話になる予感はしていた。

「いいえ。これまで、運転する必要がなかったもので」

それでも、つい抵抗を試みてしまう。峰岡は眉をひそめ、

「なら、健康保険証。まさか、無保険？」

「……ええ」

「じゃあ、なんでもいいよ。とにかく、身分を証明できるものを出して」

「あの……なにか問題でも？」

「うん。うちは履歴書だけでバイトを雇ってるから、あんまり気にしてなかったんだけどね」

わかっている。そうでなければ、時給が安い上にガラの悪い客がひっきりなしに出入りする、こんな場末のパチンコ店で働いたりはしない。店側としても、駅前の店に客を取られる一方で、なるべく人件費を抑えたい。だから時給が低い代わりに、履歴書しか見せられない――要は、訳ありの者が申し込みやすいように、募集要項に「履歴書のみで可」と記しているのだ。ついでに言えば、給料も銀行振込ではなく、手渡しである。

「ただね、お客さまから電話があって……矢沢さんには、その、本名が別にあって……その名前が、ええと……『八木輝久《やぎてるひさ》』だというんですよ。そんなに珍しい名前じゃないと思うんですけど、ただ、同じ名前の人が、何年も前ですけど……ほら、ね……」

しどろもどろになった挙げ句、途中から敬語になり、最後には沈黙した。

ため息を、押し殺す。

八木の身長は、日本人男性の平均よりもはるかに高い。背が低い両親は「お前は誰に似たんだろうな」とあきれていたものだ。「同じ名前もなにも、その八木輝久ですが？」と高いところから見下ろして告げることが、いい憂さ晴らしだった。

とっくに飽きてしまったが。

「店長が言う八木輝久だとしたら、私はクビですか」

「そんな仏頂面しないでくださいよ」

峰岡は、慌てた様子で首と両手を振る。

「クビというわけじゃないですけど、まあ、辞めてもらうしか……。でも理由は、あなたが八木輝久だからじゃありませんよ。そのですね、信頼……そう。信頼関係の問題です。嘘をついてた人を雇い続けるわけにはいかないじゃないですか、うん」

前髪が後退した峰岡の額には、うっすら汗が滲《にじ》んでいる。まだ二十代半ばなのに、四十近い自分よりずっと老けて見えた。

「――わかりました。お世話になりました」

「そう？　まあ、その……お元気で」

峰岡が吐いた安堵の息は、ドアの向こうから聞こえてくる店内の喧騒よりも、ずっと大きく響いた。

真っ直ぐ家に帰る気にはなれず、時間つぶしに、あてもなく街をさまよい歩いた。

秋の訪れを感じさせる空は、青く高く澄み渡っている。俺の心情と正反対だ、と自嘲せずにはいられない。

何ヵ月か前、酔った勢いに乗じ、インターネットで自分の名前《エゴサーチ》を検索してみた。

鬼畜　クズ人間　極刑に処すべき
そんな単語が並べられたサイトが、掃いて捨てるほど見つかった。十年近く経ったいまも、「八木輝久」の名は電脳空間に残り続けている。半永久的に消えることはないだろう。

――もしかして、あの八木輝久ですか？

この街に来てから、そう訊ねられ、クビになる頻度が増えた気がする。次の仕事を見つけても、どうせ同じことの繰り返しになる。その度に、こんな泥沼のような徒労感に沈み込むのだ。

これなら、いっそ、出てこない方が幸せだったんじゃないか？

鬱々《うつうつ》と歩き回っているうちに、ようやく時間になった。小田急《おだきゅう》線の相模大野《さがみおおの》駅に向かう。近年、駅近辺の再開発が進んだらしく、平日の夕刻でも人通りが多い。アーケード通りを北口目指して進む。

駅前広場につながるエスカレーターが見える場所まで来ると、ベンチに腰を下ろした。スマートフォンを取り出し、時刻を確認する。午後四時十二分。

「彼女」の動向は把握している。今日は水曜日だから、そろそろ通るはずだ。

道を挟んだ向かいに目を遣る。母親に手を引かれた女の子が目に入る。「もう食べない」とでも言ったのだろう。つないでいない方の手に持ったハンバーガーを、母親に差し出す。それを見ていると、ごくり、と喉が、続いて、ぐう、と腹の虫が鳴った。

目の毒だ。早く……早く来てくれ。君の姿を見ることが、いまの俺にとって唯一の楽しみなんだから……。

祈りが、天に通じた。

南川《みなみかわ》高校のブレザーを着た女子高生三人が横並びになって、駅へと歩いてくる。真ん中の少女は、背の高い友人二人に挟まれ、一人だけ飛び抜けて小柄だ。

彼女の姿が視界に入った瞬間、身体が芯から火照り、胸の高鳴る音が聞こえた。

「マナ的には、その男はオーケーなわけ?」

「マナは趣味悪《ワリ》いからいいんじゃね?」

「そんなわけねーだろ。おめーらぶっ殺すぞ、マジで」

今日も三人は、十代の少女に特有の、よく響く声を撒き散らしている。おまけに早口で、話の内容は半分も聞き取れない。眉をひそめる通行人もいるが、一向に頓着しない。

少女たちは、そろって髪を派手な色に染め、下着が見えそうなほど短いスカートを穿《は》いていた。

スマートフォンをいじるふりをしながら、真ん中の少女――「マナ」を見つめる。

ショートカットの髪は、金に近い茶色に染められていた。くりくりした瞳と、厚めの唇が愛くるしい。小柄だが、凹凸のはっきりした身体からは、高校生とは思えない色香が漂っている。

八木がなによりも気になって仕方ないのが、彼女の脚だった。

黒いハイソックスのおかげで、足首がきゅっと締まって見える。その上に続く膝やふとももは、白くて真っ直ぐ。いまどきの少女らしく、細くて長い。

佐山愛瑠《さやまあいる》の脚を、嫌でも思い出す。

彼女も、あんな風に短いスカートを穿き、潑剌《はつらつ》とした脚で……マナ、どうして君まで、そんな格好をしているんだ。やめてくれ。そうでないと、俺は、俺はもう……ああ、いますぐにでも声をかけたい……。

三人組がエスカレーターに乗って、駅前広場へと上がっていく。今日も駅ビルやショッピングモールをうろつくのだろう。後をつけたことは何度もある。

自分たちに視線を向ける男に生脚をくねらせ、からかっている現場に出くわしたこともあった。生脚目当ての男にナンパされるところにも、生脚に手を伸ばす男と歩いているところにも……。美脚が男を引き寄せる武器であることを自覚しているのか？　佐山愛瑠と同じなのか？　なら、一万円札を数枚差し出されれば、きっと……。

エスカレーターをのぼり切った少女たちが、人混みに消えた。八木は呼吸を荒くしながら、じっとそちらを見つめ続ける。

「随分と興奮してるんですね」

突然の声に大袈裟《おおげさ》でなく飛び上がり、顔を向ける。

男が立っていた。

まだ「青年」に分類される、若い男だ。灰色のニット帽を被っていてわかりにくいが、おそらく二十歳前後。だぶだぶのズボンのポケットに両手を入れながら顎《あご》を上げ、八木を見下ろしている。

「おじさん、よくここに座って、あの女子高生たちを眺めてますよね。特に真ん中の、ショートカットの子がお気に入りなのかな。いまにもしゃぶりつきそうな目をして、脚を見つめてますもんね」

「そんな目は、絶対にしていない」

「そういうことにしてあげましょうか。人間って、自分のことはなかなかわからないものですけどね」

勝手にほざいてろ。

内心で吐き捨て、立ち上がって背を向ける。

この青年は、俺が前々からこの場所で、マナを見つめてることを知っているらしい。違う場所を見つけなくては。くそ、唯一の楽しみを奪いやがって……。

「そんなに悔しそうな顔をしないでください。提案があって来たんですよ。女子高生の生脚が気になって仕方ないなら、いっそ盗撮してみませんか？」

「盗撮？」

予期せぬ単語に、思わず振り返る。

「ええ。女子高生の、スカートの中を」

「そんなことをする趣味はないし、捕まったら刑務所《ムショ》行きだ」

「いいじゃないですか。どうせ昔は入ってたんだし、このまま失業して野垂れ死にするよりは刑務所暮らしに戻った方がいいんじゃありませんか、八木輝久さん」

「なぜ俺の名前を……っ」

発作的に青年の胸ぐらをつかんだ。青年は、辺りを見回しながらせせら笑う。

「離してください。みなさん、こっちを見てますよ」

言われて気づいた。通行人たちは足早に通りすぎながらも、こちらに怪訝《けげん》と好奇の目を向けている。奥歯を嚙《か》みしめ、胸ぐらから手を離す。青年は、わざとらしいほどゆっくりシャツの乱れを直してから、

「仕事もクビになってばかりで、刑務所にいたころが恋しいんじゃないですか。望みを叶えてあげますよ。女子高生のスカートの中を盗撮してください。それから、わざと捕まってください」

「意味がわからない」

「詳しいことは、場所を変えてお話ししましょう。もちろん、受けるかどうかは八木さん次第ですけど、受けた方がお得だと思いますよ。どうせ仕事なんてないんでしょう、女子高生を殺した八木さんには」

2

八木が最後に笑った日は、佐山愛瑠を殺した日だった。

当時の八木は、さみしかった。職場では、上司と折り合いが悪く、いじめに近い扱いを受けていた。家庭では、妻が娘の子育てに夢中で、八木の愚痴を聞いてくれることも、セックスすることもない。そういう話を打ち明けられる友人もいない。

だから、つい、SNSで知り合った女性と食事をした。

オンラインゲームの趣味が合ったからそうしただけで、疚《やま》しいことをする気は一切なかった。食事をして、アルコールを少々飲んで、話だけしたら帰るつもりだった。

しかし、レストランに現れた彼女——佐山愛瑠は、SNSにアップされていた写真以上に美しかった。二十三歳。日本人離れした白い肌、艶《つや》やかな黒髪、育ちのよさを感じさせる挙措動作。小柄だが、色香の漂う身体つき。

なにより八木の目を引いたのが、彼女の脚だった。

短いスカートから伸びる二本の脚は、きゅっ、という音が聞こえてきそうなほど引き締まり、それでいて、繊細でやわらかな曲線を描いている。肌理《きめ》の細かな肌は、名工が手がけた陶器のように滑らかだ。食事をしている間ずっと、下腹部が熱くなるのを感じた。テーブルの下にある二本の脚が気になって仕方なかった。

八木を見透かしたかのように、デザートが運ばれてくる直前、愛瑠は上目遣いに言った。

「今夜は、泊まっていきませんか」

熱が全身に広がった。妻しか女を知らない俺が、初めて会った女性から誘われるなんて。

興奮と当惑で動揺する八木に、愛瑠はふわりと微笑み、

「ネットだけのやり取りでしたけど、八木さんとは心が通じ合うというか、魂が共鳴しているというか……とにかく、気が合うと思ったんです。それに八木さん、なんだかさみしそうですし。私にできることがあったら、なにかしてあげたいんです」

感激が、動揺に取って代わった。

この子は、俺の孤独をわかってくれている。妻ですらわかってくれなかったのに……。

気がつけば八木は、自分の苦悩を吐き出していた。折り合いの悪い上司、子育てのことしか考えていない妻、少ない友人……愛瑠は大きな瞳を潤ませながら、話を聞いてくれた。話を終えたときには、「この子の気持ちに応えなくては男が廃《すた》る」と本気で思っていた。

いま振り返れば、なんとも愚かしいことに。

近場のホテルに入ると、愛瑠は緊張の面持ちで、ハンドバッグをナイトテーブルに置いた。

「なんだか恥ずかしいです……」

内股をすり合わせるようにしながら呟く愛瑠。白かったふとももがほのかに赤く見えるのは、品のない照明のせいではあるまい。

無言で、押し倒した。

「あ……っ！」

足首を押さえつけ、ふとももにそっと接吻する。張りのある弾力は、初めて味わう感触だった。妻では決して味わえない感触。理性のたががはずれ、夢中で舌を這わせた。

「――あっ！　あんっ！　んんっ！」

切なげに漏れる声に、舌の動きが加速する。白く、

引き締まって、すべすべしたふともも。この美脚が俺のもの——俺だけのもの——すごい。すごいすごいすごいすごい——。

「気持ちいい？　気持ちいいよね、愛瑠ちゃん？」

舌を這わせながら熱に浮かされたように問うと、愛瑠は答えた。

「んなわけねーだろ」

聞き違いかと思った。しかし愛瑠は、八木の顔を無造作に足蹴にした。痛みよりも驚きの方が大きく、なにが起こったのか理解できない。愛瑠はベッドの上で身体を起こすと、汚らわしい物を見るような目をして鼻を鳴らした。

「ちょっと誘ったら調子に乗りやがって。これだからモテないおっさんは気味悪《キモ》いわ」

呆気に取られる八木を尻目に、愛瑠はベッドカバーで両脚を拭き始める。

「本当はシャワーを浴びてるところを撮るつもりだったのに。予定が狂ったなあ。その分、追加料金を請求させていただきまーす」

愛瑠は楽しげに語尾を伸ばすと、ベッドカバーを放り、ナイトテーブルに置いたハンドバッグからスマートフォンを取り出した。ディスプレイに表示された「録画中」を示すランプと、「請求」という単語が結びつき、ようやく自分が置かれた状況を理解する。

「騙したのか」

「そんな言い方しないでよ。女子高生の脚を舐めさせてあげたんじゃない。ずっと気になってたでしょ、私の脚。いままでのおっさんたちもそうだったから、よくわかるわ」

気づかれていたのか……いや、それよりも。

「君……女子高生なのか？」

「十七歳、高校二年生よ。いいもの舐めたでしょ」

呆気に取られる八木に、愛瑠はウインクして続ける。

「でも女子高生とホテルに入ったことがばれたら、人生終わっちゃうよね。かわいそうなおじさん。あ、そんなにびびらないでいいよ。お金をくれたら、黙っててあげるからさ」

「誘ったのは君だ」

「そんな言い訳、通用すると思う？」

愛瑠はスマートフォンをひらひらと掲げ、十七歳とは思えないほど妖しく微笑む。

「とりあえず、今週中に百万円払ってくれればいいから。その先は応相談……だから、そんなにびびらないでよ。私だって、おじさんの家族にかなしい思いをさせたくない。おじさんが払えるだけの金額しか請求しないであげる」

なにを恩着せがましく言ってるんだ、こいつは。今週中に百万円？　サラリーマンが気軽に払える額じゃない。しかも、一度で終わらせるつもりはない。これからずっと、延々と俺から金をむしり取る気でいる……。

そこから先の記憶は、曖昧だ。

スマートフォンを奪おうと、衝動的に飛びかかった。愛瑠はなにか叫びながら、両手両足を振り回した。八木のことを、図体がでかいだけで、実力行使に出る度胸はないと見下していたのだろう。八木も、まさか自分がこんな強硬手段に出るとは思わなかった。

妻にこのことを知られたくない――虫のいい話だが、その一念しかなかった。

それでも、殺すつもりは本当になかった。

我に返ったときには、右手にスマートフォンを握っていた。

そして佐山愛瑠は床に仰向けに落ち、動かなくなっていた。

だらしなく広がった二本の白い脚が、場違いに眩《まぶ》しく見えた。

「佐山愛瑠さんは、両親が不仲で家庭に居場所がなく、学校も欠席しがちでした。その憂さを晴らすように男を騙してホテルに行き、金を巻き上げていたのです。被告の責任は重大ですが、偶然、壁に後頭部を打ちつけてしまっただけですし、自ら通報したので、反省していることも明らか。過失致死と見るのが妥当です」

それが弁護士の主張だった。できるだけ軽い刑を、願わくば執行猶予を。八木が、そう強く望んだからだ。愛瑠には、取り返しのつかないことをしてしまった。しかし、殺意がなかったことは本当なのだ。

対して検察側は、傷害致死を主張した。

被告人は不倫に及ぼうとした挙げ句、相手が女子高生と知るや否や、保身のためスマートフォンを奪おうとした。殺意は明白。この期に及んで過失致死を主張するのは反省の色がないからである――。

世間は、事件をセンセーショナルに扱った。佐山愛瑠を「自業自得」と批判する声もあったが、妻と幼い子どもを放って女子高生とホテルに行った八木への罵《ば》詈雑言《りぞうごん》は、その比ではなかった。

週刊誌が、愛瑠の両脚から八木の唾液が検出されたこと、即ち、八木が愛瑠の両脚を舐めていたことを報じると、罵詈雑言はさらに大きくなった。佐山愛瑠の両親は、自分たちの責任を棚上げして、「娘を返せ！」と法廷で泣き叫んだ。裁判員たちはその流れに呑まれ、佐山愛瑠に肩入れした。

判決は、傷害致死。懲役八年の実刑。

弁護士からは控訴を勧められたが、断った。たとえ高裁で減刑を勝ち取っても、原告側は必ず上告する。この先、何年もこんな日々が続くのは耐えられない。

そのころ、妻と連絡が取れなくなった。

離婚届は、逮捕直後に突きつけられていた。拒否する権利などあるはずがなく、すぐにサインした。それでも、居場所がわかっていればよかった。信じてもらえないだろうし、いまさら言えた義理でもないが、八木は妻と娘を本気で愛していた。

だから妻の失踪で支えを失い、心が無残にへし折れた。


七年後、八木は刑務所を出た。

愛瑠への罪の意識と、妻子に逃げられた喪失感のせいで、気力もなく淡々と服役する様が、模範囚に見えたらしい。初犯の場合、一定期間がすぎれば、刑期が満了する前に「仮釈放」という形で出られることが多いようだ。残りの刑期は、保護観察を受けながら、社会ですごすことになる。両親は既に亡く、ほかの身内からも友人からも絶縁されているので、保護司に身元引受人になってもらった。

「解放された」というより、「放り出された」感覚だった。

住居こそ保護司に紹介してもらえたものの、仕事が見つからない。

もともと簡単な事務作業しかできないので、つぶしが効かない。刑務所内では刑務作業を課せられていたが、単純作業ばかりで再就職の役には立たない。

保護司は、保護司法に定められていて、刑務所や少年院を出所した者の生活支援を行う。元受刑者が社会復帰するために欠かせない仕事だが、国から給料は支給されず、完全なボランティア。成り手は少なく、高齢化も進んでいる。

八木を担当する保護司は初老の男性で、一生懸命やってはくれた。しかし、そもそも元受刑者を雇ってくれる職場自体が少ないのだからどうしようもない。

そうこうしているうちに仮釈放期間を終え、保護観察が解かれた。

「仕事を見つけられなくて申し訳ない。でも、これからも力になる。いつでも来てくれ」

保護司はそう言ってくれたが、元受刑者は次から次へと出所してくる。いつまでも頼りにするわけにはいかない。自力で仕事をさがすしかなかった。

選ばなければ仕事はあると思っていたが、甘かった。たとえ仕事が見つかり、黙々と働く様が評価されても、前科が知られた途端に掌を返される。上司からも同僚からも、怯えた目で見られる。短いスカートを穿いていた女性が、パンツを穿いてくるようになる。寄ってくるのは、「女子高生の脚おいしかった？」と、目をぎらつかせて訊ねてくるような輩《やから》ばかり。結果、職場にいづらくなる。辛抱して働き続けても、理由をつけられクビにされる。

ある職場で、八木に好意を寄せている女性がいたこともあった。順調にいけば、数週間後にはつき合っていただろう。しかし、同僚がどこかから情報をつかみ、前科を知られてしまった。

「八木さんは、もう罪、を償ったんです。責められることは、ありませんよ」

彼女はぎこちなくも笑い、そう言ってくれた。八木への態度は、それからも変わらなかった。

しかし、それ以上、八木と親しくなることもなかった。

これが現実——よくて、ぎこちない現状維持。

それに気づいてから、八木はその職場に行けなくなった。朝起きると頭痛がする。無理に家から出ようとすると、吐き気が込み上げてくる。体調不良の連絡を入れることすらできない。誰かが様子を見にくることもない。

ほどなく、無断欠勤でクビになった。

それから八木は、なけなしの貯金を使い果たし、相模原《さがみはら》市に流れてきた。

この街でも、前科者だと知られたらクビになる現実は変わらない。出所して二年以上経ったというのに、未だ定職に就けないでいる。問題なく働けると見なされ、生活保護を受けることもできない。

この先も俺は、過去を知られないかと怯えて仕事を続け、過去を知られてクビになり、過去を知られないようにしながら新しい仕事をさがす日々を繰り返すのだろう。「被害者の無念を思えば当然の報い」と言われればそのとおりなので、返す言葉もない。

それに贖罪の念の一方で、未だ佐山愛瑠の生脚が忘れられないことも事実。

あれは最高の脚だった。舌が、指が、ほおが、彼女の感触を鮮明に覚えている……。いくら理性で制しても、本能が興奮してしまう……。最低のクズ野郎だと自分でも思う。

それを重々自覚しながらも、やはり俺は、マナを見ていたい――。

だから、八木はアーケード通りのベンチに座り、毎日のようにマナを見つめている。

スカートから伸びる白い脚を、自然、佐山愛瑠の脚と重ね合わせながら。

3

「女子高生の生脚をじろじろ眺めるしか楽しみがないなんて、悲惨ですね。そんなことだから、こんなボロアパートにしか住めないんですよ」

青年は、八木の部屋を見回して言った。壁際に積まれたビールの空き缶に気づくと、これみよがしにため息をつく。

俺だってやめたい。でも、飲まないとやってられないんだ――。

「無理やりついてきたくせに、随分な言いようだな。そんなことより、詳しいことをやらを聞かせてもらおうか」

八木は感情を抑え、万年床に座り込む。そうしながら、自分がとても新鮮なことをしている気がした。理由は、すぐにわかった。

この街に来て初めて、職場の外で誰かと会話しているからだ。

再び感情が揺らめく八木に構わず、青年は、ズボンのポケットに手を突っ込んだまま、

「簡単な話です。あの女子高生たちがエスカレーターに乗ったら、後ろからスマートフォンでスカートの中を撮影してください。そうしたら僕が『盗撮だ！』と叫びます。八木さんは逃げるふりをして、適当なとこ

ろで転んで、周りの人たちに取り押さえられてください。僕はその一部始終を撮影します。以上。ね、簡単でしょう？　先延ばしにしても意味がないから、決行は明日でお願いします」

「そんなことをして、なんの意味がある？」

「テレビ局に映像を売り込むんですよ。よくニュースで『視聴者提供』というのがあるでしょう。あの類いのやつです。不景気でテレビ局も人件費を削らないといけないから、結構需要があるんですよ。単価は安いけど、塵《ちり》も積もるとそれなりの値段になる。八木さんのような方に協力していただき、稼がせてもらってます」

「前科者を脅して犯罪をやらせて、その場に居合わせたふりをして撮影した映像をテレビ局に売り込んでいる、というわけか」

　世の中には、いろいろなビジネスがあるものだ。

「人聞きの悪いことを言わないでください。これは両方《ウィンウィン》にとって得なビジネスじゃないですか。前科者は安全確実に刑務所に戻ることができて、僕らは映像をお金にできる。盗撮は未遂に終わるから、被害者も出ない。断るなら、未来永劫、八木さんが死ぬまで、女子高生を殺した鬼畜野郎であることを言いふらしますよ。僕らのグループなら、それが簡単にできる」

「グループ？」

「そう。例えば八木さんは、相模原市どころか、神奈川県に一度も住んだことがないですよね。なのに、いまこの街に住んでいる——ほら、僕らのグループなら、これくらいの経歴、簡単に調べられるんです」

　事実だ。八木は引っ越してくるまで、相模原市に縁もゆかりもなかった。

「僕らを敵に回せば、就職どころか、住む場所をさがすのも難しくなる。僕らに従わないで、勝手に捕まっても同じことをします。誰かに僕らの話をするのもNGです」

「どこが両方《ウィンウィン》にとって得だ。やっぱり脅迫じゃないか」

「見解の相違じゃないですかね？」

　わざとらしくとぼける青年を、睨み上げる。

「最近、クビになる頻度が増えた気がしていた。お前らが、職場にチクっていたんだな」

「怒らないでください。八木さんのためにもなるんですから。刑務所に戻れば、衣食住を心配しないで済む生活が待ってるじゃないですか。いまより、ずっと快適な生活が送れますよ」

「それは……」

自由の制限と、年下の刑務官に絶対服従を強いられる屈辱。それらに耐えられるのなら、青年の見解は正しい。

服は囚人服が支給――というよりも強制――されるので、無料と言えば無料だ。飯は一日三度、必ず用意される。質素で、決してうまいとは言えないが、クリスマスにはケーキ、正月には餅など、最低限の季節感もある。住居は言うに及ばず。刑期を終えるまで、決して追い出されることはない。

佐山愛瑠を殺す前、「出所者の四割近くが再び罪を犯す」というデータを見たことがあった。犯罪者は性根が腐っているから出所してもまた罪を犯すんだ、くらいにしか思っていなかったが、同じ立場になってみると、その認識が間違いだったことがわかる。

追い詰められ、刑務所に戻るしか生きる術がないから罪を犯す者だって、きっといる……。

「このまま娑婆《しゃば》にいたって、どうせなにかやらかして刑務所に逆戻りだ。なら、早い方がいいと思いませんか？　しかも次に出所したら、僕らのグループで面倒を見てあげます。八木さんのような強面《こわもて》の人は、なにかと使えそうですしね。女子高生の生脚が大好きな変態八木さんに、ぴったりの仕事を用意してあげますよ」

そんなものは好きじゃない、と言ったところで、説得力はあるまい。

それに、佐山愛瑠の脚が忘れられないことは事実――。

ごくり、と唾《つば》を呑み込む音が聞こえたのだろう。青年は、勝ち誇った顔で続ける。

「ちょっと僕らへの忠誠心を見せて捕まるだけで、当面は安定した生活を送ることができて、しかも、出所後の仕事も手に入るんです。でも逆らったら破滅。選択の余地はないでしょう？」

女子高生を殺して出所した後、今度は女子高生を盗撮――社会的に再起不能になることは確実だ。

なるほど。この青年のグループとやらは、こうやって前科者を追い詰め、使える駒を増やしているというわけか。

一度《ひとたび》罪を犯した者は、こうした底なし沼にはまっていくしかないのだろう。救いの手など、誰にも差し伸べてもらえないのだから。周囲の反応は、よくてぎこちない現状維持。だったら、もう……。

佐山愛瑠の脚とマナの脚が、想像の中で重なり。

「——言うとおりに、しよう」

いつ青年が帰ったのかはわからない。

我に返ると、八木は部屋に一人でいた。

一人、か。

佐山愛瑠を殺してから、ずっと一人。服役を終えても、どんなに被害者に手を合わせても、あたたかい言葉をかけてもらえる場所なんてどこにもない。

俺に居場所はない——これまでも、これからも。

「————っ！」

意味をなさない叫び声をあげながら、ビール缶を壁と床にたたきつけた。

翌日。

八木は、アーケード通りのベンチに腰を下ろしていた。秋というより冬に近い気温なのに、全身が汗ばんでいる。

昨日は一睡もできなかった。目の下はくまに縁取られ、ひどい顔をしている。

ほかに選択肢はないのか？　この二十四時間あまりの間、何度考えたかわからない。しかし、ほかに取るべき道はない。もうこうするよりほかないのだ——。

八木をここまで追い込んだ青年は、エスカレーターをのぼり切ったところに立つ柱に寄りかかっていた。今日もニット帽を目深に被り、我関せずといった顔をしてスマートフォンをいじっている。しかし尖《とが》りを増した両目が、時折、こちらに向けられている。

小刻みに震える手で、スマートフォンを取り出す。時刻を確認する。午後三時二十七分。木曜日、マナはこの時間帯に通る。今日もまた、佐山愛瑠を思わせる美脚を曝《さら》しているに違いない。

マナに現れてほしいのか、ほしくないのか。八木自身、よくわからなかった。彼女が現れれば、もう引き返せない。しかし、この不安と緊張にいつまでも耐えられるとは思えない。なら、いっそ早く……しかし……。

八木の葛藤に、なんら影響されることはなく、

「マナは悪くねーじゃん」

「そうだよ。マナに意見するなんて何様なんだよ、あのハゲ先生《セン》」

「まー、いーよ。所詮はハゲ先生《セン》だしさー」

マナたちが、よく響く声を撒き散らしながら現れた。下着が見えそうなほど短いスカートも、いつもどおりだ。

しかし見ている八木の方は、いつもと違う。

スマートフォンをジャンパーのポケットにしまい、両膝に力を込め、ゆっくりと立ち上がった。空気を欲する口を真一文字に結び、足早に少女たちを追いかける。幸い、間に通行人が入り込むことはなかった。長身の二人に続き、マナがエスカレーターに乗る。八木はその背後にぴたりとついて、エスカレーターに乗った。

この街に来てからずっと眺めていた少女――マナが、目の前にいる。鼻腔をくすぐるのはシャンプーのにおいだろうか。それとも香水？

視線を下に落とす。短いスカートと、白く細くやわらかそうな生脚が、視界に入る。

佐山愛瑠と、同じ脚だ。

ああ、マナ。君もきっと、佐山愛瑠と同じで――俺のような冴えない男を誘惑できる美脚を――君がそんな風に生脚を曝け出しているのがいけないんだ。だから俺は、これから――本当は、そんなつもりなかったのに――。

エスカレーターが半分をすぎた。いつの間にか口を開き、荒い呼吸を繰り返している。マナに聞こえるのでは、と慌てて口を閉ざしたが、杞憂だったようだ。

「マナは大人だよね」

「ハゲ先生《セン》よりマナの方が頭いいんじゃね？」

「あたりめーだろ」

ぎゃはは、と笑う少女たちは話に夢中で、八木の存在に気づいてすらいないようだ。なにが楽しいのか、いつも以上に甲高く、早口にしゃべっている。考えてみると、この子たちの名前で聞き取れたのは「マナ」だけだ。あとの二人は、なんという名前なのだろう？

まあ、いい。俺が興味を持っているのは、マナだけだ……。

ジャンパーのポケットに、汗ばんだ両手を入れる。右手の指先がスマートフォンに触れた。これを取り出し、下の方に差し出せば、マナのスカートの中を撮影できる。青年は、その瞬間を待ち構えていることだろう。

　エスカレーターが三分の二をすぎた。

　大きく息をつく。

　青年がエスカレーターの上から、こちらを見下ろしている。その姿を見上げて――。

　八木は、首を横に振った。

　青年の顔に当惑がよぎる。

　八木がジャンパーのポケットから手を出すことのないまま、エスカレーターは終わった。

　足をとめた八木は、遠ざかっていくマナの背中を見つめる。終わってみれば、先ほどの不安と緊張が嘘のように、波紋一つない湖面のように穏やかな気持ちになっていた。天を仰ぎ、もう一度、大きく息をつく。

「どういうつもりですか？」

　青年が、詰問口調で迫ってくる。

「自分に選択肢がないということが、まだよくわかってないようですね。それとも、僕らのグループを舐めてるんですか。八木さんが前科者だと言いふらして――」

「好きにすればいい」

　自分でも驚くほど静かな声で言って、踵《きびす》を返す。


　青年がなにか叫んでいたが、もう相手にするつもりはなかった。

　あの場所に、行かなくては。

4

　八木が相模第二団地に来るのは、およそ一年ぶり。引っ越してきた直後に訪れて以来だ。あのときは、遠巻きに眺めただけだった。見つかったらと思うと、足を踏み入れることができなかったのだ。

　いまは、なんの迷いもない。

　青年に後をつけられないよう、タクシーやバスを乗り継ぎここまで来た。敷地に入る。似たような長方形の建物が並んでいるが、目指すべき場所はただ一つ。

　B号棟の二〇四号室だ。

　留守だったら帰ってくるまで待つつもりだったが、幸い、窓に人影が見えた。階段をのぼり、インターホンを鳴らす。しばしの間を置いて、ドアスコープからこちらを覗《のぞ》く気配が伝わってきた。直後、大きく息を呑む気配。

「居留守を使いたいのはわかる。でも、開けてくれ」

隣室に聞こえないように、声を潜めて告げる。物音一つしなかったが、嫌悪感が膨《ふく》らむのがわかった。それでも、続ける。

「用が済んだらすぐに帰る。頼むよ。マナのこと、なんだ」

数秒の間を挟んで、ドアがゆっくりと開いた。現れた顔は、年齢以上に老け込んでいた。艶のない髪には、白い物が散見される。人違いか？　と思いかけた。しかし八木より少し低いだけの目線――女性にしては高めの身長と、なにより、くりくりした瞳、厚めの唇は間違いない。

「私もマナも、あんたとはもう赤の他人でしょ」

「順を追って話すよ。とにかく中に入れてくれ」

真田千春《さなだちはる》――かつて妻だった女性に、八木は言った。

「ドアを閉めて」

尖った声に促され、言われたとおりにする。次いで靴を脱ごうとしたが、千春は玄関に仁王立ちになったまま動こうとしない。

入れてくれるのは、ここまでということか。

千春越しに、部屋をそっと覗く。八木のアパートに負けず劣らず古びていた。老朽化が進んだ団地に格安家賃で入居したのだろう。床には、スーパーの袋や衣服が乱雑に放置。埃《ほこり》も方々に溜まっているようだ。

一緒に暮らしていたときは、こんなことなかったのに。

「これから夜勤なの。さっさと帰ってね」

千春は、疲れた様子で切り出す。

「どうしてここがわかったの？　親戚にだって教えてないのに」

「探偵を雇って、さがしてもらったんだ」

八木が懸命に貯めた、なけなしの貯金の使い道がこれだった。

近年、ストーカーやＤＶなどの被害者が増加しており、真っ当な探偵は、八木のような訳あり者の依頼を受けてくれない。身分を偽って依頼しても、腕のいい探偵ならすぐに八木の前科を洗い出し、断ってくる。結局、腕がよくて仕事を選ばない、悪徳に近い探偵を雇うことになり、想定以上の依頼料を払うことになった。

住所を突きとめてもらうだけで予算を使い切り、写真を見せてもらうことも、いまの生活状況を知ることもできなかったが、充分だった。千春とマナが住んでいると知るなり、縁もゆかりもない相模原市に引っ越すことにした。

会えなくてもいいから、少しでも二人の傍にいたい。その一心だった。

「この団地には、女子高生が何人か住んでいる。友だちに『マナ』と呼ばれているのを聞くまで、どの子がマナかわからなかったよ」

「娘の顔もわからないなんて、本当にろくでなし」

「情けないよな。でも、どう成長しているかわからなかったし、随分と化粧が濃かったから。ただ、友だち二人を見上げて話している顔には面影があった」

「随分と大きなお友だちね。そんな子と仲がいいなんて知らなかった」

千春は苦々しげに吐き捨てた後、はっと息を呑み、

「ずっとマナのことを見てたわけ？」

「仕事がないときは、大抵。駅の近くで——そんな顔しないでくれ。悪かったと思っている。でもマナを見ることが、いまの俺にとって唯一の楽しみだったんだ」

あの青年は、八木を「女子高生の脚を舐めまくった挙げ句に殺した変態」と思い込んでいた。そのせいで、マナの生脚に興奮していると誤解したのだろう。マナに気づかれないように、スマートフォンをいじるふりをしながら、ちらちら眺めていたことも誤解を招いた一因かもしれない。

だから「人間って、自分のことはなかなかわからないものですけどね」としたり顔で話す彼に、「勝手にほざいてろ」と内心で吐き捨てた。

青年のことと、盗撮を持ちかけられたこと、先ほどマナのすぐ傍にまで行ったことを話すと、千春の顔はみるみる強ばっていった。

「まさか、あの子を盗撮したの？」

「そんなはずないだろう」

「どうだか。あんたならやりかねない」

憎々しげな声が、胸に突き刺さった。

男の本能として、愛瑠の生脚の感触を忘れられないことは事実だ。本当に最低だと思う。

しかし、もう二度とあんなことをするつもりはないし、するはずもない。人間として、当然じゃないか。なにより、

「女子高生を殺した罪で服役していた俺が、今度は実

の娘を盗撮して捕まったらどうなる？　マナが、どれだけ傷つくことか」

「だったら、なにしにマナのところに行ったの？」

「——お別れを、するためだ」

緩みそうになった涙腺に、力を込める。

「あの男のグループに歯向かった俺は、もうこの街にいることはできない。行方をくらますしかない。せめて最後に、マナの近くまで行きたかった」

「あ、そう。望みが叶ってよかったじゃない」

八木の悲愴感とは対照的に、千春はどうでもよさそうに言った。

「なら、さっさと消えれば？　なんでここに来たの？」

「消える前に、君にお願いしたいことがある」

躊躇《ちゆうちよ》なく土間に両手両膝をつき、頭を下げる。「なによ？」という驚きの声には構わず、

「マナを立ち直らせてやってくれ。このままだとあの子は、佐山愛瑠と同じ道をたどるかもしれない」

マナは、友人二人と短いスカートを穿いて生脚を曝し、男たちを誘惑してからかい、毎日のように駅ビルやショッピングモールをうろついている。髪の色や化粧の濃さから、既に教師たちに見放されていることは明らかだ。千春が構っている様子もない。

学校にも家庭にも居場所がなかった少女——佐山愛瑠の境遇と、そっくりではないか。

マナの生脚を見る度に、佐山愛瑠のそれと重なって、胸がざわめいた。

どうして君までそんな格好をしているんだ。やめてくれ。そうでないと俺はもう、こらえきれず君に声をかけてしまう。自分が君にとって忌むべき存在だということを無視して、「生活態度を改めろ」と説教をしてしまう。

もちろん、そんなことできるはずもなく、ただマナを見つめることしかできなかった。忸怩《じくじ》たる思いだったが、父親としてマナを見守ることは、いまの八木にとって唯一の楽しみだったのだ——あの青年が、現れるまでは。

「そのうち、本当の変質者に目をつけられるかもしれない。そんなことにならないように、マナとしっかり話し合ってくれ。あの子の心が安らぐ場所を……居場所をつくってやってくれ」

懇願を振り絞り、冷たい土間に額を押しつけた。

千春は、呆気に取られた様子だったが、

「あんたが言うと、やけに説得力があるわね」

あきれたようなため息を挟み、

「私だって気づいてんのよ、あの子が荒れてるってことは。生きていくのに精一杯で、まともに話す時間なんてほとんどなかったけど、でも、わかった。あの子のためにも、一度じっくり話し合ってみる」

反射的に顔を上げた。全身から力が抜けていく。

「ありがとう。どうか、どうかよろしく頼む」

千春が微笑む。

笑み。八木が、佐山愛瑠を殺した日を最後に、浮かべていない表情。

釣られて、口許がその形になる寸前だった。

「こうなったのは誰のせい？」

千春は、一転して口調を荒くして八木を睨み下ろす。

「あんたが捕まってから、私たちがどれだけ苦労したと思ってるの？　マスコミに追いかけ回されて、何度引っ越したと思ってるの？」

突然の剣幕に、口を開きかけたまま固まった。

千春は、たたきつけるように続ける。

「マナのことを心配してくれてありがとう、とでも言うと思った？　すぐにこの街から出ていって。今度こそ、二度と私とマナの前に現れないで！」

相模第二団地を出て、悄然《しょうぜん》と帰路につく。

――マナのことを心配してくれてありがとう、とでも言うと思った？

その期待がなかったと言えば、嘘になる。一つか二つでいい、心の通った言葉をもらえるのでは、と思った。

佐山愛瑠を殺した罪は、一秒たりとも消えることはない――わかっていたことではあるが、妻から突きつけられると想像以上に応えた。

しかも俺はこれから、あの青年のグループに怯えて生きていかなくてはならない。

マナに父親らしいことをしてやれたのが、唯一の救いか。千春なら、きっとマナを立ち直らせてくれる。マナのすぐ傍まで行くこともできた。大切な娘の姿を脳裏に焼きつけた――。

細い路地を歩いていると、背後から足音が聞こえてきた。明らかに、こちら目がけて進んでくる足音だった。振り返る。薄闇が落ちた道でも、相手の姿がはっきりと見える。

金に近い茶色に染めたショートカット、下着が見えそうなほど短いスカート、小柄だが高校生とは思えない色香が漂う身体。

マナだった。

足をとめたマナは力強い眼差しで、射ぬくように八木を見つめる。間違いなく、八木が何者であるかを認識している。

「さっきの話、全部聞いたから」

当惑する八木を見据えたまま、マナは言った。

「ただでさえ、あの団地はドアも壁も薄いのに、大きな声だったから。外で聞き耳を立ててたら、嫌でも聞こえた」

「マ……マナ……マナ、マナ、マナ……」

意味ある言葉を紡げず娘の名前を連呼していると、角から男が姿を現した。

あの青年だった。

我に返る。

「お前、どうして――逃げろ、マナ！」

「お疲れさん」

八木の動揺には無頓着に、マナは青年に言った。青年は、八木に眇《すが》めた目を向けながらマナに言う。

「いまさら、こいつと二人きりになる意味なんてないだろ」

「あたしにはあたしの考えがあるんだよ。万が一なにかされたらでっかい声を出す」

「でも……」

「いいから、どっか行ってろ」

青年は納得していない様子だったが、八木に威嚇《いかく》の眼差しを送りながらも、足早に去っていった。夕暮れの道に、マナと二人だけになる。

「どういうことだ。あの男と知り合いなのか？」

「カレシだよ。いろいろ手伝ってもらった」

「なにを言ってるんだ？　あいつは俺に、お前を盗撮するように言ったんだぞ？」

「あたしが言わせたの。八木サンのことを、実の娘でも平気で盗撮する変態だと思ってたから。マナも、絶対そうだって言ってたし」

「なにを言ってるんだ？」

混乱して同じ言葉を繰り返す八木を、マナは、哀れむような目で見つめて言った。

「あ、あ、あたしはマナ、じゃ、ない、ない」

「あたしは同じ団地に住んでる、マナの友だちだよ」

あたしはマナじゃない――その言葉の意味を理解できないでいるうちに、マナは続ける。

「本当のマナは、八木サンが自分を見ていることに気づいて、なんとかしたがってた。でも、お母さんとはろくに口をきいてないし、あたしらの格好《ナリ》じゃ先生もお巡りさんもまともに話を聞いてくれない。だから、あたしがマナのふりをしてあげることにした」

「どうしてそんな嘘を言うんだ。お前は友だちから『マナ』と呼ばれていて――」

反論を口にしている最中、気づいた。

あの三人は、いつも甲高く、早口にしゃべっている。聞き取れた名前は「マナ」だけだ。

八木に聞かせるために、敢えてゆっくり「マナ」と呼んでいたのだとしたら……。

「気づいたみたいだね。そうだよ。八木サンを騙すために、マナたちにあたしを『マナ』と呼ばせてたんだよ。

顔つきは、メイクを工夫すればごまかせるし、マナのふりをする自信もあったけど、身長だけは心配だった。あたしはご覧のとおり、ちっちゃいからね。本当のマナは、背が高い。でも八木サンは、十年近くマナと会ってないでしょ。なんとか騙せると思った」

頭の上に右手をかざしながらマナ――いや、少女は言う。

俺も千春も長身だ。この子が俺たちの子どもだとしたら、背が低すぎる。もちろん、隔世遺伝や栄養状態などの影響で、背の高い両親から生まれた子どもが長身になるとはかぎらない。自分の両親は背が低かったので、マナもそうなのだろう程度にしか思っていなかった。

しかし、よく考えればおかしい。

「友だち二人を見上げて話している顔には面影があった」と俺が言ったとき、千春がこう答えたからだ。

――随分と大きなお友だちね。そんな子と仲がいいなんて知らなかった。

本当のマナは長身なのだ。だから見上げて話すような相手なら「随分と大きなお友だち」となる。

マナが小柄なら、こんな言葉は出てこない……。

では、長身の友人二人のうち、どちらかが本物のマナということか。どっちだ？

答えを見つけようとして、しかし、自分が彼女たちの造作を曖昧にしか覚えていないことに気づいた。

俺が興味を持っているのは、マナだけ。

しかし、そのマナは偽物で、本物の娘には興味を持っていなかった――。

血の気が失せていく。探偵にマナの写真まで撮影してもらえば、こんなことにはならなかったのに。せめて、もう少しだけ金があれば……。

「なんでマナがあたしにこんなことをさせたのか、わかるよね」

わかる。でも頼む。言わないでくれ……。

「八木サンが、気味悪《キモ》かったからだよ。なんとか追っ払いたかったけど、さっき言ったとおり大人は頼りにならない。だから、あたしがマナのふりをしている間に職場にチクりまくって八木サンをクビにして、この街にいられなくしてやろうとした」

目を背けようとした事実が、容赦なく突きつけられる。

「でも、いくらクビにしてやっても、八木サンは待ち伏せしてあたしを――『マナ』のことを見ていた。埒《らち》が明かないから、カレシを使って罠に嵌《は》めて、刑務所にぶち込んでやることにしたの。テレビ局に映像を売る話も、グループの話も、全部でたらめ」

世の中には、いろいろなビジネスがあるものだ、くらいにしか思わなかったが、そうか、すべて罠だったのか。

青年が、八木が相模原市に住んだことがないと知っていたのは、マナが教えたから。先ほどエスカレーターに乗った彼女たちが、いつも以上に甲高く、早口にしゃべっていたのは、決行のときが迫り、緊張していたから。

密かに娘を見守っているつもりでいたのに、娘に騙され別の少女を娘だと思い込まされた挙げ句、娘に刑務所送りにされそうになった……。

「ありもしないグループにびびって自殺でもされたら後味悪いから、教えてやることにした」

肩をすくめる少女の姿が歪む。違う、俺の視界が歪んでいるんだ――。

「……なぜ、盗撮させようとした？」

やっとの思いで絞り出した質問に、少女は当然のように答える。

「刑務所にぶち込むには、八木サンに犯罪をさせるるしかない。でも盗撮以外の犯罪だと、ほかの人たちに迷惑がかかるかもでしょ。あたしらのことなんだから、あたしらの中でケリをつけないと」

「そうじゃない。どうして俺が、盗撮すると思ったんだ。実の娘だぞ。そんなことするはずがない！」

怒鳴りつける八木から少しも目を逸らさず、少女は答える。

「すると思ったんだよ。女子高生の脚を舐めまくって殺した変態だから。そういう目で、マナのふりをしたあたしを見ていると思ったから。まさか、娘を心配してたなんてね。でも、八木サンとマナが親子だと知らない人が見てたとしても、盗撮すると思ったんじゃない？」

前科が前科だしね。

つけ加えられた一言は、静かだが、頭の中に大きく反響した。

「……ははは」

なぜだか笑いが込み上げてくる。佐山愛瑠を殺した日以来、笑うのは初めてだ。

あの日とはまるで違う、乾き切った笑いだった。

笑い続ける八木を、少女は、ほとんど瞬きすらせずに見つめ続ける。

「――マナも、立ち聞きしたのか」

笑いの果てに、八木は訊ねた。

「したよ。八木サンが自分を心配していたと知ったときは、驚いた顔をしてた」

「その後は？　なにか言ってたか？」

そう訊ねた心理は、自分でもよくわからない。ただ闇雲に口にしただけの質問だ。

しかし、その一言は、見逃してしまいそうなほど些細ではあるが、確かな変化を引き起こした。

正面から八木を凝視していた少女の目が、微かに揺れた。

なんだ？　と思う間もなく、少女の双眸《そうぼう》は、再び八木に向けられる。

「言ってたよ。『二度と自分の前に現れないでほしいけど、心配してくれたことには感謝している。どこかで幸せになってほしい』だってさ」

これまでと変わらぬ口調で、少女は言った。

「じゃあね」の一言を残し、少女は踵を返した。ただでさえ小さな後ろ姿が、さらに小さくなっていく。それを見つめる八木は、打ちひしがれていた。

最後の質問に対して、ずっと八木を凝視していた目を、ほんの一瞬だけ揺らした少女。

あの後で紡がれた言葉は、嘘なのではないか。

では、マナの本当の答えは……。妻にも娘にも、完全に拒絶された……その現実を、どう受けとめていいのかわからない。

一方で、ほんのわずかではあるが、胸にあたたかなものが兆してもいた。

名前すらわからなかったあの少女は、嘘をついてくれた。

前科者の、俺のために。

ただの気まぐれかもしれない。こんなことは、もう二度とないかもしれない。そもそも全部、思い込みかもしれない。

それでも、八木は笑った。

小さくはあるが、先ほどとは違う笑いだった。

川の様子を見に行く

太田忠司
Ohta Tadashi

1959年、愛知県生まれ。名古屋工業大学卒。'81年、星新一ショートショートコンテストで「帰郷」が優秀作。'90年『僕の殺人』で長編デビュー。2005年『黄金蝶ひとり』でうつのみやこども賞受賞。「狩野俊介」「霞田兄妹」「探偵藤森涼子の事件簿」「新宿少年探偵団」「京堂夫妻」「レンテンローズ」「オルゴール修復師・雪永綱」「目白台サイドキック」など多くのシリーズを執筆。近著に『道化師の退場』など。

佐野知久《さのともひさ》は故郷を強く憎んでいたので、帰郷する日を心待ちにしていた。

およそ三十年前、江戸川乱歩《えどがわらんぽ》についての評論でデビューした佐野は、当時から斬新な視点と歯に衣着《きぬ》せぬ論法で評価を得、以後のミステリ評論界を牽引《けんいん》する存在となった。またその端整な容貌とユーモア溢れる言葉の中に薬味程度の毒を効かせる語り口でテレビなどにもたびたび登場し、東京の街中を歩けば数人に振り返られる程度には顔が知られていた。

そんな彼が戸井仙村《といせんむら》のバス停に降り立ったのは、夏の陽差しの中にかすかな秋の気配を感じられるようになった九月初めのことだった。生成《きな》りの麻のスーツにパナマ帽という海外リゾートならば似合いもするが田圃《たんぼ》と大根畑が広がる日本の寒村にはいささか場違いな装いを見咎《みとが》める者も周囲にはいない。ただカラスが小馬鹿にしたような声で鳴くだけだった。佐野はそんな鳥の声など気にする様子もなく、ひび割れたアスファルトの上を歩きだした。

なだらかな一本道を五分ほど歩くと、やっと民家が見えてくる。どの家も築年数が五十年を優に超えていると見える古いものばかりで、手入れこそされているようだが老朽化は隠しようもなかった。佐野の表情に嫌悪の色が滲《にじ》んでくる。視線を真っ直ぐに向け、建物が視界の中心に入らないよう歩きつづけた。

彼は以前、コメンテーターとして出演したワイドショーで語ったことがある。

「古民家といえば聞こえがいいが、実際は住むのに苦労するような過去の遺物に過ぎない。ましてや特徴のない家が古びていくと、それだけで地域の心証を悪くする。そうしたものを放置しておくのは害毒でしかない」

この発言は放送後にいくつかのクレームを受けることになったが、佐野は発言を撤回しなかった。それどころか、連載を持っている雑誌に「老朽化した家を放置しておくのは罪悪だ」という主旨のエッセイを書き、糾弾《きゅうだん》を続けたのだった。

それほどまでに古い家を嫌悪する彼が目指しているのは、ほとんど朽ちているように見える一軒の民家だった。そこそこ大きな木造の建屋は瓦《かわら》屋根の重さに耐えかねて今にも崩壊しそうに見える。その家を取り囲む黒塀もところどころ板が外れて歯抜けのようになっていた。門柱に掛けられた表札も黒ずんでおり、かろうじて「友岡《ともおか》」という文字が読み取れた。

佐野は門の前に立ち、板の落ちた隙間から家を覗き込む。人の姿はないように見えた。

門は開かなかった。周囲を見回し誰もいないことを確かめると、覗き込んだ塀の隙間に手を掛けた。少し力をかければその板も外せそうだった。

そのとき、家のほうで何かが動いた。佐野は咄嗟《とっさ》に板から手を離し、あらためて覗き込む。縁側に面したガラス戸越しに人の姿が見える。家の中に誰かいるようだ。

佐野はその場で数秒考え込む。すぐに結論が出た。

門柱に古びたボタンがある。それを押した。かすかにどこかでブザー音がした。

しばらく間を置いて玄関戸が開く。出てきたのは年若い男だった。サンダルを突っかけ、こちらに向かってくる。

「はい、どちら様ですか」

か細い声で誰何《すいか》してきた。二十歳《はたち》そこそこといったところか。貧相な顔立ちで身に着けている衣服もファストファッションであることが一目でわかる。頭もあまり良くなさそうだ。御《ぎょ》しやすい相手だな、と佐野は値踏みした。

「突然申しわけありません。私、佐野と申します。この戸井仙村の出身で、以前こちらの友岡八千代《やちよ》さんに大変お世話になった者です。今日たまたま近くに参りましたのでご挨拶をと思いまして。八千代さんはご在宅でしょうか」

普段使い慣れない敬語で年下の男に話しかける。

「あ……」

一言、声にしたきり、男は黙り込む。

「どうかしましたか」

「佐野……あ……はい。じつは……」

なかなか言い出さない。佐野は苛立つ気持ちを抑えながら、相手の言葉を待った。

「大伯母は……亡くなりま――」

「亡くなった？　八千代さんがですか」

少し食い気味に訊き返す。

「ええ、はい」

「いつ？」

「その……一週間前です」

「そうでしたか。それはそれは。いや、驚きました」

あまり大袈裟《おおげさ》にならないよう留意しながら落胆してみせた。

「あの、よろしければ御焼香《ごしょうこう》させてもらえませんでしょうか」

「あ、はいはい。どうぞ」

門を開けた男に付いて家に入る。玄関は記憶にあるとおりだった。あの頃でさえ廃品同様だった下駄箱は斜めに傾《かし》いでいる。内壁もところどころ壁土が剝げ竹の骨組みが露出していた。

「どうぞ」

若者が差し出したスリッパも何十年前の代物かと思うほど形が崩れ、汚れている。

「お邪魔します」

框《かまち》に上がったが、佐野はスリッパに足を入れなかった。屋内の空気もどこか埃っぽく、黴臭《かび》く感じられた。息をするのも嫌だったが、なんとか堪《こら》える。

「お仏壇は、どちらですか」

訊かなくても知っているが、知らないふりをして尋ねた。

「あ、こちらです」

男の案内で奥の部屋に向かう。

部屋に足を踏み入れた佐野は、一瞬身を強張《こわば》らせた。先客がいたのだ。

「お待たせしてすみません吉田《よしだ》さん」

男は座布団の上で正座しているその人物に声をかけた。

「いえいえ、お構いなく」

先客はひょいと頭を下げた。年齢のわかりにくい顔をしている。身嗜《みだしな》みに気を遣っているのか、七三に分けた髪はきっちりとしていた。しかしまだ暑いのに冬物っぽい布地のスーツをきっちり着込んでいるに汗ひとつかいていないのは解《げ》せない。妙に杓子定規《しゃくしじょうぎ》な印象を与える黒縁眼鏡と相まって、印象は薄いのにどこか浮世離れしているように見えた。

「こちら、大伯母に世話になったというひとだそうです」

若い男が大雑把《おおざっぱ》に紹介すると、男は座布団を外して畳の上に正座し直すと、

「はじめまして。私、遺品博物館の学芸員をしております吉田・T・吉夫《よしお》と申します」

と、挨拶した。

「あ、どうも」

佐野も慌ててその場に座り、

「佐野、知久と申します」

挨拶を返しながら、考える。いひんはくぶつかん？　がくげいいん？　よしだてぃーよしお？　何だそれ？

尋ねようとしたとき、それより早く吉田なる人物が言った。

「間違っていたら申しわけありませんが、もしかして文芸評論家の佐野先生でいらっしゃいますか」

「ええ、そうですが」

「やはりそうでしたか。私、先生の御著書を読ませていただいております。『乱歩と芥川《あくたがわ》』はなかなか示唆《しさ》に富んだ評論集でしたね。『平成本格ミステリ批判』も『猫好きに善人はいない』も『男女平等という誤謬《ごびゅう》』もそれぞれ刺激的で面白く読ませていただきました。テレビでも何度か拝見しております。御著書と同様、舌鋒《ぜっぽう》鋭く論敵に挑みかかる姿勢には感銘を受けました」

「いや、そうですか。ありがとうございます」

喜んでみせるべきだろう。しかしここまで自分のことを知っている人間がこの場にいるというのは、あまり嬉しいことではなかった。

「僕もこのひと、知ってますよ」

若者が声をあげた。

「小説ミステリワイド新人賞の選考委員やってますよね。僕、あれに応募したことがあるんです」

「ああ、そうでしたか」

「落っこちちゃいましたけどね」

「それは、残念でしたね」

この男にまで面が割れてしまった。ますます都合が悪い。しかし今更、止めるわけにもいかなかった。話題を変えるために、男に尋ねた。

「ところで、あなたはどなたですか」

「友岡八千代さんの姪孫《てっそん》に当たられる方です」

なぜか吉田が代わりに答える。

「仙洞省治《せんどうしょうじ》です」

後から本人が挨拶した。

「姪孫というと、八千代さんの妹さんの？」

「はい、仙洞美智代《みちよ》の孫です」

「そうでしたか。妹さんがいらっしゃるということは八千代さんから伺っておりましたが」

「祖母と大伯母は生前、あまり行き来はしてなかったんですけどね。手紙で作った俳句のやりとりとかしてたぐらいで」

「ああ、俳句ね。そういう趣味があったことも存じています。ところで」

と、今度は吉田に向かって、

「失礼ですが、吉田さんはこちらとはどういうご関係でしょうか。先程、遺品博物館とか仰《おつしや》ってましたが」

「その名のとおり、遺品を収蔵する博物館です。古今《ここん》東西《とうざい》、様々な遺品を収集しております。歴史的に有名な人物から、市井《しせい》の方々のものまでいろいろとです。一般の方からは寄贈も受け付けております」

「遺品の寄贈、ですか」

「はい。遺品博物館では生前に寄贈希望者の方と面談して収蔵するに相応《ふさわ》しいものを決定いたします。それを死後、引き取りに伺うわけです。今回は友岡八千代さんの寄贈品の受け取りに参りました」

「八千代さんが遺品博物館への寄贈を希望していたんですか。どんなものを贈りたいと言ったんですか」

「いえ、ここは誤解のないよう申し上げておきたいのですが、何を収蔵するかは学芸員が選定することになっておるのです。そこに御本人の御遺志は反映されません」

「それは、どういう基準で決めるんですか」

「選定基準については諸事情によりお話しできないことになっております。ただ、ひとつだけ申し上げるなら、その方の人生において重要な物語に関わる物を選ぶことになっております」

「物語、ですか」

「ええ。そのために私どもは寄贈希望者に詳細な聞き取りを行っています。その方の人生を、できるだけ詳細にお聞きします」

「では、八千代さんの人生も？」

「はい、何もかも把握しております」

吉田は言った。

「面白い。なかなか面白いですね」

腹の底が冷えるような気分を押し隠し、佐野は微笑んでみせた。

「何が遺品となるか、これからお決めになるんですね」

「いえ、先程それは決定いたしました」

吉田は卓の下から、あるものを取り出した。

「……」

「どうかなさいましたか」

「いや、何でもない」

吉田に訊かれ、佐野はすぐに否定する。そして遺品博物館学芸員を名乗る男が卓の上に置いたものを見つめた。

木製の小箱だった。色合いの違う木片を組み合わせ、模様のように仕上げている。

「もしかしてご存じの品ですか」

「知らない」

佐野は即答する。逆に問いかけた。

「これは何ですか。寄木細工でしょうか」

「寄木細工の技法を施《ほどこ》した秘密箱です」

「秘密箱……」

「このままでは、この箱は開けられません。仕掛けが施されていて、一定の操作をしないと開けられないようになっているのです」

そう言って吉田は、木箱を差し出した。佐野は受け取り、ここかしこを触ってみた。が、箱は開かなかった。

「……たしかに、開けられませんね」

「ええ」

頷きながら吉田は、佐野を見つめた。手にした木箱を、返す。そして尋ねた。

「あなたは、これを開けたんですか」

「いいえ。私には開けられませんでした」

「開けられなかった？　なのにどうして、これを選んだんですか」

「この秘密箱が八千代さんとご主人の思い出の品だからです。八千代さんが友岡征太郎《せいたろう》さんと結婚したのは今から六十年前でした。お見合いだったそうです。結婚してふたりは箱根《はこね》に新婚旅行に行きました。その際にお土産《みやげ》として購入したのが、この木箱です。以来八千代さんの手許にはずっと、この箱がありました」

「仲が良かったんだね」

仙洞が言った。

「征太郎さんだっけ？　大伯父さんが亡くなったのは、たしか四十年くらい前だったかな」

「ええ、大雨が降ったときに川の様子を見に行って、そのまま帰ってこなかったそうです。遺体は後日、川下で発見されました」

「ああ、よくあるよね。豪雨なのに川とか田圃とかを見に行って落っこちて死ぬって話。どうしてそんな危ないことをするんだろう？　好奇心に負けるのかな？」

「それだけじゃない。もっと切実な理由もあるんだよ」

佐野は言った。

「田圃をやってると、用水路の水の管理がとても重要なんだ。水不足はもちろん、多すぎても稲が水を被《かぶ》ったり流されたりする。豪雨になるとどうしてもその危険がある。農家にとっては死活問題だ。危険だろうと何だろうと川の様子を見に行って、必要なら水門で水の調整をしなきゃならない。田圃が流されたらその年の収入が消えてなくなってしまうからな」

それは父親からの受け売りだった。

「なるほどねえ。そういうことなんだ」

仙洞は感心している。

「ご主人が亡くなった後、八千代さんはひとりでこの家を守ってこられたそうです」

吉田が引き継ぐ。

「もともと友岡の家は素封家《そほうか》で、そこそこの資産もあったので、暮らし向きにそれほど困りはしなかったそうですが」

「なら、どうしてこの家を直さなかったんだ？」

佐野は室内を見回す。

「こんなボロ家、さっさと潰して新築してもよかっただろうに」

「それが、そうもいかなかったようです」

吉田が答える。

「亡くなった征太郎さんは生前、遺言書を作られておりました。自分の財産はすべて妻である八千代さんに相続させる。ただし条件付きで」

「条件？」

「この家を取り壊さず住み続けること」

「はあ、それで村から出ずにここにずっと住んでたわけか。酷い話だな」

「酷い？　そうなんですか」

「だってこんな田舎に、それもこんなおんぼろの家に縛られてさ、ずっと生きてかなきゃならないなんて地獄だろ。いくら遺産をもらったからって、宝の持ち腐れじゃないか。そんな人生、どこが面白い？　そもそもだ、旦那はもう死んじまってるんだから、律儀に遺言とか守んなくてもいいだろうが。遺産を手にできたら尻をまくって逃げ出せばよかったんだ。違うか？」

「そういう人生を、八千代さんは受け入れたのです」

「受け入れた？　どうだかな。そんな殊勝な女とは……あ、いや」

自分の言葉遣いが変わってきていることに気付いて、佐野は吉田と仙洞を窺う。特に不審に思われている様子はないようだった。いつもの癖でつい言わなくてもいいことを言ってしまう。

「ところで佐野先生は、友岡八千代さんとどのようなご関係だったのですか」

その代わり、吉田が尋ねてきた。

「俺？　いや、私ですか。その、八千代さんには、昔いろいろとお世話になったんです」

慎重に言葉を選んだ。

「私の実家は、この家のすぐ近くにあったんです。なので昔から顔見知りでした。特にうちは父親が私の子供の頃に亡くなったので母親がひとりで百姓をしてましてね。ときどきこの家の手伝いもしていました。あと、仕事が忙しいときには私をこの家に預けたりしてたんです。八千代さんには子供がいなかったので、よくしてもらいましたよ」

「じゃあ、大伯母の子供みたいなものだったんですね」

仙洞が言った。

「子供……まあ、そんな感じではありました。でも私がこの村を出てからは連絡もしなくなって、もう何十年も会っていませんでした」

「それなのに今日は、またどうして来たんですか」

「それは……たまたまこちらに用事がありましてね、それで久しぶりに挨拶でもしておこうと思って。しかしまさか亡くなっていたとは思いませんでした」

「なるほど。これも何かの縁なんでしょうかね。まさか今日、ここに佐野先生が来るとはねえ。本当に奇跡だな」

仙洞は妙に感心している。

「あの、御焼香は」

「あ、そうでした。じゃあ、こちらへ」

と、襖《ふすま》を開けて隣室に案内する。かなり古い仏壇が鎮座している。これも佐野が記憶している昔のままだった。

「はい、では失礼して」

佐野は仏間に移動した。線香の香りと煙が室内に漂っていた。

仏壇を前に正座する。いくつもの古い位牌に交じって真新しいものが一番前に置かれていた。「清祥院八《せいしょういんはち》恩大姉《おんだいし》」と書かれている。

焼香を済ませ、視線を上げる。仏壇が置かれた側の壁には、三枚の遺影が掛けられていた。その中の一番新しいものを、佐野は見つめた。黒紋付を着た老婦人が写っている。

「あまり、変わらないでしょ」

仙洞に言われた。

「大伯母は歳を取っても、あまり印象が変わらなかった。六十歳過ぎくらいからは歳を取らなかったみたいでしたよ」

「たしかに年齢のわりには若々しいですね」

言いながら佐野は、記憶の中の八千代を思い出す。たしかに変わらない。昔から老け込んだような顔をしていた。

「ところで、八千代さんはどうしてお亡くなりになったんですか」

やはり訊いておくべきだろうと思い、質問した。

「心筋梗塞《しんきんこうそく》でした。四年くらい前から心臓を悪くしてたんです。手術もしたんですが、よくならなくて」

「そうでしたか。痛ましいことです」

「八千代さんは二度目の手術を断られたそうです」

いつの間にか仏間に来ていた吉田が言った。

「もうこの年齢では手術は耐えられない。このままでいいと仰ったとかで」

「へえ、それは驚いた」

「なぜですか」

「あ、いや、八千代さんは生きることに熱心というか、肯定的なひとだったと記憶してたんでね。まさかそんなことを言うとは」

「年齢を重ねられて、いろいろと思われることがあったんでしょう。私の聞き取りの際にも『もう、いつ死んでもかまわない』と仰られていました」

「ほう……」

相槌《あいづち》を打ちながら佐野は、わだかまっている疑問を口にすべきかどうか迷っていた。

「何か、お尋ねになりたいのですか」

吉田に先んじられた。顔に出ていたらしい。「その、八千代さんは、私のことも何か言ってましたか」

「はい、一言だけですが」

「何と？」

「『佐野さんの坊やには世話になった』と」

「それだけ？」

「はい、それだけです。何かお心当たりがありますか」

「いや、ない。その頃はまだ二十歳にもなってなかった。世話なんかできるわけがない……です」

「でも大伯母さん、感謝してたみたいですよ」

仙洞が言う。

「遺言書にも書いてあったくらいだし」

「遺言書に？　そんな話、さっきはなかったが」

「名前は書いてなかったんですよ。ただ『隣人のおかげで今の自分がある』って。その隣人って、佐野さんのことですよね？」

「いや……それは多分、おふくろのことだ。八千代さんとは仲が良かったから」

「ああ、お母さんね。なるほど、今はどこにいるんですか」

「死んだ。三十年も前だよ……いや、前です」

またしてもぞんざいな口調になっている。

「八千代さんには先生も、先生のお母様も、大事な方だったのでしょうね」

吉田が得心したように言った。

「今日こうしてご焼香にいらっしゃることになったのも、何か因縁《いんねん》のようなものを感じます」

「因縁ねえ」

皮肉っぽい言いかたになりそうなのを、佐野はなんとか堪えた。

「まあ、たしかに縁の深いひとでした、私にはね」

そのとき、仙洞が声をあげた。

「そろそろバスが来ますよ。吉田さん、もう出たほうがいいですよ。ここのバス、一時間に一本しかないから」

「おや、そうですか。ではそろそろ失礼いたしましょうか。仙洞さん、お世話になりました。それから佐野先生、お会いできて光栄でした。では」

「あ、ちょっと待ってください。私も行きますよ」

佐野は立ち上がる。

「今日中に東京に帰らないといけないので」

佐野は吉田と一緒に友岡の家を出た。

「仙洞さんは帰らないですかね」

バス停に向かう道すがら佐野が尋ねると、

「あのひとは、あの家に住んでいるのですよ」

「え？」

意外な話だった。

「あんなボロ家に？　物好きだな」

「それが遺言だそうですから」

「遺言？　もしかして八千代さんのですか」

「ええ、あの家を取り壊さず住み続けることを条件に、仙洞さんは八千代さんの財産すべてを相続したのです」

「遺言書にそんなことが……でもそれって八千代さんの旦那さんの遺言と同じじゃないか。どうしてそんなに、あの家にこだわるんだろうねえ？」

別に答えを求めて尋ねたわけではなかった。吉田がそんなことを知るはずもない。

「これは推測ですが」

しかし、彼は言った。

「征太郎さんも八千代さんも、あの家を取り壊したくなかった。それを恐れていたのです」

「どうして？」

「私ども遺品博物館では遺品の寄贈者登録をする際に、本人への聞き取りと並行して周辺事情についても調査をいたします。友岡さんのあのお宅が建築されたのは昭和初期、西暦で言うと一九二〇年代のことでした。当時の友岡家はすでに大層な資産家だったようですが、資産を生んでいたのは近隣の森の木の伐採権《ばっさい》によるものでした。その権利はもともと友岡家の本家筋である佐野家のものでした」

「佐野家って……ちょっと待ってくれ。それって俺の家のことか」

「そうです。ご存じなかったんですか」

「いや、全然知らなかった」

予想外な話を聞かされ、佐野は困惑する。

「俺の家と友岡の家は血縁があったのか」

「大正時代、佐野家はこのあたりでも最も裕福な家でした。しかし当主の佐野正栄《しょうえい》が事業に失敗し、多額の負債を抱えてしまいました。そして借金返済のために持っていた山を売り払った。その相手が友岡家だったのです」

吉田は歩きながら話しつづける。

「しかしここでひとつの揉《も》め事が起きました。友岡が契約の際に不正をして充分な金を払わなかったと、正栄が言い出したのです。彼は連日友岡の家に出向いて難詰《なんきつ》し、訴訟も辞さないと主張したそうです」

「そりゃ大事《おおごと》だな。それで、訴訟の結果は？」

「いいえ、訴訟はされませんでした。騒動の最中に正栄が突然姿を消したからです」

「いなくなった？　どうして？」

「理由はわからないままです。ともあれ、騒いでいた正栄が姿を消し、契約の不正を証明するような証拠もなかったことから、友岡家は訴えられませんでした。そのまま現在に至るというわけです」

「知らなかった。そんなことがあったのか。親父もおふくろも、そんなことは一言も教えてくれなかったが」

「正栄は佐野家でも大言壮語の厄介者、家運を傾けた張本人として嫌われていたようです。かたや友岡家は家の危難を救ってくれた恩人として感謝こそすれ、根拠のないことで訴えるなどできない相手でした。その力関係のまま、現在に至るというわけです」

「そうか……親たちが友岡に妙に卑屈だったのは、そういう因縁があったからなんだな」

佐野は苦い思いが込み上げてくるのを感じた。

「だけど、それと友岡家があのボロ家を壊そうとしない理由に、どんな関係があるというんだ？」

「友岡の家が建てられたのは、正栄が行方不明になって間もなくでした。それだけでは根拠が薄いとは思いますが、推測の根拠にはなると思います」

吉田の言葉の意味を理解するのに、少し時間がかかった。

「……まさか」

「あの家を取り壊し、跡地を掘り返したりすると、友岡家にとって都合の悪いものが出てくるのかもしれません。佐野正栄の骨、とか」

「友岡の連中が殺したというのか」

「断定はできません。しかし先祖が金儲けのために不正を為《な》して、その証拠を握って訴訟を起こそうとしていた人物を殺害して埋め、その上に家を建てて隠蔽《いんぺい》していたとなると、あまり人聞きのいいことではありませんね」

聞いているうちに怒りが込み上げてくる。

「なんてことだ。畜生！」

佐野は踵《きびす》を返した。

「どこに行かれるのですか」

「決まってるだろ。仙洞に言って俺の遺産を要求するんだ。あの家の財産はもともと佐野家のものだ。それを人殺しまでして分捕《ぶんど》るなんて、そんなこと許せるか」

「お待ちください。私の今の話はあくまで推測です。証拠などどこにもないのですよ」

「家の下を掘り返せばいい。正栄の骨と、もしかしたら正栄の訴えが正当だったたっていう証拠も見つかるかもしれん」

「たとえ見つかったとしても、事件はすでに時効です。佐野先生が主張しようという権利も、認められる可能性はありませんよ」

「そんな……だが……」

佐野は苛立った。たしかに吉田の言うことは正しい。だが、納得ができない。

「友岡の連中はずっと、ずっとずっと俺たちのことを馬鹿にして、侮辱して、こき使ってきたんだ。おふくろだって親父が死んだ後、へいこらしながら八千代に仕事を貰ってたんだぞ。俺は大学に行く金もなくて、だから……」

言いかけて、言葉を呑み込む。

「お気持ちはわかります。しかし、今となっては詮《せん》ないこともあります」

吉田が言う。

「それに仙洞さんが相続した八千代さんの遺産も、それほど多額というわけではありません。あの村で慎ましく生活すればなんとか生きていくことができるという程度の額です」

「だとしてもだ。こんなことが許されるなんてことは――」

「すべての犯罪が明るみに出て裁かれるわけではない、ということは先生もよくご存知だと思いますが」

吉田の言葉が、佐野の感情に冷水を浴びせた。

そうだ。この男の言うとおりだ。

「……わかりました。先祖が受けた屈辱については、もう忘れましょう」

「それがよろしいと存じます。人は生きているかぎり、前を向いていかなければなりません」

そうだ。生きていくために前を向こう。自分のするべきことをしよう。

バス停に着いた。程なく今でもまだ走っているのが不思議なくらい古いバスが砂煙を立てながらやってきた。

車内には乗客はいなかった。佐野は吉田の隣の席に座った。どの席も空いているのに離れて座らないことを不審に思われるかと危惧したが、そんな様子も見られなかった。

「そういえば先生が先日雑誌に書かれていた書評、なかなか面白く拝読いたしました」

などと彼のほうから話しかけてくる。佐野は適当に受け答えしながら、タイミングを待った。

「ところで遺品博物館には、さぞかし珍しい遺品が集められているんでしょうね？」

まずは釣り糸を垂らす。

「いろいろと収蔵しておりますよ。たとえばバルザックが使っていたペンとか」

「ほお」

「キュリー夫人が使っていたバッグとか」

「ほお」

「山《やま》田《だ》藤《ふじ》夫《お》さんが使っていた文鎮《ぶんちん》というのも」

「山田？」

「昨日私が博物館に収めた品物です。山田さんは高松《たかまつ》で寿司屋を営んでおられました。書が趣味で店に並べるお品書きも全部ご自分で書かれていたんですよ」

「なるほど、ね。そういう一般のひとの遺品も集めているわけですか。しかし、なぜ？　どうして遺品を集めているのですか」

「簡単には申せません。博物館については、あまり公《おおやけ》にすることはできないのです。ただ一言申し上げることができるとすれば、遺品とは人の歴史を語る証言者だということです。だからこそ収集する意味があると思っております」

曖昧な言いかただった。どこか秘密めいたところがある。

「八千代さんの秘密箱も、歴史の証人になるとお考えですか。私はあまり賛同できませんが。だってあれ、ただの土産物ですよ。どこにだって売っている。別に世界に唯一のものではないでしょう？」

「お言葉ですが、この箱は」

と、吉田は鞄から例の木箱を取り出す。

「これには物語があります。友岡征太郎さんと八千代さんの物語が」

「それは誤解だと思うなあ。だってあのふたり、全然仲なんか良くなかったし。知ってるんですよ。むしろ憎み合ってたくらいなんだ」

「でしょうな。征太郎さんが亡くなる前の頃は夫婦仲が最悪だったようですし」

「それも、八千代さんが話したんですか」

「いいえ、征太郎さんのことはあまりお話しされませんでした。これは私が独自に調べたことです」

「じゃあ尚更《なおさら》、この箱に八千代さんの物語なんかないことはわかるでしょう？　これは博物館に入れるのに相応しいものではありませんよ。もっといいものがあります」

佐野は自分のバッグから一冊の本を取り出した。

「これ、生前に八千代さんが自費出版した句集です。私のところにも一冊送られてきました。出来はまあ、所詮《しょせん》素人の趣味でしかないが、それでもこちらのほうが本人の人柄を知ることができると思いますがね」

「なるほど、句集ですか」

吉田はその本を受け取った。

「なんでしたら、その本を差し上げます。それを博物館に収めればいい。木箱のほうは私が仙洞さんに返しておきますから」

「それはそれは、ご親切なお申し出です」

吉田はにっこりと微笑み、

「しかし、ご辞退いたします」

と、本を返してきた。

「八千代さんが句集を出版されていることは、もちろん承知しております。その上で今回は、収蔵品には選びませんでした」

「どうして？　どうして選ばないんだ？」

「選定基準についてはお話しできません」

「何言ってんだ！　どう考えてもこっちのほうが正しいだろうが」

佐野は激昂《げっこう》した。

「気取りくさって何を偉そうにしてるんだ！　何が遺品博物館だ。どうせ私設のどうでもいい施設なんだろう？　いや、もしかしてあんたひとりでやってるんじゃないのか。博物館とかなんとかかっこつけてるが、あんたが趣味であちこち廻って益体《やくたい》もないものを収集しているだけなんじゃないのか。八千代もどうせあんたに騙されて渡すつもりになったんだろ。あんた詐欺師だ。警察に訴えてやる！」

佐野の罵詈雑言《ばりぞうごん》を、吉田は穏やかな表情で受け止めていた。

「いいから、その箱をこっちに寄こせ！　この泥棒野郎が！」

「それほどまでに、この箱をご所望《しょもう》ですか。いや」

吉田は木箱を眼の高さに上げた。

「それほどまでに、この箱の中身がご入用《いりよう》ですか」

うっ、と佐野は息を呑む。

「なかなか興味深いことです。この箱の中身を手に入れるためなら、あなたは私を殺すかもしれませんね。かつてのように」

「何を……何を言ってる。わけがわからない」

「わからないことはないでしょう」

吉田は薄く微笑んだ。

「あなたは、友岡征太郎さんを殺害した」

一瞬、吉田の顔が悪魔めいて見えた。

「……よしてくれ。何だそれ。征太郎は大雨の日に川を見に行って落ちたんだ」

「落ちたのではない。落とされたのです。あなたが川べりにやってきた征太郎さんの背中を押して、殺したのです」

「そんな……どこに証拠が……」

「証拠なら、ここに」

吉田が木箱を振った。

「この中には証文が入っていました。あなたと八千代さんの間で取り交わされたものです。あなたは征太郎さんを亡き者にする。その対価として八千代さんは、あなたの進学のための資金を援助する。おかげであなたは東京の大学に進学でき、現在の地位を手に入れることができた」

「……読んだのか」

「読ませていただきました。あなたと八千代さんの血判《けっぱん》付きでしたね」

「そうか……読んだのか」

佐野は肩を落とした。

「先程も申しましたとおり、八千代さんはあなたには感謝しているとだけ仰っていました。もちろんこの犯罪については一言も話されていません」

「感謝って……勝手なことを。あの女、俺に自分の旦那を殺させたんだぞ」

「八千代さんは征太郎さんについて『悪いひとではなかった』と仰っていましたが、それは言外に『いいひとでもなかった』と言っているようにも受け取れました」

「そのとおりだ。征太郎は最悪な男だった。女房の八千代をいつも殴っていた。まあ八千代のほうも黙って殴られているような大人《おとな》しい女でもなかったが。とにかく憎み合っていた。どっちかがどっちかを殺すまで収まらない状態だった。そして、先に八千代が征太郎を殺すことを決断した。そのために俺を使った」

「あなたは金のために殺人を引き受けた」

「大学に行きたかったんだ。いや、それ以上にこの村から出ていきたかった。このくそったれな村から。そのために、やった」

佐野は言った。

「証文は最初、八千代に約束を守らせるために俺が作らせた。大学に行っている間に資金援助をやめないようにな。だから二通作った。一通が俺、もう一通を八千代の手許に置いた。八千代は俺が就職するまで金をくれた。約束が果たされて、俺にとって証文は必要のないものになった。それどころか、人殺しを請け負った証拠になってしまった。俺は手許にあった証文をすぐに燃やした。だがもう一通が八千代の手許にある。その木箱に収められるのを、俺は自分の眼で見ていた。あれをなんとかしなければと思っていた」

「なんとか、というのはつまり、証文を盗んで焼いてしまうこと。そして秘密を知っている八千代さんを殺害すること、ですね?」

「……そうだ」

「でも、あなたはそうしなかった」

「決断できなかったんだ。もしも新たな犯罪に手を染めたら、今度はそっちの発覚を恐れなければならなくなる。ばれたら闇に葬られている過去の犯罪も含めて、俺のやったことがすべて暴露されるかもしれない。だが今は少なくとも八千代を刺激しないかぎり、秘密が洩れることはない。寝た子を起こすような真似をしてはいけない。気持ちが揺れた。ずっと爆弾が爆発することを恐れながら生きていくか、危険を冒してでもその爆弾を処理するか。心が決められないまま時が過ぎた。そして時が俺に味方した。八千代が死んでくれたんだ。これでひとつ、心配の種が消えた。あとひとつ、あの証文を手に入れられれば」

「それで今日、いらっしゃったのですね?」

「八千代は独り暮らしだったから、誰も家にはいないと思った。こっそり忍び込んで木箱を盗み出そうと思っていた。なのに、ふたりもいたなんてな」

佐野は溜息をついた。

「これからどうする？　俺を警察に突き出すか。だが言っておくが、俺のやったことも友岡の正栄殺しと同じく、もう時効だぞ」

「承知しておりますよ。そんなことはいたしません。私はただ、この箱を遺品博物館に収蔵するだけです」

「本当に？」

「ええ」

「そうか。じゃあ、なんとか箱を開けて中身を俺にくれないか。あんたが必要なのは木箱だけだろ？」

「そうですね……」

吉田は少し考えているような素振りだったが、

「わかりました」

そう言うと、木箱の片隅を押したり、表面の木片を引っ張ったりした。すると箱の一面がスライドして中が開いた。出てきたのは一枚の紙だった。

「どうぞ」

受け取った紙を、佐野はそっと開く。間違いなかった。その場で細かく千切り、紙片はポケットに突っ込んだ。

「これで一安心だ」

「左様《さよう》ですか」

吉田は箱を元に戻し、鞄に収めた。

「あんたにわかるか。何十年と俺を苦しめてきた元凶が今、消えてなくなった。もう過去は俺を縛らない。俺は自由だ」

佐野は言葉を吐いた。

「神だろうと悪魔だろうと気にしない。どっちにも唾をひっかけてやる。くだらないことを言う連中やくだらないものを書く連中を俺の言葉で引きちぎってやる。何度でも言う。俺は自由だ」

喋りながら、気分がどんどん高揚していく。

「知ってるか。俺の親父も大雨のときに川の様子を見に行ったんだ。田圃が心配だからって言ってな。そして溺れて死んだ。征太郎と同じだ。あいつを川に突き落とすとき、俺は親父のことを考えてた。落ちた征太郎の姿が濁流《だくりゅう》に呑み込まれて見えなくなったとき、俺は自分の親父を殺したような気になっていた。もしかしたら、本当にそうだったのかもしれん。親父も俺が突き落として殺したのかもしれん。なあ、そう思わないか。そうだったとしても俺は罪に問われない。時効だからな。そう、俺は自由なんだ」

佐野が嬉々として喋り続けるのを、吉田は我関せずといった様子で聞き流している。

「そういえばあんた、嘘をついたな」

「嘘ですか。はて、いつ嘘を言いましたかな？」

「さっき友岡の家で、この箱は開けられなかったと言ったじゃないか。なのにあんた、開けかたを知っていた。中身も見ていた。この嘘つきが」

「私は嘘など言っておりませんよ」

吉田は答えた。

「私は箱を開けることができませんでした。開けかたは教えてもらったのです」

「教えられた？　誰に？」

「もちろん、仙洞さんにです。あの方はこういうものが得意だそうで」

「……ちょっと待て。開けたのは仙洞？　じゃあ、あいつも中身を見てるのか」

「はい、見ています」

「あいつも、俺のやったことを……」

「八千代さんとの契約については承知していますよ。あなたに対して一方《ひとかた》ならぬ憤《いきどお》りを感じていらっしゃったようです」

「どうして？　あいつには関係ないだろうが。八千代が征太郎の遺産を手にして、それを今度はあいつが全額受け取った。俺のおかげじゃないか」

「そのことではありません。あなたに自分の将来を閉ざされたそうです」

「言ってる意味がわからん」

「仙洞さんは小説家志望だそうでしてね。自信作を新人賞に送ったそうです。しかし落選してしまった。そのときの選考委員が、あなただったそうで」

「ちょっと、ちょっと待ってくれ。新人賞って、あれか、さっきあいつが言ってた小説ミステリワイド新人賞か。あれの最終選考に残ったって？」

「いいえ、一次選考で落ちたそうです」

「おいおい、一次選考は俺の仕事じゃないぞ。俺が落としたわけじゃない。それは誤解どころか、言いがかりだ」

「しかしながら仙洞さんは、あなたが原因だと仰ってました。だから報復すると」

「報復……」

――まさか今日、ここに佐野先生が来るとはねえ。

本当に奇跡だな。

　仙洞の言葉を思い出す。いやな予感がした。

「仙洞さんは先程の証文をスマホで撮影していました。今頃は画像をＳＮＳで公開しているかもしれません。『佐野知久の隠された犯罪を暴く』とかタイトルでも付けて」

「そんな……」

　目の前が暗くなる、という形容の意味を、身をもって知った。

「今日——佐野先生は大雨の日に川に様子を見にいらしたんですよ」

　吉田は言った。

「そして、落っこちてしまったんです。自ら足を滑らせてね」

降っても晴れても

恩田　陸
Onda Riku

1964年、宮城県生まれ。早稲田大学卒。第3回ファンタジーノベル大賞最終候補作「六番目の小夜子」が '92年に刊行されデビュー。『夜のピクニック』が2004年に第26回吉川英治文学新人賞、'05年に第2回本屋大賞をそれぞれ受賞。'06年『ユージニア』で第59回日本推理作家協会賞、'07年『中庭の出来事』で第20回山本周五郎賞、'17年『蜜蜂と遠雷』で第156回直木賞と第14回本屋大賞を受賞。近著に『祝祭と予感』など。

1

雨が降っている。降っている。

生暖かい雨、粘つくような雨が。

雨に濡れるのは好きじゃない。


雨が降っている。降っている。

見えない雨、乾いた雨が。

濡れない雨も、好きじゃない。

2

「来ましたよ、日傘王子」

テーブルの脇を通りしな、そっと女の子が囁く。

彼女の視線の先を見る。

横長の大きな窓の向こうに、傘をさして歩いてくる男が見えた。

なるほど。これなら、女の子が注目するのも無理ないな。

そんな感想が浮かんだのは、その男が端整な顔をした長身の若い男で、しかも傘の絵柄はいささか派手な白と黒の大きな水玉模様。その組み合わせが、いささか異様な感じで目立っていたからだった。

気になるのは、その歩き方である。

一歩一歩踏みしめるような、まるでロボットが歩いているような几帳面さ。顔も無表情で、瞬きすらしていないのではないかと思うほど表情が変わらない。

「ふうん。確かに王子だ。ちょっと浮世離れしてる」

「でしょう。初めて見た時からインパクトがあって、ちょっとうちの店では話題なんです」

「いつごろから通るようになったの？」

「うーん。ふた月前くらいかなあ」

「毎日？」

「いえ、通るのは火曜日と木曜日だけみたいです。土日祝のシフトの子に聞いたら、見たことないって」

「今日は火曜日か」

「はい。いつも判で押したようにこの時間。十時半ピッタリ」

男は、突然ピタリと立ち止まった。

それがあまりに唐突なので、こちらのほうがびっくりしてしまう。

何か呟いているのか、かすかに口が動いている。

「なんだろ、あれ」

「いつもあそこで立ち止まるんです」

が、すぐにまた歩き出した。

「あれって、晴雨兼用の傘なのかな？　雨の時もあの傘さしてるの？」

「ええ。でも、どうなんでしょう。今の傘って大体晴雨兼用だけど、あれは雨傘じゃないかなって気がします。雨傘を、晴れた日もさしてるんですよ」

「曇りの日は？」

「曇りの日もさしてます」

「ふうん、傘男、か」

ゆるやかな坂道に面したカフェ。かなりの大箱なので、広くとった窓の向こうを歩いていく男は、まるで巨大なシネスコサイズの映画のスクリーンの中を横切っていくように見える。

と、そのスクリーンの端で彼はピタリと止まった。

しばし立ち止まっていたが、くるりとこちらに背を向け、信号を渡る。そして、また歩き出して見えなくなった。

3

次にその男を見かけたのは、そのカフェに行こうと坂道を登っている時だった。

私が原稿を書く仕事場は少し離れたところにあるのだが、煮詰まるとこうして週に一、二度、ぶらぶらとこの商店街に足を向ける癖がある。

ゆるやかな坂道にさしかかったところ、少し前にあの目立つ傘をさした男の背中が見えた。

おお、あれは日傘王子。

そうか、今日は木曜日か。彼があの店の前を通る日だ。

思わず時計を見ると、十時過ぎ。今日も時間通りのようである。

なんとなく、後についていく形になった。

近くで見ると、思ったよりもさらに長身だった。がっちりとした背中。全く上体を揺らさずに歩くさまは、やはり静かな機械のようだ。

もしかして、外国人なのかな。

どこか地平線まで見渡せるような広いところに暮ら

していた人。

ふと、そんな気がした。

歩くのはゆっくりであったが、私よりも二十センチは長身なので、こちらは早足でないとついていけなかった。

と、立ち止まる。

慌ててこちらも足を止めた。

また、口の中で何かを呟く。低い声なので、何を言っているのかは聞き取れなかった。

何もなかったかのように歩き出す。こちらも歩き出す。

しばらくすると、また立ち止まった。

ああ、そうか、と腑に落ちた。

彼は、郵便ポストの手前で立ち止まっているのだった。なぜかは分からないが、郵便ポストのところに来ると足を止め、何かを呟く。そういえば、あのカフェの前にも郵便ポストがあった。

どのくらい一緒に歩いただろう。

だんだん、彼には彼の「決まり」があるのだ、ということが分かってきた。

横断歩道は絶対に白いところしか踏まないし、振り返ったり、曲がったりという時に、首だけ動かすということはせず、いったん立ち止まってから常に身体の正面を向け、それから歩き出す。

もしかすると、ある種の神経症なのかもしれない。

十時半に、カフェに辿り着いた。

彼はそのまままっすぐいつものようにカフェの前を通り過ぎ、蕎麦屋や不動産屋の前を通り過ぎて、坂をのぼっていった。

このあいだは、あそこで信号を渡ったよな。あれだけ几帳面に「決まり」を守るのに、ルートには幾つかあるんだろうか。

私はそんなことを考えながらカフェに入った。

いつもの女の子が席に案内してくれる。

「今、ご一緒でしたね、日傘王子」

「うん。彼、いつもどこに行くんだろうね」

「K大学の学生さんみたいですけど」

「へえ、そうなの」

「うちのお客さんで、彼がK大学に入ってくのを見たって人がいて」

なるほど、彼はちょっとした有名人なんだな。

そんなことを考えながら、コーヒーを注文した。

4

解体作業中足場崩れる

十四日午前十時半頃、××区××六丁目のビル解体作業中の現場で足場が崩れ、通行人が巻き込まれる事故があった。Ｋ大学医学部の×××スタンからの留学生タジム・ヤグディンさん（24）は、近くの病院に搬送されたが死亡が確認された。

5

鳥の巣みたいな頭をした、背の高い男が店に入ってきた。

店内を見回し、広い窓のほうを見る。

誰かと待ち合わせでもしているのだろうか。

そう思ったら、男はカフェの店員の女の子に近寄っていき、何事か尋ねていた。

と、女の子はちらっとこちらを見て、男と一緒にやってくる。

「ちょっといいですか？」

女の子が戸惑った表情で声をかける。

「はい、なんでしょう？」

「こちらの方が、日傘王子――ってすみません、私たちそう呼んでたんですけど（と、男を振り返った）――について聞きたいって」

「えっ？」

私はびっくりした。

「なんだってまた、彼のことを？」

「すみません、僕、伊丹《いたみ》といいます。彼の友人でした。実は、彼、先月事故で亡くなったんです」

「えっ」

今度は女の子と私が同時に声を上げた。

「そうだったんですか。道理で最近見かけないねって話してたんです」

「事故って、なんの？」

「ビルの解体作業中の現場で、足場が崩れて巻き込まれたんです」

女の子と私は唸った。

「そいつはひどい。運が悪かったなあ」

「ええ」

男は顔を曇らせた。

「でも、なんだか納得できなくって」

「納得？」

「事故が起きたのは午前十時半頃で、現場はここから少し離れた六丁目。どうして彼はそんなところを歩いてたんだろうって」

「十時半」

私と女の子は顔を見合わせた。

「その日、何曜日でした？」

思わずそう聞き返していた。

「ええと、十四日ですから、火曜日です」

私と女の子はもう一度顔を見合わせる。

「じゃあ、その時間はこの店の前を通ってたはずですよね」

「うん。いつも時間ピッタリだったもの」

「やっぱり、そうでしたか」

男は小さく頷いた。

「彼、ちょっと神経質なところがあって、自分の決めたとおりでないとダメだったんです。歩くルートもきちんと決まってたし、時間もぴったりでないとダメだった。大学のキャンパスだって、いつも歩くところが決まってたくらいです。なのに、あの日に限って、どうしてそんなところにいたんだろうって」

「確かに、不思議ですね」

女の子が首をかしげた。

「でも、確かにいつも時間ぴったりにこの前を通ってたけど、日によってそこの信号を渡ったり、渡らなかったりってことはあったよ。ひょっとして、工事でどこか通行止めだったりしたんじゃないのかな」

私はあの背中を思い浮かべながら、何気なくそう言った。

すると、男は「えっ」と驚いたように私を見る。

「信号を渡ったり、渡らなかったり？　それは本当ですか？」

「はい」

思いがけなく突っ込まれたので、私は思わず背筋を伸ばしていた。

「それは変だな」

男は口に手を当てて考え込んだ。

なんとなく、その姿を女の子と一緒に注視する。

やがて、男は顔を上げ、何か思いついたように足早に外に出ていった。なぜかつられて、私も一緒に外に出てしまう。

「いつもこの前を通る。十時半ぴったりに」

「そう。で、まっすぐ行く時と、そこの信号で渡る時とがあった」

「そこの信号」

男は呟き、カフェの隣の蕎麦屋に目をやった。

次に、信号を見て、向かい側の歩道に目をやる。

和菓子屋。金物屋。中華料理屋。寝具店。

昔ながらの古い商店街の通りである。

「うーん」

男はじっと考え込んでいる。

「彼は、毎日大学に通ってたわけじゃないの？」

私は何気なく尋ねた。

「いえ、ほぼ毎日来てましたよ。なぜ？」

「いや、そもそも、彼がここを通るのは火曜日と木曜日だけだったから」

「なんですって？」

男は、今度こそはっきりと驚愕し、私を振り向いた。

その勢いに面喰らう。

「ほんとだよ。店の女の子もそう言ってた。他の曜日に通ったことはないって」

「火曜日と木曜日。それで、信号を渡ったり、渡らなかったり」

「うん。火曜日は信号を渡ってたし、木曜日は渡らなかった」

私は、再び記憶の中の背中を思い浮かべた。

男は再び考え込む。

「そういえば、彼、郵便ポストの前でいつも立ち止まって、なんか唱えてたね」

男は頷く。

「ええ、どうしてそんなことをするのか聞いたことがあります。そうしたら、なんでも、故郷の山に似てるんだとか」

「郵便ポストが？」

「はい。大きな鉱山があって、昔からずっと山を削り続けてるんで、今はすっかりテーブルマウンテン状になってるんですって。赤みがかってるところもそっくりなんだとか」

「へえー」

男は腕を組んでのろのろ歩きだした。

なんとなく、その後を追う。

と、突然彼は立ち止まった。

「――鉱山」

そう呟くのが聞こえる。

「もしかして」

彼は、ばっとポストを振り返り、それからもう一度周囲をしげしげと見回し、次に私の顔を見た。

「――分かったかもしれない」

6

その伊丹と名乗った鳥の巣頭の男は、一週間後に再びカフェにやってきた。

このあいだ「分かったかもしれない」と言っていきなり駆け出していってしまったので、何が「分かった」のか知らされなかった私は、ずっともやもやしたまま気を揉んでいたのだが、義理を感じたのか、わざわざ説明しに来てくれたらしい。

7

彼に、医学を志したきっかけを聞いたことがあります。

彼のうちは代々続く染色工場なんだそうですが、遺伝なのかなんなのか、骨が脆くなる病気になる人が多いんだそうです。彼の母親も、ささいなことで骨折するようになって、いつも痛みに苦しんでいたとか。だから、みんなの病気を治したいと思って、医者を目指したんだと。

彼はずば抜けて成績がよかったので、彼の村では初めて高校に進学し、奨学金で大学まで進みました。更に、留学までしたんですから、本当に優秀だったんだと思います。

彼の特徴ある歩き方。

きっと、あれもあまり身体に――つまり、骨に衝撃を与えないように、家族からそう躾けられてきたんだと思います。それがあの几帳面な性格を作り上げたのかも、とも思います。そもそも、彼がふた月ほど前にこの界隈に引っ越してきたのも、大学から歩けるところに住みたかったからです。日本の混んでいるバスや電車ですし詰めになったら、どんな衝撃を受けるか分かったものじゃない。

彼には、自分で決めた細かいルールがいろいろあることは分かってました。それに必ず従うってことも。

だから、歩くルートを変えるのは変だ、と思いましたが、このあいだあなたたちの話を聞いて、彼にとっては、歩くルートよりも優先順位の高い「決まり」があったんだと気が付きました。

それは、なんだと思います？

火曜日と木曜日だけあの道を通った理由。

それはね、休業日なんです。

はい。火曜日は、向かいの和菓子屋と中華料理屋の休業日。

木曜日は、このカフェの隣にある蕎麦屋の休業日。

それがどうしたって？

逆に言うと、向かいの和菓子屋と中華料理屋、そして蕎麦屋が営業している時は前を通らない。

これらの店が休んでいる時と、営業している時と、何が違うと思いますか？

暖簾です。

この三つは、営業している時は、店の前に暖簾をかけているんです。

暖簾は、我々日本人にとっては看板ですが、外国人にとっては、ただの布でしょう。

彼の実家は染色工場だと言いましたよね。きっと、子供の頃から染色した布を干してあるところをずっと目にしていたでしょうから、何かそれにまつわる嫌な記憶があるのかもしれません。

彼は全く外食をせず、いつも自宅で自炊をしていましたから、僕はそのことに気付きませんでした。一緒に食事をしていれば、日本の飲食店には暖簾が掛かっているところが多いですから、早くに気が付いていたかもしれません。

暖簾の前は通らない。そんなルールが彼の中にあったんだと思います。それは、歩くルートよりも優先される。

だとすると――僕は、奇妙なことを考えました。

奇妙奇天烈な考えなんですけど、もし、そのことを知っていた人がいたとすれば――彼が決して暖簾の前を通らないことを知っていた人は――彼の歩くルートを誘導することができるな、と。

そんなことを思いついたんです。

荒唐無稽な思いつきでしょうか？

でも、有り得ないことじゃない。彼の行く手、どこか空き店舗にでも、彼が通りかかる時だけ、店先に暖簾を掛けておけばいいんです。そうすれば、彼は必ずその前を避けて、別の道を行く。行く先々でそんな細工をすれば、彼をその誰かの思った通りの場所に連れていくことができる。そして、その場所で、事故が起きるように準備をしておけば――例えば、解体中のビルの足場に細工をしておくとかすれば、彼の身に事故が起きる。

もし、これが本当に起きたことだとして、じゃあ、その誰かは、なんでそんなことをしたのか。

彼を殺したいのであれば、誰かを雇うとか、自宅を襲うとか、いろいろ手段はあったはずです。でも、その誰かは、あくまでも事故に見せかけ、事故に巻き込まれたことにしたかった。

なぜか？

彼が変死したら、解剖されてしまうからです。

つまり、解剖されない死、ということが目的だったんだと思います。

どうしてか？

恐らく、彼が解剖されたら、慢性のカドミウム中毒であることが分かる可能性があるからでしょう。

はい。

彼の家族の病気は、遺伝性のものではなく、郷里の鉱山からの排水に含まれていたカドミウムによるものだったんです。

イタイイタイ病。

この名前、ご存じでしょう？　一九五〇年代に富山県の神通川《じんずうがわ》流域で、上流の鉱山の工場排水から川に流れ出したカドミウムが溜まった水を飲んだり、魚を食べたりした人が発病した、公害病です。

特に、何人も子供を産んだ経産婦が多く罹ったと言われています。女の人は、ただでさえ子供を産むとカルシウム不足になりますから、この病気特有の骨軟化症になりやすく、ちょっとした衝撃でも骨折してしまう。みんなが痛みに苦しんでいたのが、病名の元になったくらい、ひどい痛みが続く。

彼の村では、ほとんどが進学せずに家業を継ぐ。だから、これまで誰もそのことに気付かなかった。

ただ、彼の話では、郷里では、雨に当たるな、と言われていたそうです。郷里は乾燥していてあまり雨は降らないんですが、たまに降ると、よくないものが雨に含まれていると言い伝えられてきたとか。カドミウムは、空気中にも飛び散ります。もしかすると、村の人の中で、薄々原因に気付いていた人がいたのかもしれません。染色というのは、特に大量に水を使いますから、染色工場を営んでいた彼の一族に強い症状が出ていたのも納得できます。

彼は、雨が嫌いだと言っていました。

日本は降水量の多い国ですからね。雨に濡れたくない、というルールも持っていた彼は、いつなんどき雨が降り出すか分からないので、常に傘をさしていたんです。

日本は公害病の先進国です。

彼も、日本に来て初めて、自分の家族の病気が、公害によるものだと気付いたのかもしれません。

実際、彼の残したパソコンを調べてみて、彼が国と鉱山を訴える準備をしていたことが分かったんです。彼を消そうとした人は、そのことを知っていたのではないかという気がしてなりません。

はい、僕の妄想だと言われればそれまで。

ただ、あれからこの辺りで聞き回ってみたんです。そうしたら、あの日の午前中、この商店街の入口の少し先にある空き店舗に、ほんの短い時間だけ見慣れない暖簾が掛かっているのを見た、という人がいました。

もちろん、こんなのはなんの証拠にもなりません。

遺体はもう荼毘に付されて、骨は郷里に送られてしまいました。

でも、彼の家族に、彼の郷里の人たちに、彼が訴訟の準備を始めていたことは伝えたい。僕が友人としてできるのは、それくらいです。

8

抜けるような青空。

ゆるやかな風が吹いている。

ずらりと並べて干された、鮮やかな色の布が、かすかにはためいている。

彼は、布の周りを駆け回っていた。何列も並ぶ布の壁は、ちょっとした迷路みたいで、かくれんぼや鬼ごっこをするには、格好の遊び場だ。

布を掻き分け、掻き分けして突っ切っていくのは、なぜかとても心躍る遊びだ。

その日も、彼は布の海を一直線に突っ切っていた。何列も布の壁を越え、最後の一枚を掻き分けた瞬間。

そこに、母親が倒れていた。

苦悶に身をよじり、土気色の凄まじい形相で事切れている、彼の母親が。

9

雨が降っている。降っている。
悲しみの雨。涙雨。
それはずっと、途絶えることなく、静かに彼の中で降り続いている。

論リー・チャップリン

呉　勝浩

Go Katsuhiro

1981年、青森県生まれ。大阪芸術大学卒。2015年『道徳の時間』で第61回江戸川乱歩賞を受賞しデビュー。'17年『ロスト』で第19回大藪春彦賞候補、'18年『白い衝動』で第20回同賞受賞、第39回吉川英治文学新人賞候補。'18年『ライオン・ブルー』で第31回山本周五郎賞候補。他に『マトリョーシカ・ブラッド』『雛口依子の最低な落下とやけくそキャノンボール』など。近著に『スワン』。

月曜日

金をよこせ——。堤下勝《つつみしたまさる》にそう凄《すご》まれたとき、与《よ》太郎《たろう》はぽかんとしてしまった。

堤下勝と呼べば他人行儀に聞こえるが、勝は与太郎の、れっきとした一人息子だ。

「金って——」夕食後のリラックスタイム、開けたばかりの缶ビールをダイニングテーブルへ戻し、首を捻《ひね》る。「遠足か何かか？」

与太郎は、息子の学校行事に疎《うと》かった。中学校に遠足があるのかすらよく知らない。

「馬鹿じゃねえの？」吐き捨てた勝の顔は、心底「うぜえ」といった様子で、ひそめた眉の薄さはファッションでなく遺伝だった。

「じゃあ、教科書か」

「違《ちげ》えよ。理由なんて要らねえだろ」

「いや、要るだろ、理由は」

どう考えたって必要だ。学校事情には疎くとも、経済事情なら心得ている。堤下家に贅沢をする余裕はない。

勝が乱暴にテーブルを叩いた。「遊ぶ金に決まってんだろっ」

「何をして遊ぶんだ。野球か？」

ゴルフだったらどうしようと、与太郎は思っていた。かつてはセレブのスポーツも、ずいぶんハードルが下がったと聞く。教養として、小学生のころからレッスンを受けさせるなんて話もある。金ばっかりかかって……と、職場の同僚が愚痴っていた。

「サッカーのほうが楽しいと思うんだが……」

「ごちゃごちゃうるせえっ」勝の、青っ白い肌が赤らんだ。「いいから、さっさと金をよこせよ」

なかなか理不尽な要求だったが、与太郎は物分かりのいい父親を目指していた。幼いころに離婚し、さみしい思いをさせてきた負い目があるのだ。

子どもには、子どもの事情があるのかもしれない。空咳《からせき》をついてから訊《き》く。「幾らほしいんだ」

「とりあえず、十万」

「じゅうまん？」

ＭＡＸ三千円で考えていた与太郎は、これがはたして日本円レートなのかを疑った。おまけに「とりあえず」とは何事か。

勝には毎月三千円の小遣いを渡している。そのほかちょこまか請われるときも、半分以上は応じている。小銭を惜しむほどケチじゃないつもりだが——。

「そんな大金、理由もなくあげられるわけないだろ」

限度はあった。

椅子に背をあずけた勝が細いあごをしゃくり、見下す目を向けてきた。

「だったらコンビニへ行く」

「コンビニ？　立ち読みにか？」

「強盗するんだよ」

「ごうとう？」

我ながら、素っ頓狂な声になった。

「馬鹿っ」思いつくまま怒鳴る。「コンビニに、そんな大金があるわけないだろ！」与太郎には学生時代、コンビニでバイトをした経験があるのだ。「せいぜい三万とか五万くらいしかないんだぞっ」

「だったら二軒三軒、襲うだけだ」

だったら二軒三軒、襲うだけだ——。こんな安っぽい犯罪映画の台詞を、十三歳の少年が吐く時代なのだろうか。

「お前、正気か？　そんなことしたら警察に捕まるんだぞ。警察に捕まったら、ブタ箱に入れられるんだぞ？　ブタ箱は、とっても不快な場所なんだぞ」

与太郎にブタ箱の経験はなかったが、犯罪映画はわりとよく観ていた。

「将来だって、めちゃくちゃになる」

「将来なんてどうでもいい」

「どうでもよくないだろ、将来は」

丸いに決まってるだろ、地球は——というくらい、与太郎には自明だった。

ところが勝は、しれっとしている。

「どうでもいいんだよ。本人がどうでもいいといってんだから」

一理ある、と思いかけて首をふる。詐欺にあってる気分だ。

「逮捕されたってかまわねえ。前科がついたってな」

いや、お前はまだ、ぎりぎり前科のつく歳じゃない——といいかけたが、そういう話ではなさそうだった。

「好き勝手しても、おれは困らないんだよ。むしろ困るのは、あんただろ」

「へ？」

「息子が犯罪者になったら困るだろ？　近所に白い目

で見られるし、ニュースになったら仕事もどうなるかわかんないぜ」

「いや、いやいや。おれが無職になったらお前だって困るだろ」

「別に。そんときは、もっと悪いことをすりゃあいい」

前向きすぎるだろっ！

心の叫びが声になる前に、勝がつづけた。

「そうなったらあんた、もっと困るぜ？　再就職もできなくなる。人生おしまいだ。だからあんたはおれを止めるために、金をよこさなきゃいけないんだよ」

そのアクロバットな論理に、引っくり返りそうになった。

呆然と、目の前の息子を見つめる。薄めの縮れ毛、ひょろりとした体格、のっぺりとした顔のつくり。文字通りの生き写し。ＤＮＡ鑑定の出る幕じゃない。

なのに今、勝は父親とは縁のない乱暴な口調で、極悪そうな表情を浮かべている。

「いいか？　金曜までに十万だ」

金曜までに、十万……。

ふん、と鼻を鳴らし、勝が立ち上がる。

その背中を与太郎は、やっぱり呆然と見送った。口を半開きにしたままぼんやりと、貴重な缶ビールがすっかり温《ぬる》くなっていることに気づいた。

火曜日

親戚の友だちの、知り合いの話なんだけどさ——。

そんなふうに、与太郎は切りだした。場所は地上七階、屋外にある非常階段の踊り場だ。相手は、娘さんにゴルフを習わせている同僚の塩地《しおじ》である。

早めに出勤し待ち構え、塩地が姿を現すや、ワイシャツの袖《そで》を引っ張った。事務局のフロアから廊下に出てまっすぐ進み、防火扉をくぐる。暗いバックヤードを抜け、非常扉を開けると、ようやく安息の地にたどり着く。嫌煙ブームのあおりを受け、ビルから喫煙コーナーが消えて久しい。与太郎たちが灰を落とす出所不明の缶カンも、社内の有志が密かに設けた非合法の品であり、我が社のスモーカーたちはこの隠れ家で雨の日も風の日も、不法滞在者の気分でニコチン摂取に勤《いそ》しんでいた。

「ふうん。そりゃあ、大変だなあ」

勝のトンデモ理論を話し終えると、エコーを吹かす塩地が嘆息した。のんきな口調にカチンときたが、塩地にとっては同僚の親戚の友だちの知り合いの息子の話、つまり文句なく他人事であったから、与太郎は腹を立てつつ「な」とか「うんうん」だとか、適当な相《あい》槌《づち》を打った。

塩地が厚い唇をニヤリとさせる。「そんな息子に育てちまった、親の顔が見てみたいぜ」

「え？　親の顔は、まあ、いいんじゃないかな……」

たいしておもしろい顔でもないし。

「子どもは親の影響だけで成長するわけでもないし……」

「いいや。親は大切だ。親の人格はもちろん、何より親が用意する環境が大切だ。金もそう、服もそう。飯も、教育も。どこに住むかだって、決めるのは親だ。住む場所によって友だちが変わる。学校が変わる。変な大人と出会うかどうかもな。つまり、環境教育ってやつだ」

与太郎は嘆きたくなった。正直、そこまで考えたことはない。妻と別れ、勝の手を取り、住んで食っての生活を優先してきたのだ。微に入り細に入り検討し、マンションを決めたわけでもなければ仕事を決めたわけでもなく、お稽古事を選ぶ余裕だってなかった――はずだ。

娘さんのレッスン料を捻出するため、安煙草しか許されていない塩地が満足げに、「それが親の務めだよ」とエコーの煙を空へ吐いた。

親の務め。それは与太郎たちが働く会社の、合言葉みたいなものだった。国語算数理科社会、英会話、はては柔術介護なるものまで、ありとあらゆる分野の教材をそろえ、通信講座として売りさばく会社なのである。『健全な教育は親の務め、教養を身につけるのも親の務め』。その殺し文句は平凡ながら印象的で、「○○は××の務め」という言い回しは社内ジョークの定番となっている。

塩地は営業部のベテラン。与太郎は再就職の契約社員で、末端の事務員だ。

「でも、でも」

与太郎が聞きたいのは、そんなお説教ではなかった。

「とりあえず、そんなふうになっちゃった場合、どうしたらいいと思う？」

「相手にしなきゃいい」

「え？　コンビニ強盗をするっていってるんだぞ」

「しない、しない。百パーセント、口だけだ」

そういわれると不愉快だった。

「いや、あの子はやる。きっとやる」

父として、勝が口だけの腰抜け野郎だと認めるわけにはいかない。

「そんなに知ってる仲なのか？」

え？　いや、いろいろ詳しく聞くうち、たぶん、きっと、そうなんじゃないかなあって……与太郎のヨレヨレのごまかしを、塩地は聞き流してくれた。

「まあ、だったら、ぶん殴っちまうのが早いんじゃないか」

「子どもをか？」

「コンビニ店員を殴ってどうすんだよ」

それはその通りだ。

「『ガキのくせに生意気をいうんじゃねえ！』ってな」

「ぎゃ、虐待にならないか？」

「程度によるだろ」

知らないけど、と無責任なことをいう。

「考えてもみろ。ガキが逮捕されないのはなんでだ？　逮捕というか、社会的な責任を取らなくてもいいわけだろ？　それは成熟してないからだ。じゃあ成熟ってなんだ？　簡単にいやあ、『話せばわかる』ってのが成熟だろ？」

ふむふむ、と与太郎はうなずいた。

「つまり、話してもわかんないわけだよ、ガキは。それがガキの定義なんだ。じゃあ、どうする？　身体でわからせるしかないだろ」

マジですか、と与太郎は思った。思ったが、口にはしなかった。きちんと言い返せる自信がなかったからだ。

「なんの話ですか？」

最果ての喫煙コーナーに、寒川《さむかわ》という営業部の若手がやって来た。社内随一のヘビースモーカーで、煙草会議の常連である。

「サムちゃんはどう思う？」

塩地が断りもなく、与太郎の親戚の友だちの知り合いの息子さんということになっている勝の話を披露した。

「ふーん。大変ですねえ」

寒川の覇気のない嘆息に、与太郎は思い知った。しょせん他人事なのだと。

「でも、殴るにしても気をつけないと」

「気をつけるって――」与太郎は寒川に訊いた。「虐待にならないようにってこと？」

「まあ、それもそうですけど」寒川が返してくる。「往々にしてやりすぎはありますしね。でも、返り討ちにあうほうがマズいでしょ。息子のわがままを偉そうに叱って返り討ちって、涙ぐみませんか？」

涙ぐむ。想像しただけで与太郎の目頭は熱くなり、肝は冷えた。

「もう二度と、親子の立場は入れ替わらないでしょうね。この先ずっと、風下です。いいなりです。たとえ警察や公的機関の力を借りて問題を解決しても、息子さんとの関係は終わりでしょう」

寒川は淡々と語りながら、ラークの煙に目を細めた。

「だから、やるなら徹底的にです」

「それも、親子関係はおしまいな気がするけど……」

「まだマシですよ。子どもは成長して父親を倒す可能性が残りますけど、未来のない父親が息子に負けたら、もう駄目ですから」

勘弁してくれ。そこまで自分は追いつめられた状況なのか。何より与太郎に、取っ組み合いで白星をあげた歴史はない。勝負にすらならないケースがほとんどで、その中には妻との夫婦喧嘩も含まれていた。

自分とうりふたつの十三歳を相手にしても、勝てるビジョンが浮かばない。

恐る恐る訊く。「徹底的にっていうけど、虐待だと訴えられたら、それこそ目も当てられないんじゃない？」

「法律なんて、やりようですよ」

寒川が、口もとをニッとさせた。「こんな話があります。ある男が、女性を強姦しようとして拉致しました。彼女が暴れるものだから、手にしたハンマーで何度も何度も殴りました。二十回くらいです。彼女はずいぶん頑張りましたが男はプロレスラーみたいな体格で、女性が敵《かな》う相手じゃなかった。最終的に彼女は亡くなり、男は捕まります。その裁判で、弁護士がこう主張したそうです。『彼がほんとうに彼女を殺害するつもりなら、一発か二発で充分だったはずだ。二十数回の殴打の痕は、彼に殺意がなかったことの証拠である』」

与太郎は、意味がわからずぽかんとした。

寒川がうれしそうに微笑んだ。「まあ、そういう顔になりますよね」

「そ、それ、まさか、殺人と認められなかったなんてことは――」

「判決までは知りません。でも、こういう理屈が公の場で語られる世の中なんです」

啞然としながら、ちょっと待て、と与太郎は気づいた。

「寒川くん。結局、ぼくの親戚の友だちの知り合いの父親は、どうするのが一番いいの？」

聞きたいのは社会分析ではないのだ。

「できれば、暴力はなしで」

もっと自分に合った感じで、ぜひ。

寒川が、なで肩をすくめた。「まず、十万をあげるのはなしです」

「やっぱり？」

「ええ。一度味をしめたら最後、しゃぶられるだけしゃぶられますよ」

ぞっと背筋を凍らせる与太郎に、寒川が気安くいう。

「突き放してみてはいかがです？」

「突き放す？」

「ええ。その息子さんは、いわば自分の未来の犯罪を人質にお金を要求しているわけですから、その人質には価値がないと伝えればいいんです。ようは、縁を切ると」

「き、切れるものかな、縁って」

「脅しです。脅しに脅しで返すんです。捕まりたければ勝手に捕まれ。おれは知らない――って。なんだかんだいって捕まるのは馬鹿らしいですから、心変わりするんじゃないですか」

そろそろ朝礼ですね――寒川のつぶやきを機に、早朝の煙草会議は散会した。ついに与太郎は一本も煙草を吸えなかった。


その夜、キッチンに勝を呼びつけ、テーブル越しに向き合った。父親の威厳を強調すべく胸を張り、腕を組み、口をへの字に保った。不貞腐《ふてくさ》れた態度の勝に、断固たる決意を滲《にじ》ませ、告げる。

「十万はやらない。強盗をしたければしろ。そのときは、お前との縁を切る」

どうだ！　と与太郎は、息子の反応をうかがった。

「へえ」勝は気のない返事をした。

「縁を切るって、具体的にどうすんだよ」

「具体的に？」小首を捻りそうになった。「……それはお前、弁護士さんに相談したり、役所に手続きに行ったりしてだな」

「おれ、未成年だぜ？　縁を切りたい、ハイそうしましょう、ってなるもんかよ。それって、保護責任者不保護じゃねえの？」

「保護、責任者、不保護……」

「それにもし、書類上の縁が切れたとしても、おれはあきらめないぜ」

「あきらめない？」

「ああ。しつこくしつこく、あんたにつきまとう。つきまとって、迷惑をかけつづけてやる」

なんだこの、漆黒の呪いみたいな宣言は。

「あんたが引っ越したらそこに行くし、息子を名乗って職場も訪ねる。こちとら嘘偽りない息子さまだ。書類がどうだろうと、この面を見りゃあ誰だって信じるさ。未成年の息子を捨てて邪険にする男に、周りの人間はどんな目を向けるだろうな」

「待て待て。ちょっと冷静になりなさい」

与太郎は深呼吸をした。

「いいか？　おれはなんといわれようと十万はあげないぞ。どうせコンビニ強盗は失敗する。お前は捕まり損だ」

「損とか得とか、勝手に決めつけてんじゃねえよっ」

まさか息子に、こんな青春ドラマの主人公みたいな台詞をぶつけられる日がくるとは。

「警察に捕まるのが損だって誰が決めたんだ？　そんなもん、人それぞれだ。価値観は多様化してんだよ」

そこまでは多様化してないだろ、と与太郎は思ったが、議論しても負ける気がして、切り口を変えた。

「待て。いいか、よく考えろ。お前もいつか父親になるんだぞ？　そのとき、同じことをされたらどうだ？　こんな無茶なやり口が広まったら大変だぞ。ただでさえ少子化なのに、みんな、もっと子どもなんかほしくなくなる。そしたら世の中はどうなる？　いずれ人がいなくなって、人類は衰退の一途をたどってしまうんだぞ！」

「いいよ」

「へえ？」

「衰退したらいいじゃねえか。何が困るんだよ」

唖然とする与太郎に、勝が説く。

「おれは親にならない。子どもはつくらない。おれは、おれが死んだらおしまいだ。自分の人生だけを精いっぱい楽しむつもりだ。その先のことなんか、知ったことじゃねえ」

詰んだ——と、与太郎は感じた。これ以上話し合っても、たぶん平行線。すれ違いつづけるに違いない。

あとはもう、事務的な質問を繰りだすくらいしか、できることはなかった。

「……十万を、何に使うんだ？」

「遊ぶ金だっていってんだろ」

「それじゃあ納得できない。誰と、なんの遊びをするのか——」

「あんたには関係ない」

「こっちはスポンサーだぞ！　内容もわからずに投資する馬鹿があるかっ」

これはなかなか響いたようだ。「ちっ」と舌を鳴らし、勝が目をそらす。

「子どもを、自分の所有物だと勘違いしてねえか？」

別に、響いたわけではなかったらしい。

「おれにだって人権はあるんだぜ。何をしたいかって、それは内心の自由だろ。個人情報だ。子どもの個人情報は親のものって法律でもあんのかよ」

ありそうな気はしたが、六法のどれで、第何条かと問われたら答えられない。

というか——。

「お前こそ親を脅してるじゃないか。立派な脅迫罪だぞ！」

これは刑法だと、自信がもてた。

「じゃあ訴えたらいいじゃねえか。恥をかきたいならそうしろよ」

「ひ」

卑怯者《ひきょうもの》！

喉もとまで出かかった言葉を、かろうじてのみ込む。息子に投げつけてよい台詞じゃない。それをいったらおしめえよ、ってやつである。

「いっとくけど、もしこのことを警察や児童相談所《じそうじょ》にタレ込みやがったら、おれは全力であんたを貶《おとし》めるからな」

「貶めるって……、何をするつもりだ」

「去年まで、一緒に風呂に入ってたろ？」

「え？　ああ」

勝との数少ないスキンシップの時間は、彼の強硬な反対で今年から廃止されていた。

「そのとき、おれのチンコを舐め回したろ？」

「はあ？」

「おまけに毎晩、あんたのを握らせたな」

「いやいやいや」

なんだその下品な悪夢は！

「お前、大丈夫か？　カウンセリングとか行ったほうが……」

「馬鹿か。そういう話をするってことだよ」

「……えーっと、つまりこういうことか？　お前の脅迫を外の人間に相談したら、おれから性的虐待を受けていたって嘘をつくと？」

「ああ、そうだ」

「ひ」

息が詰まった。

「卑怯者！」

勝は鼻で笑った。与太郎の頭に血がのぼる。

「そんな嘘、すぐバレるに決まってるだろっ」

「性的虐待は、そもそも証明が難しい。往々にして水掛け論になりがちだ。そしてたいていの人間は、弱い立場の味方をしたがる」

悪徳弁護士みたいな口調だった。

「おまけにあんた、風呂の写真をスマホで撮ったりしてたよな？」

仲睦まじい親子の記念写真のつもりで。

「おれは嫌そうな顔をしてたはずだ」

かなり、不機嫌だった。

「あれは充分、性的虐待の状況証拠になるんじゃねえか」

なんてことだ。完全防水のスマホを買ったばかりに！

「消しても無駄だぜ。あの写真、あんたのパソコンからおれのスマホに転送してあるから」

与太郎は、何もいい返せない。

「あんた、もう詰んでるんだよ」

血の気の引いた頭で、少年漫画の決め台詞みたいだなあ、と思った。


国際電話をかけるのは久しぶりだった。事前にメールで都合を確認してあったから相手はすぐでた。

〈勝がどうかしたの？〉

別れた妻の倫子《りんこ》が、「日本は雨なの？」くらいの調子で訊いてきた。

事のあらましを伝えるあいだ、与太郎は自室のパソコンからお風呂写真を削除した。勝は無駄といったけど、なりふりかまっていられない。

話を聞き終えた倫子の反応は、あらまあ、だった。

〈あの子もずいぶん、悪知恵が働くようになったのねえ〉

そののんきさに、呆れを通り越し怒りがわいた。

「悪知恵なんてレベルじゃない。オレオレ詐欺も真っ青だ」

〈あなたの歳でオレオレに引っかかったら、ただの間抜けと笑われそうね〉

愉快げな声にくらくらした。

「真剣に聞いてくれ。このままじゃあ、親子関係どころか、勝の将来が危うい」

〈ふうん〉

「ふうんって、心配にならないのか？」

〈心配？　なんで？〉

「なんでって……」

〈たくましく育ってるみたいで結構じゃない〉

た、たくましい？

怒りが自制を突き抜けた。

「そ、それでも君は、母親か！」

〈あーーー〉

うんざりとした音色が長く響いた。

〈はいはいはいはい、出た出た出た出た。困ったときの子宮幻想が出ましたよ〉

不覚にも与太郎は、苛立ちと嘲りのまじった言い草に懐かしさを覚えた。

〈お腹で育てて乳あげて、だっこしておしめ替えただけじゃない。愛を押しつけられる根拠は何？〉

「根拠って……母親は、そういうもんだろ」

〈だからその、そういうもん、て根拠を示してよって話でしょ？〉

勝のルックスは与太郎のコピーだが、性格は母親似に違いない。

〈ほら黙っちゃった。まあ、いいわ。もちろん勝に愛情はある。知らない仲じゃないしね。だから、力になってあげてもいい〉

その言葉を待っていた。

〈あげたらいいんでしょ？〉

「え？」

〈お金〉

倫子が、ひと欠けらのためらいもなくつづける。

〈十万くらい、お小遣いで送ってあげる。中学校の入学祝ね〉

思わず「よろしく」といいそうになるのを、与太郎はかろうじてこらえた。

「いや、ちょっと。そうじゃなく。それじゃあ根本的な解決にならないというか――」

〈なら、こっちに来る？〉

「は？」

〈わたしが勝を引き取ればいいんじゃない？　だってお金の問題は、あなたの甲斐性の問題だもの。ウチならそんな小銭で揉《も》めることはない〉

倫子は三年前、シンガポールのフルーツ成金と再婚していた。

〈そっちはそろそろ夏休みでしょ？　タイミングも悪くない。ちょうど彼のプラントで、人手が不足してるみたいだし〉

「おい。まさか勝を、小作人にするつもりか？」

〈あら、小作人差別？〉

与太郎は黙った。

〈大げさに考えないでよ。仕事を世話するだけじゃない〉

「き、君は、息子をなんだと思ってるんだっ」

〈何って、人間よ〉

あまりにしれっというものだから、思わず納得しそうになった。

「いやいや、いや。人間は人間だが、ぼくと君にとってはかけがえのない一人息子じゃないか」

〈世襲制ってどう思う？〉

「へ？」

〈政治家とか、大企業とかの〉

「いや、まあ、その、あまりよくない気が……」

〈でしょ？〉

なんの話だ。

〈気づいてないの？　あなた、世襲制はよくないとかいうくせに、自分の子どもを独立した人間として扱うのは薄情だって指を差してるのよ〉

やってらんないわ、と嘆かれ、与太郎は身もだえしそうになった。

〈そもそもふつうの人間は、お金のために働くものでしょ？　ただのお小遣いより、よほど健全じゃない〉

「ま、勝はまだ十三歳だ」

〈こっちでは珍しくもない。子どものころから働いて、学校に通って、成功した人なんてごまんといる。狭い常識をふりかざす時代遅れを、少しは自覚したほうがいいんじゃない？〉

うぐぐっ。

〈あなたはいっつもそうね。うじうじ悩んで、決断ができなくて。男なら、引っぱたいて従わせるくらいでなくちゃ〉

「そ、それこそ男差別だ！　ダブルスタンダードだっ」

〈はあ？　個人の好みを否定される覚えはないんですけど〉

いぎぎっ。

ほんと、頼りにならない。別れて正解だった。くっついたのが失敗だった。勉強代にしては高かった。この世の中で、時間ほど高価なものはないんだから——。

それはこっちの台詞だ！　と返したかったが、実は今でも未練があって、だから大人しく唇を嚙《か》むに甘んじた。

〈そんなんだから、勝になめられるのよ〉

与太郎は静かに通話を切った。倫子はかけ直してこなかった。がっかりした。

水曜日

与太郎の心を映したように、空はどんより曇っていた。この昼休み、飯を食いに行く気になれず、与太郎はずっと非常階段に腰かけていた。愛用の電子煙草を吹かしてみても、美味いもまずいも感じなかった。

「降りそうですね」

寒川が姿を見せた。だるそうな仕草で、テイクアウトの袋からタコスを取りだす。食欲をそそる香りが漂う。

「アポロン広場のキッチンカーで買ってきたんです」

「へえ……」会社から一番近い駅のそばにある円形広場は、昼でも夜でも毎日、何かしら賑《にぎ》わっているホットスポットだ。

「最近、流行ってるみたいですね、ああいうの。塩地さんが新しい講座にならないかって調べてるそうです。あの人、フクロウカフェとか缶詰バーとか、ニッチな起業系の企画が好きだから」

「ふうん……」おしゃべりの気分じゃない与太郎は生

返事で切り上げ、ため息をついた。

「どうなりました？」

「え？」

タコスを食い終わった寒川が、ラークに火をつけた。

「息子さん」

「ええ？」与太郎は慌てふためき、「いやいや、あれは、親戚の知り合いの友だちの……」とごまかそうとしたけれど、なんだかそれも面倒になった。

「……寒川くん、今どきの中学生が十万円ほしがる理由ってなんだと思う？」

寒川はまだ二十代前半だ。頑張れば、勝と同世代にくくれなくもない。

「君ならどう？　子どものころ、大きなお金が必要になったことはある？」

「ないですね。ぼくはパソコンとネットがあれば満足だったんで」

パソコンなら与えている。与太郎のお古で、三世代くらい前のやつだが、中学生には充分だろう。たぶん。

「何かトラブルじゃないんですか？」

「いや」と与太郎は、揺れるように首をふる。「どうもそうじゃないらしい」


昨晩、倫子との不愉快なやり取りのあと、与太郎は怯《ひる》む気持ちをふり払い、連絡網を引っ張り出して勝の担任に電話をかけた。どうしたんです？　と応じた男性教師は、怪訝《けげん》そうなというよりも、迷惑げな声だった。

夜分にすみません、実はその、ちょっとお伺《うかが》いしたいことがございまして。あのですね、勝についてなんですが、えっと、その、あの子は学校で、どんなもんでしょう？　いや、深い意味はないんです！　ただ、その、つまり、何かこう、問題を起こしたり、ご迷惑をかけていたりしてやいないかと……。え？　理由？　心当り？　いやいや、ぜんぜん、ほんの気まぐれで。ええ、ほんとに、唐突に、突然に、心配になりまして――。

え？　何もない？　友だちとも上手くいってる？　じゃあ、じゃあ、部活の先輩とぎくしゃくしてたりは……え？　部活には入ってない？　あ、そうなんですか――。

いや、でも、よく考えてみてください。何か、こう、思春期特有の反抗といいますか、無軌道な若者の抵抗といいますか……いや、あるはずなんです！　絶対、何か、鬱屈が。あるいはやむにやまれぬ事情が！

与太郎がどれほど粘っても、担任は勝の異変を認めなかった。ついには、「いじめられてるといってくれ！」と懇願したが相手にされず、堤下さん、お酒はほどほどにしてくださいと注意される始末だった。

与太郎は真剣に、学校の隠蔽《いんぺい》体質を疑った。

何か、あるはずなのだ。理由が。十三歳の少年が、尊敬する父親を脅しつけて十万円を欲する、切実で、同情可能な、抜き差しならない、理由が。でなければ勝は、正真正銘の悪党ということになってしまう。

「悪党、ですか」

寒川と違い、与太郎は笑えない。悪党の父親――なんとおぞましい響きであろうか。

「そんなに思いつめなくてもいいんじゃないですか？　あんがい深い意味はないのかもしれませんし」

軽はずみで父親を脅すのも、それはそれで問題な気もするが。

「たんに堤下さんをやり込めたいだけかもしれませんよ。ゲーム感覚で理屈をこねて、『ハイ、論破』って競い合う時代ですから」

「SNSとかの話？」

寒川がうなずく。「一種のディベートですね。信念や価値観はあまり関係なく、相手を打ち負かせば勝ちなんです。きちんとした論理で戦う必要もありません。肝心なのは、勝ったように見せかけることですから」

粘着、嘲笑、揚げ足取りにレッテル貼り――寒川が挙げるさまざまなテクニックを、与太郎は四十年以上の人生で、一度たりとて磨いたためしがなかった。

「一番大切なのは負けないことです。議論の最中はたいていお互い上から目線、小馬鹿にしたい回しでマウントを取り合いますからね。そんな状況で負けを認めるのは、恥ずかしい。屈辱的です」

ニヤっと笑う。

「よって双方、なかなか負けを認めません」

「じゃあ、終わらせ方は？」

「優勢側は一方的な勝利宣言でおしまいにできます。劣勢側は論点をずらしつつ、あやふやな収束を目指すんです」

「結論は出ないの？」

「建設的な結論に達することは、ごく稀《まれ》でしょうね」

「じゃあ……」恐る恐る尋ねる。「勝ったら、どうなるの？」

「いい気持ちになれます」
「え？」声が上ずる。「それだけ？」
はい、と寒川が断言する。
与太郎には、未知すぎた。まったく理解の外である。
しかしもし、ほんとうに勝が「論破」を仕掛けてき
ているのなら。十万よりも、父親を虚仮《こけ》にするのが目
的ならば。
「どうしたらいい？　ぼくは論破もディベートも素人《しろうと》
なんだ」
「ほぼみんな素人ですけどね」可笑《おか》しそうにもらした
寒川が、急に、ぐいっと顔を近づけてきた。
「プロを紹介しましょうか」
「プロ？　論破のプロなんて職業があるの？」
知らぬ間にそこまで時代は進んでいたのか。
寒川の口もとがニヤリと歪《ゆが》む。「実は今、ぼくの主
動でその方に、新しい講座をはじめてもらえないか打
診しているとこでして」
「何者なの？」
弁護士、文化人、哲学者、お笑い芸人……。
ラークの煙とともに、寒川が答えた。「ユーチュー
バーです」

木曜日

彼はギラギラした照明を浴びていた。玩具みたいな
サングラスをかけ、絵具をぶちまけたようなジャケッ
トを羽織っている。ぴったりしたパンツ、テカテカの
ブーツ。うるさいダンスミュージックにさらさらの銀
髪をなびかせ、異様に細長い手足をばたつかせ、ハス
キーボイスのシャウトがつづく。
「ムカつくオヤジに会ったんだっ。ムカつく教師に会
ったんだっ。いいか、よく聞け、教えてやるよ、そん
な奴らの対処法。胸張って、道塞げ。通せんぼ、針千
本。手はだすな、我慢しろ。代わりにひたすら口をだ
せ。ＢＡＤな罵倒にハッスルだ。さあオヤジ、そろそ
ろ顔を赤くする。怒鳴り散らす五秒前。手をだすな。
口をだせ。さあ、オヤジ。殴ってこい。そしたらてめ
え、ブタ箱行きだ」
暴力は駄目ゼッタイ！　暴力は駄目ゼッタイ！
ユーチューバーといえば何か面白いことに挑戦した
り、イタズラしたり、適当にだべったり、歌ってみた
りのイメージだったが、彼はちょっと違った。サイケ

デリックなセットを背に、音楽に合わせアジりつづける。せわしない身ぶり手ぶりで延々と、ＰＴＡが怒るに違いない言葉を投げつける。

これが彼の、『教えてやる動画』なのだった。

「法治国家、マジ万歳！　国家権力、チョー便利！　法律、常識、総動員。良識、逆張り、オギノ式。使い使われ、四季折々。ノリノリ、相乗り、民主主義！　上手くやる奴の世界。おれは暴力を否定する」

決めポーズで悦に浸る彼を、与太郎は呆然と見つめた。


この日、与太郎は寒川に同伴し会社を出た。アポロン広場を過ぎ、ふだんあまり立ち寄らない繁華街のくねくねした小路を歩き、さびれた雑居ビルにたどり着いた。

湿った階段に、カンコンと革靴の音が響いた。階段をのぼり切った二階のフロアは、頼りない蛍光灯があるだけだった。

コンクリートがむき出しになった細い廊下の先に、いかにも怪しい曇りガラスの扉。そっけなく『論々カフェ』と記されている。

寒川に招かれるまま片開きの扉をくぐると、貧相なカウンターが目に飛び込んだ。地味なネットカフェかカラオケのそれを思わせる代物だった。

カウンターの中に立つバンダナの店員と親しげに挨《あい》拶《さつ》を交わしながら、寒川が備え付けの用紙に何やら書き込んでゆく。免許証をだせといわれ、その通りにした。一から十までチンプンカンプンだったが、この状況でお伺いを立てられるほど与太郎は無頼漢ではなかった。

手続きを済ませた寒川に付き従い、店の奥へ。扉がみっちりならぶ狭い廊下のどん突きに、まるで劇場の入り口みたいに重厚な、防音扉。

「ＯＮ　ＡＩＲ」のランプが光るその向こうでリハーサルをしていた彼が、この店のオーナーにして人気ユーチューバー、鰐淵《わにぶち》スナオだった。


「イエイ！」

決めポーズの鰐淵が、すらっとした人差し指でこちらにバキュンしてきた。

撃たれた！　みたいな小芝居は省略し、与太郎は畏《かしこ》まった。「あの、初めまして。わたくし、堤下与太郎と申します。本日はご多忙のところ――」

「ノンノン」鰐淵は、海外ドラマの大げさなパロディのように指を横にふった。「ビール？」

「いえいえ」慌てて手のひらで制す。「まだ勤務中なので、お酒はちょっと」

おかまいなしに女性スタッフが缶ビールとつまみを運んできた。肩丸出しのワンピース、巻き巻きの茶髪、くっきりした目鼻立ち、甘い香り、豊満な――いや、それはどうでもいい。

彼女がいなくなると、スタジオには鰐淵と与太郎の二人になった。寒川はちょっと遊んでくると言い残し、ずいぶん前にスタジオをあとにしていた。

壁ぎわのソファにどさりと腰をおろし、鰐淵が脚を組んだ。尖ったあごを突きだし、ぐびぐびとビールを飲みくだしてゆく。与太郎はサイドソファにちょこんと座り、ごくりと喉を鳴らしつつ、会話の糸口を探った。

「あの……立派なスタジオですね」

町の写真館くらいの広さだが、照明も音響もしっかりしている。張りぼてのセットは安っぽいが、これはこれで味があるといえなくもなさそうだ。少なくとも与太郎に、こんな設備を用意する資金や人脈はない。

ぶはあ、とゲップする若者を、与太郎はあらためて眺めた。

近年メキメキと再生回数をのばしているユーチューバー、鰐淵スナオ。いかにも親のすねをかじっていそうなチャラ男だけど、稼ぎは与太郎を超えるらしい。なんだか納得がいかないが、今の与太郎は藁《わら》にもすがるし、若者のすねだってかじる所存であった。

「あのう、こちらのお店は、その、論破を扱っていると伺ったのですが……」

論々カフェの概要は寒川から聞いていた。店が提供しているブースの多くは個室で、いわゆるお一人様カラオケに近い。ブースの中にはパソコンが一台。そこにＶＲ機器がつながっている。客はそれをかぶり、パソコンから論々カフェの独自アプリゲーム、『論破王』を遊ぶことができる。『論破王』には初心者モード、ハードモード、対戦モード、癒しモード、バトルロイヤルなどなど様々な種類があり、客はオンラインの対人バトルかコンピューター相手の論戦を楽しめる。コンピューターには、これもカフェが独自に開発したＡＩが搭載されており、人間の音声にきちんと的確な返答ができるレベルらしい。値段は一時間千円から。ツインシート、パーティーシートの用意もあり、パックや会員割引といったサービスも充実しているとのこと。

そんな話はどうでもいい。

「鰐淵さんは、どうしてこんな変――独創的な事業をはじめたのでしょうか？」

「なんでって――」鰐淵が、憎たらしく唇を歪めた。「儲かるじゃん」

「儲かりますか」

「じゃぶじゃぶ、ごっくん」

へらへら笑いながら、二本目の缶ビールを開ける。

ユーチューバーの稼ぎを元手に、彼が仲間と共同で店をオープンしたのは一年ほど前。口コミで広まり、今ではけっこうな売り上げをあげている。チェーン店化も間近だろう――そんなふうに寒川はいっていた。

共同経営者の仲間が開発したアプリは商標登録しており、配信ビジネスも考えているらしい。見た目に反し、意外にしっかりした実業家なのかもしれない。

しかし――。

「なぜ、論破が儲かると思ったんです？」

この点が、どうしてもわからない。


「コンピューターを論破したって何も得られないじゃないですか。いや、人間相手でも同じです。お金と時間と労力を費やして、相手をやり込めて馬鹿にして、勝ち負けに一喜一憂したところで、手に入るのはせいぜい『勝った！』という自己満足なんでしょう？」

話すうち、イライラが止まらなくなった。

「いったいみなさん、何が楽しくてこのお店へ足を運ぶんです？　いったい人は、何を求めて論破をするんですかっ！」

気がつくと与太郎は肩で息をしていた。拳を握っていた。血圧が上がっていた。頭には倫子の高笑いが響き、勝の冷笑が浮かんでいた。

ビールをなめた鰐淵が、へらりと答えた。

「賢さの証明」

「え？」

「みんな、自分の賢さを証明したいのよ。だってうれしいじゃん、賢いって」

「それは……まあ、そうかもしれませんが」

「マラソン選手っているじゃない」

「マラソン」

「あれって不思議に思わない？　基本あの人たち、二時間とか三時間、走ってるだけじゃない？　何百人とか走る中、入賞、優勝、絡めるのって一握りなわけでしょ、じっさい問題。なのに彼ら、走るじゃん？　三百位くらいの人、どんな気持ちなんだろうって気にならない？」

「えーっと……」

「おれはこう思うわけ。あの人たちたぶん、たんに最高の自分になりたいんだろうって」

「最高の自分？」

「そう。さすがに察するわけじゃない？　金メダルは無理だって。だけど走るの、全力で。汗だくで、勝ち負けなんか度外視で、ほとんど無意味な玉砕戦を」

「スポーツ選手こそ、勝敗にこだわってる気もしますが……」

「表向き、世間向け。生活かかってたりする場合。おれがいいたいのはそうじゃなく、損得抜きに人間は、結局走るだろうってことなわけ」

わかるような、わからないような。

「勝ち負けってのはようするに、物差しにすぎないの。これが自分の最高だって、みんなの賞賛、担保になるじゃん？　たとえ刹那《せつな》の勘違いであってもさ」

組んでいた長い脚を解き、鰐淵がじっと迫ってくる。

「で、たいていの人間って、マラソンの最後尾集団じゃん？」

その点は、深くうなずけた。我が身をふり返って。

「そこからマジ頑張って先頭集団に食らいつくって、チョーしんどいと思わない？　努力のコスパ、半端ない。リスク背負うの、怖い怖い。だけどどんなヘタレでも、やっぱり求める、珠玉の自分。飯食って家あって服着れて、それじゃあ足りない生きる意味。だから賞賛、求めるの。てっとり早い方法が――」

「賢さの証明？」

鰐淵が、パチン、と指を鳴らす。「賢さはタダだから！」と笑いだす。「汗かかない。筋肉痛とも関係ない。使えるロジック、ネットで拾って、クーラーがんがん、部屋でピザ、コーラ片手にタップしてタイプしてバズって悦。すげえお手軽、リーズナブル」

鰐淵の両手が、高速で動きだす。

「いいかい、ツツみーん、リッスン・トゥ・ミー。よく聞きな？　金もコネも学もねえ、老化の速度はハンパねえ。そんなおれらの武器は何？　使えぬナマクラ、これはナニ。サヴァイブ・スタイル、スレイブ・スマイル、ウケる、ヨユー、ワラワラワラ。おれは賢くやってんだ、お前らなんかと違ってんだ。ひねったオツムで遊んでんだ。ルールをクールにチートしてジョーク。フードをゲットするツールがジョブ。ラリってロリってラブってBAN」

後半、ちょっとわけがわからなかったけど、いつの間にか鰐淵スナオの言葉に聞き入る自分がいた。

二本目のビールを空にした鰐淵がノートパソコンをテーブルに置き、素早くタイピングしはじめた。「ノック、ノック、ハッキーング！」意味不明な雄たけびとともに、ぽーん、とエンターキーを押す。

パソコンから音声が流れてきた。

『喫煙ナンテ馬鹿ノスルコトニ決マッテルジャナイデスカ』

『決まってるってあなた、その理由をちゃんと説明してくださいよ』

舌足らずな女の子の人工音声といい争っているのは寒川だった。

『健康被害ハ自明デショウガ。バンバン規制シタライインデスヨ』

『喫煙者はそんなこと百も承知で吸ってるんです。リスクと楽しみを天秤にかけて選択してるんです。車だってスポーツだって同じです。事故の危険性と利便性、怪我の可能性と運動の悦び。正と負の両面に折り合いをつけているんです』

『受動喫煙ハ、ドウナルンデス？　アレハ殺人未遂ニナリマセンカ？　未必ノ故意デスヨ』

『分煙したらいいでしょうが。だいたい受動喫煙の健康被害のデータの正確性の、明白な科学的根拠はどこにあるんです？　副流煙を毎分平均何ミリグラム吸いつづけたら身体のどの臓器が何パーセント損なわれるのか、それが副流煙だけの要因である条件も加味して、しっかりエビデンスを示してください』『ソコマデハ、ワカラナイデスケドモ……』『わからない？　わからないのに適当なイメージで喫煙者をDｉｓってるんですか』『デモ——』『でも、じゃない。たんなるこじつけのヘイトスピーチじゃないか』『ソレハ、チョット、違ウヨウナ——』『ちょっと？　ような？　はあ？　思い込みで正義面すんじゃねえっ！　殺すぞ！』

「気持ちよさそうでしょ？」

音声を切った鰐淵が、ニヤリとした。

否定できなかった。怒鳴り散らす寒川の声にはどこか爽快さが漂っており、罵声と理屈を行き交う様は知的パンクロックといった趣きすら感じられた。最後のほうはいささか、もう論破とか関係ないのでは？　と思われたが。

鰐淵が颯爽《さっそう》と立ち上がり、ついさっき彼が立っていた場所を指す。「やってみる？」

「え？　いや、わたしは――」

「ツツみん、そのために来たんでしょ？　親子戦争のプラクティス、特別価格プライスレス」

ほら、ぐいっと、景気づけに一口いきな――ビールを渡され、断り切れず、与太郎は喉に流し込んだ。うつかりぐびぐび、飲んでしまった。

ステージの中央に立つ。両手でマイクを握る。天井の照明がぐるぐる回りはじめる。ふざけたダンスミュージックがズンタタと流れる中、与太郎の前で、同じくマイクを手にした鰐淵スナオがのりのりで腰をふっている。眩暈《めまい》がしそうだ。

「イエーイ、ツツみーん、マイ・ファーザー。おれに十万寄越しなYO」

後戻りできる空気じゃなかった。与太郎はうろたえながら、マイクのスイッチをONにする。

「い、嫌だ。駄目だ。渡さない」

「なんでだYO。だったらおれっちコンビニ強盗デビューだZEY」

「す、好きにしろ。どうせ失敗するんだぜい」

「失敗したって構わねえ。おれが捕まりゃあんたも道連れ、親子連れ。二人で泥船、共倒れ」

「ふ、ふざけるなっ」自分でもびっくりするほど大きな声が出た。「お、お前に子どもの情はないのか！　心臓が高鳴った。「お、お前に子どもの情はないのか！　おれがお前をここまで育てるのにどれだけ苦労したと思ってんだっ。その――、その労力とコストを、ぜんぶ清算しろってんだ」

ひゃっはー、と鰐淵が小躍りした。「いいね、ツツみん、その調子。少しレベルを上げてくZEY」

ズンタタ、ズンタタ。

「――うっせえ馬鹿たれ、クソ親父。いいか、よく聞け、スカタン野郎。おれがお前に育ててくれと頼んだか？　産んでくれと頼んだか？　おめえが勝手にファックしてドッピュした結果じゃねえか、エロチンコ！」

ぐぬぬ。与太郎のマイクを握る手に力が入る。

「そ、それは違うぞ、我が息子！　たしかにおれはエロさにかまけてドピュッとしたが、おれのドピュにゃ子種がおおよそ一億個。競って一位になったのが、今のお前になったんだ。わかるか？　おれは選んじゃいない！　お前が勝手に受精したんだ！」

「YES、そうだ、その通りだ。どんどんどんどん上げてくZEY」

ズンタタ、ズンタタ。

「――マジ小っちぇえな、てめえのアスホール。こっちはぜんぜん平気だぜ。なんといわれたってめげないぜ。やるっておれは決めたんだ。心に強く誓ったんだ。損も得も知りゃしねえ。死んでもあんたを困らせる。それでどうする、クソ親父。止めれるもんなら止めてみな」

ぐぎぎ、と与太郎は歯を食いしばった。頭をフル回転させた。アルコールが巡り、様々な罵声が脳裏をよぎった。

しかし――。

「ぎ、議論にならん！」

膝に手をつき、与太郎は叫んだ。

「鰐淵さん！　駄目です。ここで打ち止めです。言い返せない」

物悲しい響きだと、我ながら思った。損も得も知ったこっちゃないといわれたら、打つ手がない。そもそも相手が和解の選択肢を放棄しているのだ。説得のしようがないじゃないか。

「おいおい、ツツみん、しっかりしろよ。あんた、勘違いしてんじゃねね？」

「勘違い？」

「この期に及んでまだあんた、仲直りとか考えちゃったりしてるっしょ？」

きょとんとする与太郎に、鰐淵が捲《まく》し立ててくる。

「違う違う。論破したいならそれは駄目。おい、ツツみん、教えてやるぜ、よく聞きな。仲直りなんてくそ食らえ。相手の幸せなんてお構いなし。それが論破の鉄則だ。ただこの瞬間全力で、相手をぎゃふんといわせんだ」

「……でも、どうやって？」

「ほら、ツツみーん、いくぜリピート・アフター・ミー」

ズンタタ、ズンタタ。

「――いいか、ヘボ息子、よく聞けよ」

与太郎は半信半疑でリピートした。「い、いいか、ヘボ息子、よく聞けよ」

「お前がBANしたその瞬間、おれはなるぜ、ユーチユーバー」

「お前がBANしたその瞬間、おれはなるぜ——え？　ユーチューバー？　わたしが？」

リピート・アフター・ミーっ！　鰐淵に怒鳴られ、与太郎はマイクを持ち直した。

「そうなった暁にゃあ、お前の個人情報全流し。好きな女の子もでっち上げ、恥ずい性癖、よく観るAV、包茎、童貞、赤ちゃんプレイ。丸ごとネットに流出だ。お前はブタ箱、反論無用。キモメン、赤面、天下御免。変態息子の親父になって、炎上、同情、諸行無常。お前は終わりだ、クソ息子。一生消せない恥かきな」

「待った、待った」

与太郎は大慌てで鰐淵を制した。

「一生消えないのは——、さすがに気の毒では？」

「はあ？」鰐淵が、心底がっかりという顔をする。

「あんた、息子ちゃんを論破したいんじゃないの？」

それは、そうだが……。

「いいか、ツツみん、教えてやるぜ。この世界、配慮したほうが負けなんだ。遠慮は馬に食わせちまえ！　慎み深さの法律なんて、どこにもありゃあしねえんだ。上手くやる奴が勝ちなんだ。いい負かせ、ごり押しだ、焚《た》きつけろ。キレたほうが負けなんだ。弱みつけ、見下して、嘲笑《あざわら》え！　ザマア、ザマア！　プライドを、傷つけろ、怒らせろ。殴らせて、訴えろ！　そしたらあんたの勝ちなんだ。これがおれらのやり方だ」

おれは暴力を否定する——。

そう宣言し、鰐淵スナオはマイクを天高く突き上げた。彼の決めポーズを、与太郎は呆然と見つめた。

霧のような小雨が降りだしていた。会社に体調不良の早退を願い、与太郎は一人駅へ歩いていた。微熱がぐずぐずと、身体を火照《ほて》らせていた。一方、心は冷えきっていた。

「リピート・アフター・ミー」と繰り返す鰐淵に従い、喉がかれるほど叫んだ。空想の中の息子を罵倒し、嘲笑い、追いつめた。正直なところ、高揚感はあった。気持ちよかった。よかったけれど……。

ネオンが灯りはじめた路地をゆく。ふだんならいちいち捕まる客引きを素通りし、肉を焼く香りも気にならない。与太郎はうつむいて、ぼんやり歩いた。

——論破したいんじゃないの？

鰐淵の問いかけは正しい。勝に理不尽な要求を突きつけられ、馬鹿にされ、びっくりし、焦燥し、憤慨し、やっつけねば！　という気持ちになった。それは事実だ。

けど、違う。本当はそうじゃない。別に、やっつけたいわけじゃない。

気がつくと駅のそば、アポロン広場に差しかかっていた。人ごみができていた。歩道を埋めつくす人数だった。車道にあふれるいきおいだった。あちこちにプラカードをもった人々の姿があり、広場に設置された壇上で誰かが聴衆を煽《あお》っていた。シュプレヒコールがこだました。うねるように行進してきた一団が合流し、あっという間に人口密度が膨れあがり、呼吸もままならない押しくらまんじゅう状態になった。騒がしい熱気に、クラクションすら聞こえない。

その大きな人波に、逆らうような別の波がぶつかって、あと三つくらい集団ができていて、もはや収拾がつかない有様だった。各々が何かを主張し、めいめいが言い争い、いがみ合う。怒号、歌声、嘲笑、罵声、懇願、アジテーション——。

その中を、与太郎はとぼとぼ歩いた。肩がぶつかり、足を踏まれ、「あんたはどう思うんだ？」と声をかけられ、「敵なのか、味方なのか？」と問いつめられ「日和見主義者め！」と罵られ、与太郎はそのすべてを無視した。小雨はやまず、降りしきっていた。街宣車が列をなし、ヘリコプターが夜空を旋回していた。

人の壁が行く手を阻《はば》み、進めなくなった。無理やり通ろうとしたならば、相手を突き飛ばすほかないだろう。

なんだか、とたんに虚しくなった。

立ちすくみ、与太郎は天を仰いだ。

論破したいわけじゃない。ただ、仲良くやりたいだけなんだ。

けれど相手にその気がない以上、論破するしかないのだろうか。しかし論破したところで、与太郎が望む結果は得られない。そんな確信が、与太郎を虚しくさせた。

押され、引っ張られ、よろけ、人ごみから弾き出された。

「えらいこっちゃだねえ」

声のほうをふり返ると、いい匂いがした。いつの間にか与太郎は、タコスを売るキッチンカーに寄りかかっていた。

「こんなに人がいるのに、ぜんぜん売れないよ」

店主と思しき中年男性が困ったように笑った。与太郎と同世代のようだった。

「みんな、ウチのタコス食ってビール飲んで、歌って踊ればいいのにねえ」

まったくだ、と与太郎は思う。思うけど、それを叫んだところで、きっとこの論破のるつぼは微動だにしないのだ。だってどんな正論も、彼らはすぐに論破してくるんだから。

「はあ。こんな売上じゃあ帰れないよ。カカアに仕送りできないもんね」

「――ご家族は、どちらに？」

流暢《りゅうちょう》すぎる日本語で、浅黒い彼が答える。「メキシコだよ」

そのとき、与太郎の脳みそに電流が走った。腑抜けた身体がピンとのび、あっと叫びそうになった。

なぜ、気づかなかったのか。

勝が父を脅した、ほんとうの理由――。もしもそうなら、あげてもいい。勝に十万、倫子に頼らず、自分がジョブしたマネーをギブだ。

けれど――。脅しに屈するわけにはいかない。譲れないワンライン。親子でいるためのデッドライン。

それを守るため、論破も用意しなくちゃならない。

与太郎は雨の中、買ったタコスを頬張りながら、必死にそのロジックを組み立てた。

金曜日

決戦の夜がきた。

「気持ちは変わらないか？」

いつものダイニングテーブルで向き合う勝は、煩わしげな面持ちだった。

「おれの気持ちは未来永劫変わらねえ。さっさと金をだしやがれ」

ふむ、と与太郎はひと息入れた。

「使い道を教える気もないか？」

「しつこい野郎だなっ」

焦《じ》れたように、勝が吐いた。「あんたに選択肢なんかねえ。金をだすか破滅するしかねえんだよ」

「お前の好き勝手な遊びのために、おれは我慢しなきゃならないわけか」

「そうだ。それが親の務めだろ？」

うむ、と与太郎はうなずいた。そして勝の目を見て、告げた。

「だったら、おれも好きにする」

「は？」

「おれはずっと事なかれ主義の日和見主義で生きてきた。冒険も挑戦もしてこなかった。人並みの大学を出て、それなりの仕事に就き、リストラされて、この歳で契約社員だ。母さんに愛想をつかされ、今じゃあ息子に脅される始末だ。どのみち破滅するんなら、一回くらい好きにやってみるのもいいんじゃなかろうか」

「おい、なんの話をしてんだよ」

「うん、実は――」と、与太郎は身を乗りだす。

「キッチンカーをやってみようかと思ってな」

「はあ？」

「調理設備のついたワゴンを走らせ、オフィス街でホットドッグとかタコスとかを売る商売だ」

「タコスって、あんたが？」勝が目を丸くした。「料理なんて、ぜんぜんできないくせに？」

「タコスじゃなくてもいい。おれは昔アルバイトをしてたから、コンビニの冷凍食品がいかにすごいか知っている。特にラーメンは美味い。味噌ラーメンは絶品だ。おまけに安い。具入りで二百円くらいだ。それをちょっとアレンジして売る。五百円でも利益が出る。これはＯＬにウケると思う」

「ウケるわけねえだろ！」勝が叫んだ。「やめろ。上手くいくはずがねえ」

仰《おっしゃ》る通り、と与太郎は思ったが、とぼけた顔を崩さなかった。

「車代を合わせても、五百万もかからないくらいではじめられる。リーズナブルだろ？」

「五百万をどぶに捨てる馬鹿がどこにいんだよ！」

「でも、同じだから」

「同じ？」

「同じだ。だって十万やらなかったら、お前、コンビニ強盗するんだろ？　おれをとことん、困らせるんだろ？　一度口にした以上、お前はやる。絶対やる。人生を棒にふる覚悟だと、おれは信じている」

「そ、それは、そうだが」

「おれは十万を、絶対にやりたくない。絶対だ。すると選べる道は一つだ。お前がふる前に、ふるしかない」

「ふる？」

「棒を」

「棒？」

「人生の」

勝は、ぽかんとしていた。

「自営業ならクビになる心配はないし、キッチンカーで遠くを回れば近所の白い目も気にならない。お前が強盗犯になっても、指名手配されても自由にできる」

「そ、そんな自由は嘘っぱちだ！」勝が、学園ドラマの主役みたいに叫んだ。「自由と無謀をはき違えてんじゃねえよ！　自由ってのは、そういうもんじゃねえだろ？　あんたの自由はたんに、野垂れ死ぬ自由だ」

目を覚ませよ！　勝が放つ雄たけびは主人公というより、物分かりの悪い教師役のそれだった。

「しかし、どうせ破滅するなら、最高の自分を目指したっていいだろ？」

「どこが最高なんだよ！　夢と現実の区別がつかない、ただの恥ずかしい中年じゃねえか」

「キッチンカー差別だぞ、それは」

「あんた限定の話だよっ！　思いつきで仕事を辞めて、キッチンカーでコンビニの冷凍ラーメンを売る父親の、その息子の気持ちを考えろよ！　恥ずかしくて死ぬしかない」

勝が頭を抱えた。

「だが仕方ない。お前がやるという以上……」

「待て！　待てよ」

勝の顔が苦渋に歪んだ。それからげっそりと、息を吐いた。

「……わかった。やめる。強盗はやめだ」

「ほんとうか？」

「ああ。馬鹿につける薬はねえ」

思わずへなへなと崩れ落ちそうになる身体を、与太郎は必死に保った。まだ、話は終わっていない。

ひでえ家に生まれちまったぜ――愚痴りながら立ち上がる勝に、声をかける。「そうそう」何気なさを装い、訊く。「お前、パスポート持ってたっけ？」

「は？」

「夏休み、シンガポールに行くから」

勝が、目を大きくした。

「母さんの、今の旦那さんが、フルーツパーティーをしてくれるそうだ」

勝手に決めた予定を告げ、ちらりと勝へ目をやる。

勝が父親を恐喝してきた理由。十万円の使い道――シンガポールへの旅費。

年頃の男の子が、自意識の塊みたいなＢＯＹが、明かすのをためらう動機――母親に会いたい。

密かに与太郎は、頼む、と祈った。これが答えであってくれ。どれだけ世の中が進んでも、論破がはびこっても、このくらいは今まで通りでいいだろう？　愛情は、論破できなくたっていいだろう？

「パスポートは――」勝が、ぶっきらぼうに答える。

「ある。一昨年、台湾旅行に行ったの、忘れたのかよ」

「そっか。そうだったな」

「これだから、親父は駄目なんだ」

ぶつくさいいながら、勝はキッチンをあとにした。

一人残った与太郎は缶ビールを開けた。しみじみと、美味かった。

シャルロットと猛犬

近藤史恵
Kondo Fumie

1969年、大阪府生まれ。大阪芸術大学卒。'93年『凍える島』で第4回鮎川哲也賞を受賞しデビュー。2008年『サクリファイス』で第10回大藪春彦賞を受賞。「探偵今泉」「整体師・合田力」「猿若町捕物帳」「清掃人探偵・キリコ」「ビストロ・パ・マル」「アネモネ探偵団」などのシリーズを執筆。他に『シャルロットの憂鬱』『震える教室』『わたしの本の空白は』など。近著に『みかんとひよどり』。

シャルロットは一日二回、散歩に行く。一回、ほぼ一時間、休みの日は三時間ほど歩くこともある。

もちろん、シャルロットが一頭で散歩に行けるわけではない。「いってらっしゃい」と送り出せたらいいのだが、そういうわけにもいかず、わたしか浩輔《こうすけ》が連れ出すことになる。散歩そのものは楽しいが、忙しいときはもっと寝ていたいとか、煩《わずら》わしいとか思わないわけではない。

だが、シャルロットはジャーマンシェパードで、まだ六歳なのだ。運動が必要なことははじめからわかっている。それがわかっていて飼うことにしたのだから、散歩に行くのは飼い主の義務だ。

しかも、わたしと浩輔は共働きで、平日の昼間は十時間以上留守番させてしまうことになる。シャルロットは大人しく自分のケージや、お気に入りのマットの上で留守番をしているが、それでもわたしたちが仕事に行くときは、豊かな尻尾をしょんぼりと下げ、玄関まで見送りにくる。寂しそうな目で、わたしたちを見送る。

仕事を休むことはできないから、朝からたっぷり散歩をして、ストレスを溜めないようにしてやるしかない。

だから、どんなに寒い日も、雨の日も、疲れている日も、毎日散歩に出かける。雨の日はシャルロットにレインコートを着せて、外に出る。

どんなに散歩に行くのが憂鬱《ゆううつ》な日も、楽しそうに何度も振り返ってわたしの顔を見るシャルロットと一緒に歩いていると、いつのまにか晴れやかな気分になっている。

その犬と飼い主に出会ったのも、いつもの散歩コースのことだった。

八月の早朝だった。

昼間はうんざりするほど蒸し暑い毎日が続いていたが、早朝はさすがに涼しい。秋の気配さえ漂いはじめている。

シャルロットとわたしは公園をひとまわりして、自宅に帰るところだった。

自宅に向かう坂道を下りていると、車道を挟んだ反対側の歩道を女性が歩いてくるのが見えた。早朝とはいえ人通りの多い道だから、いちいち歩いてくる人に注目したりはしない。それでも、その人が目についたのは、犬を連れていたからだ。

シャルロットと同じくらいの大きさか、もしくは少し小さい茶色の犬、口元だけが黒く、締まった体軀《たいく》をしている。

初めて見かける犬だ。このあたりで飼われている犬のことはだいたい把握しているつもりでいるが、散歩の時間が合わないなどの理由で知らない犬もいるかもしれない。

少し距離があるから、なんの種類かはわからない。頭に一瞬浮かんだ犬種を、わたしは即座に否定した。

——土佐犬《とさいぬ》？　まさかね。

土佐犬はあんなに小さくはないと思う。それに、土佐犬をこんな住宅街で飼うのはあまり一般的ではない。

この道は、小学生たちの通学路にもなっている。

車道を挟んですれ違うとき、茶色い犬がシャルロットに気づいた。とたんに激しく吠えはじめる。

「こら、小夏《こなつ》！」

女性が叱責《しっせき》したが、吠え声はおさまらない。シャルロットは少し困惑したようにわたしを見上げた。

わたしは優しい声でシャルロットを褒めてやる。

「いい子ね」

褒めるのは、その行動が間違っていないという意思表示だ。吠えられて吠え返さないというのは正しい行動だから、褒めてやらなければならない。

シャルロットを飼い始めるとき、犬のしつけについて勉強して知った。吠えずに黙っていたり、大人しくしていたりするとき、褒めてやるのは大事なことだ。人間同士ではそういう「なにもしていないこと」を褒めるという習慣がない。ともすれば、悪いことをしたときだけ叱り、大人しくしているときは放っておくということになりがちだ。

そうすると、犬は大人しくしていることが、いいことだとわからない。悪いことをしたときだけかまってもらえるから、悪戯や吠え癖を悪化させてしまうケースがあるらしい。

小夏と呼ばれた茶色い犬は火のついたように吠え続けている。飼い主の女性はようやくリードを押さえているような状態だ。

わたしは、シャルロットのリードを引いて、脇道にそれた。彼女が押さえきれなくなって、犬がこちらにやってきては大変だ。大型犬同士の喧嘩では、わたしには止められない。

なにより、シャルロットが噛まれるようなことがあっては困る。

見えなくなっても、犬の吠え声は続いていた。


浩輔と一緒に出勤のため、家を出る。シャルロットは、玄関まで見送りにきた。耳が寝て、尻尾が下がり、寂しそうな顔になっている。

出かけるときは、あまりかまわない方がいいと知ってはいるが、わたしはシャルロットの頭を軽く撫でた。

「なるべく早く帰るね」

シャルロットは鼻をぴすぴすと鳴らした。小学生くらいの女の子をひとりで留守番させるような気持ちになる。シャルロットは立派な成犬なのだが。

駅まで歩きながら、今朝の話をする。茶色の犬に吠えられたと言うと、浩輔は眉間に皺を寄せた。

「土佐犬っぽい子だろ。ぼくも会ったことある。村上《むらかみ》さんから聞いたんだけど、純粋な土佐犬ではなくて、ミックス犬らしいけど」

「えっ、やっぱり土佐犬の血が入ってたんだ」

遠くから見たときも、「土佐犬っぽいな」と思って、その考えを打ち消したのだ。

土佐犬は闘犬につかわれてきた歴史もあり、力が強く、気性も荒い。家庭で気軽に飼えるような犬種ではない。

もっとも、悪いのは犬ではなく、娯楽として闘犬を行い、それに向いた犬を作り出した人間である。たしか、もともと四国原産の犬に、グレートデーンやマスティフなどをかけ合わせていると聞いたことがある。

「飼い主さんが、あまり人とは交流したがらないから、それ以上のことはよくわからないらしいけど、まだ子犬なんじゃないか」

たしかに、土佐犬ならば体重五十キロを超える子も多いが、二十五キロのシャルロットよりも、あの子は小さかった。

「でもさあ、こないだから気になってるんだけど、飼い主の女性、以前、うちにきた人じゃないか？」

「うちにきた人？」

「ほら、シャルロットを貸せっていってきた」

あっ、と小さい声が出た。たしかに似ている。四十代ほどの、小柄な女性だ。

その人がやってきたのは、二ヶ月ほど前のことだった。

インターフォンが鳴ったので、カメラで確認してみると、見たことのない女性が立っている。戸惑いながら、ドアを開けると、彼女はぺこりと頭を下げた。

「あの、こちら、シェパードを飼ってらっしゃいますよね」

「はい、そうですけど」

犬の声がうるさいとかそういう苦情なのだろうか。シャルロットはめったに吠えないが、身体が大きいので誤解されることはある。

彼女は、わたしの身体の向こうから部屋の中をのぞき込むようにした。

振り返ると、シャルロットがリビングから顔を出している。お客さんに興味があるらしい。

彼女は一呼吸置いて、思いもかけないことを言った。

「あの子、貸していただけませんか」

「はぁ？」

わたしの声は一オクターブくらい上がっていたかもしれない。

「いえ、この前、うちに泥棒が入ったんです。不用心で、怖いから、二、三ヶ月だけでいいですから、番犬を貸していただけないかなと思って……。難しいようなら、ときどきでも」

この人はなにを考えているのだろう。

シャルロットはうちの家族だ。たまに法事や旅行など、夫婦揃って留守にしなければならない事情があるときは、動物病院や訓練学校に預けるが、見ず知らずの人にほいほいと貸すことなどできない。

「あの……申し訳ありませんが、ご期待にはお応えできません。犬は大事な家族ですし、知らない人に貸すなんてとてもできません」

不穏な空気を感じたのだろう。浩輔もいつの間にかわたしの後ろに立っていた。

「二、三日だけでも……駄目ですか？」

「申し訳ありませんが」

そうはっきり断ると、彼女はあきらめて、門から出て行った。

「なんだったんだ」

浩輔は眉をひそめたまま、彼女が去って行くのを眺めていた。わたしはドアを閉めた。

たぶん、犬を泥棒よけとしか考えていないのだろう。防犯ベルやカメラのようなセキュリティグッズと同じだと思っているのだ。

そんな人にシャルロットを貸せるはずはない。

彼女が訪ねてきたのはたった一度だけで、その後はなにも言ってこない。さすがにあきらめたのだと思っていたが、もしかして、どこからか土佐犬を借りてきたのだろうか。

いや、数日間借りてきただけなら、まだいい。もしかして、どこかから引き取ったのかもしれない。

「なんか……ちょっと不安かも」

そう言うと、浩輔も頷いた。

そんな認識でいる人が土佐犬を飼えるはずはない。

闘犬として戦わせるため、強い攻撃性を持つように育てられてきた。もちろん、きちんとしつけをし、愛情を持って育てればよいパートナーになるだろう。飼い主には忠実だと聞いたことがある。

だが、愛玩犬として生まれた種類の犬よりも、ずっとしつけは難しい。チワワやトイプードルならばしつけに失敗しても、軽い怪我をするくらいだろうが、土佐犬による事故は過去に何度も起きている。

死人が出てもおかしくはないのだ。

咬傷《こうしょう》事故は、嚙まれた人だけではなく、犬も不幸にする。それが起こらないように防ぐのは、飼い主の役目だ。

あの女性は、それがわかっているのだろうか。


土佐犬のことは、公園でよく会う散歩仲間たちも知っていた。

「小夏っていう名前です。まだ七ヶ月かな。女の子」

そう言ったのは、シャルロットのボーイフレンド、ジャーマンシェパードのハリスを飼っている村上さんだ。大型犬が好きでたまらないというだけあって、よく知っている。

「しつけは大丈夫なの？」

そう尋ねたのは、ダックスを飼っている堺《さかい》さんだ。

「まだ子犬だから、無邪気だし、攻撃性もそんなにないみたいだけど、やっぱり将来は心配ですよね。根岸《ねぎし》さんといって、地域交流センターの隣にある家です」

「飼い主さん、犬のことよく知ってるんですか？」

不安になって村上さんに聞いてみる。

「犬を飼うのははじめてだって言ってました。でも、はじめてだからしつけができないってわけでもないから……」

そう村上さんはフォローしたが、その場にいた全員の顔が曇る。

ベテランなら安心で、初心者だから失敗すると決まったわけではない。初心者でも、きちんとしつけを勉強して飼い始めればいいのだが、あまり期待できそうにない。

なにも起こらなければいい。みんなの顔にそう書いてあった。

空気を変えるためか、村上さんが言った。

「でも、名前が可愛いですよね。小夏って、高知県産の柑橘類ありますよね。ぴったり」

たしかに名前は飼い主の愛情の表れだ。小夏という名前からは、ただの道具として連れてこられたようには感じられない。

だが、愛らしい名前を与えられながら、悲しいことになった犬はきっとたくさんいる。


それから半月ほど経った土曜日のことだった。

梨をたくさん送ってもらったので、近所の知り合いのところにいくつか届けた。地域交流センターの前を通りながら、考える。このあと、買い物をして、それから浩輔と一緒にシャルロットをドッグランに連れて行こう、と。

考え事をしていたせいか、マキシ丈のスカートがなにかにひっかかった気がした。

足を止めて、スカートを引っ張るが、生け垣の枝にひっかかったのか取れない。何度か引っ張ったとき、生け垣の間から、犬の顔がにゅっと出た。わたしのスカートに噛みついている。

思わず、大声を上げてしまった。怖かったわけではない。びっくりしたからだ。

落ち着いて、よく見る。茶色くて口のまわりだけ黒い大型犬。小夏だ。

表情に敵意はまったくない。目を見開いて、シャルロットが遊んでもらうときと同じ顔をしている。悪戯っぽい、可愛らしい顔だ。

その顔を見て、少し気持ちが落ち着いた。だが、スカートの端は、まだ小夏の口の中にある。

「ねえ、離してよ」

そういうが小夏は、ぐいぐいとわたしのスカートを引っ張る。どうやら引っ張りっこで遊んでいるつもりらしい。

スカートはびりびりと破れていく。まずい。これはまずい。小夏がくわえているのは膝のあたりで、下着が見えてしまうような位置ではないのが救いだが、だからといって破られては困る。

わたしは、大声で、家に向かって呼びかけた。

「すみませーん。すみませーん」

誰もいなかったらどうしようかと思ったが、すぐに庭に面した窓が開いた。

顔を出したのは三十代ほどの女性だった。一目見ただけで事態を把握したらしい。

「きゃあ、ごめんなさい。小夏、離しなさい」

彼女がそう言っても、小夏は夢中で引っ張っている。みるみるうちにスカートは半分以上裂けてしまった。大きく裂けたせいで、小夏の口から逃れられたのはよかったが、なかなか情けない格好だ。


女性は、門扉を開けて、わたしに駆け寄ってきた。

「大丈夫ですか。ああ、申し訳ありません。こんなことになってしまって……」

シャルロットを貸してくれと言いにきた女性ではない。この家には他にも家族がいることを知って、少しほっとした。

「弁償します。それに、その格好では大変でしょうから、なにか代わりに着るものでも……」

「弁償してもらうような高級品じゃないですから大丈夫ですよ」

そう言ったが、たしかに着るものは貸してもらえると助かる。

彼女に案内されて、家の中に入る。小夏は機嫌良くついてきた。

——わたし、つよいでしょう。

そんな顔で、わたしを見上げる。まだ無邪気な子犬の顔だ。

土佐犬と言われる犬種のイメージとはほど遠い。だが、それはまだ子供だからかもしれない。子供と大人の行動が違うように、子犬と成犬はまったく違う。

子犬の頃は、どんな犬にも親しげだったのに、成犬になって急に犬を怖がるようになった子も知っている。

リビングに通されて、ソファに案内された。

「あの、代わりのスカート持ってきますけれど、犬、平気ですか？」

「平気ですよ。うちにもジャーマンシェパードがいるので、大型犬は好きです」

「じゃあ、小夏はこのままで大丈夫でしょうか。ケージに入れることもできますけど」

「ええ、小夏ちゃんと遊んでます」

見ればリビングの隅には、大型犬用のケージがある。うちにあるのより、一回り大きいのは、小夏がこれからも大きくなるからだろう。

二階に洋服を置いてあるのか、女性は階段を上っていった。小夏は、自分のケージから、クマのぬいぐるみを持ってきた。

犬のためのおもちゃではなく、子供が抱いて眠るくらいの大きさだ。五十センチはあるだろうか。腕は半分もげて、中から綿が出ている。

それをうれしそうに振り回し、わたしの胸にぐいぐい押しつける。投げてくれ、と言っているようだ。

クマのぬいぐるみを小夏の口から取り上げて、上にぽーんと投げてやる。小夏は飛び上がってそれをキャッチした。

シャルロットも運動神経はいいが、この子は全身がバネのようだ。

——もっともっと！

そう訴えながら、今度はわたしの膝にぬいぐるみをのせる。それから、わたしの胸にどんと前足をついて、ぺろぺろと顔を舐めた。

耳の後ろや、胸元という犬の好きな場所を撫でてやると、細い尻尾をうれしそうに振る。どうやら仲良くなれたようだ。

ぬいぐるみを持ち上げる。ふわっと、甘い香りを感じた。

顔に近づけて、匂いを嗅ぐ。まるで生クリームのようないい匂いがした。こういう洗剤の香りがあるのかもしれない。

もう一度投げてやると、また飛び上がってキャッチする。今度はぶんぶんと、ぬいぐるみを振り回した。興奮したようにうなり声を上げる。

リビングのドアが開いて、女性が入ってきた。手に、スウェット素材のスカートを持っている。

「すみません。一時的なものですけど、もしよろしかったらこれに着替えてください」

着替えるために洗面所を借りる。洗面台には、色の違う歯ブラシが五つ並んでいた。今日は彼女しかいないようだが、他にも家族はいるようだ。

スカートはちょうどいいサイズだった。ウエストを紐《ひも》で調節できるものを選んでくれたらしい。

着替えて出て行くと、彼女は紅茶を淹れていた。ポットからカップに紅茶を注ぐ。

「よかったら、いかがですか?」

せっかく淹れてくれたのに、断るのも悪い気がして、またソファに座る。

受け取ったカップからは、アールグレイの香りがした。

彼女は根岸里菜《りな》と名乗った。わたしも自己紹介をする。

「池上真澄《いけがみますみ》です。この近くに住んでます」

「あの……スカートのお代を……」

彼女はおそるおそるそう言った。

お代など受け取るつもりはない。そもそも普段着で、しかも何年も着ている。

「いいですいいです。安物なんで、お代なんかいただけません。このスカートだけお借りします」

「でも……」

彼女は気が収まらないようだったが、ファストファッションの店で買った散歩用の服だ。値段ははっきり覚えていないが、たぶん二千円とか三千円とかだったような気がする。

「本当に申し訳ありませんでした。今日は家族がみんな出かけてて、散歩に行く人がいなくて、つい庭で自由にさせてしまったのです。わたしが散歩に行けないもので……」

なぜ、散歩に行けないのだろうと不思議に思ったが、それを尋ねるほど親しいわけではない。

「でも、珍しいですね。土佐犬ですよね」

「ええ、でも純粋な土佐犬じゃないらしいです。母犬が土佐犬で、父親が柴犬だとか。それに、うちは預かっているだけなんです。姉の知人がどうしても飼えなくて、手放して、それで今、飼ってくれる人を探しているそうです」

彼女は、少し寂しそうに小夏の背中を撫でた。

「なんか情が移っちゃうので、あんまり可愛がらないようにしているんですけどね……うちじゃどちらにせよこんなに大きくて難しい犬、飼えないです。これまで犬を飼ったこともないし」

「そうなんですね」

シャルロットと暮らしているから、大型犬の可愛らしさは知っているし、小夏もいい子だと思うが、やはり簡単に勧められるものではない。シャルロットは元警察犬で、訓練も完璧にできていたから、わたしたち夫婦のような初心者でも飼えたのだ。

小夏ともう会えなくなるかもしれないと思うと寂しい。わたしもすっかり情が移ってしまっている。

「でも、短い間でも番犬にはなりますよね」

「どうでしょうか。もちろん、泥棒はリスクを避けると聞きますから、大きな犬のいる家は狙わないらしいですけど、そもそも番犬って現代の都市には馴染みませんよね。吠えると近所迷惑になるし、知らない人を噛むような犬にしてしまうと、宅配便の人やガスの検針の人に噛みついてしまうかもしれませんし」

シャルロットは元警察犬だが、宅配便の配達員にもガスの検針の人にも親しげに尻尾を振る。ほとんど人に吠えることはない。

なにか異常を感じて吠えたことはあったが、番犬の役割をシャルロットに期待しているわけではない。まったく吠えないなら、その方がいいのだ。

「でも、お姉さんは番犬を欲しがっていたんじゃないですか？」

そう言うと、彼女はきょとんとした顔になった。

「姉が……ですか？」

「あっ、ごめんなさい。以前、小夏ちゃんに似た子を連れていたから、お姉さんだと思っただけで、もしかしたらお姉さんではないのかも」

「いえ、姉だと思います。小夏の散歩は姉の役目ですから。父も母もあまり足腰が丈夫じゃないので、大型犬の散歩は難しいんです。夫は、あまり犬が好きではないですし……」

たしかにその環境では大型犬を飼うのは難しそうだ。

「でも、姉が番犬を欲しがってたなんて、はじめて聞きました」

「空き巣が入ったとか……」

「空き巣？」

彼女はきょとんとした顔をしている。空き巣に入られたのはこの家ではないのだろうか。

喋りすぎたような気がする。わたしは紅茶を飲み干すとソファから立ち上がった。

「お邪魔しました。スカート、明日にでもお返しします」

「いえ、こちらが悪いんですから、いつでも結構です。本当に申し訳ありませんでした」

彼女は玄関まで見送ってくれた。小夏もついてくる。

「小夏ちゃんと遊べてよかったです」

そう言うと、彼女はぱっと笑顔になった。

「わたしも、楽しかったです。まだこっちに越してきて一年も経ってないんで、友達がほとんどいないんです。外出もなかなかできないですし」

なにか持病でもあるのだろうか。そう思ったとき、奥で赤ちゃんの泣く声が聞こえた。頼りない声だから、まだ小さいはずだ。友達の六ヶ月の赤ちゃんはもっと大声で泣いていた。

小夏があからさまにそわそわしはじめる。

「あっ、お昼寝から起きちゃった」

なるほど、それで散歩に行けない理由も、外出がなかなかできない理由もわかった。赤ちゃんのいる家で土佐犬を飼うのも難しいだろう。成犬で落ち着いているのならともかく、まだ子供だ。

赤ちゃんを見たい気持ちはあるが、それを言い出すのは少し照れくさい。

わたしは小夏の頭を撫でると、ドアに手をかけた。

「じゃあ、また返しにきますね」

「ええ、わたしはだいたい家にいますから、いつでも大丈夫です」

小夏はおろおろと、里菜さんと奥の部屋を見比べている。赤ちゃんが泣いてるよ、とでも言いたげだ。

玄関を出て、少し寂しい気持ちになっていることに気づく。

小夏はとてもいい子なのに、この先の運命がどうなるかわからないのだ。


家に帰ってから、浩輔に帰りが遅くなった理由を話す。

浩輔は首を傾げた。

「この前、散歩に行ったとき、小夏とその飼い主さんに会ったよ。でも、そのときはそんなことはなにも言ってなかったけどなあ」

たしかに、小夏のことをよく知っている村上さんも、そんなことはひとことも言っていなかった。

「もらい手を探すのなら、近所の人にも聞いてみるのが普通なんじゃないか？」

もしかすると、もらい手を探しているというのは、ただの言い訳で、姉という人は自分で小夏を飼いたいのかもしれない。

もらい手が見つからなかったと言えば、情の移った家族は「処分しろ」とまでは言わないだろう。散歩に行けない家族がいても、お姉さんがきちんと散歩に行くのなら、問題はない。

だが、そうだとしてもなにか引っかかる。

スカートを返すのは、また明日以降にして、わたしは待ちくたびれているシャルロットを散歩に連れ出すことにした。休日だから、浩輔も一緒だ。

公園に行くと、いつもの散歩仲間が集まっていた。村上さんは、ハスキーのサスケを飼っている奥さんと話し込んでいる。こちらに気づいて、手を振った。

「あっ、シャルママ、さっきは梨ありがとうございました」

シャルロットは、大好きなハリスに鼻を近づけて挨拶をしている。

とっくみあいやプロレスや、知らない人が見たら、喧嘩をしているようにしか見えない遊び方だが、飼い主には二頭が楽しんでいるのはよくわかる。

浩輔は河内さんに話しかけている。ボーダーコリーのルルを飼っている奥さんで、このあたりのことにはくわしい。

「小夏の飼い主の根岸さんって、いつからこのあたりにお住まいなんですか？」

「もう長いですよ。息子さんが小さい頃からだから、もう三十年以上なんじゃないかしら」

「息子さん？」

「ええ、最近、息子さん帰ってきたんですよね。その前は北海道支社勤務だったけど、東京本社に異動になったからって」

息子、という単語に戸惑い、それから気づく。里菜さんはその妻かもしれない。

義理の両親、そして義理の姉、それから里菜さん夫婦、赤ちゃんにはまだ歯ブラシは必要ないとして、これで五人。歯ブラシの数はそれで合う。

ふと、シャルロットが、ハリスと遊ぶのをやめた。

ハリスはまだ頭を低く下げて、お尻を上げるポーズを取って、シャルロットを遊びに誘っているが、シャルロットは急に地面の匂いをふんふんと嗅ぎはじめた。

「どうかしたの？　シャルロット」

尋ねても答えが返ってくるわけではない。シャルロットは、なにかを追跡するように地面に鼻をつけて歩き始めた。

わたしは浩輔と顔を見合わせた。シャルロットはなにかを探している。

過去にもこういうことは何度かあった。そのとき、シャルロットが見つけたのは、フライドチキンの骨、コンビニのおでん容器、なぜか落ちていた食べかけの魚肉ソーセージなどだ。

もちろん、戦利品はすぐにわたしたちによって取り上げられるのだが、一度、こういう追跡モードになってしまうと、シャルロットは他に興味を移さない。ただひたすら、匂いの元を追跡する。それが誰かの残したお弁当の容器であってもだ。

浩輔は、まだ河内さんと話しているので、わたしはシャルロットの捜査に付き合うことにした。

ふんふんと匂いを嗅ぎながら、あちらこちらをうろうろし、繁みに顔をつっ込む。拾い食いはしないようにしつけてあるとはいえ、油断は禁物だ。

わたしはシャルロットが目的のものを見つける瞬間を逃さないように、彼女の鼻先に注意を払いはじめる。

ある場所にきたとき、シャルロットの尻尾がぴんと上がった。なにかを見つけたらしかった。

繁みの中からなにかを引きずり出して、「ね？」とでも言いたげにわたしを見上げる。

はじめはなにか動物の死体かと思った。

中の綿がはみ出たそれは、ボロボロのぬいぐるみだった。七十センチほどと、かなり大きい。

あちこち破れてはいるが、汚れはそこまでひどくない。

シャルロットは、褒めてもらいたそうに尻尾をぱたぱたとしている。これは褒めるべきかどうか迷ったが、悪いことはなにもしていない。

わたしはシャルロットの首元を優しく撫でた。

「えらい、えらい」

シャルロットの顔がより得意げになる。ふふん、と鼻を鳴らしているようだ。

浩輔がやってくる。

「シャルロット、なにか見つけたのか？」

「ぬいぐるみ。なんのぬいぐるみだろう」

浩輔がそれを拾い上げる。耳がついていないから、クマやウサギではない。丸い顔と両手両足。ボタンの目も一つ取れて、なんだか可哀想だ。

「そんなに前に捨てたものじゃないな」

「どうしてわかるの？」

「三日前は雨だっただろう」

たしかに雨に降られたのなら、もっと汚れているはずだ。つまり、一昨日か昨日捨てられたものだ。

シャルロットは、なぜか鼻をすんすんと鳴らした。言いたいことがあるのに、伝わらないとでも言いたげだ。

このぬいぐるみになんの意味があるのだろう。

普段はそんなことをしないのに、シャルロットは後ろ足で立ち上がり、浩輔の手からぬいぐるみを奪おうとした。

「おっと！」

バランスを崩した浩輔の手から、ぬいぐるみが落ちる。わたしはあわててそれを受け止めた。

地面に落ちていたものだから、落としたってかまわないということに気づいたのは、身体が動いた後だった。

だが、次の瞬間、嗅いだことのある匂いを感じた。甘い、生クリームのような香り。小夏が持っていたぬいぐるみと同じ匂いだった。

「これ……」

浩輔が驚いた顔でこちらを見る。

「どうかしたのか？」

シャルロットがなぜ、これをわたしに見せたかったのか。小夏はわたしの胸に自分のぬいぐるみを押しつけていた。シャルロットには、わたしの胸に残った匂いと、このぬいぐるみの匂いが同じであることがわかったのだ。

「これ、小夏が持ってたぬいぐるみと同じ匂い」

「じゃあ、小夏のおもちゃなのか？」

それと同時に気づく。このぬいぐるみがなんのぬいぐるみか。

丸い顔で耳はない。胴体に両手両足がついている。これは、赤ん坊の人形だ。

悪い予感が当たらなければいい。

わたしと浩輔は、根岸さんの家に向かっていた。途中で、「あ、池上さん」と声をかけられる。

車道を挟んで反対側の歩道を、里菜さんが歩いている。

車がこないのを確かめて、わたしは車道を渡った。浩輔とシャルロットもついてくる。

「わあ、この子が、池上さんの飼っているジャーマンシェパードですか。可愛いですね。名前は？」

浩輔が答える。

「シャルロットです」

「どちらに行かれるんですか？」

「美容院です。出産してから、全然行けてなくて……。でも今日はお義姉さんが見てくれるって言うから……」

わたしと浩輔は息を呑んだ。

邪推や勘違いならいい。だが、わたしたちの考えが正しかったら、大変なことになるかもしれない。

「戻ってください」

「え？」

驚いた顔をしている里菜さんを促す。

「とにかく家に戻ってください。お願いです」

里菜さんは不思議そうにしていたが、それでもきびすを返して、自宅へ向かう。

「いつから、あそこに住んでらっしゃるんですか」

「わたしは八ヶ月ほどです。夫の家なんですけど、東京はやはり家賃が高いですし、義父母も一緒に暮らそうと言ってくれたので……」

「赤ちゃんはいつ頃産まれたんですか？」

「今四ヶ月です。まだ夜泣きがひどくて、あまり休めなくて」

少しずつ、不安は確信に変わる。

根岸家に到着すると、里菜さんはインターフォンを押そうとした。浩輔がそれを押しとどめる。

「鍵はお持ちでしょう。そのまま入った方がいい」

里菜さんは怪訝な顔をしながらも言われた通りにする。浩輔はシャルロットを連れて、家の前で待った。

玄関のドアを開けると、奥からなにかばたつくような音がした。

リビングを通ったとき、里菜さんがつぶやいた。

「小夏がケージにいない……」

つまり、出て行ったときはケージにいたということだ。

　奥から走り出てきたのは、小柄な女性だった。以前、うちにシャルロットを貸してほしいと言いにきた人。

「ちょ、里菜さん、どうしてこんな急に帰ってきたの」

　彼女はあきらかに焦《あせ》っている。

「和歌《わか》は……和歌はどこですか」

　わたしたちはなにも言っていない。だが、里菜さんは母親の直感でなにかに気づいたようだった。

「寝てるわ。起こさない方がいいわよ」

　里菜さんが奥に行こうとすると、義姉が身体で阻止する。

「どいてください。お義姉さん！」

「なんでもないって言ってるでしょ」

　里菜は、義姉を突き飛ばした。そのまま奥に駆け込む。

「和歌！」

　部屋の真ん中にベビーベッドがあった。それに手をかけて、小夏が中をのぞき込んでいる。

「小夏、駄目！」

　里菜が駆け寄る。ベビーベッドの真ん中には、目を丸くしている赤ちゃんがいた。その顔は生クリームにまみれていた。小夏は赤ちゃんに顔を近づけて、大きな口を開けた。

　そして生クリームをぺろりと舐め取った。


「和歌、夜泣きがひどかったから……」

　里菜さんに次に会ったのは、一週間後だった。

　里菜さんの義理の姉——千早《ちはや》さんにとっては、それが頭がおかしくなりそうなほどのストレスだったらしい。

　孫ができてうれしい両親とは違い、千早さんにとっては弟とその妻子の同居にはなんの喜びもない。使っていた部屋を明け渡すことを要求され、狭い部屋に追いやられ、それが不満ならば、家を出て行けとまで両親に言われたらしい。

　その腹立ちと、子供の泣き声のストレスから、彼女はいつしか、ある妄想を抱くようになったのかもしれない。

　巨大な犬が、平穏な生活の闖入者《ちんにゅうしゃ》である赤ん坊を食い殺してくれないだろうか、という妄想。

はじめは、誰かから犬を借りようと、近所の大型犬を飼っている家を訪ねた。空き巣が入って怖いから、番犬が欲しいというのも嘘だ。もちろん、断られ、今度は自分でもらい手を探している犬の中から、ちょうどいい犬を見つけようとした。

千早が選んだのが、土佐犬のミックスである小夏だ。だが、小夏は想像以上に温和な犬だった。犬は嫌いだが、人には歯をむかない。

だから、千早は小夏を訓練することにしたのだ。赤ん坊と同じような大きさのぬいぐるみと、食欲を刺激する甘い匂い。

ぬいぐるみはいつもずたずたに引き裂かれ、彼女は満足したという。

あとは里菜さんが留守のとき、赤ん坊に同じ匂いをつけて、小夏を近づけるだけ。

もしかすると、その邪悪な計画は成功したかもしれない。そう思うとぞっとする。

だが、小夏はちゃんとぬいぐるみと赤ちゃんの違いは理解していた。顔に塗られた生クリームはぺろりと舐め取られただけだった。

「義姉はしばらく通院することになりました」

里菜さんは下を向いて、そう言った。何事もなく終わったとはいえ、ショックは隠せないようだった。

里菜さんと夫は、根岸家を出て、マンションを借りるらしい。

「お義父さんとお義母さんは、お義姉さんを家から出すって言っていたけど、そんなことをしたら、よけいに恨まれそうでいやですから」

苦しげに言う。

「小夏を連れて行けたらいいんですけど……」

「それは難しいよ……」

人間たちの都合で、大きな体躯に作り替えられ、人を殺しかねない強さを持つ生き物として作られた犬。いくら本当は心優しくても、誰でもが飼えるわけではない。

「里菜さんのせいじゃないよ」

わたしはそう言った。

この罪は犬を愛する人たちが少しずつ担っていくしかないのだ。


ひとつだけ、いいことがあった。

小夏は、根岸家の二軒隣にある家族に引き取られた。大学生から中学生までの男三人兄弟で、父親は少年サッカー教室のコーチだという話だ。

息子三人もサッカーをやっていて、朝も夕方も、兄弟のうち誰かが小夏のリードを持って、一緒に走っている。

小夏とシャルロットは、道で会ってもお互いまったく興味は示さない。

小夏はいつも、「わたし、忙しいの」という顔をして、シャルロットとすれ違う。

永遠《とわ》に美しく

知念実希人

Chinen Mikito

1978年、沖縄県生まれ。東京慈恵会医科大学卒。2011年「レゾン・デートル」で第4回島田荘司選ばらのまち福山ミステリー文学新人賞を受賞。同作を『誰がための刃 レゾンデートル』と改題しデビュー。'18年『崩れる脳を抱きしめて』で第8回広島本大賞、第4回沖縄書店大賞を受賞、本屋大賞にノミネート。他に「天久鷹央の推理カルテ」シリーズ、「神酒クリニックで乾杯を」シリーズ、『仮面病棟』など。近著に『ムゲンのi』。

きれい……。

＊

南原松子《なんばらまつこ》は鏡の前で目を細めながら、右手で自らの頬に触れてみる。鏡の中の女もその艶《つや》やかな肌に触れた。指先に感じる弾力に口元が緩む。

半年、わずか半年前まで、私は萎《しお》れ果てていた。七十年以上を生き、五年前には夫に先立たれた私は、まるで枯れ木のようだった。

若い頃は容姿に絶対の自信を持っていた。子供の時から近所では器量よしとして有名で、成長してからは数え切れないほどの男が言い寄ってきた。求婚された回数も、両手の指では数え切れないほどだ。

けれど、自慢の美貌《びぼう》を時間がゆっくりと削りとっていった。いつの頃からだろう、鏡を見ることが怖くなったのは。薄紙が剥《は》がれていくように、自分の顔から『美』が消えていくことに恐怖を覚えはじめたのは。

還暦を過ぎてようやく、『美』が消え去った自分を受けいれることができた。

いや、違う。私は受けいれたと自分を騙《だま》していただけだった。深いしわが刻まれ、張りのなくなった皮膚を鏡の中に見るたびに、胸の奥に鈍い痛みが走っていたが、どうすることもできなかった。半年前までは……。

松子は視線を上げる。鏡の中に立つ女の姿は、一見すると五十歳前後に見えた。肌は蛍光灯の光を反射してみずみずしく光り、かつては彫刻刀で削ったかのように深く刻まれていたしわも目立たなくなっている。

全部あの人のおかげだ。脳裏に愛《いと》しい男の姿が浮かび、胸が熱くなる。

あの人が私に魔法をかけてくれた。あの人のおかげでまた『女』に戻ることができた。松子は手を伸ばし、鏡の表面を指で撫《な》でる。

あの人といる限り、あの人が愛してくれる限り、私は美しくいることができる。私は二度と『美』を失わずにすむ。

きっと永遠に……。

松子は微笑《ほほえ》む。鏡の中の女も艶《あで》やかな笑みを浮かべた。

1

「母に恋人ができたんです」

天医会《てんいかい》総合病院十階にある統括診断部外来診察室。そこに通された島崎美奈子《しまざきみなこ》という名の中年女性は、椅子《いす》に座るなりそう言った。

「はぁ、お母様に恋人が……」

気のない返事をしながら、僕は横目で掛け時計に視線を向ける。時刻は午後八時近かった。

四月下旬の金曜日、西東京《にしとうきょう》市にある清和《せいわ》総合病院で起きた『透明人間による密室殺人』の謎《なぞ》を鷹央《たかお》が解き明かし、この病院の研修医である鴻ノ池舞《こうのいけまい》の疑いを晴らしてから、一週間ほどが経過していた。

二時間前まで僕は、週に一日派遣されている救急部で、馬車馬のように働いていた。できることなら早く家に帰って体を休めたいところだが、なぜかこんな時間まで病院に残るはめになっている。

僕は一瞬振り返って、背後を見る。そこには若草色の手術着のうえに白衣という、いつも通りの姿の鷹央が腰掛けていた。さっき、救急勤務を終えて帰り支度をしていたところを、鷹央にポケベルで呼び出されたのだ。

「なにか用ですか？」

二時間ほど前、僕は救急部のユニフォーム姿のまま、屋上に建っている鷹央の自宅兼、統括診断部の医局を訪れた。すると、薄暗い部屋の中、パソコンの前に腰掛けていた鷹央は椅子ごと振り返って笑みを浮かべた。

「今晩、ちょっと残れ」

以前はとりあえず「今晩あいているか？」と、こちらの予定を訊《き》いていたのに、最近はそれすらしない。まあ、以前だって『訊いてみる』だけで、予定があろうがなかろうがお構いなしだったので、実質的にはあまり変化ないが。

「残れって、なにかあるんですか？　疲れているんで、さっさと帰りたいんですけど……」

僕が露骨に気乗りしない雰囲気を醸《かも》し出しながら訊《たず》ねると、鷹央はパソコンのディスプレイを指さした。

「メールで面白い相談が入ったんだ。あと一時間四十八分で依頼者がここに来る予定だ」

僕がこの天医会総合病院統括診断部に入職してからの九ヶ月で、鷹央は大小様々な事件を解決に導いてきた。その噂《うわさ》は人づてに広まり、統括診断部のメールアドレスには、ちょこちょこと相談や捜査の依頼が入るようになっていた。

統括診断部を探偵事務所かなにかと勘違いしたそれらのメールは、基本的に無視するようにしている。しかし、依頼の中にごくまれに、鷹央の無限の好奇心をくすぐってしまう『謎』を含んだものが混ざっている。それを見つけると、鷹央は喜び勇んでその依頼を受けてしまう。そして、きまって僕も巻き込まれるのだ。

「今度はいったいどんな相談なんですか」

一度好奇心に火がついた鷹央を、止めようとするだけ無駄だ。これまでの付き合いでそのことを学習していた僕がため息をつくと、鷹央はにやりと笑みを浮かべた。

「すごいぞ、女の夢だ」

「女の夢?」

「若返りの秘術だってよ!」

鷹央は万歳をするように両手をあげたのだった。

約二時間前の出来事を思い出しながら、僕は美奈子の話に耳を傾ける。

「母は今年で七十二歳で、五年前には父を亡《な》くしています。その母に半年ぐらい前から恋人ができたらしくて……」

そこで言葉を切ると、美奈子は悔しそうに唇を噛《か》む。

「あの、そんなに悪いことではないんじゃないですか。そのお年になっても人生を楽しんでいらっしゃるということですし」

僕がおずおずと言うと、美奈子は力なく顔を左右に振った。

「ええ、たしかに恋人を作ること自体は問題ないんです。父が亡くなってからというもの、母はすごく落ち込んで、元気がなかったですから、そのショックから立ち直ってくれたこと自体は良かったと思っているんです。ただ、相手が問題で……」

「と言いますと?」

水を向けると、俯《うつむ》いていた美奈子が勢いよく顔を上げた。

「とんでもなく胡散臭《うさんくさ》い男なんです。近所で鍼灸院《しんきゆういん》みたいなものを開業しているんですけど、最近は大金を取って、『若返り治療』とかやっているらしいんです」

ああ、ここで『若返り』とやらが出てくるのか。メールには『怪しい若返り治療のことで相談させて欲しい』ということしか書いていなかったが、ようやく話がつながった。

「お母様もその男に大金を払っているんですか？」

「『若返り治療』を受けていることは確実なんですが、お金に関してはよく分からないんです。私の父は生前、大きな税理士事務所を経営していまして、こう言ってはなんですが、かなりの資産家でした。ですから、母はそれなりの金額を相続しているはずです。その管理は母が個人でやっていますので、どれくらいお金を使ったかは私には……」

口ごもる美奈子を見ながら僕は頷《うなず》く。

「お話は分かりました。つまり、お母様が怪しげな男と付き合って、その男に『若返るから』とだまされて、大金を奪われているかもしれないということですね。ただ、そういう問題なら、弁護士とか消費者センターの方が……」

「違うんです！」

僕が話をまとめようとすると、美奈子は甲高い声を上げた。

「違うと言いますと？」

「お金のこともたしかに心配ですけど、一番心配なのは母自身のことなんです。母はこの数ヶ月で……本当に若返っているんです！」

「はぁ？」意味が分からず、思わず呆《ほう》けた声が出る。

「ですから、あの男と付き合いだしてから、母は若くなっているんです。もう一目見ただけで明らかに分かるぐらい」

「えっとですね……、それは恋人ができたのでファッションに気をつけたり、化粧をしっかりするようになったとか、そういう理由ではないかと」

「そんな生やさしいレベルじゃないんです。これを見てください！」

美奈子は膝《ひざ》の上に置いていたバッグを開けると、中から二枚の写真を取りだし、その一枚を差し出してきた。

「あの、これは？」

「一年前の母の写真です」

写真を受け取った僕に、美奈子は言う。写真には着物を着た高齢の女性が写っていた。染めているのか髪は黒いが、その顔には年齢を重ねてきた証《あかし》であるしわが深く刻まれていた。弱々しく微笑んだ表情からは、強い疲労が見て取れる。

「そして、これが先週撮影した母です」

美奈子はもう一枚の写真を差し出してくる。

「……えっ⁉」

僕は目を剝《む》いた。その写真にも着物姿の女性が写っていた。しかし彼女はもう一枚の写真の女性とは別人のようだった。

顔のしわは目立たず、皮膚には張りと光沢が見られる。生き生きとした笑みを浮かべる表情には生命力が漲《みなぎ》っていて、目には強い意志の輝きが見られた。

僕は目を凝らして二枚の写真を見比べる。たしかに写真に写っている女性は同一人物のようだ。よくよく見てみると、目鼻立ちが似ているし、右目の下にあるほくろの位置も一致する。

「あの、本当にこっちの方が最近撮影したものなんですか?」

僕は若く見える方の写真を指さしながら言う。美奈子は口をへの字に歪《ゆが》めると、重々しく頷いた。

「はい、間違いありません。それが現在の母です。そちらの方が若く見えるでしょう」

「……ええ、たしかに」

先週撮ったという写真に写っている女性は、一見したところ五十歳前後、いやもっと若くさえ見えた。切れ長の目、すっと通った鼻筋、薄い唇。若いときはかなりの美人だったことが想像できる。いまでも、年配の男なら十分に惑わすことができるだろう。そう確信させるだけの艶やかな雰囲気が、その写真から匂《にお》い立っていた。

「最近、母と二人で歩いていたりすると、よく姉妹に間違われるんです。しかも、私の方が姉だと思われることが多いんですよ」

美奈子は悔しそうに唇を嚙む。母親が自分よりも若く見られたら、女性としてはかなりショックだろう。

「おお、これはすごいな」

すぐ背後から声が聞こえてきた。振り返ると、椅子に座っていたはずの鷹央がいつの間にか立ち上がり、僕の肩越しに写真を眺めていた。その目が好奇心できらきらと輝いているのを見て、頰が引きつる。どうやら、『若返りの謎』が鷹央の心の琴線に触れてしまったらしい。面倒なことになりそうだ。

「これは化粧とか服装とかそういう問題じゃないな。明らかにしわが減って、皮膚に潤《うるお》いが戻っている。

本当に若返っているように見える」

興奮気味に鷹央は言う。

「そうなんです。間違いなく母は若返っているんです。最初は気のせいかもしれないと思っていたんですけど、最近は特に変化が激しくて。しかも、変化したのは外見だけじゃないんです。以前に比べて活動的になってきて、食事量もかなり増えているんです。こんなの、あまりにも異常です」

美奈子の表情が不安げに歪んだ。

「ちなみに、若返りはじめたのはいつ頃からなんだ？」

写真から視線を外すことなく、鷹央は質問する。

「気付いたのは半年ぐらい前からでした。その時は、最近元気が出てきたなって喜んでいたんです」

「けれど、あまりにも劇的に変化しはじめて、不審に思ったんだな。ちなみに、母親は若返った原因についてはなにか言っているのか？」

「……はい。近所の鍼灸師から『特別な治療』を受けているって。そのおかげで美しさを取り戻すことができたって喜んでいました」

美奈子は膝の上に置いた両手をぎゅっと握り込む。

「その『特別な治療』っていうのはどういうものなんだ？」

鷹央は僕の肩に手を置いて身を乗り出す。

「母から聞いた話では、『気』を使って全身の細胞を活性化させ、若返らせるらしいです」

「気？」

あまりにも非科学的な単語に、僕は思わず声を上げてしまう。

「ええ、母はそう言っていました。馬鹿《ばか》らしいですよね、そんなの。だから私は、そんな怪しいものを受けるの、やめた方がいいって言ったんです。そうしたら母がこれまで見たことないほど怒り出して。あの先生は本物だ。本当に素晴らしい人で、自分の人生を変えてくれたって力説しだしたんです。あまりにも熱心にその鍼灸師のことを褒めちぎるんで、怪しく思って母を問いただしました。すると、三ヶ月ぐらい前から、その鍼灸師と交際しているって……」

美奈子は頭痛でもするのか、頭を押さえる。

「その鍼灸院に通いはじめたのは、若返りはじめた半年前からなのか？」

鷹央が質問すると、美奈子は顔を左右に振った。

「いえ、どうやら一年ぐらい前から知り合いの紹介で、通っていたみたいです。もともと母は腰痛《ようつう》で悩んでいたので、その治療をしてもらっていたということです」

「そして、半年前からは『気』を使った『特別な治療』を受けるようになり、そして本当に若返りはじめたと」

鷹央は両手を組むと、うんうんと頷く。美奈子はそんな鷹央にすがるような視線を投げかけた。

「どんなに言っても、母はあの男との交際も、治療を受けることもやめてくれないんです。私、あの男が母になにかおかしなことをしているんじゃないかと不安で……。そんな時に先生の噂を聞いて、藁《わら》にもすがる思いで連絡させていただきました。先生、母になにが起こっているのか分かりますでしょうか？」

鷹央は腕を組んだまま数秒考え込んだあと、天井を仰いでぼそりとつぶやいた。

「命短し恋せよ乙女……か」

「はい？」美奈子はいぶかしげな表情になる。「なんのことです？」

「女が綺麗《きれい》になる理由を考えていたんだよ。昔から『恋する乙女は美しい』とか言われているだろ。あれは医学的にも正しいんだ。女は誰かに恋をした時、エストロゲン、つまりは女性ホルモンの分泌《ぶんぴつ》量が増加する。エストロゲンには肌つやをよくしたり、女らしい体つきにする作用がある。つまりは女として美しくなるんだよ」

「本当ですか？」

疑わしげな声を上げる僕を、鷹央が睨《にら》んでくる。

「本当に決まっているだろ。たしか論文もあったはずだぞ。ちなみに、恋する相手はべつに実在の男である必要はない。相手が同性であろうと、マンガやアニメなど二次元のキャラであっても、恋すればエストロゲンの分泌が増加することが分かっている」

「はあ、二次元の……」

どう反応してよいのか分からず、僕はこめかみを掻《か》く。

「それって、うちの母がその鍼灸師に恋をしたから若返ったってことですか？」

ためらいがちに言う美奈子に向かって、鷹央はぱたぱたと手を振った。

「いやいや、違う違う。あくまでいまのは一般論だ。

たしかに恋によって女が美しくなることはあるが、ここまで変化することはない」

鷹央は僕の手から二枚の写真を奪い取った。

「この写真を一見したところ、二十歳以上若返っているかのように見える。これは、少しばかりエストロゲンの分泌が増えたからといって起こるようなものじゃない」

「じゃあ、やっぱりあの鍼灸師が母になにかしているんですね！　お願いします、先生。あの男はきっと母を騙しているんです。どうかあの鍼灸師の正体をあばいてやってください」

美奈子が勢いよく頭を下げるのを見て、僕は違和感を覚える。

「あの、失礼なことを伺いますけど、なんでそこまで必死になっているんですか」

僕が質問すると、美奈子は顔を上げ、鋭い視線を投げかけてきた。

「どういう意味ですか？」

「いえ、たしかにお母様が異常なほど若返って不安になる気持ちはわかりますけれど、お母様自身は元気になって、喜んでいるんでしょう？　それなら、その鍼灸師をそこまで……なんと言いますか、目の敵にしなくても……」

僕がおずおずと言うと、美奈子は「それは……」と口を濁す。

「遺産が心配なんじゃないか？」唐突に鷹央が言った。

「遺産、ですか？」予想外の単語に、僕は首を捻《ひね》る。

「ああ、そうだよ。さっき、母親がかなりの財産を持っているって言っていただろ。その母親が亡くなった場合、遺産はその子供に相続されるはずだ。いまのままならな」

鷹央がなにを言っているのかに気づき、僕は顔を引きつらせる。たしかに鷹央の想像は正しいのかもしれない。しかし、本人の前でそれを指摘するのは……。

僕は慌《あわ》てて、美奈子に気付かれないように鷹央に目配せをする。

「ん？　どうした小鳥。ウインクなんかして。目にゴミが入ったか？」

「いえ、そうじゃなくて……」

「まあいいか。このままだと、母親がその鍼灸師と結婚するなんて言い出すかもしれない。そうなれば、受け取れる遺産はぐんと少なくなる」

僕が焦《あせ》るのを尻目《しりめ》に、鷹央はぺらぺらと話し続けた。正面に座る美奈子の顔が紅潮していく。

「そんなんじゃありません！」

怒声が診察室の壁を震わせた。

「どうしたんだ？　急に大きな声を出して」

鷹央は不思議そうに目をしばたたかせる。

「どうしたって……、私が母の遺産目当てでこんなことをしているなんて……。まるで私が母に死んでほしがっているみたいな」

怒りで舌が回らないのか、美奈子は途切れ途切れに言う。

「母親に死んでほしがっている？　そんなこと一言も言っていないぞ。ただ、死後の遺産についての話をしているだけだ。なにかおかしいか？」

鷹央のセリフがさらに美奈子の怒りに油を注いでいく。美奈子は酸欠の金魚のように、ぱくぱくと口を動かした。

やっぱりこうなったか。僕は片手で顔を覆《おお》う。

鷹央はなんの悪気もなく、僕の疑問に答えただけなのだ。言葉をオブラートに包んだり、ＴＰＯに合わせた発言をする能力を鷹央は持ち合わせていない。

「あ、あの、遺産とかじゃなくて、お母様が心配なんですよね。あまりにも急に変化がありすぎて、その鍼灸師がお母様の健康を害するようなことをしていないか」

僕は慌ててその場を取り繕う。美奈子は僕に向き直ると、「そうですけど、それだけじゃありません」とつぶやいた。

「それだけじゃないと言いますと？」

美奈子は胸に手を置くと、大きく息を吐いた。少しは冷静さを取り戻してくれたようだ。

「この二、三ヶ月、母が知り合いにその鍼灸師を紹介しているんです。すごく腕のいい先生がいるから、ぜひ一度治療を受けてみてって」

「その鍼灸院の宣伝役を引き受けているってことですか」

僕の言葉に、美奈子は硬い表情で頷く。

「はい。急に若返った母を見て、自分も治療を受けたいって言う人がたくさんいるようなんです。そんな人たちから、その鍼灸師はかなり高額の費用をとっているとか……」

「つまり、その男がなにか法に触れるようなことをやっていた場合、母親が共犯者になるかもしれないと心配しているんだな。なるほど、それならそうと早く言えばいいのに」

　うなずく鷹央に向かって、美奈子はなにか文句でも言うように口を開きかけるが、すぐに不満げな表情で口をつぐんだ。言っても意味がないと思ったのかもしれない。賢明な判断だ。

「高額っていうと、どれくらいなんですか？」

「はっきりは知らないですけれど、普通の整体とかでは考えられない金額みたいです」

　僕の質問に、美奈子は弱々しく答える。

　なるほど、なんとなく事件の全容は見えてきた。問題はなぜ美奈子の母親がここまで若返ったかだ。まさか本当に『気』ってことはないだろうが……。

「他の奴《やつ》らは若返っているのか？」

　再び腕を組んだ鷹央が、ぼそりとつぶやく。美奈子は「え？」と声を漏らした。

「だから、お前の母親に紹介されて、その鍼灸師の『特別な治療』を受けた奴らだよ。そいつ等もお前の母親のように若返ったのか？」

　美奈子は渋い表情を浮かべながら、ゆっくりとうなずいた。

「……はい。みんな若返っています。私が知っているのは三人だけですけど、母の紹介で『特別な治療』を受けたその三人は、一見して分かるぐらい若返っているんです」

「……面白いな」

　鷹央は唇の両端を上げて、にっと笑みを浮かべた。

2

「せっかくの休みなのに……」

「あ？　なんか言ったか？」

　ＲＸ－８のハンドルを握る僕が口の中で小さく転がしたグチを、助手席に座った鷹央が耳ざとく聞きつける。相変わらずの地獄耳だ。

「いえ、べつに。ただ、わざわざここまでしなくてもいいんじゃないかなぁ、とか思っただけで」

「ここまでしなくてもってどういうことだよ？　とりあえず本人と会うのは、調査の基本だろ」

「そもそも、僕たちが調査する必要あるんですか？」

　思わず本音が漏れてしまう。横顔に鷹央の湿った視線が注がれた。

「お前、南原松子の異常な変化を見て、気にならないのか？」

「いやまぁ、気にならないと言えば嘘《うそ》になりますけど……」

ただ、休日ぐらい鷹央に振り回されることなく羽を伸ばしたいのだ。

「そうだろ。謎があればどんな手段を使ってもそれを解明する。それが科学者というものだ」

満足げにうなずく鷹央を横目に、僕はため息をつく。僕は科学者じゃなくて医者なんだけど……。まあ、医者も大きなカテゴリーでは科学者に入るのかもしれないが。

「それで、南原松子の家はまだなのか？」

「カーナビによると、あと五分ぐらいで着きそうですね」

昨日、南原松子の娘である島崎美奈子の話を聞き、無限の好奇心を激しく刺激された鷹央は、「ぜひ詳しく調べたい！」と言い出した。

最初、鷹央は南原松子を病院に連れてきてもらい、様々な検査を受けさせて『若返り』の秘密をあばきたいと希望したのだが、それを聞いた美奈子は哀《かな》しげに顔を左右に振った。

「何度も母を病院に連れて行こうとしました。あまりにも異常な変化だったんで、ちゃんと検査して欲しかったから。けれど、そのたびに母は『私は病気じゃない！』って怒り出すんです」

それを聞いた鷹央は間髪いれずに、「じゃあ私から会いにいこう」と言い出したのだ。

かくして僕は、貴重な休日を潰《つぶ》して鷹央の運転手となり、東村山市《ひがしむらやまし》にある南原松子の自宅まで車を走らせていた。こんな医師としての仕事を完全に逸脱した任務など、きっぱりと断ればいいのかもしれない。しかし、そんなことをすれば鷹央の機嫌を損ね、また子供じみた嫌がらせをされるのは目に見えているし、ボーナスの査定もひどいことになりかねない。それになにより、鷹央を一人で行動させるのは不安だった。コミュニケーション能力に多大なる問題があるこの年下の上司は、あらゆる場面でトラブルを起こしがちだ。それを最小限に防ぐのが、統括診断部での僕の主な仕事だったりする。

「それで、先生には目星がついているんですか？　なんで南原松子が若返ったのか」

僕が疲労を覚えながら訊ねると、鷹央は屈託ない笑みを浮かべた。

「いろいろ可能性は考えているぞ。ただ、本当に『気』によって若返るなら、ぜひそれを見てみたいな」

「『気』ですかぁ？　いくらなんでもそれは胡散臭すぎませんか」

「胡散臭かろうがなんだろうが、私は最初から可能性を否定はしないぞ。くだらない常識にとらわれていたら、新しい発見なんてできない」

「まあ、そうかもしれませんけど……」

だからって『気』で若返るなんて……。

「もちろん、『気』以外の可能性も考えてはいるぞ」

「それって、たとえばどういうことですか？」

「内緒だ」

鷹央はにやにや笑いながら、人差し指を唇の前に持ってきた。相変わらずの秘密主義。僕は軽く肩をすくめつつカーナビに視線を向ける。目的地まですぐのところまで来ていた。RX‐8を近くにあったコインパーキングに滑り込ませる。

車から降り、昨日教わった住所へ向かうと、門扉《もんぴ》の前に美奈子が立っていた。僕たちに気づいた美奈子は会釈《えしゃく》をしてくる。

「わざわざおいでいただいて、ありがとうございます」

「これが南原松子の家か？　一人で住んでいるのか？」

挨拶《あいさつ》をする美奈子に鷹央が近づく。門扉の向こう側には芝生が敷き詰められた広い庭が広がっていて、その奥に二階建ての洋館が建っていた。いくら都心から離れているとはいえ、かなりの財力がなければこれだけの家には住めないだろう。南原松子が資産家というのは本当のようだ。

「はい、時々私が顔をだしたり、人を雇って掃除をさせたりしていますが、基本的には母が一人で住んでいます」

これだけ大きな家に一人で住むのは、かなり寂しいだろう。怪しい鍼灸師は、その心の隙間《すきま》にうまく入り込んだのかもしれない。

「よし、それじゃあさっそく話を聞こうか」

鷹央はまったく躊躇《ちゅうちょ》することなく門扉に手を掛けた。

「あ、あの。昨日打ち合わせしたとおり、母にはあの鍼灸師について聞きたがっている人がいる、ということしか言っていません。くれぐれも医者であることは隠しておいてください」

美奈子が慌てて言うと、鷹央はおざなりに頷いた。

「ああ、分かっているって。それよりも早く話を聞かせてくれ」

軽い足取りで屋敷に向かっていく鷹央に、僕は嫌な予感を覚えながらついていくのだった。

「美味《おい》しい？」

「うん、……うまい」

リスのように口いっぱいにクッキーを頬張りながら、鷹央は答える。正面の席に座った南原松子は、孫を見つめるような柔らかい眼差《まなざ》しで鷹央を眺めていた。

屋敷の主《あるじ》である松子は、美奈子とともに訪れた僕たちを笑顔で迎え入れ、このダイニングで紅茶とクッキーを振る舞ってくれた。ちなみに、僕と鷹央は遠い親戚《しんせき》で、美奈子から『若返り治療』の噂を聞いて興味を持ったということにしてある。

僕は紅茶をすすりながら、松子を観察する。昨日見た写真は偶然若く写った一枚で、実際は年相応に老《ふ》けているのかもしれないと思っていたが、松子は写真よりもさらに若くさえ見えた。

たしか美奈子の話では七十二歳とのことだが、どう見ても五十前後に見える。特に肌はみずみずしく、それだけ見れば三十代でも通用してしまいそうだ。

「それで、お二人は秋源《しゅうげん》先生のお話を聞きに来たのよね」

松子が笑みを浮かべたまま、話を切り出した。僕は横目で鷹央を見る。まだクッキーを口いっぱいに頬張ったままで、喋《しゃべ》れそうにないので、かわりに僕が口を開いた。

「あの、秋源先生というのは鍼灸師の……」

「あら、ごめんなさい。私ったら。神尾《かみお》秋源、それが先生のお名前なの」

松子は心から幸せそうにその鍼灸師の名を口にした。松子の隣の椅子に座る美奈子は、そんな母親に冷めた目を向ける。

「神尾秋源先生ですね。その方が、なんというか……若返りを？」

僕の問いに、松子は力強く頷いた。

「ええ、そう。先生は本当にすごいのよ。たしか、あなたたちの知り合いに、秋源先生の治療を受けたがっている人がいるのよね？」

予想外の言葉に戸惑う僕に、美奈子が目配せを送ってくる。なるほど。そういうことにしてこの面談を設定したのか。それならそうと前もって言って欲しいものだ。

「ええ、そうなんです。その治療に興味を持っていまして。それで、ぜひお話をうかがえればと思ってお邪魔しました」

僕は適当なことを言って誤魔化す。その辺りの機微が読み取れない鷹央が、隣から「なに言っているんだ、こいつ？」みたいな視線を投げかけて来るが、少なくとも口からクッキーがなくなるまでは、黙っていてくれるだろう。

「そうなのね。それで、どんなことが訊きたいの？」

松子は軽く身を乗り出してきた。

「えっとですね。具体的にはその若返りっていうのは、どうやって行うんですか？」

とりあえず、当たり障《さわ》りのない質問からはじめてみる。

「簡単よ。一分ほど先生の両手を握っていればいいの。痛くも痒《かゆ》くもないわよ」

「えっ、それだけですか？　それでどうして若返るんですか」

「私も詳しくは分からないけれど、手から『気』を伝えて、細胞を活性化するんですって」

「はあ、『気』を……。一回受けただけで若くなるんですか？」

「いいえ、一回だけで効果がずっと続くってことはないの。最初の一ヶ月は週に三回くらい、それからも、二週間に一回は治療を受けないとだめなのよ」

思ったより頻繁に受ける必要があるようだ。

「なるほど……。南原さんはかなり前からその治療を受けているんですか？」

「ええ、もともと私は腰痛がひどくて、一年くらい前から秋源先生のところに通っていたんです。腰の治療を受けている時、雑談で『若返ることができるような治療はないですかねえ？』って訊いたら、先生が『私の治療を受けたら若返りますよ』って言って。最初は冗談だと思っていたんですけど、先生の治療を受けているうちに本当に若返ってきたんですよ」

松子は心から嬉《うれ》しそうに微笑んだ。その笑顔はまるで少女のようで、目の前の女性が七十歳を超えているとは、どうしても信じられない。

「その治療を受けて、体調になにか変化はないのか？　たとえば体がだるくなったりとか、頭痛がするとか？」

ようやくクッキーを飲み込んだのか、鷹央が質問を開始する。

「そんなことは全然ありませんよ。体調はとってもいいの。それで、どなたが先生の治療を受けたいと思っているんですか？」

松子が訊ねると、鷹央は黒板に書かれた問題が解けた小学生のように、勢いよく左手を挙げた。

「私だ。もし可能ならぜひ私が体験してみたい！」

「え、あなたが？」

松子の目がいぶかしげに細められる。それはそうだろう。一見すると女子高生にしか見えない鷹央が、『若返り治療』を受けたいなどと言い出したのだから。

「いえ、言葉が足りなくてすみません、彼女の祖母が興味があって、お話を聞きにきたんです」

僕は慌てて誤魔化す。

「祖母？　なに言っているんだ？　私は自分で……」

「ややこしくなるから黙っていて下さい」

松子に聞こえないように小声で鷹央に耳打ちする。

鷹央は唇を尖《とが》らせるが、とりあえず口をつぐんでくれた。

「ああ、そうなんですか、おばあさまが。それはきっと喜びますよ。最高のプレゼントです」

「それで、ちょっと伺いたいんですけど、その『若返り治療』はどれくらいお値段がかかるものなんでしょう？」

僕は声をひそめる。美奈子の話では、その鍼灸師は治療を受ける人々からかなりの大金を巻き上げているらしい。その男が詐欺師《さぎし》だとしたら（まあ、間違いなく詐欺師だとは思うが）、被害者たちがどれくらいの金額を払っているのか知っておく必要があった。

「一回の治療につき三万円ですよ」

松子は軽い口調で答えた。

「三万円……ですか」

微妙な数字に僕は鼻の頭を掻く。かなり高額だが、法外とまではいえない。

「最初の一ヶ月、週三回通ったとすると、三十から四十万円かかることになりますね。そのあとは月に六万円……」

これはなかなかうまい料金設定なのかもしれない。それなりに裕福な者には、払えなくはない金額だ。一気に何百万も巻き上げるより、こうやって定期的にある程度の金額を払わせた方がトラブルになりにくいだろう。

「たしかに少し高く感じるかもしれませんけれど、それで若さを取り戻すことができるなら安いものでしょ」

松子の口調には迷いがなかった。

「お前も毎月六万円払っているのか？」

腕を組んで話を聞いていた鷹央が、松子に質問をぶつける。高校生のように見える鷹央に「お前」と呼ばれ、少々目を見張った松子だったが、すぐにはにかんで首を左右に振った。

「いえ、最近は払っていませんよ。なんというか、私は秋源先生のパートナーといいますか……」

「つまり、その鍼灸師の恋人になったから、治療代は払っていないということだな」

言い淀《よど》む松子に向かって、鷹央は直球をぶつける。

松子は白い頰をかすかに赤く染めると、隣に座る美奈子を軽く睨んだ。

「あらやだ、あなた、そんなことまで話したの？」

女学生のように初々《ういうい》しい態度を見せる母に顔をしかめつつ、美奈子は小さく頷いた。

「本当に口が軽いんだから。ええ、たしかに私は秋源先生とお付き合いしています。けれど、べつにそれは若返らせてくれたからじゃなく、彼の人柄に惹《ひ》かれたからで……」

松子の頰の赤色がじわじわと濃くなっていく。

やっぱりこの人、その鍼灸師と付き合ったから若返ったんじゃないのか？　松子の様子を眺めながら、僕はそんなことを思う。

昨日、鷹央が語った、「恋をすると女性ホルモンが増える」という話にも繫《つな》がるが、精神は肉体に多大な影響を与える。

夫を失い、大きな洋館で一人寂しく老後を送り、年齢以上に老け込んでいた松子が、恋をすることで活気を取り戻した。それに加えて化粧など、美容に気をつかうようになったことで劇的に若返ったように見えた。そういうことなのではないか？

「けれど、実は私、嬉しいんですよ」

考え込んでいた僕は、松子の声で我に返る。渋い顔で隣に座っている美奈子の肩に、松子が手を置いた。

「最初、秋源先生とお付き合いしていることを話したらこの子、大反対してきたんですよ。何度も彼が本物だってことを教えているんですけど、なかなか聞く耳を持たなくて。それなのに、秋源先生の治療に興味のある人を連れてきてくれるなんて。あなたも、ようやく彼の力を信じてくれるようになったのね」

松子は目を細めて娘を見る。美奈子は居心地悪そうに、「そういうわけじゃ……」と言葉を濁した。

「ところで、その『若返り治療』の見学とかはできないのか？　ぜひこの目で見てみたいんだが」

好奇心で目をきらきらと輝かせながら、鷹央が前のめりになる。とたんに松子は困り顔になった。

「見学ですか？　それはちょっと訊いてみないと……」

「ぜひ訊いてみてくれ」

「……はあ。それじゃあ、ちょっと待っていてくださいね」

鷹央の勢いに圧倒されるように軽くのけぞった松子は、席を立つと部屋から出て行った。

ここで話を聞いて終わりだと思っていたのに、下手をしたらその怪しげな治療の見学まで付き合わされるのか。肩を落とす僕の顔を、鷹央が覗《のぞ》き込んでくる。

「……なんですか？」

「本当ならすごいよな！　本当に若返ることができたなら、不老不死だって夢じゃないかもしれないぞ。古代から、不老不死は人々の悲願だったんだよ。時の権力者の多くが、その力を使って不老不死の秘薬を求めたんだ。有名なのは秦《しん》の始皇帝だよな。水銀を飲むことで……」

「はいはい、もし本当ならすごいですね」

テンションが上がってきたのか、『不老不死』についての知識を垂れ流し始めた鷹央に、僕は適当な相づちをうつ。とたんに鷹央は頬を膨らませた。

「なんだよ、お前。興味ないのかよ。若返りだぞ！」

「そんなに興味はありませんねえ。医者は若く見られると、患者に信頼されない傾向にありますから。どちらかというと、もう少し年上に見られたいぐらいですよ」

僕が答えると、鷹央は大きく舌打ちをする。

「そんなことを言っているとな……ハゲるぞ」

ぼそりとつぶやいた鷹央の一言に、僕は顔を引きつらせて頭に手をやる。

「な、なにを……」

「だから、年上に見られたいとか余裕こいているとな、あと何年もしないうちにハゲるって言っているんだよ」

「ぼ、僕は大丈夫ですよ。そんな徴候はまだ少しも……」

「ああいうのは一気に来るもんなんだよ」

鷹央は唇の端をつり上げた。

「どうせ、外科医だったころストレスの多い不規則な生活していたんだろ。それにお前、結構食生活も偏《かたよ》っているしな。きっと毛根にはかなりのダメージが蓄積を……」

鷹央は怪談を語るような口調で脅してくる。

「食生活で先生に言われたくはありませんね。カレーと菓子しか食べない超偏食のくせに」

「なに言っているんだ。私はちゃんとカレーの具を毎日替えて、それなりにバランスを……」

僕と鷹央が睨み合っていると、扉の開く音が響いた。見ると、松子が部屋に戻ってきていた。僕たちはとりあえずケンカをやめ、居ずまいを正す。

「秋源先生と連絡が取れました。三十分後に私が紹介した患者さんの治療が入っているから、それを見学してもいいってことです」

松子は両手を合わせて明るく言った。


神尾秋源という男の鍼灸院は、松子の住む家から徒歩で五分ほどの距離にあった。小さな二階建ての民家の軒先に、看板が置かれている。

『神尾鍼灸院』と記されているその看板は年季が入っていて、かなり怪しい雰囲気を醸し出していた。

「ここで『若返り治療』をやっているのか」

鷹央は看板をまじまじと眺める。

「ええ、あまりきれいなところじゃないでしょ。もっといいテナントを借りて、大々的にやった方がいいって言っているのに、あの人、『目立つのは嫌いだから』って聞かないんですよ。職人気質《かたぎ》って言うんですかね。まあ、そういう所が良いんですけど」

松子はのろけながら、玄関先のインターホンを押す。数十秒すると扉が開き、甚平《じんべい》を着込んだ初老の男が姿を現した。

「やあ松子さん、いらっしゃい。その人たちが私の治療を見学したいんだね」

大仰に両手を広げる男を、僕は観察する。

胡散臭い。それが神尾秋源に対する第一印象だった。まず、甚平姿で仕事をしていること自体が芝居じみて見える。頭頂部はきれいに禿《は》げ上がり、蛍光灯の光を反射していた。後頭部に生えている白髪が目立つ髪はゴムで結われて、ポニーテールになっている。かなり小柄だが、鍼灸師らしく筋肉質な体つきをしていた。年齢は六十前後というところだろうか？

「胡散臭いでしょ、この人」

僕の思っていることを松子が的確に言い当てる。僕は慌てて「いえ、そんな……」と言葉を濁した。

「いいんですよ、気を遣わなくても。私もはじめてここに来たとき、『この人、大丈夫かしら』って不安になったんだから」

「なんだ、最初はそんなふうに思われていたのか」

「ええ、最初は逃げだそうかと思ったのよ」

松子と秋源は、視線を合わせて微笑み合う。その様子は、長年連れ添った夫婦のようだった。僕の隣に立つ美奈子の顔が不機嫌そうに歪む。

「えっと、僕は小鳥遊《たかなし》優《しゅう》と言います。こちらは天久《あめく》鷹央先……さんです」

僕が自分と鷹央の紹介をすると、秋源は一瞬笑みを引っ込めて視線を向けてくる。値踏みされているような気がして居心地が悪かった。

「お二人の知り合いの方が、あなたの治療を受けたいとおっしゃっているんですって。それで、具体的にどんなことをするのか見学したいそうよ」

「ああ、そうなのか。どうぞどうぞ。見学は大歓迎だ、いつ来てもらってもかまわないよ。まだ患者さんは来ていないけれど、とりあえず上がって」

秋源は再び笑顔を浮かべると、玄関扉を大きく開けた。

「あの……私は母の家に戻っています」

美奈子は厳しい表情を浮かべたまま、低い声で言う。

「あら美奈子、あなたも一度、中を見ていきなさいよ」

松子が軽い声で娘を誘うが、美奈子は力なく顔を左右に振ると、僕たちに小さな声で「……すみません」と言って身を翻《ひるがえ》した。

まあ、母親をたぶらかしている（と美奈子は確信している）怪しい男の鍼灸院など、入りたくないのだろう。

「おい小鳥、なにぼーっとしているんだ。行くぞ」

遠ざかって行く美奈子の背中を見送っていると、ジャケットの袖《そで》を引かれた。見ると、鷹央が好奇心に目を輝かせながら玄関を指さしていた。依頼主がいなくなったというのに、調査は続けないといけないらしい。僕は肩を落とすと、鷹央とともに鍼灸院へと入っていった。

玄関を入ると、普通の民家のように長い廊下が延びていた。廊下の突き当たりには台所らしき空間が見える。

「こちらだよ」

秋源は玄関を上がってすぐのところにある引き戸を開く。扉の奥には十二畳ほどのスペースが広がり、その中心に施術用のベッドが置かれていた。僕たちは、秋源に促されるままに室内へと入っていく。

部屋には壁に沿って本棚が設置されていて、中には東洋医学の専門書らしき書物が詰まっていた。ベッドの脇《わき》にはカートが置かれ、鍼《はり》や灸の道具が載っている。

「鍼灸師の資格を持っているんだな」

鷹央が壁に掛けられた額を指さす。その中には、鍼灸師の免許状が入っていた。

「もちろんだよ。そうじゃなきゃ鍼灸院なんて開けない」

秋源は少々苛立《いらだ》たしげに言った。

「けれど、『若返り治療』は鍼灸の学校で習うようなものじゃないだろ」

鷹央の指摘に、秋源の顔がかすかに引きつった気がした。

「たしかに、あの治療は普通の鍼灸師にできるようなものじゃない。あれは日本で教えられている鍼灸とはまったく別の技術なんだ」

「お前はどうやってその技術を学んだんだ？」

矢継ぎ早の質問を受け、秋源はいぶかしげに目を細める。

「なんでそんなことまで言わないといけないんだ？」

「なんでって、そりゃあ『若返り』だぞ。そんな治療、西洋医学でも夢のそのまた夢だ。それができるとなれば、どこでどうやって技術を学んだか知りたいと思うのは当然だろ」

鷹央は早口で言う。正論をぶつけられ、秋源は気を取り直すように軽く咳払《せきばら》いをした。

「鍼灸師の資格を取ったあと、私は本場の技術を学びに数年間、中国に留学をしたんだ。そして、北京《ペキン》で師に巡り会った」

「その『師』って奴にならったのか？」

「ああ、そうだよ。彼はその時すでに八十歳を超えていたが、素晴らしい腕で尊敬を集めていた。私は必死に頼み込んで弟子入りをして、数年間鍼灸だけでなく、東洋医学の様々な技術を学んだ。そして私が日本へ帰ることになったとき、師は長い間尽くしてきた私に秘伝の技術を教えてくれたんだ。『気』を操ることにより、細胞を活性化させる技術をね」

秋源は得意げに言う。

「その『気』っていうのは具体的にはどういうものなんだ？　どうやったらそれを使えるようになるんだ？」

好奇心による興奮を抑えきれなくなった鷹央は、秋源に詰め寄るように近づいていく。目の前までやってきた鷹央を見下ろしながら、秋源は小馬鹿にするように鼻を鳴らした。

「具体的にと言っても、言葉にできるようなものじゃないな。まあ、しいて言えば、すべての細胞が持つ生命のエネルギーだ。まずは厳しい修行をすることによって体の中を流れている『気』の流れを感じることができるようにして、そこから時間をかけて、自在に操れるようになるんだ。私のように才能のある者でも、そこまで数年かかるし、才能がなければいくら努力しても使えるようにはならない」

「なるほど、興味深いな」

鷹央は腕を組むと、満足げにうなずいた。

なにが『気』だよ。二人のやりとりを眺めながら僕はあきれかえっていた。詐欺師が適当なことをいって煙に巻こうとしているだけだ。話を聞けば聞くほど、神尾秋源という男に対する疑念が濃くなっていった。

「それで、その『治療』にはどれくらいの効果があるんだ？」

鷹央は腕を組んだまま、さらに質問を重ねる。

「秋源さん、あれを見せてあげましょうよ」

松子がはしゃいだ声を出すと、本棚から大きなファイルを取り出した。

「それはなんですか？」

僕が訊ねると、松子はベッドの上でファイルを広げた。

「これまでに秋源さんの治療を受けた人たちの写真。治療を受ける前とあとで見比べられるように、保管しているの」

ファイルには一ページに数枚の写真が貼《は》られていた。松子の言うとおり、同一人物の写真を、時系列に並べたもののようだ。

こんなものを第三者に見せるなんて、プライバシーの問題があるんじゃないか。秋源に対する不信感を強くする僕の前で、鷹央がかぶりつくようにファイルを眺めはじめる。しかたなく、僕も写真に視線を落とした。

最初の写真に写っていたのはかなり高齢の女性だった。八十歳は超えているだろう。写真の脇には日付が記されている。どうやら一週間ごとに撮影したらしい。

順番に写真を見ていった僕は息を呑んだ。写真が進むにつれ、明らかにその女性は『若返って』いた。治療開始から一週間後の日付の写真で、すでに肌に張りが出てきていて、一ヶ月後以降の写真では十歳以上は若くなっているように見える。

鷹央は無造作にファイルのページをめくる。次のページには違う女性の写真が貼られていた。どうやら見開きで一人分が貼られているようだ。

そのページに写っていた高齢の女性も、治療を受けた結果、明らかに若返っているように見えた。鷹央は次々にページをめくっていく。どのページの女性も、治療の前後で同様の変化が見てとれた。

僕は軽い頭痛をおぼえ頭を振る。てっきり松子は、秋源と交際をはじめたために生活に張りが生まれ、外見が若く見えるようになっただけだと思っていた。しかし、このファイルに収められている写真が本物だとしたら、松子以外にも多くの高齢女性が秋源の『治療』によって若返っている。

この男はどうやってこんなことを……？　僕は顔を上げ、呆然《ぼうぜん》と秋源を眺める。

「かなりの人数がいるな。いままで何人にその『若返り治療』をやったんだ？」

「そうだな、四十人ぐらいかな。その大部分が、いまも定期的に私の治療を受けに来ているよ」

鷹央の質問に、秋源は誇らしげに答える。

「へえ、思ったより少ないんだな。てっきり何百人もやっているものだと思っていたよ」

「この治療を始めたのは、三ヶ月ぐらい前からだからね。まだそんなに人数はいないんだ」

「それまではやっていなかったのか？」

「ああ、普通の鍼灸治療しかしていなかったよ。『気』を使うのは普通の治療ではないからね。それで商売をしようとは思いつかなかったんだ。松子にやったのも、年齢からくる症状で悩んでいたから、それを少し和らげようとしただけなんだ。まさかここまで喜ばれるとはね」

鼻の頭を掻く秋源に、松子が近づいた。

「この人、腕はすごく良いのに、商売下手なのよ。だから私がプロデュースしてあげたの。友達に宣伝してあげてね」

秋源は相好《そうごう》を崩す。

「松子には感謝しているんだよ。松子のおかげで、私の本当の実力を思う存分発揮することができるようになったんだ」

高齢の二人が高校生のカップルのように寄り添うのを前にして、どうしても眉根《まゆね》が寄ってしまう。その時、インターホンの音が響いた。

「お、ちょうど患者さんが来たみたいだな。松子、悪いけど迎えに行ってくれないか」

「はいはい」

松子は軽い足取りで部屋から出て行くと、すぐに中年の女性を連れて戻ってきた。年齢は五十代後半というところだろうか。

「あら、その方たちは？」

松子とともに部屋に入ってきた女性は、まばたきをくり返す。

「こちらは小鳥遊さんと天久さん。お知り合いの方が秋源先生の治療に興味を持っておられて、今日は見学にいらっしゃったの。かまわないでしょ、春江《はるえ》さん？」

「え、ええ……」

春江と呼ばれた女性がためらいがちに頷くと、鷹央がずいっと彼女に近づいていった。

「『若返り治療』を受けているんだな。効果はどうだ？」

「え、えっと。あの……効果はすごいわよ。まだ受けはじめて三週間だけど、肌の張りが全然違ってきて、若く見られるようになったし、ひどかった更年期障害もよくなったから。今年で七十三歳になるから、諦めていたのに」

突然迫ってきた鷹央に戸惑うようなそぶりを見せつつ、春江は答える。七十三？　五十代にしか見えないのに、僕は目を見張った。

「……なるほど、更年期障害がな」

鷹央はなにやら含みのある口調でつぶやくと、重々しく頷いた。

「それじゃあ、いつもみたいに奥の部屋で着替えてきてください」

秋源に促され部屋から出て行った春江は、数分で水色のガウンに着替えて戻ってきた。鍼灸を施せるよう背中側に大きなファスナーがついていて、開けるようになっている。

春江はすたすたとベッドに近づき、腹ばいに横たわった。

「あの、僕は出ていましょうか」

僕はおずおずと言う。部外者で、しかも男である僕に施術《せじゅつ》を見られることには抵抗があるかもしれない。

「ああ、気にしなくていいですよ。そんな歳《とし》じゃありませんからね」

春江は僕に向かって笑みを浮かべた。

「さて、じゃあはじめようか」

秋源はカートに置かれていた医療用のゴム手袋をはめて春江に近づくと、腕のマッサージをはじめた。

「……それが『若返り治療』なんですか？」

僕の質問に、力を込めてマッサージを続けながら秋源は首を左右に振った。

「これは治療前の下準備だ。筋肉にこわばりがあると、うまく『気』が全身に伝わらなくて、効果が半減するからな」

秋源は滑りをよくするためか、手にローションを何度かつけながら、腕のマッサージを続けていく。

十分ほどかけて両腕のマッサージを終えると、秋源は背中のファスナーを下げ、春江の背中にもマッサージを施していく。

あまり凝視するのは失礼だと思った僕は視線を外し、横目でその様子をうかがう。そんな僕とは対照的に、鷹央は背後霊のように、秋源のすぐ後ろにかぶりついて施術を凝視していた。鷹央が気になるのか、秋源は何度か渋い表情で振り返るが、鷹央が動くことはなかった。

腕と同じように、秋源は背中にもローションを使いながら入念にマッサージを続けていく。

合計三十分近く使って腕と背中のマッサージを終えた秋源は、外した手袋をゴミ箱に捨て、大きく息をついた。背中のファスナーを閉めてもらった春江が身を起こし、ベッドの端に腰掛ける。

「これで準備は整った。これからが本番だ。ちょっと離れていてくれるかな。『気』を扱うのに集中が必要だから」

秋源は春江の前に立つ。鷹央は不満げな表情で僕の隣に戻ってきた。

春江の手を取った秋源は、目を閉じてゆっくりと深呼吸をくり返しはじめた。

これからいったいなにがはじまるのだろう？　僕は目の前で繰り広げられる光景に集中する。隣に立つ鷹央も前のめりになりながら、無言で観察を続ける。

「はぁっ！」

息を吐くと同時に、秋源は目を見開き歯を食いしばった。その息づかいが荒くなっていく。

額に汗を滲《にじ》ませ、顔を紅潮させながら、秋源は腕を細かく震わせはじめる。次第にその振動は大きなものになり、秋源の食いしばった歯の隙間からうめき声が漏れだした。

次の瞬間、春江の手を離した秋源は崩れ落ちるようにその場に座り込むと、酸素をむさぼりはじめた。

「……えっ？　これで終わりですか？」僕はためらいつつ口を開く。

「はい、これで終わりですよ」

まだ苦しげに息を乱している秋源にかわり、松子が答えた。

いまのが『若返り治療』？　正直、なにが起こっているのかまったく分からなかった。

「あの、……なにか変化はありました？」

秋源はまだ答えられそうになかったので、僕は質問の矛先を春江に向ける。

「なにか温かい波動が伝わってきた気はしましたけど、すぐに効果が出るわけではないんですよ。何日もかけてゆっくりと体が若返っていくんです」

笑顔で言う春江を前にして、どうにも拍子抜けした気持ちになる。治療中に見る見る患者が若返っていくような光景を予想していた。まあ、よく考えたら、そんなことあるわけないのだが……。

「……すぐには効果は出ないが、春江さんの全身には、私が送った『気』が充満、している。その『気』が、ゆっくりと、細胞を活性、化させて、いくんだ」

秋源は息を乱したまま、途切れ途切れに説明する。

「そんなに消耗するものなんですか？」

「当然じゃないか。『気』とは生命のエネルギーそのものだ。それを他人に流し込むんだから、体力は消耗する。まあ、少し休めば回復するがね」

秋源は松子の肩を借りて立ち上がった。そんな二人に僕は疑いの視線を向ける。秋源の言動はいちいち芝居じみていて、どうにも信じる気になれなかった。

詐欺師が三文芝居しているだけに見える。けれど、この治療を受けた人たちは実際に若返っている。これはどういうことなんだろう？

混乱した僕が隣を見ると、鷹央はポケットティッシュを取り出し、大きな音をたてて鼻をかんでいた。

「……なにやっているんですか？」

「なにって、見れば分かるだろ。鼻をかんでいるんだ。この部屋、ちょっと埃《ほこり》っぽくないか」

鷹央は鼻をかんだティッシュをゴミ箱に捨てると、両手をコートのポケットに突っ込む。

さっきまであれだけ興味津々《しんしん》だったというのに、この変わりよう。相変わらずつかみ所のない人だ。

「それで、治療を見てどう思いました？　なにか分かったこととかありませんでしたか？」

僕は秋源たちに聞こえないように、鷹央に耳打ちする。

「ん、治療？　ああ、『若返り治療』か。うん、まあ色々とわかったかな」

鷹央はまるでいま思い出したかのようにつぶやくと、秋源を見る。

「なあ、次は私にやってくれないか？」

「鷹央先生、なに言っているんですか⁉」

慌てた僕は思わず『先生』をつけて鷹央を呼んでしまう。松子が小首をかしげながら「先生？」とつぶやいた。

「どうしたんだよ、そんなに焦って。べつに危険もないみたいだし、いいじゃないか。見るだけより、直接体験した方が分かることも多いだろうしな」

「いや、だからってわざわざ受けなくても……」

危険がないとは言い切れないじゃないか。

「それに、若返ることができるなら私も嬉しいしな」

「そんな必要ないでしょ。もともと……」

もともと、子供みたいな外見しているんだから。そう口にしかけたところで、僕は慌てて言葉を飲み込む。鷹央は童顔を指摘されるととんでもなく不機嫌になる。あまり外見を気にしない鷹央だが、年齢よりかなり幼く見られることにはコンプレックスを持っているようなのだ。

「……もともと、なんだよ？」

鷹央が低い声で言う。

「いえ、えっとですね……、もともと綺麗なんですから、そんな治療受けなくても大丈夫ですって」

自分でも呆《あき》れてしまうほど棒読みで僕がお世辞を口にすると、鷹央は目をしばたたかせた。

「なんだ、お前。私を口説いているのか？」

「ちがう！」

「けれど、私はお前みたいなむさ苦しい男に興味ないぞ。悪いけどな」

「だから違うって言っているでしょ！」

「分かった分かった。そういうことにしておいてやる。それで、私にもその治療をやってくれるのか？」

鷹央はひらひらと手を振ると、秋源に向き直った。

いや、「そういうことにしておいてやる」って……。

「いやあ、お嬢ちゃんにはちょっと必要ないんじゃないかな」

秋源は禿げ上がった頭に触れながら言う。「お嬢ちゃん」と呼ばれたことで、鷹央の目つきが険しくなった。

「……なんで私はだめなんだよ」

「だってお嬢ちゃん、中学生だろ？　まだ十分若いから、若返る必要なんてないよ」

「ちゅ、中学……!?」

もともと大きい目を剝いて、鷹央は絶句する。一瞬吹き出してしまった僕は、慌てて両手で口を押さえた。

鷹央は殺気すらはらんだ視線で僕を睨みつけると、そのままの目つきで秋源を見る。

「だ、誰が中学生だ！　私は、私はれっきとした二十八歳のレディで、天医会総合病院のドク……」

鷹央がそこまで叫んだところで、僕は慌てて背後から鷹央の口を手で押さえた。掌の下で鷹央がなにかもごもごと口を動かしている。

「今日はありがとうございました。またあらためて連絡します。それじゃあ失礼します！」

僕は早口で言うと鷹央の体を小脇に抱え、急いで部屋から出て玄関へと向かう。

これ以上鷹央をここに置いておいたら、絶対にめちゃくちゃになる。とりあえず見るべきものは見たし、このまま病院に戻るとしよう。

じたばたと四肢を動かす鷹央を抱えたまま鍼灸院を出たところで、左手から脳天まで電撃のような痛みが突き抜けた。

声にならない悲鳴を上げながら、僕は視線を落とす。そこでは、鷹央が僕の手に鋭い犬歯を突き立てていたのだった。

3

『若返り治療』を見学してから二週間ほど経《た》った金曜の夕方、救急部の勤務を終えた僕は、救急治療室を出て一階フロアを歩いていた。すでに外来は終わっている時間なので、ベンチが並ぶ外来待合は閑散としていた。警備員や見舞いに訪れた人がぱらぱらといるぐらいだ。

首を鳴らしながら待合を横切り、エレベーターの前に立つ。ちょうど下りてきたエレベーターの扉が開き、中から眼鏡をかけた長身の女性が出てくる。年齢は僕と同じくらいで、ロングヘアを明るい茶色に染めている。

僕と女性の目が合う。眼鏡の奥の切れ長の目がわずかに大きくなり、その体が一瞬硬直した。

知り合いだろうか？　僕は記憶を探る。一瞬、頭の奥に疼《うず》きをおぼえるが、はっきりとどこで会ったのか思い出せなかった。

女性は気を取り直したように微笑むと、小さく会釈をする。思わず頭を下げ返した僕の脇をすり抜けると、女性は振り返ることなくヒールを鳴らして出口へと向かっていった。

首を捻りつつスタイルのいい後姿を見送った僕は、エレベーターに乗り込む。

十階に到着し、屋上への階段を上りはじめたとき、安っぽい電子音が鼓膜を揺らした。

「なんだよ、もう勤務時間は終わったのに」

愚痴をこぼしながら、救急部ユニフォームのポケットからポケベルを取り出す。小さな液晶画面には、見慣れた内線番号が表示されていた。統括診断部の医局、つまりは鷹央の〝家〟からの呼び出しだ。

一瞬、気づかなかったふりをして帰ってしまおうかとも思うが、僕のデスクがあるプレハブ小屋は、鷹央の〝家〟の裏手にある。着替えと車のキーを取りにそこに向かえば、間違いなく〝家〟にいる鷹央に見つかるだろう。

……しかたがないか。

僕は重いため息をつきつつ階段を上って屋上に出ると、まっすぐにレンガ造りのファンシーな建物へと向かった。

「小鳥、明日車を出せ」

玄関扉を開けてありとあらゆる種類の書物が所狭しと積み上げられ、〝本の森〟といった様相を呈している薄暗い室内に入った瞬間、ソファーに横たわっていた鷹央が声を上げた。

「またですか？　僕は先生の専属運転手じゃないんですけど」

「いいじゃないかよ。どうせ週末ひまだろ。恋人もいないんだから」

「ほっといてくださいよ！　今度はどこに行くつもりなんですか？」

たしかに独り身だし、明日はこれといった予定は入っていないのも事実だが、他人に指摘されたくはない。

「あの『若返り治療』をやっている鍼灸院だ」

「神尾秋源の鍼灸院ですか？　もしかして、まだ調べていたんですか？」

神尾鍼灸院から戻って以来、鷹央はほとんど『若返り治療』について言及することがなかったので、てっきり興味を失っているものだと思っていた。

「当たり前だろ。準備が整うのを待っていただけだ」

「準備？　なんの準備ですか？」

「あの鍼灸師のトリックを暴《あば》く準備に決まっているだろ」

鷹央は唇の片端をにやりと上げる。

「トリック？　やっぱりあれは『気』とかじゃなく、なにか仕掛けがあったんですか？」

「なんだ、お前まだ気づいていないのか。相変わらず節穴みたいな目だな。私は二週間前の時点でトリックが分かっていたぞ」

「え？　それじゃあ、その時に指摘すればよかったじゃないですか」

「あの時点ではまだ証拠がなかったからな。あの男を逮捕するためには、しっかりした証拠をそろえる必要があったんだよ」

「逮捕⁉」思わず声が跳ね上がる。

「なんだよ、変な声だして」

「いや、逮捕って……。あの鍼灸師、なにか犯罪行為を？」

「ああ、あいつがやっているのはれっきとした犯罪だ」

鷹央はきっぱりと言い切る。

「それって、詐欺ってことですか？」

「いや、詐欺罪じゃない。まあ、明日になれば分かるさ。昼過ぎに迎えに来てくれ。頼むぞ」

鷹央は〝本の樹〟から一冊文庫本を手に取り、読みはじめる。やはりこの場で詳しく説明はしてくれないらしい。

「それじゃあ、松子さんはあの男に騙されているんですね」

幸せそうに秋源に寄り添う松子を思い出し、暗い気持ちになる。彼女は心から秋源のことを信頼し、愛している。もし騙されていると知れば、かなりのショックを受けるはずだ。

「なんだ、お前、南原松子に同情しているのか？」

「そりゃあ、あれだけあの鍼灸師に入れ込んでいるんですから、ちょっとかわいそうだなと思って……」

「ん？　そんなにあの女のことを心配するってことは、もしかしてお前、あの南原松子に惚《ほ》れたりしているのか？」

「はぁ⁉」

あまりにも突拍子もない発言に、僕は言葉を失う。文庫本を脇に置いた鷹央は、憐憫《れんびん》がこもった視線を投げかけてきた。

「お前なぁ、南原松子はたしかに若く見えるし、かなり顔立ちは整ってはいるが、実際は七十二歳だぞ。いくら若い女にモテないからって、自分よりも四十歳以上年上の女に走るのはどうかと……」

「違う！　断じて違います！」

「だいたいなぁ、最近お前、節操なさ過ぎじゃないか？　この前は私を口説いたり」

「そんなことしてない！　僕はちゃんと節操を持って生きています！」

人聞きの悪いことを口にし続ける鷹央に、僕は声を嗄《か》らしながら反論をする。

「節操持って生きている？　本当か？」

鷹央はいやらしい笑みを浮かべた。

「……どういう意味ですか？」

「この病院に来てから、何人のナースや薬剤師にふられた？　けっこうな数になるんじゃないか？　まったく、やたらめったら声をかけやがって」

「うっ……」

痛いところを突かれ、僕は言葉を詰まらせる。たしかにこの数ヶ月、この病院に勤務する数人の女性と少しいい雰囲気になっては、結局うまくいかないということをくり返していた。

けれど、それは某研修医に、僕と鷹央が交際しているとかいう根も葉もない噂を流されたり、鷹央の『捜査』に強引に付き合わされてデートの時間がとれなかったせいで……。

「それはですね……」

「そもそも、この病院に赴任してきてすぐにお前、姉ちゃんを口説こうとしたもんな。姉ちゃんはもう結婚しているっていうのに」

必死に反論を口にしようとした僕に、鷹央がとどめを刺しに来た。その時のことを思い出し、僕は頭を抱える。

違うんだ。あれは鷹央が「姉ちゃんに恋人はいないぞ」とか言うから……。まさか恋人じゃなく、夫がいるなんて……。

「あの、……もうこの話はやめにしましょう。ちゃんと明日、迎えに来ますから」

僕は白旗を揚げる。これ以上この話題を続けたら、精神に致命的なダメージを受けてしまいそうだ。

「ん、そうか。それじゃあ明日は頼むぞ。あの失礼な男に一泡吹かせてやるんだから」

「失礼な男？　それって神尾秋源のことですか？」

「そうに決まっているだろ。あの男、私のことを『中学生』呼ばわりしたんだぞ！」

鷹央は拳《こぶし》を握りながら声を張る。

「忘れるわけがありませんよ。そのせいで僕は手に怪《け》我したんですから。まったく、あんな容赦なく嚙みつかなくても」

僕は左手を掲げる。そこには鷹央に嚙みつかれた痕《あと》が、まだ完全に治りきらずに残っていた。

「お前が悪いんだろ。毎度毎度、私を荷物みたいに抱えやがって。今度やったらセクハラで訴えてやるからな。ああ、それもこれも全部、あの鍼灸師が私を子供扱いしたせいだ。どこからどう見たら私が中学生に見えるんだ」

「どこからどう見ても……」

「あ？　なんか言ったか？」

僕が口の中でぼそりと言葉を転がすと、鷹央が鋭い視線を向けてきた。

「いえ、なんでもないです」

僕は慌てて胸の前で両手を振る。鷹央は苛立たしげに鼻を鳴らした。

「なにが中学生だ。私はれっきとしたレディなんだ。その私が『若返り』たがっても、べつに不思議じゃないだろ。それなのにあいつ……」

鷹央はぶつぶつとつぶやき続ける。よほど『中学生』と言われたことを根に持っているようだ。ここは少しフォローしておくか。

「そうですよ、きっと神尾秋源の目がおかしいんですよ。たしかに若くは見えますけど、なんだかんだ言って、先生もアラサーですか……、うおっ⁉」

突然、顔面に向けて飛んできた文庫本を、僕はヘッドスリップでかろうじて避《よ》ける。

「な、なにをするんですか、って、ちょっと待って……」

続けざまに僕に向かって本を投げつけてくる鷹央に、僕は必死で言う。

「……お前、いまなんて言った？」

両手に本を持ったまま、鷹央は地獄の底から響いてくるような声で言った。

「え？　え？　なんのことですか？」

僕は顔の前で両手を交差させる。なにか怒らすようなことを口にしただろうか？

「誰がアラサーだって⁉」

叫ぶと同時に鷹央は再び本を投げつけてくる。

「え？　だって先生、二十八歳じゃ……。四捨五入したら」

「四捨五入するな！　切り捨てろ！　切り捨てたら私は二十歳だ、それを言うにことかいてアラサーだと⁉」

いつもは子供扱いされて怒っているくせに、若く見られたいのか？　わけが分からない。

「そ、それじゃあ僕は失礼します！　また明日！」

鷹央が数キロはありそうな辞典を両手で掲げて立ち

上がったのを見て、僕は慌てて玄関扉を開けて外に出る。

急いで閉じた扉に、重いものが衝突する音が響いた。

「……着きましたよ」

ＲＸ‐８をコインパーキングに滑り込ませると、僕は助手席で花林糖《かりんとう》を齧《かじ》っている鷹央に声をかける。鷹央は無言のまま助手席の扉を開けて外へと出た。どうやら、まだ機嫌はなおっていないらしい。僕は深いため息をつく。

翌日の土曜日の昼下がり、言われたとおり僕は鷹央を迎えに行き、神尾鍼灸院の近くまで連れてきていた。病院からここに着くまでの間、僕が必死に話しかけても鷹央は一言も喋らなかった。

機嫌を取るために、病院に行く前にコンビニで花林糖を買って、それを渡したのだが、それだけでは不十分だったようだ。甘味さえ口に放り込んでおけば機嫌がなおると思っていたが、よほど『アラサー』と言われたことに腹を立てているらしい。

しかたがない、こうなれば最終手段を使うか。車の鍵《かぎ》をかけた僕は、一人で歩きはじめている鷹央を小走りで追った。

「このまま神尾鍼灸院に行くんですか？」

おそるおそる話しかけるが、鷹央は僕の声が聞こえていないかのように無視を決め込む。

「えっとですね、いま一時過ぎだから、終わって帰る頃にはおやつの時間ぐらいになるかもしれませんね」

少々ひるみつつも、僕は言葉を重ねていく。やはり鷹央は反応しなかった。

「もし良かったら、帰りに『アフタヌーン』でも寄って、お茶していきませんか？」

『アフタヌーン』は天医会総合病院から車で十分ぐらいのところにある、個人経営の喫茶店だった。そこの自家製のケーキが鷹央の大好物で、時々僕はお使いに行かされたりしている。

『アフタヌーン』の名前を出した瞬間、鷹央の体がぴくりと震えた。僕はここぞとばかりに追い打ちをかけていく。

「この前給料日だったから、ケーキ奢《おご》りますよ。あそこのケーキ美味しいですよね。クリームがなんというか、上品な味というか」

鷹央は足を止め、横目で僕を上目遣いに見る。

「……何個だ？」

「はい？」

『アフタヌーン』のケーキのことだ。いくつまで奢ってくれるんだ」

「何個でもいいですよ。好きなだけ食べて下さい」

僕が言うと、鷹央の無表情だった顔に無邪気な笑みが浮かんでくる。

「よしっ、それならさっさとこの事件を終わらせて、ケーキ食いに行くぞ」

とたんに上機嫌になった鷹央は、軽い足取りでまた歩きはじめる。僕は安堵《あんど》の息を吐きながら鷹央のあとを追った。

路地を曲がると、神尾鍼灸院の前に体格のよい、見慣れた男が立っていた。

「成瀬《なるせ》さん？」

僕は目をしばたたかせながら、田無署《たなししょ》の刑事課に勤める、顔見知りの刑事の名を呼ぶ。成瀬はいつもどおりの仏頂面《ぶっちょうづら》で、かすかに会釈をしてきた。

成瀬のうしろにも数人の男たちが立っていた。全員がスーツを着込んでいるが、その全身から醸し出している堅気とは思えない尖った雰囲気は、彼らがサラリーマンではないことを如実に物語っていた。おそらくは刑事なのだろう。

「おう、待たせたな」

鷹央は片手を上げながら成瀬に近づいていく。

「鷹央先生が呼んだんですか？」

状況がよく分からない。

「ああ、そうだ。神尾秋源の犯罪の証拠を摑《つか》むためには、警察に介入してもらった方が確実だからな」

鷹央は楽しげに言う。なにやら大事《おおごと》になってきた。いったいあの男はなにをやったというのだろう？

「それで、令状は取れたんだろうな？」

「ええ、言われた通り、しっかり取ってきましたよ」

鷹央の質問に、成瀬はいつも以上に陰鬱《いんうつ》な口調で答える。鷹央にいいように使われていることが気にくわないのだろう。しかし、令状とは？

「令状ってなんのことですか？」

「家宅捜索令状だよ。それを成瀬に頼んで取ってもらっていたんだ。こいつを説得したり、証拠を集めたりって結構面倒だったんで、一週間もかかっちまったよ」

鷹央は成瀬の腕をばんばんと無造作に叩《たた》く。

「たしかに、ここで犯罪が行われているって情報を持ってきてくれたのは天久先生ですけれど、裏付けの捜査をしたのは私たちですよ」

成瀬は渋い表情を浮かべる。

「分かっているって。まあ、お前たち頭はいまいちだけど、そういう人海戦術にかけてはプロだからな。その点については評価しているんだぞ」

鷹央は褒めているというより、馬鹿にしているとしか思えないセリフを吐く。案の定、成瀬をはじめとした男たちの表情が歪んだ。

「それじゃあ、さっさと行くぞ」

鷹央は神尾鍼灸院の玄関を指さす。

「言われなくても行きますよ。打ち合わせどおり、先生はあくまで部外者として振る舞ってください。くれぐれもお願いしますよ」

成瀬は背後に控えていた男たちとともに神尾鍼灸院の玄関に近づき、インターホンを押した。

「あの、これってどういうことなんですか？」

成瀬たちがくり返しインターホンを押しているのを横目に、僕は鷹央に訊ねる。

「さっき言っただろ。神尾秋源の犯罪をしっかりと立証するためには、公権力の協力が必要なんだよ。だから、あの男がなにをやっているのかを教えて、捜索令状を取ってもらった」

僕にはなにも教えないくせに、成瀬には説明したのか。

「けれど、成瀬さんたちは踏み込めても、捜査員じゃない僕たちは中に入れないんじゃないですか？」

「なにを言っているんだ。この前、神尾秋源は『見学はいつでも歓迎だ』って言っていたじゃないか。だから、私はその言葉に甘えてこれから見学にいくんだ。まあ『偶然』、そのとき家宅捜索が行われているかもしれないけどな」

鷹央はくくっと忍び笑いを漏らす。どうやらそういうことで成瀬と話がついているらしい。

僕たちが話しているうちに、玄関の扉が開き、中から松子が顔をだした。成瀬が捜索令状を松子の前に掲げながら、なにか言っている。

「松子さん、いたんですね」

「ああ、南原松子だけじゃなく、島崎美奈子と、この前治療を受けていた春江っていう女もいるぞ。島崎美奈子と連絡をとって、役者がそろうタイミングを確認していろからな」

準備はぬかりないということか。僕が感心半分、呆れ半分で見ていると、成瀬たちは神尾鍼灸院へと雪崩《なだ》れ込んでいった。玄関先で松子が呆然と立ち尽くしている。

「さて、そろそろ私たちも行くとするか」

鷹央はてくてくと玄関に近づいていく。

「あら、あなたは……」鷹央に気づいた松子がつぶやく。

「いやあ、また見学しようと思ってきたんだけど。大変な騒ぎになっているなぁ。なにか『若返り治療』に問題があったのかな？　今後あの治療を受けるか検討している身としては、どういうことなのか知っておかないとなぁ」

鷹央は恐ろしいほど棒読みのセリフを吐くと、松子が止める隙も与えず玄関に上がり込む。

「……すみません。失礼します」

目を白黒させている松子に同情しつつ、僕も首をすくめて鍼灸院に入る。室内では刑事たちがせわしなく動き回っていた。

「どういうことなんだ！　なんで私が捜査なんてされないといけないんだ！」

すぐ脇にある施術室から怒声が響く。部屋に入ると、甚平姿の神尾秋源が顔を紅潮させながら成瀬にくってかかっていた。

ベッドの上にはガウン姿の春江が、不安げな表情で座っていた。おそらく今日も『若返り治療』を受けに来ていたんだろう。部屋の隅には美奈子が緊張した顔で立っている。

「お前が犯罪行為をしていたからに決まっているだろ」

成瀬が答える前に、鷹央が横から口を挟んだ。成瀬は鷹央を睨む。

「お前は、この前の……？」

秋源はまばたきしながら鷹央を見る。

「そうだ、この前、中学生に間違えられた天久鷹央だ」

本当に執念深いな、この人。

「なんでお前がこの刑事たちと一緒にいるんだ？　お前、まさか警官か？」

「警官？　なにを言っているんだか。お前のでたらめな治療をまた見学にきたら、偶然警察が捜査をしていただけだ」

鷹央はまた白々しく棒読みのセリフを吐く。恐ろしいほどの大根ぶりだった。

「でたらめ？　誰がでたらめだと？　素人《しろうと》のくせに俺の治療にけちをつけようって言うのか！」

秋源の顔がさらに赤みを増す。その時、ようやく茫《ぼう》然《ぜん》自失の状態から回復したのか、部屋に松子が入ってきた。これで役者がそろった。

「私は素人じゃないぞ。医者だからな」

鷹央はセーターに包まれた薄い胸を張る。

「い、医者？」

秋源と松子が同時に驚きの声を上げた。

「そうだ。そこにいる島崎美奈子の依頼を受けて、ここで行われている『若返り治療』が、本当に『気』によるものなのか、それともインチキなのか調べていたんだ」

鷹央が自らの正体を明かしても、美奈子の顔に動揺は見られなかった。おそらく前もって打ち合わせていたのだろう。なにも知らないまま連れてこられたのは、僕だけということか……。

「美奈子、あなた！」

松子は娘に向かって声を荒げる。しかし、美奈子はまったく動じることなく、母親に言い返した。

「お母さんはそこのインチキ鍼灸師に騙されているのよ。目を覚まさせるためにはこうするしかなかったの」

「なに言っているのよ！　秋源先生はインチキなんかじゃない！　だって、げんに私を若返らせてくれたのよ！」

喘《あえ》ぐように松子は声を絞り出していく。春江もそれに同意するように、首を細かく縦に振った。

「そうだ。私は彼女たちを実際に若返らせてきたんだ。いや、彼女たちだけじゃない。四十人近くの女性が私の治療を受けてきたが、その全員が効果を実感している。私は決してインチキなんかじゃない！」

松子たちの反応で勢いづいたのか、秋源は大声で叫ぶ。

「……『気』でな」

ぼそりと鷹央がつぶやいた。

「なんのことだ？」

秋源がいぶかしげに言う。

「たしかにお前の『治療』を受けた女たちは、全員が若返っている。それは紛れもない事実だ。ただ、お前は『気』を流し込むことでその効果が生まれたと主張している。そうだな？」

鷹央は軽くあごを引いて秋源を睨《ね》め上げた。

「そ、そうだ。それがどうかしたのか」

「それが嘘っぱちだって言っているんだよ。『気』なんてものが本当にあるかどうか分からないが、少なくともお前にそれを操る技術なんてないはずだ。お前は全然違う方法で、『治療』を受けた奴らを『若返らせて』いたんだ」

鷹央の鋭い視線が秋源を射貫《いぬ》く。秋源は気圧《けお》されたように軽くのけぞった。

「あなたは間違っています！」

甲高い怒声が部屋に響く。見ると、松子が鷹央を睨みつけていた。

「だって、私たちは秋源先生の『気』による治療しか受けていないんです。他にはなんにもしてもらっていません。だから、私たちが若返ったのは秋源先生の『気』のおかげなんです！」

「いや、違うな」

松子の熱弁を、鷹央は一言の下に切り捨てた。

「違うってなにが!?」松子は唇を噛む。

「お前たちは他にも、その男に処置を受けている」

「処置？」

松子はつぶやくと、問いかけるような視線を春江に向ける。春江は困惑の表情で首を左右に振った。

「分からないなら、教えてやるよ。マッサージだ。『気』を流し込まれる前に、マッサージを受けただろ。筋肉が硬いと『気』が通りにくいとかなんとか言われて」

マッサージ？　あのマッサージが『若返り』の原因？

首を捻る僕はふと、秋源の顔がこわばっていることに気づいた。

「なに言っているわけ？　あんなマッサージで若返るわけないじゃない。それに、そもそも『気』で若返ろうが、マッサージで若返ろうが、結果は同じでしょ。なにか問題があるっていうの」

松子は大声で反論すると、荒い息をつく。

「それがあるんだよ、……大問題がな」

鷹央は立ち尽くしている秋源に向き直った。

「まず気になったのは、お前の治療を受けた奴らが全員女だったことだ。たしかに『若返りたい』という欲求は男より女の方が強いかもしれないが、全員女なのはあまりにも偏りすぎている」

鷹央はちらりと春江を見る。

「そして、そこの女が『更年期障害が良くなった』って言ったことで、『若返り治療』のからくりはほとんど予想がついた。なにより決定的だったのは、お前がマッサージをするときわざわざ医療用の手袋をつけたことだ」

医療用の手袋？　僕は二週間前の出来事を思い出す。言われてみれば、たしかに秋源は春江の腕をマッサージするときラテックス製の手袋をつけていた。

「それがどうしたって言うのよ。べつに手袋ぐらいつけたっていいでしょ！」

松子が噛みつくように言った。

「ああ、手袋をつけること自体は問題ない。重要なのは、なんで手袋をつけなくちゃいけなかったかだ」

鷹央は悠然と、秋源に向かって一歩踏み出す。秋源は押されるように後ずさった。

「お前は素手でマッサージすることはできなかった。そんなことをすれば、自分が『若返りの秘薬』を大量に摂取することになるからな」

『若返りの秘薬』？　いったいなんのことなんだ？　新しく出てきた言葉に僕は混乱する。

「なんのこと、私たちは秋源先生から飲み薬なんてもらっていないわよ」

言葉が出なくなっている秋源のかわりに、松子が必死に反論する。

「薬の投与方法は経口での内服だけじゃない、血管、呼吸器、肛門《こうもん》、鼻腔《びくう》、そして……」

鷹央はそこでもったいをつけるように一息間《ま》を空けると、左手の人差し指をぴょこんと立てた。

「皮膚からだ」

皮膚？　僕は目を見開いて「あっ」と声を漏らす。鷹央は横目で僕を見ると、唇の端を上げた。

「そうだ、あれこそが『若返りの秘薬』だ」

鷹央はベッド脇のカートを指さす。そこには秋源がマッサージするときに使用していたローションのチューブが置かれていた。

「あのローションが……」

僕が呆然とつぶやくと同時に、それまで硬直していた秋源が素早くカートに近づき、手を伸ばす。しかし、その指がチューブに触れる前に、成瀬が秋源の前に立ちはだかった。

「神尾さん、いまは家宅捜索の途中です。勝手にものに触れないでください」

言葉こそ丁寧だが、その口調には脅しつけるような響きがあった。僕よりも身長の高い成瀬に見下ろされ、秋源はがっくりとこうべを垂れる。

「あのローションになにが含まれているんですか？」

僕が訊ねると、鷹央が湿った視線を投げかけてきた。

「お前な、ここまで言っても分からないのか？　少しは脳みそ使わないと、そのうち発酵して納豆になるぞ」

「……いつから僕の頭の中身は大豆に？」

僕は口をへの字にしながら、思考を走らせる。

女性だけを若返らせ、そして更年期障害を改善する成分……。

「……女性ホルモン、……エストロゲン？」

鷹央の表情を窺《うかが》いつつ、おずおずと言う。鷹央はにやりと笑みを浮かべた。

「その通りだ。さすがは私の部下だけあるな。まあ、これも私の教育の賜物《たまもの》だ。感謝しろよ」

まあ、たしかにその通りだし、感謝もしているのだが、そこまで恩着せがましく言われると、なんとなく複雑な気分になる。

「それじゃあ、そのローションに女性ホルモンが入っているんですか？」

僕はカートの上のチューブを指さす。

「ああ、そうだ。ひどい更年期障害の治療などに使用される女性ホルモンのエストロゲン製剤には、内服薬や注射薬の他に、経皮的に薬効成分を吸収させるものがある。そこに置かれているものも、その一種だろうな。海外から個人輸入かなにかで手に入れたんだろ？」

鷹央は秋源に水を向けるが、秋源は細かく体を震わせるだけでなにも答えなかった。鷹央は軽く鼻を鳴らすと、説明を続ける。

「この男はマッサージをする際に、そのエストロゲン入りのローションを大量に肌にすり込んでいたんだ。恋で女が美しくなることを説明した際にも言っただろ。女性ホルモンであるエストロゲンにはコラーゲンの合成を進め、肌に張りや潤いを持たせたり、女らしい体つきを作るなど、女としての魅力を上昇させる効果がある。エストロゲンが十分に分泌されている若い女にはそれほど劇的な変化はないが、分泌量が減少している閉経後の女に大量に投与すれば、その効果はてきめんだ。そうやってこの男は、高齢の女を『若返らせて』いたんだ」

鷹央は得意げに顎をそらす。

「……証拠」

うなだれていた秋源が、蚊の鳴くような声でつぶやいた。

「ん？　なにか言ったか？」

「証拠はあるのかよ⁉　俺がそんな薬を使ったっていう証拠はあるのか！」

唐突に顔を跳ね上げた秋源は、獣のように歯をむき出しにして詰め寄ってくる。僕は慌てて、鷹央と秋源の間に割り込んだ。

「そこに置かれたチューブを押収《おうしゅう》して、その中身がエストロゲン入りのローションなら証拠になるだろ」

鷹央は僕の体を押しのけながら言う。

「も、もしそうだとしても、俺がそれを患者たちに使ったっていう証拠にはならない。そうだ、たしかにそのローションには女性ホルモンが含まれている。けれどな、たんに置いておいただけだ。俺はそれを使った覚えはない」

秋源は目を血走らせながら、あまりにも苦しい言い訳をまくし立てる。鷹央は「往生際《おうじょうぎわ》の悪い奴だな」とため息をつくと、秋源の目を真っ直《ま》ぐ《す》に見た。

「証拠ならあるぞ。二週間前にお前が使った医療用手袋を、ゴミ箱から回収しておいたんだ」

「なっ⁉」秋源は充血した目を剝く。

ああ、そう言えば二週間前に春江の治療が終わったとき、鷹央は鼻をかんだティッシュをゴミ箱に捨てていたっけ。あのとき、密《ひそ》かに手袋を回収していたのか。

「回収した手袋は大学の研究室で検査してもらった。そうしたら、表面から大量のエストロゲンが検出されたんだ。これが、お前がエストロゲン入りのローションを使っていた証拠だ」

「ちなみに、私たちもあなたの治療を受けた直後の患者数人にお話をうかがい、その皮膚からエストロゲン入りのローションを検出しています」

鷹央の説明を補強するように、成瀬が平板な口調で言う。

「だ、そうだ。それで、まだなにか反論はあるか」

鷹央は挑発するような口調で言う。しかし、秋源の半開きの口からは「あ、あ……」といううめきが漏れるだけだった。

「どうやら、もう反論はないようだな。それならおとなしく警察に全部話して、自分がやったことの償いをしな」

鷹央が言うと、秋源は気を失ったかのようにがっくりとうなだれた。

これで一件落着か。そう思ったとき、部屋の入り口辺りにいた松子がふらふらと鷹央に近づいて来た。

「なんなのよ、あなたは！」

金切り声が響きわたる。音に敏感な鷹央は、顔をしかめて耳を押さえた。

「薬を使っていたからなんだって言うの！　なにが『償いをしな』よ、偉そうに。秋源先生を犯罪者みたいに言って」

「犯罪者だぞ、その男は」

間髪いれず、鷹央は秋源を指さす。松子は「えっ？」と声を漏らした。

「だから、その男はれっきとした犯罪者だ。経皮的にエストロゲンを吸収させるような薬は基本的に処方箋《しょほうせん》医薬品、つまりは医師の処方によってはじめて使える医薬品だ。医師免許をもっていない者がそれを他人に使用すれば、医師法違反になる。つまり、その男は犯罪を犯していたんだ」

鷹央は淡々と事実を述べていく。

「けれど、けれど秋源先生は私たちのために……」

松子は震える唇を開いた。

「そうだ！　私は患者たちのためにやったんだ。たしかに法には触れるかもしれないが、誰が私を裁ける？　現に私の患者たちは若返り、私に感謝しているじゃないか。私はなにも間違ったことをしていない！」

うなだれていた秋源が再びまくし立てはじめる。松子と春江は、その言葉に同調するように、大きくうなずいた。

「間違ったことをしていないだぁ？」

鷹央はすっと目を細めると、低い声を出す。小さな体軀《たいく》に似合わないその迫力に、秋源の顔に怯《おび》えが走った。

「お前、なんでエストロゲンが処方箋医薬品になっていると思っているんだ。使い方によっては、大きな副作用を及ぼす可能性があるからだぞ。お前はそれをしっかりと理解して使っていたとでも言うつもりか？」

鷹央の糾弾に、秋源は答えられなかった。春江が「副作用？」と不安げにつぶやく。

「たしかに、不足しているエストロゲンを必要最低量投与することで、更年期障害に伴う諸症状の改善や、骨粗鬆症《こつそしょうしょう》の予防、コレステロール値の改善などが期待できる。けれど、その一方でエストロゲンの投与により、乳癌《にゅうがん》や子宮癌などの悪性腫瘍《しゅよう》、心筋梗塞《こうそく》や脳卒中などの発生率が上昇するんだぞ」

鷹央の説明を聞いて、春江の喉《のど》から「ひっ」という悲鳴が漏れた。

「だから、ホルモン補充療法をするときは、それによって得られるメリットとデメリットを天秤《てんびん》にかけ、患者に説明し納得してもらう。そのうえで、定期的に検査を行いながら、専門の医者が慎重に行うことが必要なんだ。お前はそれをしていたのか！」

鷹央の怒声を受けた秋源は、目を伏せる。

「しかも、報告されている副作用はあくまで、専門医が必要な量をしっかりコントロールしても生じたものだ。『治療』を受けた奴らに、外見で明らかに分かるほどの変化があらわれているところを見ると、お前は通常の投与量を遥《はる》かに上回る、とんでもない量のエストロゲンを投与していたはずだ。それだけ大量のホルモンを外から強引に投与された場合、どんな副作用が起きるかは誰にも分からない。もしかしたら、すでに癌が生じている可能性だって否定できないんだ。しかも、今後ホルモンの投与を中止することで、体に大きな反動をきたす可能性が高い。それでもお前は、自分が正しいことをしたとでも言うつもりか！」

もはや秋源は口を開くことさえできなかった。

「さて、神尾秋源さん。よろしければ家宅捜索が一通り終わったあと、署で少しお話を聞かせていただけますかね。うかがいたいことがあるんですよ、……いろいろとね」

成瀬は相変わらず脅しつけるような口調で言う。塩をかけられたナメクジのように萎れている秋源の口から、「……はい」というか細い声が漏れた。そんな秋源を、松子は虚《うつ》ろな目で見つめる。

「これで一段落だな。おい、成瀬。こいつの『治療』を受けた奴らには、ちゃんと婦人科の専門医を受診するように言っておけ。今後、しっかりケアをしていく必要があるだろうからな」

　もはや『偶然居合わせた』という設定を忘れているのか、鷹央は成瀬に指示を飛ばす。命令されたことが気にくわないのか、成瀬は苦虫を噛みつぶしたような表情を浮かべながらも、小さく頷いた。

「よし、これでもう私たちにやることはないな。それじゃあ小鳥、行くぞ」

　鷹央は胸の前で両手を合わせる。

「えっ、帰るんですか？」

　僕は反射的に聞き返す。たしかに事件はこれで一件落着したようだが、そんなすぐに退場しなくても。鷹央は僕のジャケットの袖を摑むと、くいっとあごをしゃくった。

「なに言っているんだ。ケーキだ。『アフタヌーン』にケーキを食いに行くぞ」

4

「……というわけで昨日、正式に逮捕状が出て、神尾秋源を逮捕しました。押収したローションからは天久先生の言った通り、高濃度の女性ホルモンが検出されました」

　成瀬が抑揚のない声で言うのを、僕は電子カルテの前に置かれた椅子に座りながら聞く。奥のソファーでは、手術着姿の鷹央がレトルトカレーをぱくついていた。

　神尾鍼灸院での一件があってから三日後の昼下がり、僕と鷹央は天医会総合病院の屋上に建つ鷹央の『家』で、成瀬の報告を聞いていた。報告など電話ですましてもよさそうなものだが、わざわざ出向いてきたのは、事件の解決に大きく貢献した鷹央に対する成瀬なりの気遣いなのかもしれない。

「それで、あの男は自分がやったことについて認めているのか」

　鷹央は左手に持ったスプーンを掲げながら訊ねる。カレーが飛び散るからやめて欲しいのだが……。統括診断部の医局も兼ねるこの部屋を掃除するのは、僕の役目なのだ。

「さすがに物証もありますし、これまで神尾の『治療』を受けた人たちの証言も取れていますからね。あの男も諦《あきら》めたのか、ほとんど認めています。天久先生の言った通りだってね」

「ほとんど？」鷹央の眉がぴくりと動く。「ということは、認めていない部分もあるということか？」

「ええ、南原松子に対してだけは、女性ホルモンは投与していないって言い張っていますね」

「南原松子にだけ……」

「神尾が言うには、最初に『自分の治療を受けたら若返る』と言ったのは、たんなる軽口だったとのことです。それなのに、受診するたびに南原松子が若返っていることに、神尾自身が一番驚いていたと」

「つまり、自分はなにもしていないのに、南原松子が勝手に若返っていったと……」

「あくまで、神尾の主張ではですけどね。そして、南原松子が自分の『治療』で若返ったと思い込んでいて、他の人にもその『治療』をして商売にするべきだとアドバイスされ、あの女性ホルモンを使用した『若返り治療』を思いついたと言っています」

成瀬の説明を聞いて、鷹央は厳しい表情で考え込みはじめた。

「まあ、きっとでまかせでしょう。あの男、かなり南原松子に入れ込んでいるみたいですからね。そう言えば、もしかしたら今後も交際が続けられるかもしれないとでも思っているのかもしれませんね。まったく、相手は七十過ぎだっていうのに、なに考えているんだか。まあ、外見だけ見れば、たしかに南原松子は神尾より遥かに若く見えますけど、だからってねえ……」

成瀬は苦笑するが、鷹央はその声が聞こえていないかのように、ぶつぶつと独り言をつぶやき続ける。成瀬はいぶかしげに、僕に視線を向けてくる。

僕が肩をすくめると、成瀬は頭を掻いた。

「これから勾留《こうりゅう》期限まで神尾を締め上げてやりますんで、そのうち南原松子の件についても認めるでしょう。それじゃあ、私はこのへんで」

成瀬はそう言い残すと、さっさと玄関から出て行った。成瀬が姿を消しても、鷹央は自分の世界に入り込んだままだった。その時、電子カルテのそばに置かれていた内線電話が音をたてはじめた。僕は受話器を取る。

「はい、統括診断部医局です」

「お忙しいところ失礼します。交換台ですが、天久鷹央先生に外線電話が入っています。先生はいらっしゃいますでしょうか？」

若い女性の声が受話器から響いた。僕はカレーの盛られた皿を片手につぶやき続けている鷹央を見る。

「えっとですね、いることはいるんですけど、いまはちょっと電話に出られそうにありません。統括診断部の小鳥遊ですけど、僕がかわりに用件をうかがいますんで、繋いでもらってもいいですか」

「承知しました。それではお繋ぎします。少々お待ち下さい」

回線が切り替わるかちゃっという音が鼓膜を震わせた。

「天久先生！　天久先生ですか？」

焦燥の滲んだ女性の声が響く。

「あの、私は統括診断部の小鳥遊と申します。申し訳ありませんが、天久はただいま手が離せないので、かわりに私が……」

「小鳥遊先生、島崎です、島崎美奈子。母が大変なんです！」

「島崎さんですか!?　えっと、少々お待ち下さい」

僕は鷹央に向き直る。

「鷹央先生、島崎さんから外線です。なにか松子さんが大変だとか」

鷹央ははっと顔を上げると、もともと大きな目を見開いた。

「スピーカーモードにしろ！」

ソファーの肘かけに皿を置きながら鷹央が叫ぶ。僕は言われた通り、電話をスピーカーモードにした。

「天久鷹央だ。南原松子になにがあった？」

「天久先生、私なにがなんだか分からなくて……」

美奈子の悲痛な声が部屋に響く。

「落ち着け。なにがあったのか詳しく教えろ」

「あのあと、母はすごい落ち込んでいて。けれど、これであの詐欺師と縁を切ってくれると思って安心していたんです。そうしたら、母が変なことを言い出して」

「変なこと？　変なことってなんだ？」

「あの男の、神尾秋源の子供を……妊娠しているって」

「妊娠!?」僕は思わず甲高い声を上げてしまう。

「そうです。そんなわけないと思いますけど、母は一ヶ月ぐらい前からお腹《なか》が大きくなってきているとか、わけの分からないことを言って……」

美奈子は痛々しい声で訴える。

南原松子が妊娠？　彼女は七十歳を超えている。いくら大量の女性ホルモンを投与されたといっても、妊娠するわけがない。

「症状はそれだけか？　腹が膨れてきているだけなのか？」

混乱する僕をよそに、鷹央は冷静な口調で質問をする。

「いえ、違います！　違うんです。十五分ぐらい前から、母が急にお腹が痛いって言い出して、だんだん悪くなっているみたいなんです。いまは、お腹を押さえて青い顔で倒れ込んでいます。私、どうしていいか分からなくて……」

「救急車だ！」鷹央は鋭い声で叫ぶ。「いますぐ救急車を呼んで、うちの病院に搬送してもらえ。救急部には連絡しておく！」

「え？　救急車？　どういうことなんですか？」

「いいから、この電話を切って救急に電話するんだ！」

鷹央は怒鳴る。美奈子が「は、はい」と声を上ずらせると、電話は切れた。

「鷹央先生、どういうことなんですか？　もしかして、エストロゲンの副作用が」

戸惑いながら僕が訊ねると、ソファーから立ち上がった鷹央は顔を左右に振った。

「違う。エストロゲンの副作用なんかじゃない。そもそも、神尾秋源の言うとおり、南原松子には外部からエストロゲンは投与されていなかったんだ」

近づいて来た鷹央は、内線電話の受話器を摑む。

「エストロゲンが投与されていない？　それってどういうことですか？　だって、げんに南原松子は若返っていたじゃないですか。あの『若返り治療』を受けた他の人たちと一緒に」

「他の奴らと一緒じゃない。南原松子だけは自分自身で若返ったんだよ」

自分自身で若返った？　意味が分からない。

僕がさらに質問しようとすると、鷹央は受話器を取って、せわしなく電話のボタンを押した。

「産婦人科医局だな、そこに小田原《おだわら》はいるか？　そう、部長の小田原だ。私は統括診断部の天久鷹央だ。……あ、小田原。これから救急室に……」

小田原先生？　なんで産婦人科の部長を呼び出しているんだ？

混乱が深まっている僕の前で、鷹央は早口で小田原となにかを話すと、叩きつけるように受話器を置いた。

「小田原が救急部に来てくれる。私たちも行くぞ」

鷹央は叫ぶと、玄関脇の洋服掛けにかけていた白衣を手に取り、『家』から出て行った。

いったいなにが起こっているんだ？

まったく状況が把握できないままに、僕は鷹央のあとを追った。


がらがらと騒々しい音を立てながら、ストレッチャーが救急処置室に運ばれてくる。その後ろからは、こわばった表情の美奈子がついてきていた。

美奈子から電話があってから約十五分後、南原松子が救急搬送されてきた。

救急隊がストレッチャーから処置室のベッドに松子を移す。

「南原松子さん、七十二歳、女性、本日正午頃から腹痛を訴え、それが悪化してきたとのことです。血圧は一五八の九四、脈拍一一〇、サチュレーションは九十九パーセント……」

救急隊員が状況を説明している間に、研修医と看護師が松子に血圧計、血中酸素濃度モニター、心電図などをつけはじめる。

僕は松子の顔を覗き込む。血の気の引いたその顔は苦痛に歪んでいて、額には脂汗《あぶらあせ》が浮かんでいた。松子はうめき声を上げると、両手で腹を押さえて体を丸くする。

「これも『若返り治療』のせいなんですか⁉」美奈子が叫ぶ。

鷹央はベッド脇に超音波検査機を持ってきながら、顔を左右に振った。

「いや、これは神尾秋源の治療のせいじゃない。そもそも、あの男はお前の母親に女性ホルモンを投与していなかったんだ」

「なに言っているんですか？　だって、あの男がおかしなことをしたから、母は若返ったんでしょ」

「違う。実際は逆だった。若返った南原松子を見て、あの男は『若返り治療』を思いついたんだ」

「なんの話なんですか⁉　意味が分かりません！」

美奈子がヒステリックに叫んだとき、処置室に産婦人科部長の小田原が駆け込んできた。

「ごめん、鷹ちゃん。遅くなっちゃった。それでなにがあったわけ？」

息を乱した小田原は、特徴的な垂れ目をしばたたかせながら松子を見る。

「私の想像が正しかったら、お前の処置が必要なんだ」

鷹央は松子の着ているシャツをたくし上げ、ズボンを少し下ろすと、超音波検査機のプローブをその下腹部に当てた。松子の口からひときわ大きなうめき声が上がる。軽く押しただけであれほど痛がるとなると、おそらくは腹膜炎を起こしている。

なんで松子が腹膜炎を？　そもそも、鷹央の言っていた『自分自身で若返った』とはどういうことなのだろうか？

「あったぞ！」

僕が研修医とともに点滴ラインを確保していると、鷹央が声を上げる。僕は超音波検査機のディスプレイに視線を向けた。そこには鶏卵のような形をした塊が白く映し出されていた。

「……腫瘍？」

無意識に口からその言葉が漏れる。鷹央は大きくうなずいた。

「そう、卵巣《らんそう》腫瘍だ。これが南原松子が『若返った』原因だったんだ」

「どういうことなんですか⁉」

美奈子が声を上げる。

「卵巣腫瘍の中には顆粒《かりゅう》膜《まく》細胞腫や莢《きょう》膜《まく》細胞腫など、エストロゲンを大量に生産する腫瘍がある。半年ぐらい前から、この腫瘍は正常の分泌量の何倍、何十倍ものエストロゲンを産生しはじめたんだろう。そして、そのエストロゲンにより、お前の母親は劇的に若返って見えたんだ」

僕は鷹央の説明を呆然と聞く。ホルモン産生卵巣腫瘍。たしかに知識としては知っていたが、見るのははじめてだった。

「けれど、なんでこんな強い腹痛が起きているんですか？」

「たぶん、茎捻転《けいねんてん》を起こしているのよ」

点滴ラインを確保した僕が訊ねると、ディスプレイを覗き込んだ小田原が鷹央の代わりに答える。鷹央は超音波検査機のボードを操作して、腫瘍の大きさや位置を記録しながら「ああ、たぶんそうだ」と頷いた。

「けいねんてん？　それってなんですか？　良くないんですか？」

美奈子の表情は不安で歪む。

「腫瘍は大量の女性ホルモン、エストロゲンを分泌して若返りの効果を生み出しながら、次第に大きくなっていたんだ。南原松子が腹部に張りを感じ、『妊娠した』とか言い出したのはそのせいだ。そして、その大きくなった腫瘍が今日、なにかの拍子に回転してしまった」

「回転したらどうなるんですか⁉」

美奈子は鷹央に詰め寄った。

「腫瘍に血液を送っていた血管が捻《ねじ》れて、血液が届かなくなる。それによって酸欠に陥った腫瘍が壊死《えし》しはじめ、強い炎症が生じるんだ。いま南原松子の腹の中ではそれが起こっている。このままだと、致命的な状態になりかねない」

「それじゃあ、どうすれば⁉」

「緊急手術をします。早く開腹して、壊死を起こしている腫瘍を摘出しないと」

早口で美奈子に答えた小田原は、救急部のスタッフを見回す。

「麻酔科と手術部に連絡を取って。あと、産婦人科の医局に電話して、手の空いているドクターにすぐ来るように言って」

「わ、私は、……癌なの？」

苦痛に顔を歪めたまま、ベッドの上の松子がうめくように訊ねた。鷹央はディスプレイから松子の顔に視線を移動させる。

「癌かどうかは、いまの時点では分からない。ただ、この手のエストロゲンを分泌する腫瘍は多くの場合、境界悪性腫瘍といって、癌とも良性腫瘍とも言いきれないものだ。手術でしっかり除去すれば完治することが多い」

「これを取ったら……、私は元に戻るの？」

「ああ、そうだ。腫瘍を取れば、大量に分泌されていたエストロゲンが消え、お前は以前の姿に戻る」

「そんなの嫌……、せっかく昔に戻れたのに。せっかく美しくなったのに……」

松子は唇を噛む。それが痛みのせいなのか、それとも若さを失うつらさによるものなのか、僕には分からなかった。

「元に戻ったからといって、美しさが失われると決まったわけじゃないぞ」

鷹央が言うと、松子は「え？」といぶかしげに聞き返した。

「女の美しさは若さだけから生じてくるものじゃないはずだ。人生の様々な経験をした者にしか醸し出せない美もある。失った若さに囚《とら》われるのではなく、現在の自分なりの美を求めるべきだ」

「こんな年でも、綺麗になれるっていうの？」

松子は額に脂汗を浮かべながら、声を絞り出す。

「ああ、きっとできるはずだ。どんな年齢だろうとな」

鷹央は凜《りん》とした声で言う。松子は数秒黙り込んだあと、かすかに唇に笑みを浮かべた。

「そうね……、あなたの言う通りかもね……」

「鷹ちゃん、もう手術室に行かないと」小田原が声を上げる。

「ああ、よろしく頼む」

鷹央はベッド脇からどいた。その空間に小田原が滑り込み、治療の指揮を執りはじめる。やがて小田原が呼び出した産婦人科医たちも救急室にやってきて、ベッドを取り囲んでいく。

「あとは小田原たちに任そう」鷹央は大きく息を吐いた。

「そうですね」

鷹央の隣でうなずきながら、僕はベッドごと手術室へ運ばれて行く松子を見送った。

＊

「……はい、分かりました。伝えておきます」

南原松子が搬送されてきた翌日の夕方、回診中にポケベルで呼び出された僕は、ナースステーションの内線電話で小田原と話していた。

「誰からだったんだ？」

受話器を置いた僕に、背後に立っていた鷹央が訊ねてくる。

「小田原先生からでした。松子さんの卵巣腫瘍の組織検査の結果がでたらしいです。ホルモン生産性の顆粒膜腫瘍で、境界悪性腫瘍でした。鷹央先生に伝えておいてくれとのことです」

昨日、壊死を起こしはじめていた松子の腫瘍は、小田原の執刀により切除され、詳しい検査に出された。

「やっぱり境界悪性か。とすると、腫瘍摘出だけで終わりじゃないな。このあと子宮とかその周りの組織の切除術も必要だろうな」

「ええ、二週間後ぐらいを目処《めど》に、あらためて手術を行うらしいです。ただ、ほとんど広がっていないんで、手術をすれば完治できそうだっていうことでした」

「そうか、それは良かったな」鷹央は微笑む。

「松子さんはうまい具合に治療できそうですけど、神尾秋源の『若返り治療』を受けた他の人たちは大丈夫なんですかね。今後いろいろ副作用とか出てくるんじゃないですか」

「治療を受けている期間が長くても三ヶ月程度だから、そこまでひどいことにならないとは思うが、まあ投与された量が量だからな。癌が発生しないか、ホルモンバランスが大きく崩れたりしないか、注意深く経過を見ていく必要があるだろうな」

「けれど、あんな男にだまされるものなんですね。外見とか言動からして、露骨に怪しかったじゃないですか」

「若返るっていう誘惑が目を濁らせたんだよ。女にとって若さは、それだけ価値があるものなんだ。『永遠に美しく』ってな」

「鷹央先生もそうなんですか？」僕はからかうように言う。

「私か？　私はそこまで実感ないなぁ。第一、実際にまだ若いし」

……この前、『アラサー』って言われて怒り狂った人がいた気がするのだが。

僕が呆れていると、ナースステーションの外の廊下を、スーツ姿の女性が横切った。鷹央の姉にして、この天医会総合病院の事務長である天久真鶴《まづる》だ。横顔だと高くて形のいい鼻が強調され、その美貌がさらに際立つ。

真鶴は僕たちに気づいたのか、こちらに視線を向けて微笑んだ。とろけるような笑顔、思わず膝から崩れそうになる。

鷹央に用事があったのか、真鶴はナースステーションに入ってきた。そちらに背中を向けている鷹央は、近づいてくる姉にまだ気づいていない。

「けれど、姉ちゃんとかなら、ころっとだまされていたかもな」

僕が「真鶴さんが後ろにいますよ」と伝えようとした寸前、鷹央が楽しげに言った。唐突に自分が話題にのぼり、鷹央のすぐ後ろで真鶴は足を止めた。

「あの、鷹央先生……」

僕は顔を引きつらせる。

「ああ見えて姉ちゃん、かなり年齢を気にしているんだ。なんだかんだいって、もう三十路《みそじ》だからな。すげえ高い化粧水とか、栄養剤とか買いあさって、必死にアンチエイジングしているんだぜ」

ケラケラと笑い声を上げる鷹央に向かって、僕は必死に目配せをする。

「どうした、ウインクなんかして？　目にゴミでも入ったか？　それよりな、姉ちゃんの三十歳の誕生日なんて大変だったんだぞ。『私が三十なんて嘘！』とか、『今年は誕生日はなし！』とか、わけの分からないことを……。だからどうしたんだよ。さっきから変な顔して。後ろになにか……」

いぶかしげな表情で振り返った鷹央の体が、びくりと震えた。

「ね、姉ひゃん……」

恐怖で舌がこわばったのか、やけに舌っ足らずにつぶやく。

「鷹央、……ちょっといいかしら」

真鶴はいつもどおりの優しげな笑みを浮かべたまま、鷹央の白衣の袖を摑む。しかし、その目はまったく笑っていなかった。

「いや、姉ちゃん。違うんだ。あの……、ちょっと……。おい小鳥、助け……」

恐怖で引きつった表情を浮かべる鷹央が、真鶴にずるずると引きずられていくのを、僕は合掌して見送ることしかできなかった。

どこからか『ドナドナ』の歌が聞こえて来る気がする。そのとき、背後から「おーい、小鳥先生」と声をかけられた。振り返ると、羆《ひぐま》のような巨体の中年男が立っていた。知った顔だった。小児科部長の熊川《くまかわ》だ。

「あっ、熊川先生、どうも」

僕が挨拶すると、熊川の後ろから人影が飛び出してきた。思わず、顔をしかめてしまう。

「鴻ノ池……」

「小鳥先生、鷹央先生と一緒じゃないんですかぁ？」

二年目の研修医にして、僕の天敵である鴻ノ池舞は笑顔で訊ねてくる。

「いま、真鶴さんに連行されていったよ。あの様子じゃ、当分は戻ってこられないだろうな。それより鴻ノ池、腹の傷は大丈夫なのか？」

先月のはじめ、鴻ノ池は虫垂炎の手術を受けたうえ、『透明人間による密室殺人事件』において殺人の容疑をかけられた。肉体的にも精神的にも、まだダメージが残っていてもおかしくはない。

「ああ、それならもう大丈夫です。心配しないでください」

鴻ノ池はおどけた仕草で力こぶを作る。無理しているようには見えなかった。そのタフさに感心する。

「で、お前、なんで熊川先生と一緒なんだ？　今月は小児科研修じゃないだろ」

「皮膚科なんですけど、病み上がりだからってすごく気を使ってもらって、ちょっと暇なんですよね。午後三時頃まで外来見学したら、『もう、家で休んでいてもいいわよ』とか言われちゃって。だから、余った時間で熊先生のお手伝いをしているんです」

「そこは、ちゃんと休めよな……。で、なんの用だったんだよ？」

僕が訊ねると、鴻ノ池は笑顔を引っ込める。代わりに、熊川が口を開いた。

「うちの科に入院している患児について、鷹央ちゃんに相談があるんだ。鴻ノ池ちゃんがうちに回っているときに、一緒に担当した患者でもあるんだよ」

「ああ、診断についてのご相談ですか。それじゃあ、鷹央先生が戻って来たら、小児科病棟に向かいますよ」

僕は「折檻《せっかん》後に、動ければだけど」と胸の中で付け足しつつ、言葉を続ける。

「ちなみに、どんな状態の患児なんですか？」

「再発した急性リンパ性白血病の、九歳の女の子だよ」

「え？　もう診断はついているんですか？　それじゃあ、鷹央先生になんの相談を？」

僕が目をしばたたかせると、熊川は躊躇《ためら》いがちにつぶやいた。

「鷹央ちゃんに、……神様の正体を暴いてほしいんだ」

巨《きょ》鳥《ちょう》の声

長岡弘樹

Nagaoka Hiroki

1969年、山形県生まれ。筑波大学卒。2003年「真夏の車輪」で第25回小説推理新人賞を受賞。'05年『陽だまりの偽り』で単行本デビュー。'08年「傍聞き」で第61回日本推理作家協会賞短編部門受賞。'13年に「週刊文春ミステリーベスト10」1位になった『教場』が翌年、第14回本格ミステリ大賞候補、『波形の声』が第17回大藪春彦賞候補になる。他に『道具箱はささやく』『救済SAVE』など。近著に『119』。

1

行く手にガソリンスタンドの看板が見えた。燃料計のメーターがだいぶエンプティの方に近づいていたところだから、ちょうどよかった。

「こいつに飯を食わせてやりましょう」

ぼくは車のハンドルを軽く叩《たた》いた。

「そうしてくれ。おれは反対に出すものを出してくる」

助手席の桐村《きりむら》がよこした返事に頷《うなず》きながら、ハンドルを左に切り、黒のインプレッサをスタンドの敷地に入れた。

ここはセルフ方式ではないようだ。ぼくはサイドウインドウを下ろしながら身を屈《かが》めた。そうして座席下部にある給油口レバーを探っていると、建物の中から、すぐに店のスタッフが出てきた。

車を降りて建物の方へ歩いていった桐村は、そのスタッフとすれ違いざま、彼に向かって軽く手を挙げながら言った。

「よう、トイレ借りるからな」

「どうぞどうぞ」

その声が「ドゾドゾ」といったアクセントだったので、妙に思ってスタッフの方に改めて顔を向けてみた。
二十五、六歳と見える若い男だが、日本人ではなく、欧米人の顔をしていた。車に近寄ってきたそのスタッフに、ぼくはできるだけゆっくりと告げた。
「レギュラーで、満タン」

その後ろに、「OK？」と付け足してみたのは、日本語が通じるかどうか不安だったからだ。

「OKです」

赤いキャップを被ったその外国人スタッフは、にやりと歯を見せ、指で輪を作った。そうしながら、もう一方の手で、室内を拭くためのタオルを渡してくる。

「これ、使ってください」

やはり外国語訛《なま》りの強い日本語だった。

「ありがと」

タオルを受け取りながら、ぼくは上着の内ポケットから携帯を取り出した。和佳《わか》の番号を呼び出す。

現在の時刻は午前十一時を少し過ぎたところだ。彼女は今日、午後からの出勤だから、まだ家にいるはずだった。

「佑《ゆう》だけど。昨日はごめん」

ドアミラーを使い、外国人スタッフの行なう給油作業の様子を観察しながら、デートの約束を果たせなかったことをまず詫《わ》びる。

《気にしないで。すっぽかされるのはもう慣れっこだから》

和佳のハスキーな声に鳥の鳴き声が混じった。職業としてペットショップの店員を選ぶほどの動物好きである彼女だが、自宅で飼っているのは雄の白いカナリア一羽だけだ。

続いてピィッ、と別の音がして、カナリアの鳴き声がやんだ。

「いまのは和佳が出した音？」

《そう》

口笛というのか指笛というのか知らないが、口に指を入れて音を出す、という特技を和佳は持っている。聞くところによると、動物の注意を惹くのに便利らしく、彼女の勤めるペットショップでは、ほとんどの店員が指と口で見事な音を出せるらしい。

建物の方へ目を転じれば、大きなガラス窓を通して、用を足し終えた桐村がトイレから出てきたところだった。

《ところで佑くん、彼女に電話なんかしていていいの？　いまは仕事中でしょ》

「そう。T町に来ている。じゃあ、もう切るね」

桐村は出入口のドアを押し開こうとし、だが、まだ給油作業が終わらないと見るや、出入口のそばに立ったままセブンスターの箱を取り出した。左手の指に煙草を持ち、右手はズボンのポケットに突っ込む。

ほどなくして、いま上着にしまったばかりの携帯が震え始めた。

桐村からのメールだった。彼の特技は、携帯の端末をポケットの中に入れたまま、手探りでボタンを押してメールを作成、送信することだ。

――相手に警戒されるから、刑事は人前でメモを取るな。

そう何度も彼に注意されていたから、ぼくも折に触れてポケット内での操作を練習していた。だが、まだまだうまくできないでいる。

《彼女に電話か。付き合いは順調なんだろうな》

誤字も脱字もないその一文を確認し、桐村の方を向いて頭を掻《か》いていると、外国人スタッフがタオルを回収しにきた。

せっかくだから、このGSで情報を収集していくのがいいだろう。そう思って、ぼくは彼にタオルを返しながら「ちょっと失礼だけど」と声をかけた。

相手は、こちらの視線に合わせ、わずかに腰を折った。そうしてから、サイドウインドウを下ろしたままの窓枠に少々無遠慮な調子で両手をかけたところが、いかにも外国人らしい仕草に思えた。

「きみは、日本語がだいぶ分かる方なの？」

彼は短く首を横に振り、親指と人差し指を使って、まあ少しぐらいは、のサインを作った。

「そう。――どこの国から来たのかな」

「スペインです」

ちょっとした奇遇だった。和佳との新婚旅行は南欧がいいなと思っていたところだ。

スペイン人の店員はキャップを被り直した。その動きのせいで、夏用スタッフジャンパーから覗いた胸元に、黒い渦巻のような模様がちらりと見えた。タトゥーを入れているらしい。

「どんなビザで入国した？」

どうしてそんなことを訊《き》くんです？　相手の目に不審の色が浮かんだので、ぼくは少し慌てながら上着のポケットに手を入れた。

「失礼。まずはこっちのネームカードを渡しておこうか」

名刺入れから一枚抜き取り、差し出した。

「……なるほど。警察の人なんですね、タドコロさんは」

名刺にはPOLICEと英語で表記してあるし、田《た》所《どころ》佑という名前の上にもローマ字が併記されている。

「ああ。よかったら、きみの名前も教えてもらえるかな」

見たところ、スペイン人の着ているスタッフジャンパーにネームプレートはついていない。

「おれはハビエルです。――ビザについてお訊《たず》ねでしたね。ワーキング・ホリデーってやつで発行されたのを持っています」

「そう言えば、最近、日本とスペインが協定を結んだらしいね」

ワーキング・ホリデー制度を利用してビザを取得すれば、日本国内を旅しながら、アルバイトをして滞在費用を稼ぐことができる。ここT町は外国人がよく集まってくることで有名な場所だ。事前の調査によれば、このあたりで一時的に職を得ている外国人の若い連中は、たいていこの制度を利用して入国しているようだった。

「ハビエルさん、きみは日本に来てから、どれぐらいになる？」

「四か月ぐらいですかね」

ワーキング・ホリデー制度では一年間の滞在が認められている。ハビエルの口調がどこかのんびりしているのは、期間をまだ半分以上残しているという余裕のせいか。

「訊きたいことは、以上ですか」

「いや、ここからが本題だ。実はいま、人を捜していてね」

「誰をです？」

「名前はエルナンド・アロンソ。二十歳ぐらいの青年だよ」

「エルナンドですか。缶詰工場でアルバイトしているやつですよね。彼ならおれの友人ですよ」

「それは好都合だ。エルナンドがいまどこにいるか、知っていたら教えてほしい」

「ここからもうちょっと東に行くと、缶詰工場のグラウンドがあるんです。そこでサッカーでもしているんじゃないかな。今日は土曜日で工場が休みですから」

「分かった。ありがとう」

「警察の人が捜しているってことは、あいつ、何か悪さでもしたんですか。おれにとっちゃあ、大事な同胞なんですが」

「申し訳ないが、それは言えないな」

支払いを済ませると、桐村が戻ってきたので、ぼくは車をスタートさせた。

ガソリンスタンドから県道へインプレッサを戻し、前に顔を向けたまま訊いてみる。

「桐村さんは、もしかして、あの外国人の店員とは顔見知りなんですか」

——よう、トイレ借りるからな。

総じて物腰ががさつな桐村だが、さっき彼が若いスペイン人に対してとった態度は特に遠慮がなく、初対面のものとは思えなかった。第一、建物から出てきたスタッフが外国人だったというのに、驚いたり興味を惹かれたりといった様子を、彼は微塵《みじん》も見せはしなかった。

「まあな」

桐村は、まだ手にしていた煙草をダッシュボードの灰皿に押し付けた。

「このあたりには前にも捜査で来たことがあって、あのスタンドでは、何度か給油してんだよ」

「じゃあ、もしかしてエルナンドとも知り合いですか」

質問を重ねながら、ぼくは、下ろしたままにしていたサイドウインドウから首を出し、空を見上げた。

「いや、そっちの方とは会ったことがない――。おいおい、よそ見をしたけりゃ、ブレーキを踏んでからにしてくれないか」

急いで顔を戻し、「すみません」と前を向いたまま謝る。

「どうした。そんなに天気が心配か。傘ならトランクの中に入っているぞ」

「いいえ、気になったのは天気じゃなくて、音です」

「なに？」

「いま、空の方で妙な音がしたんです」

――ピュイー、ププビュイー。ピポポピュイー。

無理やり文字にすれば、こんな感じになるか。


「言われてみりゃあ、たしかに」桐村も助手席の窓を下ろし、ちらりと上空へ顔を向けた。「妙な鳴き声が聞こえたな」

桐村は「鳴き声」と表現する。ならば、やはり――。

「あれは鳥の声なんでしょうか」

「だろうよ。こうして車に乗っていても聞こえたってことは、けっこうなでかさじゃないのか」

「どんな巨鳥でしょうね。すごく気になります」

「田所、おまえ、そんなに鳥好きだったか？　――ああ、ペットショップで働いている彼女の影響ってわけだな」

「はい。カナリアを飼っているので、こっちまで小鳥に興味を持っちゃいまして」

ぼくはハンドルを握ったまま体を前に倒した。そしてフロントガラスから上空に改めて視線をやってみたが、やはり巨鳥と思《おぼ》しき影は見当たらなかった。

「彼女に訊いてみれば、どんな鳥なのか分かるんじゃないのか。――ところでおまえたちは結婚するんだよな。いつだっけ」

「式は半年後です」

ただし新婚旅行に出発するのは、挙式からさらに半年後の予定だ。つまり一年先だが、休みの申請は、いまのうちから出しておくつもりでいた。

「おれも呼んでくれよな」

桐村は、こちらの肩をどんと叩いてきた。

「もちろんです」

そうは答えたものの、いわゆる無頼派を絵に描いたようなこの桐村という先輩刑事は、ぼくにとって、正直なところ苦手なタイプと言えた。

彼の趣味が賭けごとであることは、署内で知らない者がいない。ときどき競馬でけっこうな額の借金を作っているというのも有名な話だ。署長や課長から生活態度を何度か注意されているが、ギャンブル癖が改まったという噂はまだ聞かない。最近も百万単位の負けをし、怪しげな筋から借金したらしいが、取り立て屋から追い込まれている様子もなさそうだから、どうにかして清算はしたのだろう。

ガソリンスタンドを出てから一キロほども走っただろうか。道沿いに、金網フェンスで囲まれた運動場のような場所が見えてきた。あれがハビエルの言っていた、缶詰工場のグラウンドだろう。

路肩に車を停《と》め、ぼくたちは降りた。

グラウンドには、東西の両端に、サッカーのゴールポストが置いてあり、何人かの若い男たちがボールを追って走り回っていた。見たところ、日本人と外国人の割合は半分半分といったところか。これでは、誰がエルナンドなのか分からない。

グラウンドの周囲に設けられたベンチでは、これも外国人の男たちが何人か固まって、サッカーを見物していた。

酒の瓶らしきものを持ち、それを、自分の国での法律がそうなっているための癖なのか、紙袋で隠している者もいる。

ぼくは口の両端に手を当て、即席の拡声器を作った。そして、

――セニョール・アロンソっ。

そう声を出そうとした。ところが口を開く前に、若い男が一人、サッカーをやめて、ぼくの方へ歩いてきた。

Tシャツに短パンという姿だった。短く刈りこんだ頭髪に、このラフないでたちはよく似合っている。

ぼくは上着のポケットから写真を取り出した。近づいてくる男と写真とを見比べてみる。浅黒い肌。ゆる

くウェーブした髪。線の細い顎。エルナンド・アロンソに間違いない。

「こんにちは、はじめまして」

エルナンドの方からそう挨拶してくると、桐村が「ここはまかせろ」というように、ぼくの肩を軽く叩いてから前に出た。

「きみは日本語が上手だね」

たしかに、さっき会ったハビエルと比べれば、エルナンドの方が達者なようだ。

「ありがとうございます」エルナンドはぺこりと頭を下げた。「どうしても日本に来てみたくて、必死に勉強しました。——あなた方は警察の人ですね」

「そうだ。どうして分かった？」

「いましがた、ハビエルさんから連絡がありました。『警察の人が捜しているから居場所を教えた』って」

「そうか。彼にはさっき会ってきたよ。ちなみに、君はハビエルとはどんな関係かな。彼はきみを『大事な同胞』と言っていたが」

「彼にはいつもよくしてもらっています。故郷が一緒なんですよ」

「ほう。スペインの何地方だい」

「地方ではなく、島なんです。カナリア諸島にある、ラ・ゴメラっていうところです」

エルナンドは、虫刺されの跡が目立つ腕で、宙にぐるりと丸い形を描いてみせた。たぶんそれが、ラ・ゴメラという島の形状なのだろう。

「なるほど。しかし、きみはハビエルとはちょっと雰囲気が違うね」

「ハビエルさんのお祖父《じい》さんは、大陸からやって来た人です。でも、ぼくの先祖はグアンチェ族っていう、あの島の先住民ですから」

桐村の横でぼくは大きく頷いてみせた。ラ・ゴメラ島にしてもグアンチェ族にしても、いままで一度も耳にしたことのない名称だった。だが、無理をしてでも参考人とは話を合わせるという刑事の習性から、ああ、あそこか、という素振りが自然に出てしまったのだ。

「それで、ぼくに何か用事でしょうか」

「ちょいと訊きたいことがあってね。——先日、この缶詰工場で事件があったことは知っているかい？」

ここでエルナンドの喉仏がごろりと動いた。

「知っています」

「工場の事務所が荒らされ、現金が盗まれている。約三百万円だ。ヨーロッパの通貨に換算するとだいたい二万三千ユーロってところかな。そこで、我々がこうして工場に勤務している人から事情を聴いて回っているんだよ。きみも何か情報を持っていないかと思ってね」

「ぼくを疑っている、というわけですか」

いまの質問には答えず、桐村はズボンのポケットに両手を突っ込んだ。

「今日は仕事があるのか」

いままではやや余所《よそ》行《ゆ》きといった話しぶりをしていた桐村だが、ここでがらりと口調を無頼派刑事のそれに戻した。

「……ありません」

「これから何か用事は？」

「特には。パチンコにでも行こうと思っていました」

「明日じゃあ駄目かい」

目を伏せたエルナンドに一歩近寄り、桐村は相手の細い肩に、どんと音がするぐらいの勢いで手を置いた。

「もうちょっと突っ込んで話をしたい。ここじゃあなんだから、できれば警察署の方まできてほしいんだがね」

2

ぼくは雑巾と箒《ほうき》を持って、いまから使う取調室に入った。

机を拭き、床を掃《は》いたあと、窓際に歩み寄る。

K署の二階。刑事課フロアに並んだ三つある部屋の真ん中。この取調室は好きだった。窓のすぐ外に大きな樫《かし》の木があり、そこによくいろんな小鳥が来て、耳に心地よい囀《さえず》りを聞かせてくれるからだ。

「掃除は終わったか？」

桐村が部屋に入って来たので、窓を閉めてエアコンのスイッチを入れようとした。ところが、

「おいおい、エネルギーを節約しろって」

そう言われ、ぼくはリモコンを置いた。そして再び窓を開けながら、振り返って桐村に言った。

「本当にエルナンドが犯人なんでしょうか」

「どういう意味だ」

「あれから、いろいろ独自に事件について調べてみました。それを踏まえて、わたしの考えを正直に言わせてもらいます。――缶詰工場の事務室に侵入して金を

奪った犯人は、エルナンドではなく別にいるんじゃないかと思うんです」

こちらの言葉に、桐村は不快そうに眉根を寄せた。

「あいつじゃなきゃあ、真犯人は誰なんだ」

「あくまでも勘なんですが、ハビエルだと思います」

捜査の結果、エルナンドの関係者のうち、犯行のあった時間帯にはっきりしたアリバイがないのは、エルナンド自身を除けば、ガソリンスタンドでバイトをしているタトゥーを入れたスペイン人しかいなかった。

「わたしにはどうしても、エルナンドが悪党には見えないんです。彼には事務所荒らしなんて、とてもできそうにありません」

だがハビエルは違う。一回しか会っていないが、あの男には、何かやらかしそうな雰囲気があった。

「エルナンドにやれたのはせいぜい、缶詰工場の社長から金のありかを聞き出したことぐらいでしょう。それだって、ハビエルに無理強いされて、しかたなくやったことのように思えてならないんです」

エルナンド逮捕の決め手となったのは、犯行現場となった事務所内に落ちていた、彼の指紋が付着したドライバーだった。だが、その物証一つでエルナンドを真犯人と決めつけるのは早計だ。ハビエルが事前にドライバーの柄を一度エルナンドに握らせてから、犯行の際にわざとそれを現場に残してきたということも十分に考えられる。

捜査の過程で判明したことはもう一点あった。彼らの故郷であるラ・ゴメラ島では、ハビエルが地主の、エルナンドが小作人の倅《せがれ》なのだ。エルナンドがどこかハビエルに対して遠慮がちだった背景には、そうした地位的な格差が影響しているのではないか。

ハビエルが真犯人で、その罪をエルナンドに着せた――ぼくがそう考えた最も大きな理由もここにある。

小作人なら、生活がそれほど豊かだとは思えない。罪を背負って服役してくれたら、島にいる親の面倒はみてやろう。ハビエルはエルナンドに、そんなふうに持ち掛けたのかもしれない。

「おいおい、いまさらそんなことを言ってもしょうがないだろう。こっちはもうエルナンドをパクッちまったんだから。誤認逮捕なんてことになったら、えらい騒ぎになるぞ。おまえも責任者の一人だ」

ぼくは口をつぐんだ。だとしても無実の者に罪は着せられません――その一言が、残念ながら、すんなりとは出てこなかった。

「なあに、エルナンドの取り調べをしてみりゃあ、すべてはっきりする。やっこさんが、こっちの質問にちゃんと答えられるようだったら、真犯人とみて間違いないわけだろ？」

自分の身代わりにするつもりなら、ハビエルはエルナンドに犯行の様子を詳細に教え込んでいるに違いない。

とはいえ、刑事から矢継ぎ早に質問を重ねられれば、どうしたってボロは出るものだ。返答する言葉に詰まったエルナンドが額に脂汗を浮かべる場面は、何度か訪れることだろう。台詞《せりふ》を忘れた舞台俳優にプロンプターがそばで台本を囁《ささや》いてやる。そのような仕掛けでもあれば別だが、たった一人で受ける孤独な取り調べという場では、もちろん誰かに助け舟を出してもらうことなどかなわない。

そう、たしかに桐村が言うとおり、とにかく取り調べをしてみれば、身代わりかどうかははっきりするのだ。

「分かりました」と頷いてから、ぼくは部屋の出入口に向かった。「じゃあ、エルナンドを呼んできます」


階段を上って署の四階にある留置場へ足を運んだ。

エルナンドは、留置場の居室で何をするでもなく、ぼうっとした表情で視線を宙にさまよわせていた。

留置管理課の係員に、彼を出してくれと頼んだ。係員は、扉の外から「十一番、調べだ」と声をかけた。

だがエルナンドは気づかない。

「ナンバー・イレブン、調べっ」

言い直すと、若いスペイン人は、はっとした様子で顔を上げた。

手錠は要らないだろうと判断し、腰縄だけでエルナンドを二階の取調室まで連行したところ、室内には桐村のほかにもう一人、四十歳ぐらいの男性が待っていた。県警からやってきた通訳捜査官だ。

エルナンドを室内に入れてから、ドアにストッパーをかませた。取り調べの際は、部屋のドアを開けておくというのが最近のルールだ。そうしてから、被疑者の姿が廊下から丸見えにならないよう、出入口の前にパーティションを設置する。

エルナンドの腰縄を外し、部屋の奥、机の前に置かれたパイプ椅子に座らせると、その向かい側に桐村が、二人の中間に通訳が、それぞれ腰を下ろした。

ぼくはと言えば、出入口の方に戻り、そこに置かれているもう一つの机についた。

「やあ、エルナンドさん」桐村は煙草に火をつけた。「気分は悪くないかね？　体調はどうだい」

スペインの青年は、通訳の言葉を聞いてから、「まあまあです」と答えた。

「今朝は国選弁護人が来てくれたらしいな。どんな話をしたんだい」

「身に覚えのないことは全部否定しなさい、と教えられました」

「きみがいま住んでいるT町だが、あの地域にはスペイン人の知り合いが多いのかね」

「はい」

「ラ・ゴメラといったかな。同じ島の出身者も何人かいる？」

「いいえ。ハビエルさんだけです」

そんなやりとりのあと、桐村は煙草をアルマイトの灰皿にぐりぐりと押し付け、雑談はここまでだ、と無言で宣言した。

「さてと、エルナンドさん。あんたには黙秘権がある。答えたくない質問には無理に答えなくてもいいし、言いたくないことは言わなくてもいい」

「分かりました」

「まず、改めて質問するが、缶詰工場から金を盗んだのは、あんたかね」

「はい。そうです」

「犯行に手を染めたのは、何月何日の何時ごろだい」

「六月六日の夜中です。午後十一時ごろでした」

「現場までの交通手段は？」

「歩いていきました」

アルバイターの住む寮から、缶詰工場の事務所までは、ほんの百メートルぐらいだ。

「盗みに入った動機は何かな」

「生活していくためのお金が、なくなったからです」

「どうして」

「最近、競馬をやって、大きく外しました」

「競馬か」

おれと気が合いそうだな。そう小声で付け足してから、桐村は机に両肘《りょうひじ》をついた。

「自分が世話になっている工場を狙ったのは、どうして」

「それほど恩を感じているわけでもありませんでした

ので。どうせ短期のアルバイトですから」

「どうやって侵入した。手口を教えてもらえるか」

「窓ガラスを割ってです」

「何で割った？」

「ドライバーを使いました。マイナス形の」

「そのマイナスドライバーが事務所の床に落ちていた。そこからきみの指紋が検出されたから、こうして逮捕されたわけだ」

「そうですね」

「自分が犯人であることを示す重大な証拠を、うっかり現場に残してきたことに、まったく気づかなかったのはなぜだ？」

「……とにかく早くお金を手にしたくて、夢中になっていたからだと思います」

「手袋は嵌《は》めていなかったのかね」

「軍手をしていましたが、ガラスを割るときだけは、ドライバーの柄《え》が滑ってやりづらかったので、外してしまいました」

「侵入してからどうしたね」

エルナンドは口を開いた。だが言葉が出てこなかった。落ち着きのない素振りで俯《うつむ》いたまま黙りこくる。


桐村は椅子から立ち上がると、ズボンのポケットに両手を突っ込み、やや苛《いら》ついた様子で室内を歩き回り始めた。

「履いていたシューズに」エルナンドはようやく口を開いた。「手近にあったタオルを巻き付けました」

「ほう。どうして」

「足跡を残さないためです」

「なるほど。――で、共犯者はいたのかな」

「いません」

「この事件については、誰とも連絡を取っていないかい？」

「はい」

「携帯電話は持っているかね」

「持っていません」

「三百万の金は、事務所内のどこで見つけたんだね」

ここでエルナンドはまた言い淀んだ。

「焦らなくてもいいぞ」先ほどから歩き回っていた桐村は、足を止め、ポケットに両手を突っ込んだままの姿勢で、若いスペイン人容疑者の方へ向かってわずかに腰を折った。「お茶でも飲むかい」

「いいえ。喉は乾いていません。……お金は、事務所の棚に置いてあった工具箱の中で見つけました」

「ほう。金庫の中じゃなくて？」

「金庫ではありません。工具箱の中です」

「金のありかを知っていたのはなぜ？　どうやって知った」

「少しずつ、社長から聞き出していきました」

「もっと詳しく教えてほしいね」

「『まさか、カーペットの下に入れたりしてませんよね』、『まさか本のページに挟んだりはしてないでしょうね』。そんなふうに雑談を装い、何回かにわたって社長と話をしました。すると、あるとき社長がぽろりともらしたんです。『金庫の中と見せかけて、実は工具箱の中に入れてあるから安心だ』って」

「ほう。段階的にさそい水を撒《ま》いていったわけだな。なかなかうまい方法を知っているじゃないか」

「故郷にいたとき、そんな手口を使う泥棒の話を聞いたことがあったので、試してみたんです」

「なるほどね。――さて、次の質問は特に大事だから、ちゃんと答えてほしい。盗んだ金はどこに隠してある？」

「忘れました」

「言わないと刑期が長くなるかもしれない。言った方がきみのためだ」

「それでもいいです。忘れたんですから、しかたありません」

桐村は粘り強く金の隠し場所について質問を重ねたが、エルナンドの答えは「忘れました」の一点張りだった。

疲れた様子で再び椅子に腰を下ろした桐村に、ぼくは耳打ちをするようにして訊いてみた。

「わたしからも質問させてもらってもいいでしょうか」

桐村は面倒くさそうに片手をぶらぶら振ることで、「やってみろ」の意を伝えてきた。

ぼくは桐村の横に立ったまま、顔をエルナンドの方へ向けた。

「もう一度訊きたいことがある。携帯電話についてだ」

携帯を調べれば交遊関係が分かる。共犯者が――おそらくはエルナンドを自分の身代わりに仕立てた主犯格が、本当にいるかどうかを確かめるには、どうしても調べておきたい。

「きみはそれを所持しているね」

「さっきも言いましたが、持っていません」

「嘘は困るね。誰かから借りたか、あるいは何らかの方法で手に入れているはずだ」

「いいえ、本当に持っていません」

たしかに、エルナンドが携帯電話会社と契約を結んだという記録は存在していない。だが——。

「そんなはずはないんだよ。先日、我々ときみが初めて会ったときのことを思い出してもらおう。きみは我々が警察官だと最初から知っていた。たしか『ハビエルから連絡があった』と言っていたね。それはつまり、サッカーに興じていたきみのところに、ガソリンスタンドにいたハビエルから電話がかかってきた、ということじゃないのか」

ハビエルの方は携帯電話を所持していることが分かっている。

「これはどう説明するつもりだ」

「……あのときグラウンド脇のベンチに見物人がいたでしょう。何人か」

「酒を飲んでいた連中かい」

「ええ。ハビエルからの電話は、彼らの一人にかかってきたんです。その人から教えてもらったんです」

苦しい言い訳だと思った。

「そうか」

まあいい。必ず見つけ出してやる。その端末を解析すれば、今回の事件に関してハビエルと打ち合わせをした記録が、きっと見つかるはずだ……。

取り調べを終え、エルナンドは、留置管理課の係員に連れられて、部屋から出て行った。

その背中を見送ったあと、ぼくは窓際に近づいた。上半身を外に出して、ぐるりと空を見上げるようにしていたところ、背後から「どうした」と桐村に声をかけられた。

「鳥がいないかな、と思いまして」

「またか」

取り調べの最中、何度か、以前T町でも耳にした「巨鳥の声」が聞こえたような気がしたからだ。

だが、やはり窓の外に、それらしきものの影を認めることはできなかった。

「そんなことより、これでもやつが身代わりだと思うか」

「いいえ」ぼくは自分の靴に視線を落とした。「実行犯であることは確かだと思いました」

いまの取り調べで桐村が放った質問に、エルナンドは、すべて間違うことなく答え切ったのだから。

自分の勘が外れたことは悔しいが、誤認逮捕ではなかったことを考えれば幸いだ。そう思い直して顔を上げたときには、もう桐村は部屋からいなくなっていた。

3

朝早くから島内の方々を駆け足で観光してきたせいで、軽い疲れを感じていた。

ぼくはリュックを開け、ハッカ飴を探った。だが、ごちゃごちゃになった荷物の中からやっと見つけたそれは、融けてベトベトになっていて、包み紙からうまく取り出せそうになかった。

この様子を隣の席で見ていた和佳が、うんざりしたように顔をしかめてみせる。

そんなことをしているうちに、観光バスは山頂付近にある休憩所で停止した。

外に出た途端、もわっとした熱気に包まれた。亜熱帯の島だから、屋根のある場所からない場所に移動するたびに、サウナに入ったような錯覚を感じてしまう。

——カナリア諸島にも行ってみようよ。そのラ・ゴメラっていう島にも。

そう言い出したのは和佳の方だった。

いよいよ新婚旅行の行程を固めるぞ、という段になって、急に思い出したのだ。そういえば、去年の夏に窃盗罪で若いスペイン人を逮捕したことがあったな、と。

名前はたしかエルナンドといったはずだ。彼が、ラ・ゴメラなる島の出身だったことも、はっきりと覚えていた。

その話を和佳にしてみたところ、カナリアの飼い主でもある彼女は、その鳥の語源になっている地域にもぜひ足を延ばしてみたい、と考えたようだった。

休憩場所からは、山の斜面に作られた段々畑が見下ろせた。

いま、ここから五十メートルほど離れた場所に、おそらく地元の農家だろう、人影が一つだけ動いている。体つきからして、年配の女性のようだ。野良着姿で、面積の広い葉の手入れをしている。

「あの畑で何を作っているのかな」

和佳に訊いてみたが、彼女は「さあ」と首を捻《ひね》るだけだった。

観光バスの出発時間まで、まだ余裕があったので、ぼくは和佳の手を引いて、細い道を下っていった。

「ブエナス・タルデス（こんにちは）」

声をかけると、麦藁《むぎわら》帽子を被ったその女性は、作業の手を止め、曲げていた腰を伸ばした。ぼくたちを珍しそうな目で見ている。

雰囲気からして、グアンチェ族の人だろう。

浅黒い肌の青年、エルナンドの顔が、また脳裏に浮かんだ。盗んだ金額が大きかったために執行猶予はつかず、いまはまだどこかの刑務所に収監されているに違いない。結局、彼の携帯電話は見つからず、共犯者の存在も不明のままで、一人で投獄された。

もう一人の男――当初ぼくが真犯人と睨《にら》んだハビエルは、いまごろどこで何をしているのか。この身には知る術《すべ》がなかった。

「何を栽培しているんです？」

「煙草の葉さ」女性の声はだいぶ嗄《しわが》れていた。「これでやっと食べていけるぐらいでね」

出発の直前まで忙しくて、ラ・ゴメラという島については、ろくに事前勉強をする暇がなかった。ただ、この島には観光以外に目ぼしい産業がないらしいことは、来てみてすぐに分かった。現地案内人を兼ねた観光バスの運転手は、このあたりに住んでいる人の家には電話もない、と言っていた。

「ところであんた方、今晩の食事はどこで食べるつもりだい」

今日は、この島で一泊する予定になっているが、夕食は宿泊プランに入っていなかったはずだ。

「町のレストランに行くつもりですが、もし、どこかおすすめの店をご存じでしたら、教えていただけませんか」

すると女性は、よくぞ訊いてくれた、という顔で、野良着のポケットに皺《しわ》だらけの手を突っ込んだ。彼女がそこから取り出したのは、これもくしゃくしゃに折れ目のついた青い紙きれだった。

「倅が、観光客向けのスペイン料理店を経営していてね。もしよかったら、そこでどうだい？　これを出せば安くなるからさ」

彼女がわたしてよこした青い紙きれは、その料理店の割引券らしかった。『ALMA』——用紙の最上部に印刷してある最も目立つこの文字が、店の名前なのだろう。スペイン語で「アルマ」は、たしか「魂」や「心」という意味だ。

「息子は日本語が少しできるから、注文するのも楽だよ。——あんたたち、新婚旅行かね」

「そのとおりです」

「デパーチャー・タイム！　デパーチャー・タイム！」

観光バスの運転手が、スペイン訛りのやたらときつい英語を使って、大声を張り上げている。出発の時間になったようだ。ぼくたちは女性に別れを告げ、バスの待つ休憩所の方へ戻った。

山間部の観光を終え、再び市街地を目指して山道を下っている途中、居眠りをしかけていたぼくは、意識が遠のく直前に、はっとして目を大きく開いた。

鳥の鳴き声がしたからだ。あの巨鳥の鳴き声が。

小さな双眼鏡を携帯していたので、急いでそれを目に押し当てた。

車窓からあちこちにレンズを向けてみる。だが、やはり鳥の影を見つけることはできなかった。


ホテルに戻ると、和佳がスペイン語の日常会話辞典を開きながら、『ALMA』に予約の電話を入れてくれた。使ったのはホテルの電話ではなく、自分のスマホだった。夫婦二人とも、普段日本で使っている端末を、海外でも使用可能にして、この旅行に持参していた。

それから二人で一緒に一時間ばかり仮眠をとり、夕食の時間になってから町に出た。幸い、『ALMA』はホテルから歩いて行ける距離にあった。

店は落ち着いた構えだった。入ってみると、床が黒光りするほど念入りに磨き上げられていた。まだ早い時間だから、他に客はいなかった。

ぼくは料理にはとんと疎《うと》いので、注文は和佳にまかせた。

出てきたのは、大きくて平べったい鉄鍋に入った料理だった。トマトや玉葱、魚介類と一緒に米を炒めたものらしい。和佳に教えられた「パエリア」という言葉には聞き覚えがあった。

「見て、これっ」

和佳がパエリアの表面を指さし、嬌声を上げた。

驚いたことに、そこには、細かく刻んだパプリカを使って「けっこんおめでとう」と日本語の平仮名で文字が作ってあった。

「なんだよ、照れるな。わざわざこんなことまで教えなくてもいいのに」

ぼくが和佳にそう言うと、彼女は怪訝《けげん》そうな顔をした。

「さっき電話で予約したとき、店の人に言ったんだろ。わたしたち新婚ですって」

「言ってないよ」

和佳の様子に、ぼくを担《かつ》ごうという魂胆は見て取れない。

「じゃあ何で店側が知ってるんだろう」

「あのおばさんが息子さんに教えたからでしょ」

「そうかな。だって、バスの運転手が言っていただろ。あのおばさんが住んでいる一帯の家には電話もないって」

まして彼女は携帯など持っているようには見えなかった。

「そう言えばそうだったね……」

和佳は思案顔になったあと、指をぱちんと鳴らした。

「通信手段は電話じゃないのよ」

「じゃあ何？」

和佳は急にぼくの方へ顔を近づけてきた。近くに他の客や店のスタッフがいないのを確かめてから、ごく小さな音で口笛を吹いてみせる。

彼女の意図が理解できないぼくは、ただ瞬きを繰り返すしかなかった。

「だから、口笛言語だよ」

ぼくは瞬きを止め、目を見開くことで、もっと説明してくれと伝えた。

「文字通りの意味。口笛を言語として使ったの。あのおばさんは、電話の代わりに口笛で息子さんと連絡を取ったんだと思う」

「……冗談だろ」

「やだ、佑くん、知らないでこの島に来たの？」

和佳の説明によると、口笛言語は、遠く離れた田畑で働く者同士が会話できるようにと作り出されたもので、昔から実際に、ここラ・ゴメラ島で使われているのだという。この特殊な言語は、「シルボ・ゴメロ」(ゴメラの口笛)という名で呼ばれている、とのことだった。

「凄いのよ。本に書いてあったんだけど、天気の条件がよければ十キロ先まで音が届くんだって」

「そんなに？　――ねえ、そのシルボ・ゴメロだけど」ぼくはナイフとフォークをいったん置いた。「使えるのは年配の人だけかな。それとも、若い人でもできる？」

「そりゃあできるでしょ、地元で育った人なら。だって観光客で覚えて帰っていく人もいるぐらいだよ」

彼女の返事を受け、ぼくは思わず呟いていた。

「巨鳥」

今度は和佳の方が怪訝な顔をする番だった。

「いや、何でもないよ」

言葉の内容とは裏腹に、軽いショックのせいで声が少し震えた。

そういうことだったのか。巨鳥の鳴き声。その正体は口笛だったのだ。

――いまおまえのところに警察官が向かっている。

その情報を、ガソリンスタンドにいたハビエルは、一キロ離れたグラウンドにいたエルナンドに、口笛言語で――シルボ・ゴメロとやらで伝えた。ぼくが車中で聞いた音がそれだった。


なるほど、ならば、いくら探してもエルナンドの携帯電話が見つからなかったはずだ。彼はやはり最初からそれを持っていなかったのだ。

食事を終え、店の外に出た。

「わたしたちもシルボ・ゴメロを覚えようか」

「あ、いい考えかも。和佳は指笛ができるからな。そうすれば携帯電話代が節約になるね」

「でしょ」

和佳がいい加減な節をつけて口笛を吹いた。

「いまのは、『先に寝ているね』という意味だよ」

「それが我が家の口笛言語第一号かよ」

「そう。だって大きな事件が起きれば、あなたは毎日午前様でしょ。そのとき、わたしはこれで連絡する」

「そんな用途だったらやめてくれ。そう言えば、小さい頃、親に言われただろ、夜に口笛を吹くと泥棒が来る、って」

「刑事の家なら泥棒は大歓迎じゃないの。あなたが捕まえれば手柄になるもの」

「そりゃそうだけどさ」

二人で笑い合った。その途中で、ぼくだけ急に声を止めた。

「どうしたの」

和佳が、顔をほころばせたまま首を傾《かし》げ、こちらの表情をうかがってくる。それを片手で制しつつ、ぼくは立ち止まり、もう一方の手をポケットに入れた。

ほどなくして、和佳は、手にしていたポーチの中から自分のスマホを取り出した。

文面に目を落とす。そして口笛を吹いた。

もう一度、「先に寝てるね」という意味の口笛を。

いまぼくは、ポケットの中で彼女の携帯にメールを打ったのだった。桐村の勧めで始めた練習は実を結び、いまでは技をマスターできていた。和佳に送ったメッセージは「今晩の帰りは遅くなる」だった。だから彼女は口笛を吹いてくれたのだ。

「ありがと」

付き合ってもらった礼を一言いい、再び歩き出す。

「ちょっと待ってよ。いまのはどういうこと。何がしたかったわけ？」

和佳の質問に答える代わりに、ぼくは頭の中で一つの場面を思い出していた。舞台はK署の取調室だ。時は一年前――。

いま、ぼくと和佳がやったこと。それと同じ行為が、あのとき、あの狭い部屋で行なわれていたのではないのか。あの舞台には、やはりプロンプターがいて、台詞を忘れた俳優に、こっそりと台本を耳打ちしていたのではなかったのか。

エルナンドが質問の答えに窮すると、桐村は取り調べをしながら、ポケットに手を突っ込んでは歩き回った。その行為の後は、決まってエルナンドは答えることができたものだ。

あのとき桐村は、携帯電話のメールを使って、自分がした質問を真犯人――ハビエルにこっそり送信していたのだと思う。

遠方で待機していたハビエルは、受け取った質問に「ゴメラの口笛」で返事をした。自分がやった犯罪なのだから、どんな問いにも答えられる。どんな秘密の暴露だってできる。

エルナンドはその口笛を聞き取り、そっくりそのまま喋《しゃべ》っていたのではないのか。

桐村とハビエルは裏でつながっていたということだ。桐村が競馬の借金を清算できた背景には、三百万円の一部をハビエルから受け取った、という行為があったのかもしれない。

ぼくは歩を進めながら、ぼんやりと視線を上に向けた。

真っ黒い巨大な鳥が、ばさっと翼を広げ、悠然と夜空の彼方へと飛び去って行く。そんな光景が見えたような気がした。

兄がストーカーになるまで

新津きよみ
Niitsu Kiyomi

1957年、長野県生まれ。青山学院大学卒。'87年「ソフトボイルドの天使たち」が第7回横溝正史賞の最終候補作になる。'88年『両面テープのお嬢さん』でデビュー。'98年『殺意が見える女』で第51回、'99年『時効を待つ女』で第52回の日本推理作家協会賞短編および連作短編集部門候補。2018年『二年半待て』で第4回徳間文庫大賞を受賞。女性心理を描いたサスペンスに定評があり、『ふたたびの加奈子』など映像化作品も多い。

1

冷蔵庫からペットボトルのウーロン茶を取り出して、ひと口飲んだ直後だった。椅子《いす》に置いたバッグの中で彼女の携帯電話が鳴った。

心臓が縮み上がった。

おそるおそる携帯電話を取り出すと、メールが一通きている。

「今日は帰りが遅かったね。どこかに寄ったの？」

そんな文章が目に飛び込んできて、全身が凍りついた。

——つけられていた？

——どこかから見られている？

部屋の電気がついたから、帰宅したのがわかったのだろうか。今日は残業があったため、帰宅がいつもより遅くなったのだ。

ベランダに面した居間のカーテンの隙間《すきま》から外を眺めてみたが、室内が明るいので外の様子はわからない。

電気を消してみた。思いのほか周囲の闇《やみ》が濃くなる。静寂《せいじやく》が身体《からだ》に突き刺さって痛い。

「もう寝るの？」

ふたたびメールが届いた。やっぱり、そうだ、外からこの部屋を見張っている人間がいる。

——わたしは、監視されている？

一人きりの部屋で、彼女はいつまでもひたすら怯《おび》えていた。

2

最初は、ほんの軽い気持ちからでした。

兄に恋活《こいかつ》を勧めたのは、わたしです。ええ、婚活にあらず、恋活です。

わたしが兄の恋活に着手したのは、わたしが二十三歳で、兄が三十三歳のときでした。はい、わたしと兄とは十歳も年が離れているのです。

「なあ、七海《ななみ》。人に恋するときって、どんな気持ちになるものなんだ？」

ある日、兄が妹のわたしに真顔で聞いてきたのです。

「何よ、お兄ちゃん、どうしたの？」

ふざけていると思って、笑って聞き返すと、

「いま、七海は圭吾《けいご》君とつき合っているだろう？　彼

のことをどう思ってるの？」

兄は、真剣な表情を崩さずに尋《たず》ねました。

「どうって、好きだよ」

「どんなふうに？」

「どんなふうって、普通に」

「普通ってどのくらい？」

質問をしつこく重ねてくるので、わたしは、もしや、と不安になりました。

「人を好きになると、肉体的にはどんな変化があるの？」

その質問をされるに至って、やっぱり、とうなずきました。兄は昔から理系人間で、高校も理数科だったし、大学も理学部で化学を専攻したし、いまは食品加工会社に勤めていて、担当している商品開発の部署には女性が少ないと聞いているし、まるで女っけがないのです。

「その……胸がきゅんとなるとか、その人のことを考えていると食べ物が喉《のど》を通らなくなるとか」

「へーえ、胸がきゅんとなって、食べ物が喉を通らなくなる、ねえ」

そういう感覚はまるでわからないというふうに、兄は首をかしげます。

そういえば、兄から初恋の話を聞かされたこともなかったな、と改めて思い起こしました。

「ねえ、お兄ちゃん、もしかして、その……」

まさか、同性愛者だとカミングアウトするつもりなのか。口にしにくくて身構えると、

「いやあ、そっち方面じゃないよ」

と、兄は笑って首を横に振ります。

「じゃあ、生まれてからいままで、一度も女性に恋したことがないって意味？」

「まあ、そうなるかな」

「だけど、何とかっていうアイドルは好きだったじゃない」

わたしが小学生で兄が高校生だったときに、確か、兄はミニスカートの似合う童顔のアイドルのポスターを自分の部屋の壁に貼っていたのでは……。

「あれは、あくまでも芸能人としてタイプだっただけでね。コンサートに行こうとまでは思わなかったよ」

「そうか」

要するに、兄は、女性に恋焦《こ》がれるという感情を抱いたことがないのでしょう。その恋焦がれる感情がど

ういうものか知りたいのだろう、とわたしは解釈しました。

「じゃあ、まずは恋活から始めようか」

そう、本当に、最初は軽い気持ちから始まったのです。

――兄が恋心を抱くような相手を見つける。

それが、妹としてのわたしの使命だと思うことは、一種のゲームみたいで楽しかったのです。

わたしたちは普通の兄妹よりも深い絆《きずな》で結ばれている、とわたしは自負《じふ》しています。両親はわたしが中学生のときに離婚して、兄は父のもとで、わたしは母のもとで暮らすようになりました。その後、父と母は相次いで病気で亡くなったのです。母を失って嘆き悲しんでいたわたしに向かって、兄は力強い口調で言いました。

「七海、おまえのことは、俺が一生そばにいて、守ってやるからな」

そのとき、わたしもこう言い返しました。

「わたしも、一生お兄ちゃんのそばにいて、支えになってあげるからね」

父と暮らしていた兄は、父の死後も都内の賃貸マンションで、母と暮らしていたわたしは、母の死後も二人で住んでいた都内のアパートで一人暮らしをしていました。別々の場所で生活していても、二人の結びつきは強いと信じていたし、わたしは兄の幸せを心の底から願っていたのです。

客観的に見て、兄はイケメンの部類に入ると思っていました。某イケメン俳優二人を足して二で割って、八掛けしたような容姿……と言っても、うまくイメージできないでしょうけど、とにかく、背も高いし、整った顔立ちだし、おまけに国立大の理学部を出ていて、いちおう名の通った会社に勤めているから、モテる要素は兼ね備えた男性に違いありません。

「好みのタイプ、ここに書き出してよ」

そこで、兄の好きな女性のタイプを箇条《かじょう》書きにしてみることにしました。

「そうだな。小柄なほうがいいかな。ふっくらして色白で、食べ物の好き嫌いがなくて、料理が得意で、趣味が読書や映画鑑賞かな」

「それって……まるで、わたしみたい」

と、わたしが自分の顔を人差し指で示すと、兄は一瞬ハッとした表情になったあと、破顔しました。わたしは小柄だし、しもぶくれの顔で色白だし、何でもよく食べて料理好き、バッグには必ず文庫本を一冊入れています。映画を観るのも好きです。

「冗談でしょう？」

「冗談だよ」

ほぼ同時に言い合って、笑い合いました。

「つまり、何でもいいってことだよ。おまえみたいに、どこにでもいそうな女で」

「どこにでもいそうで悪かったわね」

わたしは頬《ほお》を膨《ふく》らませながらも、この楽しいゲームに心を弾《はず》ませていました。

そのときは、兄のためにやさしくてきれいで、すてきな女性を必ず探してみせる、と意気込んでいたのです。兄の恋愛相手が将来的には兄の結婚相手になれば、それはわたしの義理の姉にもなるわけです。

——お義姉《ねえ》さん。

そう呼べる存在がわたしにもできるのだと思うと、晴れやかな気分になりました。

それなのに、まさか、あんなふうに暴走するとは……。

こんなことになるとは、夢にも思っていませんでした。

3

兄の恋活相手としてわたしが白羽の矢を立てたのは、柴田《しばた》ゆり子さんでした。

わたしが勤める会計事務所が入ったビルの別のフロアに眼科クリニックが入っていて、そこの受付をしている女性です。「あそこの受付嬢が婚活をしている」といううわさを耳にしていたこともあり、結婚の準備をしている女性のほうが手っ取り早いと考えたのです。

以前、そこの眼科クリニックにかかったことがあったので、わたしとゆり子さんとは面識がありました。同じビル内の仕事仲間のよしみで開かれた、女性だけの合同忘年会に参加したこともあります。携帯電話のメールアドレスも交換していました。

婚活であればすぐにお見合いとなるかもしれませんが、恋活ですから、すぐに顔合わせするわけにはいきません。兄が彼女に恋心を抱くようなシチュエーションを作らないことには……。

「こういう女性がいるんだけど」

兄の家に行き、忘年会のときに彼女と一緒に撮った携帯電話の画像を見せると、

「ふーん」

最初、兄は関心がなさそうな態度に見えました。

ゆり子さんは小柄とは言えない体型だし、顔も卵型で、大人っぽい雰囲気の女性です。外見が好みでないのかな、と思っていると、

「相手を知らないことにはな」

そんな言葉で兄は興味を示してきました。そして、

「できるだけたくさん、彼女のデータを集めてくれ」

と、言葉を継ぎます。

そうか、理系人間だから、まずはデータ収集から始めるのか。わたしは納得して、それとなく彼女に聞くなり、周囲の人に聞くなりして、彼女に関する情報収集に努めました。

年齢は二十八歳。身長は百六十三センチ、体重は目算で五十キロ、服のサイズはMサイズ、靴のサイズは二十四センチ。視力は両眼ともに裸眼で一・〇。好きな映画は、アニメや恋愛もので、好きな本はやはり恋愛ものやミステリー小説。名古屋出身で、現在は都内で一人暮らしをしています。最寄り駅やアパートの場所は女子会で聞いたので、あのあたりだろうと察しはつきました。

けれども、彼女にもプライバシーはあります。住んでいる場所の情報は除外して教えると、次に会ったとき、兄は「勤務先に行って、受付をのぞいて来たよ」と言うではありませんか。

「えっ、下見したの？」

「まあね」

ずいぶん大胆な行動をとるのだな、とわたしは感心する一方で、ちょっと不安にも駆られました。恋愛慣れしていない兄です。暴走してしまわないか、というおそれがちらりと胸の中に生じたのは事実でした。

「彼女に気づかれたの？」

「いや、気づかれなかったと思う」

「実際に見てどうだった？」

「ああ、写真より実物のほうがよかったね。ちょうど患者さんが来たけど、応対もハキハキしてたよ」

どうやら、兄はひと目でゆり子さんを気に入ったようです。

だったら、ゆり子さんにも兄のことを伝えて、お見合いの席を設《もう》けてもいいのではないか、とも考えまし

たが、いや、慎重に事を進めよう、とわたしは思い直しました。

「まだ俺のことは彼女に話さないでほしい」

と、兄も言います。

兄にとっての生まれてはじめての恋だとすると、失敗したくない気持ちが強いのだろう、とわたしは推測しました。失敗しないためには、段階を踏んで二人を接近させなければいけません。

――二人の最初のデートは、やっぱり、映画館がいいよね。

友達から始めるには共通の趣味の映画鑑賞が一番いいのでは、と思いました。どんな映画がいいか、わたしが選択に迷っていたときに、

「彼女の生活パターンを知っておきたいな」

と、兄は言い出しました。

「そんなの知ってどうするの？」

そういうのは、交際を始めてからお互いに徐々に語り合っていけばいい、とわたしは考えていたので、兄の思考回路が理解できませんでした。

「いやあ、何でも先にデータとして入手しておきたいんだ。下調べのうちだよ」

兄は、あくまでもデータとか下調べという言葉に執着していました。

ちょうど同じビル内の女子会がまた開かれたので、わたしはゆり子さんの隣に陣取って、彼女の私生活について怪訝《けげん》に思われない範囲で質問しました。クリニックの診療時間は午前十時から午後七時までで、土曜日は午後四時まで。休診日は水曜日と日曜日で、それが彼女の休日です。基本的に休日は家でのんびり過ごすのが好きだけれど、月に二度は料理教室に通っていることも彼女から聞き出しました。

「ふーん、そうなのか」

兄は、わたしが報告した内容をいちいちスケジュール帳にメモしています。

そのスケジュール帳が気になったので、兄が席をはずしたときにちらっと見たら、ゆり子さんの休日が几《き》帳面《ちようめん》に赤字で書き込まれたカレンダーは、来年の分まで延々と記入されています。何だか背筋がゾクッとしました。そのときに抱いた直感をもっと深刻にとらえていればよかったのですが……。

けれども、兄は、「早く彼女に引き合わせてよ」と、わたしを急《せ》かしたりしません。

兄の行動が気になったわたしは、ゆり子さんのクリニックに顔を出すと、定期健診に来たふりをして、兄のことには触れずに「最近、何か変わったことはないですか？」と、様子をうかがいました。

「そうねえ、別にないけど」

ゆり子さんはかぶりを振りましたが、「あっ、でもね、近所で物騒なことがあったの」と眉《まゆ》をひそめたのです。

「物騒なことって？」

まさか、誰か男につきまとわれているのではないか。それは兄だったりして……と、想像がエスカレートしました。

「この周辺で、ひったくりが起きたの。隣町では、明け方のコンビニに強盗が入ったみたいだし」

「それは怖いですね。夜遅く帰るときは気をつけないと」

誰かにつけられているのではないと知ってホッとしたけれど、一人暮らしの女性がひったくり事件やコンビニ強盗に怯えないはずがありません。わたしは、充分注意するようにゆり子さんに念を押しました。

それから二週間後、兄のところへ行くと、兄はそわそわして落ち着きがありません。

「どうしたの？」

「いや、何でもない」

「何でもないことないでしょう？　おかしいわよ。ゆり子さんのこと？」

女性に免疫《めんえき》のない兄です。いつもと違う様子が表情に如実《にょじつ》に出ています。

「何度か、仕事の帰りに彼女のアパートまで行ってみたんだ」

「どうして、そんなことをするの？」

わたしは、驚いて問い詰めました。

「どんなところに住んでいるか、気になってね」

「住所は教えてないはずだけど」

「ああ、うん。でも、まあ、おまえがいろいろヒントをくれたからね」

「まさか、仕事帰りの彼女のあとをつけたとか？」

「さあ、どうかな」

兄は、そのあたりはあいまいにして言葉を濁《にご》します。

「ゆり子さんがそのことを知ったらどう思うかしら。そういう行動をとる男性のことは、不気味に感じるわよ」

「そうかな」

「そうよ。自分のあとをつけられたと知ったら。そういうの、何て言うか知ってる？」

「何？」

「ストーカーよ」

「いや、俺は違うよ」

兄は、悠長に笑って否定します。

「違わないわよ。女性が夜道で何者かにあとをつけられたら、警戒するに決まってるでしょう？」

わたしは、兄の鈍感さに腹が立つと同時に、危機感を覚えました。

ゆり子さんが自分を尾行する男――兄の存在に気がついているかどうか、気になったけれども、本人にそう聞く勇気は出せませんでした。しかし、何だかゆり子さんの表情が曇《くも》っているようにも思えたのです。

わたしが兄の家を訪ねたときに、兄がそうしたように、わたしが中座するときもありました。そういうときに、兄がわたしの携帯電話を見て、ゆり子さんのメールアドレスをスケジュール帳に書きとめた可能性はあります。

――まさか、彼女にメールを送ったりしているのでは？

兄がゆり子さんに対してストーカー行為を働いているのではないか、と恐ろしい想像も巡《めぐ》らしましたが、兄を信じたい気持ちのほうが強かったのです。

4

兄の恋活作戦の開始後、わたしの身にも変化がありました。

「人に恋するときって、どんな気持ちになるものなんだ？」と問われて、「胸がきゅんとなるとか、その人のことを考えていると食べ物が喉を通らなくなるとか」と答えたわたしでしたが、交際していた圭吾に対する思いは、そういう時期をとうに過ぎていて、冷えかかっていたのでした。

原因は圭吾にありました。彼は嫉妬《しっと》深くて怒りっぽくて、たとえば、一緒にいるときにわたしの視線が少しでも彼からはずれてほかの男へ向かうと、途端《とたん》に不機嫌になるのです。

「さっき、あいつを見ただろう」

「見てないよ」

「いや、見た。イケメンだと思ったんだろ？」

「そんなふうに思わないよ」

「いや、思った」

まるで、子供同士の稚拙《ちせつ》な会話です。最初は、小さなことでやきもちを焼く一つ年下の彼を可愛《かわい》いと思っていたけれど、それも続くとうんざりします。初回のデートは映画館で、恋愛映画を選んだので、気が合うわ、と喜んだのもつかのま、戦争が時代背景の恋愛映画だったから観たのであり、彼が真に好きなのは戦闘シーンだとわかると、その後の激しい戦闘シーンが中心の映画選びはわたしにはつらいものとなったのでした。

――そろそろ別れたいな。

でも、別れ話を切り出しても、駄々っ子のような圭吾は簡単には応じてくれないかもしれない。

憂鬱《ゆううつ》な気分でその後も何度かデートを重ねていましたが、何とある日、向こうのほうから「別れてほしい」と言ってくれたのです。理由は単純明快、わたしよりもっと好きな、私よりもっと若い子が現れたということでした。

圭吾との別れを経験したことが、自分の心を見つめるきっかけとなったのかもしれません。

――わたしは、本当は、どういう男性を求めているんだろう。

この世のどこかに、わたしの指と赤い糸で結ばれている男性が存在しているはずなのです。でも、その男性とはまだ出会えていない。どうやって探せばいいのか。わたしにも恋活が必要なのか……。

兄に相談したくとも、その兄は心ここにあらずの状態です。兄のことも気がかりでした。

――とにかく、圭吾と別れたことをお兄ちゃんに報告しよう。

そう決めていた日の仕事終わりに、職場を出たゆり子さんと一緒になりました。駅まで一緒に行き、同じ電車に乗り込みました。路線は同じですが、降りる駅はわたしのほうが二つ先です。

「まだ婚活しているんですか？」

世間話のように持ちかけると、

「うまくいかないわね」

と、ゆり子さんは首をすくめます。

「どうして、そんなに結婚したいんですか？」

「年齢的なこともあるわね。子供がほしいし。でも、いまは、それにもう一つ理由が加わったかな」

「もう一つ？」

「何だか一人暮らしが怖《こわ》くなっちゃって。ほら、男の人と一緒に住んだほうが安心でしょう？　守ってもらえるし」

「ああ、そうですね」

体格のいい兄ならボディガードとしても最適です。本来ならここで兄のことを切り出すべきだったかもしれませんが、ストーカーまがいの行動をとっている兄です。警戒されては困ります。

「あれから、変わったことはないですか？」

そのかわり、ゆり子さんの身辺の変化を探りました。

「別にないけど」

と答えましたが、心配ごとでもあるのか、やはり、彼女の表情は曇っているように見えました。

「じゃあね」

と、降りる駅に着いて、ゆり子さんはホームに降り立ちました。

彼女が人ごみに紛れた瞬間、わたしの足がひとりでに動いたのです。何らかの直感に突き動かされたのかもしれません。扉が閉まる直前に電車から降りて、ゆり子さんの姿を探しました。駅構内を出たところで彼女の姿を認め、距離を置いてあとをつけました。

すると、途中の路地からひょいと兄が現れて、ゆり子さんのあとをつけ始めたではありませんか。

わたしは、息を呑《の》みました。兄はゆり子さんの背中を見つめるのに夢中で、後ろを振り返ろうともせず、当然、わたしには気づきません。ゆり子さんを尾行する兄、その兄を尾行するわたし。奇妙な追跡劇が始まりました。
七、八分歩いて、通行人の姿が少なくなり、あたりが薄暗くなったころ、ゆり子さんと兄のあいだの路地から自転車が飛び出してきました。自転車はゆり子さんの進行方向へとスピードを上げていきます。それに気がついた兄が全速力で走り出しました。
自転車に気づいたゆり子さんが振り返り、ゆり子さんの目に自転車と兄の姿が入って……。

わたしは、大きな悲鳴を上げました。

5

暴走したのは、七海さんのほうです。仁《ひとし》さんではありません。

確かに、仁さんのしたことは、ストーカーのそれと同じだったかもしれません。

でも、彼はわたしを助けてくれたのです。命の恩人と言っても大げさではないでしょう。ひったくりに遭《あ》って、抵抗して転倒し、頭を打って死んだ人もいるのですから。

ショルダーバッグの紐《ひも》は歩道側の肩にかけるようにしたり、防犯ブザーを携帯したり、わたしも用心してはいました。でも、まさか、後ろからいきなり突き飛ばされるとは思っていなかったのです。あの男は、突き飛ばして、転んだところを、バッグを奪おうとしたのでしょう。

でも、あとをつけていた仁さんがいち早く気づいて、駆けつけて、男を取り押さえてくれたのでした。おかげで、わたしは膝《ひざ》や肘《ひじ》をすりむいた程度ですみました。余罪を追及されて、男は前のひったくりも認めたのですよね。

始まりはストーカーまがいの行動だったにせよ、それから恋愛関係に発展して、いまはもう夫婦なのです。仁さんは、誠実でやさしくて、頼りがいのある夫です。

七海さんだって、あんなに祝福してくれていたではないですか。『お義姉さん』と呼べる人ができて、嬉《うれ》しい」って。

それなのに……残念です。

わたしも、少々七海さんをもてあましていたところはありました。新婚ですから、二人だけの生活を楽しみたい気持ちもありましたが、七海さんは週末になると必ずわたしたちの家に顔を出して、一緒にご飯を食べていきます。正直、うっとうしいな、と感じたことはあります。だけど、仁さんが七海さんを可愛がっていることはわかっていたし、七海さんも仁さんを慕っていたから、二人の関係に理解を示していたつもりです。

七海さんがおかしくなったのは、結婚後半年で、仁さんが海外に長期出張になったころからです。

「お兄ちゃんがいないあいだは、わたしがゆり子さんを守ってあげるからね」

七海さんは、旅立つ仁さんにそう言いましたが、仁さんがいなくなって一人になったわたしは、正直な気持ちを彼女に伝えました。「しばらく一人にしておいてくれない？」と。

その言い方が彼女の気に障ったのでしょうか。

「わかりました」

そう答えて唇を引き結んだ彼女は、そのあと驚くべき行動に出ました。わたしの生活を監視し始めたのです。帰りが遅かった日に、「今日は帰りが遅かったね。どこかに寄ったの？」というメールをよこし、怖くなって部屋の電気を消したら、「もう寝るの？」と即座にメールを打ってきました。

まるで、ストーカーです。

毎日そんなことが繰り返されて、わたしの神経はまいってしまいました。

だから、出張から帰った仁さんにわたしからお願いしたのです。「七海さんと縁を切ってください」と。

6

ええ、ぼくが帰国したとき、妻の精神状態は不安定になっていました。

彼女の携帯電話に送られてきた七海からの膨大なメールを見せられて、事の重大さに気がつきました。

親子の縁が切れないように、兄妹の縁も切れないのではないか、って？

いや、切れます。法律上の兄妹ならば切れませんが、ぼくたちはそうではなかったので、切ろうと思えば切れるのです。

ぼくの父と七海の母とは、連れ子同士の再婚でした。ぼくが十二歳、七海が二歳のときです。出会ったとき、七海は人形のように小さくて、あやしたときの笑顔が何とも言えず可愛くて、すぐにぼくになついてくれました。もちろん、ぼくは、七海を本当の妹のように慈《いつく》しみました。

十三年間は、ぼくたちは仲のよい家族だったと思います。

ですが、ぼくが二十五歳、七海が十五歳のときに、両親は離婚しました。最初からある種の契約再婚だったのかどうか、いまとなっては憶測《おくそく》の域を出ませんが、両親は入籍はしたものの、双方の連れ子との養子縁組まではしなかったのです。

ぼくと七海とはもともと他人同士ですし、双方の親が亡くなったいまは、一時期同居していただけの他人、という関係でしかないのです。

けれども、ぼくは七海が二歳のときからずっとその成長を見守ってきたから、心の中ではやっぱり、七海はぼくの妹だったのです。それは、七海にしたって同じだと思います。ぼくは七海にとっては兄なのです。

しかし、妻は「違う」と言います。「あなたは、七海さんに対してずっと兄としての感情を抱いてきたけど、七海さんは違う。あなたを男として見ている。男として愛しているのよ」と言うのです。「だから、愛するあなたの妻であるわたしに対する行動も、すべて嫉妬から生じているのよ」と続けるのです。妻の分析によれば、七海も自分の気持ちに気づいていて、気づかないふりをしているのだとか。「もしかしたら、七海さんは、大人になって、あなたからのプロポーズをひそかに待っていたのかもしれない」とまで言います。

ぼくは、二歳のときから知っている七海を女として見ることなどできません。しかし、七海はぼくのことを男として見て、男として愛しているのだと妻は言います。それが本当ならば、ぼくはもうこれ以上、七海を受け入れることはできません。

七海がぼくに抱く感情が恋心だとわかってしまった以上、七海と縁を切るしかありません。

つらいことですが、愛する妻のためです。妻がお腹に宿しているぼくたちの子供のためにも。

7

刑事さん、なぜ、わたしがストーカー呼ばわりされなければいけないのでしょう。

なぜ、わたしに兄たちへの接近禁止命令が出されたのでしょう。

兄は誓《ちか》ってくれたのです。「おまえのことは、俺が一生そばにいて、守ってやるからな」と。だから、わたしも誓ったのです。「わたしも、一生お兄ちゃんのそばにいて、支えになってあげるからね」と。

わたしたちは兄妹です。ものごころついたときから、兄はわたしの兄だったのです。わたしの兄でしかなかったのです。いまさら、他人だと言われても、納得がいきません。

妹が兄に、いえ、兄の家庭に接近してはいけないなんて。ストーカー規制法の接近禁止命令を無視したからって、なぜ、わたしが逮捕されないといけないのでしょう。

ねえ、刑事さん、教えてください。

こんなことになるとは、夢にも思っていませんでした。

暴走したのは、本当にわたしなのでしょうか。

陽奇館(仮)の密室

東川篤哉
Higashigawa Tokuya

1968年、広島県生まれ。岡山大学卒。'96年、東篤哉名義「中途半端な密室」が鮎川哲也編『本格推理8 悪夢の創造者たち』に採用され、その後も同シリーズに3編が採用。2002年、公募のKappa-One第1期として『密室の鍵貸します』で単行本デビュー。'11年『謎解きはディナーのあとで』で第8回本屋大賞受賞。「烏賊川市」シリーズ、「鯉ヶ窪学園探偵部」シリーズなどユーモア本格ミステリーを書き続ける。近著に『伊勢佐木町探偵ブルース』。

1

「さて皆さん、ここに集まっていただいたのは、ほかでもありません。皆さんもご存知《ぞんじ》のとおり悲しい事件が起こりました。誰もが知る天才マジシャン、花巻天界《はなまきてんかい》氏が突然の死を遂げられたのです。享年六十二歳。奇術界の大御所のあまりに早すぎる死でありました。しかもそれは、何者かによってタオルで首を絞められるという、怖ろしくも悲しい最期だったのです――」

畳《たたみ》を敷けば十五畳ほどはあろうかという長方形の空間。そこに背広姿の中年男の声が朗々と響き渡る。声の主は一部に名探偵の呼び声が高い四畳半一馬《よじょうはんかずま》その人だ。彼の口から『皆さん』とひと括《くく》りに呼ばれた四人の男女は、一様に苦い表情を浮かべつつ探偵の言葉を黙って聞いていた。四畳半探偵の妙に説明的なお喋《しゃべ》りは、いましばらく続いた。

「本来ならばこのような場合、大勢の警察官がこの『陽奇館《ようきかん》』に駆けつけて、全力で捜査に当たるところでしょう。充分それに値する事件です。ああ、しかし残念！　関東地方で昨夜から続く雷雨の影響によって、道路は至るところで寸断され、崖《がけ》は崩れ、橋は流され、交通網はズタズタという有り様。この『陽奇館』が存在する山の中腹にまで警察が到着するには、なお数日を要するという深刻な状況です」

四畳半探偵は恨むような視線を、部屋の片側にあるサッシ窓へと向けた。透明なガラス窓を伝って流れ落ちる雨の雫《しずく》。遠くの空からゴロゴロと雷の音も聞こえている。窓から差し込む明かりは頼りなく、まだ日没前だというのに、室内は明かりナシでは隣の人の顔色も窺《うかが》えないほどだ。天井《てんじょう》に吊《つ》るされたLEDランタンが充分に存在感を発揮していた。

「が、しかし！」と探偵の声のトーンが目いっぱい上がる。「幸運にも、と申し上げましょうか、偶然にもここに有名私立探偵とその探偵助手が存在します」

探偵は自分自身と、その傍《かたわ》らに立つ私のことを手で示した。

「昨夜、この山の中腹で、私とその部下である彼、この二人を乗せた車が突然の雷雨に見舞われて立ち往生。偶然に発見した山中のお屋敷《やしき》に助けを求めたのです。そのお屋敷こそが、この『陽奇館』から少し離れたところに建つ花巻氏の邸宅でした。私たち二人は花巻氏の温情によって、彼の屋敷に一夜の宿を得ました。と同時に、花巻邸に滞在していた皆さんとも面識を得ることとなったのでした。ところが一夜明けた今朝になると、その花巻氏がこの『陽奇館』の一室で変わり果てた姿に……。結果、今回の事件は、偶然にも現場に居合わせた我々、中でも特に私こと四畳半一馬の手に、その解決の行方がゆだねられることとなったのでありました」

昨夜から今朝にかけての記憶を手繰《たぐ》るように、虚空《こくう》を見詰める四畳半探偵。そんな彼の言葉に黙って頷《うなず》く四人の事件関係者。だが傍らに立つ私だけは、咄嗟《とっさ》に異議を唱えた。

「ちょっと待ってください、四畳半さん。さっきから『陽奇館』って当たり前のように呼んでいますけど、本当にそう呼んでしまっていいんですか」

「ん、よく意味が判《わか》らんが、いったい何が問題だというのかね、大広間《おおひろま》君？」

キョトンとする探偵は、次の瞬間サーッと青ざめた顔になりながら、「あッ、まさか過去に大物作家が書いた有名なミステリ作品と館の名前がカブっているとか!?　そ、それはマズイな……」

「いや、そういうんじゃありません」ていうか、あなた探偵ですよね。『四畳半探偵事務所』の立派なボスですよね。なに若手ミステリ作家みたいなこと気にしてんスか――と心の中で呟《つぶや》きながら私は首を左右に振った。「そうじゃなくて問題なのは、この館がまだ建築途上の建物だということです。確かに完成の暁には、ここは部屋数二十を誇る、三階建ての立派な館になるとのこと。その館を『陽気』な『奇術』の意味を込めて『陽奇館』と名付ける予定であることも、花巻氏は昨夜、楽しそうに話されていました。しかし厳密にいうならば、まだ『陽奇館』という名の館は、この世に存在していないのですから……」

しかし部下である私の指摘は、あまりに細かすぎたらしい。探偵は機嫌《きげん》を損ねた様子で口許《くちもと》をムッと歪《ゆが》めた。「ああ、そうかね。なるほど、確かに君のいうとおりかもしれんな。いや、実に結構なことだ。記録者たるもの、それぐらいの細やかな配慮が必要だと思うよ。ぜひ、その繊細なセンスでもって、私と皆さんの一問一答、一言一句を漏らすことなく書き残してくれたまえ。その記録は雷雨が去った後には、警察にとって貴重な捜査資料となり、また同時にこの私、四畳半一馬の活躍を示す一大エンタテイメントともなり得るのだからね。――よろしく頼んだよ、大広間君」

「…………」私は上司の言葉に微《かす》かな引っ掛かりを感じつつも、「ええ、お任せください」

小さく頷くと、愛用のノートパソコンのキーボードを素早く叩《たた》く。探偵や関係者たちの行動や発言はもちろんのこと、記録者たる私自身の言葉や思い、あるいは各人物の表情の変化やこの場の雰囲気《ふんいき》までも、私はこのパソコンに打ち込んでいく。それが今回、四畳半探偵から私に与えられた使命なのだ。

ちなみに、この文章は日本語入力に最適な親指シフトキーを用いて入力しているのではなく、日本語入力にさほど向いているとも思えない普通のキーボード配列（正式名称は何ていったっけか……）のパソコンを用いて、ローマ字変換で入力している。なぜなら、いまの私は探偵の傍らに立ちながら、左手でパソコンを持ち、右手一本でキーボードを操作している状態。このようなやり方でパソコンを操作するためには、親指シフトキーは有効ではないのだ（ていうか、あれは両手を使わなくては絶対操作できないのだ）。だがまあ、入力スタイルなどべつにどうでもいい。

私は館の呼称問題に話を戻した。

「とにかく『陽奇館』という呼び方は理論的にいって正しくありません。ここはひとつ正確を期して『陽奇館（仮）』という呼び名で記録するというのはいかがでしょうか」

「ああ、判った判った。そこは君の感性にお任せするよ。好きにしたまえ、大広間君」

「…………」ついに堪えきれなくなった私は、「あのー、いまさらいうことでもありませんが」と慎重に前置きして重大な不満を上司に訴えた。「僕は大広間ではありません。僕の名前は間《はざま》。間広大《こうだい》です。わざと間違えるのはやめてもらえますか」

だが指摘された彼は悪びれる様子もなく、ただ「ふふふッ」と笑うだけだった。

――まったく！　自分が《四畳半一間》みたいな名前だからって、他人のことを《広々した座敷《ざしき》》みたいに呼ばないでほしいものだ、と私は心の中で呟いた。

そして、そのようにパソコンに打ち込んだ。私の右手はキーボード上を目にも留まらぬスピードで駆け巡る。自分でいうのもナンだが、ほとんど人間離れした速度だ。まさに離れ業といっていい。もちろん、その特殊な能力を買って、探偵は私を記録係に任命したのである。

とはいえ、この体勢が非常に疲れることは事実。そこで私は上司に頼み込んだ。

「あのー四畳半さん、そこの椅子《いす》とテーブルを使わせてもらっていいですか。そのほうが打ち間違いも減ると思いますんで」

「ああ、べつに構わんよ。好きにしたまえ」

探偵は窓側の壁際に位置する新品のテーブルとパイプ椅子を見やりながら頷いた。

私はさっそく椅子に腰を下ろし、パソコンを真新しい天板の上に置く。これで作業がやりやすくなった。ついに私のキーボード操作は人間離れを通り越して、ついに神の領域へと到達することとなるだろう。私はそのように思い、そしてそのように記録した。

「えーっと、話が逸《そ》れたな。では本題に戻るとしよう。そう、まずは事件の振り返りだ」

そういって探偵はゴホンと大きな咳払《せきばら》い。そして、おもむろに説明を始めた。

「事件の発生そのものは、どうやら昨夜のことらしい。ですが実際に我々が花巻氏の遺体を発見したのは今朝のことでした。先ほどもいったとおり我々は昨夜、この『陽奇館（仮）』から少し離れたところにある花巻氏の屋敷に宿泊していました。皆さん四人は親しい友人として屋敷に招待されていた。いまは大型連休の真《ま》っ只中《ただなか》ですからな。一方、私と大広間君は――」

「間です、間広大！」

「ああ、そう、私と間君は遭難しかかったところを助けられた。――と、まあ経緯は違えども、この六人と花巻天界氏の計七人が昨夜の花巻邸に居合わせたわけです。花巻氏は何らの異状を感じさせることもなく、我々と談笑されていました。昨夜の時点ではね。ところが、その花巻氏の姿が今朝になると、なぜか見当たらない。幸いにして天気が小康状態を保つ中、私たちは屋敷の内外を手分けして捜索しました。すると花巻氏の姿は意外な場所から発見されました。それが『陽奇館（仮）』の、この現場だったわけです」

四畳半探偵は『この現場』といいながら、いま自分たちがいる部屋の茶色い床を指差した。釣られるように関係者四人が揃《そろ》って頷く。だが納得できない私は、ここでも異議を唱えずにはいられなかった。

「あのー、『この現場』という呼び方も正確ではありませんね。実際の現場は、この部屋ではありません。ここには花巻氏の遺体もないし、窓ガラスも割られてはいません」

私は部屋の片側にある腰の高さのサッシ窓を示した。実際の現場の窓ガラスは、死体発見時に外側から破壊されてしまったのだ。もちろん、この部屋の窓は綺麗《きれい》なままである。

私の細かすぎる指摘を受けて、探偵は面倒くさそうに頷いた。

「ああ、そりゃそうだとも。ここは現場じゃないさ。本当は私だって、実際の現場を舞台にして事件の話を進めたいところだ。だが後々おこなわれる本格的な捜査のために、現場は保存されなくてはならない。これは捜査の鉄則だろ。それにだいいち、花巻氏の変わり果てた姿を横目で見ながら事件の詳しい話を——というわけにもいかんじゃないか。我々は職業柄慣れているとしても、ここにいる彼らはそうじゃないからね」

そういって探偵は目の前に居並ぶ四人の男女を手で示した。

「そこで現場とまったく同じ広さと形状を持つ、この部屋を仮の現場として話を進めようというわけだ。幸いにして、この部屋は扉や窓の位置、家具の配置、おまけに鍵《かぎ》の種類なども実際の現場とほぼ同じ。天井のLEDランタンこそ私が持ち込んだ私物だが、それを除けば実際の現場と瓜二つ。ここを現場と見なして話を進めることには、何の不都合もないはずだ。それでも、ここを現場と呼ぶことに抵抗を覚えるというのなら、君が自分の相応《ふさわ》しいと思う言葉で記録しておくがいい」

「判りました。では『現場（仮）』と記録しておきます」

私は頷き、そのように記録した。

「やれやれ、（仮）が好きな男だな、君は……」探偵はうんざりした顔をゆるゆると左右に振った。「まあいい。余計な茶々はいれなくていいから、とにかく君は記録を取ることに集中するように。今回の事件がこの四畳半一馬の手で見事解決の時を迎え、パソコン画面に（おわり）の文字が打ち込まれる、その瞬間まで君はそのパソコンを絶対に手放してはならない。いいね、大広間君、記録係の職責を見事全《まっと》うしてくれたまえよ」

「はあ……」結局、自分はこの人から『大広間』の名で呼ばれる運命らしい。もはや抵抗を諦《あきら》めた私は、それとは違う点を上司に確認した。「えーっと、（おわり）の文字っていいました？　ひょっとして四畳半さん、この場で事件を終了させるつもりですか。警察の捜査を待つまでもなく？」

「ああ、できればそう願いたいものだ。べつにおかしな話ではあるまい。関東随一の推理力を誇る、この四畳半一馬の力量をもってすれば、何も不可能はない。そう記録しておいてくれたまえよ、君。――ああ、いまの部分は特に強調しておいてほしいものだな。関東随一の推理力、人並外れた観察力、ズバ抜けた知性、それから底知れぬ知識と教養、それとあと密《ひそ》かな人格者であることも付け加えておくように。判ったね、大広間君」

「ええ、ハイ判りました。関東随一の推理力、人並外れた観察力、ズバ抜けた知性……」

探偵の言葉を口頭で再現する一方、私の両手は目まぐるしくキーボード上を駆け巡った。打ち込まれた文字が、猛スピードで液晶画面を埋めていく。

〈関東随一の嫌われ者、人並外れた自意識過剰、ズバ抜けた痴性、底知れぬ無知と無教養、それとあと密かに痔《じ》で悩んでいることも付け加えておいてやる！〉

これが絶対的暴君として君臨する我がボスに対する、部下としての精一杯の抵抗だ。

ああ、それでもやっぱり腹立つなあ、この人！　大広間大広間ってテキトーに呼びやがって、このワンルーム探偵め！　と私は心の中でボスに罵声《ばせい》を浴びせ、そして、そのように記録した（面倒くさいので以降、この『〜記録した』の部分は基本省こう）。

2

「やれやれ、いっこうに事件の話に入っていかないようだな」

うんざりした顔で肩をすくめたのは、背広姿の古舘《ふるたて》建夫《たてお》だ。彼は地元の建築会社を率いる会社社長。聞くところでは、現場監督から叩き上げで社長の地位まで登り詰めた苦労人らしい。そう思ってみれば、浅黒く日焼けした顔は炎天下で働き慣れた労働者といった雰囲気だ。ビア樽《だる》みたいな腹にコブラのごとく絡みつくのは、ヘビ柄のベルト。おまけに靴はワニ革だ。よっぽど爬虫類《はちゆうるい》がお好みらしい。そんな古舘は探偵のお株を奪うように話を進めた。「要するに、今回の事件は花巻天界氏が何者かに首を絞められて殺害されたというもの。で探偵さんは、その犯人が私たち四人の中にいると、そう考えているわけだ」

　すると古舘の言葉尻《ことばじり》を捉《とら》えて、いきなり反論の声があがった。

「なんてことないうんですか、古舘さん。僕らの中に犯人がいるだなんて」

　声の主は壁にもたれるように立つ長身の男、星村祐輔《ほしむらゆうすけ》だ。芸能事務所『スタービレッジ』の社長を務める彼は、古舘よりは遥《はる》かに若い四十代。彼自身、タレントかと見紛《みまが》うような彫りの深い二枚目顔だ。ただし、着る物のセンスの悪さは古舘とタイマンが張れるレベルだろう。真っ赤なポロシャツにチェックのズボン。ブルーのサマーセーターを背中に羽織《はお》り、胸元で両方の袖《そで》を緩《ゆる》く結んで、いわゆる《プロデューサー巻き》にしている。

　そんな星村は端整な顔を歪めながら訴えた。「花巻天界さんが死んで喜ぶ人なんて、ここにはひとりもいないはず。もちろん僕だって、そうです。花巻さんは我が『スタービレッジ』の大黒柱だった人。所属タレントの中で人気実力ともに群を抜く存在だった。その花巻さんが亡くなってしまった。僕にとっても会社にとっても大打撃です」

「あら、星村さんはまだいいですよ」と横から口を挟む女性の声。「だって『スタービレッジ』には花巻先生のほかにも、所属タレントが大勢いるんだから。先生が亡くなったら、別の誰かを売り出せばいいだけの話ですよね。それに引きかえ、あたしは悲惨だわ！」

　そういって自らの不幸を嘆くのは、月島綾子《つきしまあやこ》だ。彼女は花巻天界の舞台において助手を務めていた三十代女性。花巻天界にとっての一番弟子だ。師匠を失った衝撃は、確かに大きなものがあったと想像される。ちなみに舞台の上では、スパンコールの輝く派手な衣装を身に付けることの多い月島綾子だが、いまの彼女はごくごく地味な装い。細身のジーンズに、こざっぱりとした白いシャツ姿。長い髪の毛を背中で一本に束《たば》ねている。そんな月島綾子は誰にともなく尋《たず》ねるようにいった。「ああ、先生が亡くなって、これからあたしはどうやって生きていけばいいの？　先生あっての助手なのに……」

　だが芝居がかった彼女の姿を横目で見やりながら、

古舘は冷ややかな表情を浮かべた。

「ふむ、師匠の死を悼《いた》む一番弟子。美しい師弟愛だが……本当にそうかな？」

意味深な言葉とともに、古舘は三十女へと向き直った。「知っておるよ、月島綾子さん、あんたのマジシャンとしての腕前は、すでに師匠である花巻天界氏を凌《りょう》駕《が》するものだった。自信を持ったあんたは、師匠の元を離れて一本立ちしたマジシャンとして活動することを望んでいた。だがそれを許さなかったのが、他ならぬ花巻氏だった。花巻氏は奇術の世界では最高の実力者だ。彼に逆《さか》らってステージに立てるマジシャンはいない。そこで月島さん、あんたは師匠である花巻氏を亡き者とすることを考えた――」

「ば、馬鹿《ばか》なことといわないで、古舘さん！」月島綾子は叫ぶように訴えた。「そんな話、まったく論外です。あたしは独立なんて考えたことありませんから。一生助手でいい、いやむしろ助手のほうがいい、永遠に助手のままでいたいって、そう思っていましたから」

「んな奴《やつ》、いるか！」と声を荒らげたのは芸能事務所社長の星村だ。「実際に君、以前その件で、僕に相談したことがあったじゃないか。まあ、相談を受けた僕は、君の話をそっくりそのまま花巻さんに伝えてやったけどね。『助手のあの娘、独立したがってますぜ』ってね」

「おまえかぁ、おまえだったのかぁ！」興奮した月島綾子が、いきなり星村に摑《つか》みかかった。「どうりで、こっちの思惑が先生に筒抜けになってると思ったわよ、このクズ社長！」

鋭い爪《つめ》でもって、月島綾子は彼の二枚目顔を上下左右に引《ひ》っ搔《か》き回《まわ》す。そして勢いよく捲《まく》し立てた。「そういうあんただって、花巻先生がいなくなればいいって、本当はそう思ってたんじゃないの？　だって所詮《しょせん》、あんたは芸能事務所社長といっても、先生の操り人形に過ぎない。あんたが別のタレントを売り出そうとすると、必ず先生が横槍《よこやり》を入れてくる。だから最近、あんたと先生の仲は険悪だった。そこで星村さん、あんたは花巻先生を殺そうと考えた。どうよ、違う？」

「ち、違うにきまってるだろ！」星村祐輔は唇《くちびる》を震わせながら、「僕は一生、花巻さんの操り人形でいい、いやむしろ操り人形のほうがいい、なんなら永遠に操り人形のままでって……」

「んな奴、いないでしょ！」

「なんだと、そっちこそ！」

互いに胸倉を摑みながら、激しく睨《にら》み合う星村祐輔と月島綾子。どちらの言い分が正しいかは不明だが、いずれにしても月島綾子が『スタービレッジ』と袂《たもと》を分かつことは、これで決定らしい。すると、そこに別の女性が独特な口調で割り込んできた。

「あらあら、少し落ち着かれたらいかがですの、星村さんも月島さんも。名探偵さんの前で、みっともないですわよ」

どこか浮世離れした雰囲気を感じさせる妖艶《ようえん》な響き。それを発したのは氷室麗華《ひむろれいか》だ。職業は花巻天界と同じくマジシャン。実力的にはともかく、人気面においては花巻天界と拮抗《きっこう》した力を誇る有名人である。おそらく人気の秘密は、そのルックスにあるのだろう。多くの女性マジシャンがそうであるように、氷室麗華もまた年齢不詳の妖《あや》しい美貌《びぼう》を誇っている。

もっとも、聞くところによれば実年齢は四十代も半《なか》ばなのだとか。とはいえ、その見た目は月島綾子と比べても遜色《そんしょく》がないほどに若々しい。そんな彼女は全身黒の豪奢《ごうしゃ》なロングドレスを身に纏《まと》い、なおかつ胸には一匹の黒猫を抱いている。さながら絵本の中の魔女が使い魔の黒猫を従えているかのような図式だ。

氷室麗華はその黒猫に語りかけるように言葉を紡いだ。

「皆さんのお話は、要するに犯行の動機にまつわること。あくまで人殺しの可能性があるというだけの話。だったら、そう真剣にいがみ合うことはありませんわ。例えば、花巻さんを殺す動機なら、このわたくしにだって当然ありますもの。わたくしはプロのマジシャン。花巻さんは良きライバルであると同時に、最大の商売敵《がたき》でもある。彼の死が、わたくしにとって利益になることは否定できませんわ。これは充分、彼を殺害する動機になりますわよねえ」

「ほう、自分で認めるのかね。なんとも潔い態度だ」

揶揄《やゆ》するようにいったのは古舘建夫だ。すると氷室麗華は黒猫の頭を撫《な》でながら、切れ長の目を彼へと向けた。「あら、そういう古舘さんも、ご自分でお認めになられたらいかが？　あなたと花巻さんは建築中の『陽奇館』を巡って、トラブルになっていたのではありませんこと？　原因は金銭面かしら。花巻さん、『事と次第では訴えてやる』って息巻いていましたわよ。――ねえ、クロちゃん」

胸に抱いた黒猫に問い掛ける氷室麗華。一方の古舘はたちまち顔面を朱色に染めた。

「な、何をいう！　わ、私と花巻氏の間にトラブルなど、あるわけが……」

「あら、そうですの？　では『陽奇館』の工期が延び延びになった挙句、途中で工事がストップしている現状を、どうご説明なさるのかしら？　こうして窓から外を眺《なが》めても、ほったらかしの重機が見えるばかり。建築工事に携わる作業員の姿は、ひとりも見えないようですけれど」

「い、いまは大型連休のために作業を中断しているだけだ。連休が終われば、また工事は再開される予定だったさ。もっとも肝心の花巻氏が亡くなった以上、今後の建築計画は白紙といわざるを得ないがね」

　額の汗を手で拭《ぬぐ》った古舘建夫は、四畳半探偵に向き直ると、あらためて訴えた。

「探偵さんも変な疑いを持たないでいただきたい。私と花巻氏との間にトラブルなどなかった。百歩譲ってトラブルがあったとしても、それで彼を殺したりはしない。本当だ」

「それなら僕だって」と横から口を突っ込むのは星村祐輔だ。「僕と花巻さんの仲は険悪ではなかった。百歩譲って険悪だったとしても、僕が花巻さんを殺すわけがない」

「あたしもです」と今度は月島綾子が口を開く。「あたしは先生から独立する気なんてなかった。百歩譲って、その気があったとしても、あたしは先生を殺したりしません」

　三人の言葉に、四畳半探偵は苦笑い。パソコンに向かう私に小声で囁《ささや》いた。「やれやれ、三人合わせて合計三百歩か。随分と謙譲《けんじょう》の美徳に溢《あふ》れる容疑者たちじゃないか」

　まったくですね、と頷く私。そんな中、氷室麗華だけは一歩も譲ることなく、ただ妖艶な笑みを浮かべながら静かに主張した。

「もちろん、わたくしも花巻さんを殺してなどおりません。ただし、それは動機のあるナシの問題ではなくて、その手段がないからですわ。だって――」といいながら氷室麗華は、この『現場（仮）』にただ一箇所ある出入口の扉を指差す。そして挑発するような口調でいった。「だって、実際の現場は内側から鍵の掛かった完全な密室だったのですもの。誰にも花巻さんを殺せたはずがございませんわ」

3

氷室麗華の《密室宣言》を聞いて、ほかの三人の容疑者たちは、あらためてその事実に思い至った様子。そんな中、古舘建夫は突き出たお腹《なか》を揺らしながら訴えた。

「そうだ、そうだとも。私たちが花巻氏の遺体を発見した際、確かに現場は密室だった。そのことは探偵さんたちも、よく知っているはずだ」

古舘の言葉に探偵は黙って頷いた。そもそも死体の第一発見者は古舘建夫、星村祐輔、月島綾子の三人だった。今朝、姿の見えない花巻氏を捜索して、彼らはこの『陽奇館（仮）』の建築現場を訪れたのだ。そこで彼らはサッシ窓から部屋の中を覗《のぞ》き込《こ》み、窓のすぐ傍《そば》に転がる花巻氏を発見。首に巻きついたタオルから凶事を察した彼らは、すぐさま四畳半探偵に、その事実を報告したのだった。

報《しら》せを聞いた探偵と私はさっそく現場に駆けつけた。氷室麗華もペットの猫を抱きながら、我々の後に続いた。我々はすぐにでも室内に飛び込むつもりだった。だが、そこには我々の侵入を断固として阻《はば》むものがあったのだ。

「現場の出入口の扉には、内側から掛け金が下りていたわ。そのことは、窓から覗いただけでもハッキリ確認できた。だから探偵さんたちも簡単には中に入れなかったわよね」

月島綾子が今朝の記憶を手繰るように訴える。確かに彼女のいうとおり、現場にある木製の扉には、金属製の大きな掛け金があって、それが内側からしっかり掛かっていたのだ。当然、扉は押しても引いてもびくともしない。我々は出入口からの侵入を早々に諦め、窓からの侵入を考えざるを得なくなった。

「ところが、サッシ窓にも内側からクレセント錠が掛かっていましたよね」

星村祐輔はどこか愉快そうな笑みを浮かべて続けた。

「そこで仕方なく、探偵さんたちは窓ガラスを破壊し、それでようやく僕らは現場に入ることができたってわけです」

実際、星村のいうとおりだった。我々が室内に侵入するためには、窓ガラスを破壊するより他に手段がなかった。その窓ガラスも二重構造の強化ガラスで、これを破壊すること自体、結構大変な作業だった。幸い、建築現場には巨大なハンマーが放置されていたので、私がそれを振るって何とか窓ガラスを破壊。四畳半探偵がクレセント錠を開錠した。そうして我々は窓から現場に飛び込み、ようやく花巻天界の死亡を確認したのだった。

「ちなみに、実際の現場になった部屋は、ここと同じく殺風景なお部屋でしたわね」

氷室麗華は目の前のガランとした光景を示しながらいった。

「あまりに殺風景すぎて、殺人を犯した誰かが家具の陰《かげ》にこっそり隠れているなどという可能性さえ、まったく考慮に値しない。それほどに現場は何もない空間だった。そうですわよね、探偵さん？」

これも彼女のいうとおりだった。探偵は黙って頷いた。

ここで私は死体発見時における現場の正確な状況を記述しておく必要を感じる。そのためには事件現場、中でも特に問題となりそうな出入口の扉と破られたサッシ窓の位置を正確に示さなくてはならないだろう。そのためには現場となった長方形の部屋を何かに喩《たと》えるのがベストだと思うのだが、果たして何が相応しいだろうか。

そう、例えば珈琲《コーヒー》でも牛乳でも珈琲牛乳でも何でもいい、直方体をした飲料の容器をご存知だろう。よく自販機などで見かける細長い紙パックの容器だ。これを真横に倒す。これが現場となった部屋だ。すると、その容器の片側にストローを刺す面があるはず。これが出入口のある壁だ。扉はその壁のほぼ中央に位置している。ドアノブは扉の左端《ひだりはし》だ。部屋の中からノブを回し押すと、扉は外に向かって右側に開く。掛け金はドアノブの左斜め上の壁側に取り付けてある。

そして出入口を正面に見た場合、右手にあるのがサッシ窓のある壁だ。壁際には『現場（仮）』で、いま私が利用しているのと同じ形のテーブルが置いてあった。新品らしいが、なぜか天板の上に無数の引っ掻き傷のようなものがある、そんなテーブルだ。パイプ椅子は窓側の壁から少し離れた床の上に、畳んだ状態で放り出されていた。

一方、出入口に向かって左手の壁に窓はない。家具もいっさい置かれていなかった。

そして直方体の部屋の一番奥、すなわち出入口のある壁の正反対の場所には、壁いっぱいに作り付けの本棚があった。もっとも本の類《たぐい》は一冊も置かれていない。この本棚が現場ではもっとも目立つ家具だった。

確かに氷室麗華がいうとおり、実に殺風景な空間だ。そんな中で敢《あ》えて犯人の隠れ場所があるとするならば、思い付くのはテーブルの下ぐらいか。だが実際は、そこも無理だ。

窓から室内を眺めた場合、窓際の壁に寄せられたテーブルの下は唯一の死角となる。しかし、だからといってテーブルの下に犯人が潜んでいた、などという可能性は考慮しなくていい。窓を破壊して室内に飛び込んだ私と四畳半探偵は、真っ先にその場所を確認したのだ。もちろん、そこに潜む者など誰もいなかった。

花巻天界の死体は窓から飛び込んですぐのところに、身体を伸ばして転がっていた。

これが死体発見当時の現場の状況だった。出入口の扉には中から掛け金が掛かっており、サッシ窓にはクレセント錠が掛かった完全な密室。なおかつ部屋の中には誰も潜んでおらず、それでいて首を絞められた死体だけが転がっている。そんな不可解な状況だ。

この謎《なぞ》めいた密室を、しかし容疑者たちは大いに歓迎している様子だった。

「窓を破壊するまでは、誰も現場に入れなかった」と古舘建夫がいう。

「現場に入れないなら、先生を殺すことも無理ね」と月島綾子が頷く。

「だったら、僕たちが疑われる理由はないわけだ」と星村祐輔が笑う。

先ほどまで互いの動機を暴《あば》き合い、相手を陥れようとしていた三人。その同じ三人が、いまは共同戦線を張るかのように同じ主張を訴えている。現場は密室だったのだから、自分たちは犯人ではない――と。

だが果たしてそのような理屈が通るだろうか。疑問に思う私の背後で、四畳半探偵は「ゴホン」とワザとらしい咳払い。そして容疑者たちにいった。「なるほど、確かに現場は密室でした。それは認めましょう。しかし『密室だから自分たちは犯人ではない』という主張は、あまりに単純すぎるのでは？　その理屈だと『この世の誰も犯人ではあり得ない』という結論になってしまうではありませんか」

探偵の語る正論に、お喋りだった三人も気まずそうな顔で口を噤《つぐ》む。だが氷室麗華だけは、探偵のそのような反論を予想していたらしく穏《おだ》やかな表情。なんら動じることなく、胸に抱いた黒猫を撫でている。一瞬の静寂が『現場（仮）』を包み込む。その静けさを打ち破るように、強めの雷鳴が遠くの空で響き渡った。その音が止《や》むのを待って、氷室麗華はおごそかに口を開いた。

「それでは探偵さんは、この密室をどうお考えになられるというのかしら。密室の中で花巻さんが亡くなっていたのは、間違いのない事実ですわよ」

「ええ、確かに、これは密室です」と探偵は短く頷いて余裕の笑みを覗かせた。「しかし密室密室と騒いだところで、殺人がおこなわれたという事実は動かしようがない。殺人がおこなわれたのなら、誰かしら現場に出入りした者がいるのでしょう。ならば、こう考えるしかありません。犯人は花巻氏を殺害した後、現場を立ち去った。その際、なんらかの手段を用いて、現場に鍵を掛けたのでしょう。窓のクレセント錠は構造的に難しそうですから、おそらくは出入口の扉にある、あのシンプルな掛け金を下ろしたのです。もちろん部屋の外からね」

「部屋の外から、だって⁉」素っ頓狂《すっとんきょう》な声を発したのは、古舘建夫だ。「それは無理だ。いったい、どんなやり方があるというのかね」

「まあ、真っ先に考えられるのは、古典的なトリックでしょうな。まず糸と針を用いて仕掛けを作る。扉の外に立つ犯人が扉の隙間《すきま》から覗かせた糸を操って、掛け金を倒す。施錠《せじょう》されたのを確認したら、部屋の外から糸と針を回収する――みたいなね」

「いやいや探偵さん、『――みたいなね』じゃないだろ、まったく！」古舘は巨体を揺すりながら『現場（仮）』を横切り、唯一の出入口へと歩み寄った。「ほら、探偵さんもよく見るがいい、この扉を」

そういって古舘は問題になっている扉を手で示した。掛け金は壁の側に取り付けてあり、扉の側にはそれを受ける金具がある。これの正式名称を私はたまたま知っている。『掛け金』に対して、こちらは『受け壺《つぼ》』というのだ。いま、その掛け金は受け壺に収まっていない。施錠されていない状態ということだ。古舘は扉と壁を拳《こぶし》で叩きながら、反論を展開した。

「この扉は木製だが当然ながら新品で表面はピカピカだ。もちろん壁のほうも同じことがいえる。この扉や壁に針なんか刺したりしたら、確実に目立つ痕跡《こんせき》が残ることだろう。おまけに扉と壁の間には余計な隙間なんかない。実に密閉性の高い扉だ。これではどんな細い糸だって、まったく通らないはず。すなわち探偵さんがいうような糸と針を使った古典的トリックの出番など、まったくあり得ないということだ。違うかね？」

「なるほど、そうでしょうな」四畳半探偵は意外にアッサリと頷いた。「まあ正直、私も糸と針を使ったトリックの可能性など、最初から信じちゃいません。いまどきの気密性の高い部屋では、ほとんど可能性のないやり方だ。古舘さんのおっしゃるとおりだと思いますよ。実際、現場の扉にも壁にも、不審な痕跡はありませんでしたしね。ならば別のやり方を考えなくてはなりませんな。例えば、そうですね――」

四畳半探偵は自らも扉の前に歩み寄りながらいった。

「これもまた古典的なトリックではありますが、氷やドライアイスを用いるというのは、どうですかな。まあ、この山中にドライアイスが存在する確率は低いでしょうから、有り得るとすれば氷のほうでしょうね。まず犯人は掛け金と壁の間に氷の欠片《かけら》を挟むのです。それによって掛け金を斜めに立てた状態で壁側に固定する。そうしておいて犯人は部屋を出て、そっと静かに扉を閉めるのです。するとやがて氷が溶ける。氷によって斜めに固定されていた掛け金はパタンと倒れて、この、こっちの、その、受け皿？　いや、皿って呼び方も変だが、つまり、要するにだ、この掛け金を受け止める金属製の部品……」

「ボ、ボス！」私は思わず上司のことを、普段呼ぶようにそう呼んだ。「その金具、『受け壺』でお願いできませんか。もうすでに僕はその名称で記録していますので」

キーボードを連打しながら訴えると、わがままな探偵も、ここはいったん頷いた。

「ああ、よし判った。受け壺だ。そう呼ぶとしよう。――が、しかし君ね」探偵は椅子に座る私のところへツカツカと歩み寄ると、耳元に顔を寄せて低い声で恫喝《どうかつ》した。「いつも、いってるだろ、君。みんなの前でボスはよせ。減給されたいのか！」

「し、失礼しました、ボ……四畳半さん」

普段、自分でそう呼ばせておいて、こういうときだけ腹を立てないでほしい。私は抗議するような視線を、我が暴君へと向ける。探偵は素知らぬ顔で、また私から離れる。一瞬、間の抜けた空気が『現場（仮）』に漂う。そんな中、口を開いたのは月島綾子だ。

「要するに、氷が溶けると掛け金がパタンと倒れて受け壺に収まる。それで施錠が完成するってわけですね。でも、いまさら氷のトリックだなんて、まさか。それにそんなトリック、本当に上手《うま》くいくのかしら」

疑問を口にしながら、彼女は扉の前へと進み出る。そしてダランとぶら下がった掛け金を右手で摘《つま》むと、それをくるりと時計回りに回転させて扉側の受け壺に掛けた。それから再び掛け金を戻したり、また掛けてみたり。何度かそういう仕草《しぐさ》を繰り返した後、月島綾子は大きく左右に首を振った。「ああ、やっぱり思ったとおりだわ。探偵さん、氷のトリックは無理ですよ。なぜなら、この掛け金は通常のものより大きい。長さは二十センチほどもあって、しかも銅製で壁にきっちり取り付けてある。おまけに新品なので信じられないくらい抵抗なくクルックル回転します」

「ほう、そんなにクルクルと滑《なめ》らかに回りますか」

「ええ、そりゃもうクルクルどころじゃありません。クルックル回転しますよ、ほら、クルックル、クルックルってね！」

「ほうほう、なるほどなるほど。これは確かにクルクルというより、クルックル、クルックル、いや、いっそもうクルックルッ、クルックルックルッって感じですかな——」

「…………」こんなアホな擬音まですべて記録しなくてはならないのだろうか。さすがに馬鹿らしさを感じた私はキーボードを叩きつつ、二人の無駄話の先を促《うなが》した。「あのー、それで何がおっしゃりたいんですか、月島綾子さん？」

「あれ、判りませんか。ほら、よく見てくださいよ。掛け金は壁に取り付けてあります。そして掛け金と壁との隙間は、ほんの数ミリしかないのですよ。当然そこに挟める氷だって、ほんの欠片程度のはず。それだけのもので、この大きくて重たい銅の掛け金を固定することなんて、一瞬だってできるわけがありません。そもそも氷というものはツルツルしていて滑《すべ》りやすい物体。大きなものを固定するストッパーとしては全然向いていないんですよ。なにしろ氷ってものは、もともとがツルツル、いえ、ツルッツルツルッツルと実に滑りやすいもので……」

「ああ、ハイハイ、判りました、もう結構」私は月島綾子の言葉を中途で遮《さえぎ》って、自らの労力の削減に努《つと》めた。「どうですかボス――いや、四畳半さん、いまの彼女の反論は？」

「ふむ、なかなか筋が通っているようだ。実際、これは氷で固定できるような掛け金ではない。もちろん『現場（仮）』の掛け金と実際の現場の掛け金は、まったく同じもの。彼女の反論には充分な説得力がある。となるとだ――」四畳半探偵は顎《あご》に手を当てて思案するポーズ。そして重々しく頷いた。「ふむ、どうやら私も、もうワンランク上のアイデアを出さなくてはならないようだな」

「はあ、もうワンランク上のアイデアといいますと……？」

「うむ、仮に、この掛け金が鉄製のものだったなら、扉の外側から強力な磁石で操るという素敵なトリックが考えられるところだ。このクルックルと滑らかに回る掛け金なら、きっと簡単に操作できたことだろう。しかし残念ながら、この掛け金は銅製だ。銅は磁石にくっつかない。磁石で掛け金を操作するのは不可能ということだな」

「ああ、惜しいですね。となると、他にどんなやり方が――？」

問い掛ける私の前で、そのとき何を思ったのか、四畳半探偵は背広のポケットに右手を突っ込んでゴソゴソ。やがて彼の右手が取り出したのは、ティッシュペーパーの四角いパッケージだ。彼はその中から一枚を抜き取り適当な大きさに千切ると、それを指の間で小さく丸めた。大きさは綿棒の先端ぐらいだ。その丸めたティッシュペーパーを一同の前に示して、再び探偵は口を開いた。「これはまあ、いわば氷のトリックの応用編ですな」

「どうするんですか、探偵さん、その丸めたティッシュを？」

不思議そうに尋ねるのは星村祐輔だ。すると探偵は「こうするのです」といって、自ら扉の前へ歩み寄る。ダランと下を向いた掛け金を摘むと、それを時計回りに半回転させて上方に向ける。その上向きの掛け金と壁の隙間に、探偵は丸めたティッシュを無理やり押し込むようにして挟んだ。結果、掛け金は真上よりやや斜めの状態で固定された。このままパタンと倒れれば掛け金が受け壺に収まる、そんな状況だ。

　しかし星村はその様子を見て、なおも首を傾《かし》げた。

「なるほど、丸めたティッシュは氷に比べれば弾力があって摩擦《まさつ》も大きい。ストッパーとしてはより有効でしょう。しかしこれでどうなるんですか、探偵さん？　氷と違って、丸めたティッシュは自然に溶けたり蒸発したりするものではありませんよ。これだと掛け金はいつまで経《た》っても下りませんが……」

「ええ、おっしゃるとおり。だから扉から出た犯人は、部屋の外からこうしたのです」

　といって、探偵は目の前の扉を拳で叩いた。木製の扉がドンと鳴り、その振動で斜め上を向いた掛け金が僅《わず》かに動く。探偵はさらに力を込めてドンと扉を叩く。さらにドン、おまけにドン。扉を叩くごとに掛け金は扉側へと傾きを増していき、そしてついにパタンと倒れた。倒れた先には受け壺がある。掛け金はきっちりと受け壺に収まった。

　してやったりの笑みを浮かべて探偵は振り向いた。

「いかがですか、星村さん？」

「『いかがですか』って……」星村は不満げな視線を茶色い床へと向けた。「確かに掛け金は下りましたけれど、それじゃあアレはどうなるんですか。――ほら、そこに丸めたティッシュが落ちてますよね。掛け金が倒れた瞬間に、壁との隙間から落下したものだ。仮に犯人が、いま探偵さんのやったような方法で密室を作ったのだとしましょう。その場合、現場の扉付近の床にも、これと同じように何らかの物体が転がるはずですよね」

「ええ、そのはずです」

「いやいや、『そのはずです』って、探偵さん」星村は慌てた様子で手を振った。「そんな不自然な物体は、現場にはなかった。もしあったら、僕らが気付いているはずです」

「でしょうな。だが私は気付かなかった。――大広間君は気付いたかね？」

「いいえ、僕もまったく……」

　キーボードを叩きながら横目で関係者たちの様子を窺う。すると四人は揃って首を真横に振りながら「全然気付かなかった」という意思表示。すると探偵が皮肉っぽくいった。

「おやおや、これは困りましたな。誰も床に転がった異物を見ていない。ということは、私がいま説明したようなトリックは用いられていない、ということでしょうか。いや正直いって、私はいまのトリックに自信がある。糸と針を使ったトリックが否定され、氷を用いたトリックが否定され、磁石も使えないと判ったいま、他に手段はない。犯人は私がいまやったような方法で、部屋の外から扉を叩いて現場を密室にした。ストッパーとして用いられた異物――それは床板と同じく茶色に塗られたティッシュだったかもしれませんし、茶色いゴム片のようなものだったのかもしれませんが――それは確かに現場の床に転がったはずなのです。にもかかわらず誰もそれを見ていない。ということは、ここから導かれる結論はただひとつ」

探偵は顔の前で指を一本立てて、彼の信じる唯一の結論を述べた。

「床に転がった異物、それは犯人自身の手によって速やかに回収されたのです」

4

四畳半探偵の示した意外な可能性。その意味を真っ先に理解して、口を開いたのは古舘建夫だった。古舘は記憶を手繰るように天井を眺めると、「ははーん、なるほど」と意味深な呟き。そして自分以外の関係者一同を悠然と見渡しながら言葉を続けた。「そういえば、現場の窓ガラスが壊された直後、探偵さんとほぼ同時に窓枠を乗り越え、室内に飛び込んでいった人たちがいましたな。――確か、月島さんがそうだった」

「あ、あたし!?」月島綾子は心外だといわんばかりに声を張り上げた。「そ、そりゃあ、あたしは窓から室内に飛び込んでいきましたよ。だって目の前に先生が倒れているんだから、駆け寄るのは弟子として当然の振る舞いでしょ!」

「さあ、どうだか」古舘は意地悪な笑みを覗かせながら、「違う目的があったのかも……」

「馬鹿いわないでください。疑うなら、あたしより先にまずは星村さんなんじゃありませんか。最初に窓から現場に飛び込んでいったのは、星村さんだったはず。しかも彼の場合、先生の遺体に興味を示したのは一瞬だけ。先生が亡くなっていると判ると、その直後には、もう出入口に駆け寄っていたわ。あのときは特になんとも思わなかったけれど、いま思うとあれは不自然な振る舞いだったわよねえ、星村さん」

「な、何をいうんだ、君」星村は端整な顔に汗を滲《にじ》ませながら、「不自然じゃないさ。あの状況なら、扉の施錠がどうなっているかに興味を持つのは、むしろ当然だろう。実際、僕が扉の掛け金を確認する一方で、君もすぐさま扉の前に駆け寄ってきたじゃないか」

「だから、あたしが近寄ってくる前に、星村さんは事を終えていたんでしょ？」

『事を終えていた』って何のことだ？　僕は何もしていない。ただ扉を観察しただけだ」

「とぼけないで。あんたは誰よりも先に扉に駆け寄って、床に落ちていた茶色い異物を回収したのよ。他のみんなが先生の遺体に気を取られている隙にね。あんたにはそれをおこなうだけの充分な時間的余裕があったはずだわ」

「それをいうなら、君だって同じじゃないか。僕が扉の様子に気を取られている隙に、君は密かに床に手を伸ばし、そこに転がる茶色い異物を摘み上げた。充分あり得ることだ」

「想像で適当なことをいわないでね！」

「そっちこそ適当なことをいうなよ！」

角を突き合わせるように睨み合う月島綾子と星村祐輔。そこに割って入ったのは四畳半探偵だ。彼は一触即発の二人の間に無理やり身体を入れながら「まあまあ、二人とも落ち着いて」と睨み合う両者に呼びかける。

だが興奮する二人の攻撃の矛先は、たちまち探偵にまで向けられた。

「そういえば探偵さんだって、当然、扉には近寄ったわよねえ」

「そうだ。探偵さんにも床に落ちた異物を拾い上げるチャンスはあったはずだ」

「はあ!?」四畳半探偵は目を白黒させながら、「今度は私が容疑者ですかな。だが、それは見当違いですよ、お二人さん。あのとき私は扉よりも遺体のほうに気を取られていましたからな。扉の傍には近づいていません。私が扉を調べたのは窓が破られてから、随分と時間が経ってからでした。もちろん、そのときには床の上には、もう何も落ちてはいませんでしたがね。――そうだったよな、大広間君？」

「ええ、そうでした。四畳半さんは室内に入ってしばらくは遺体の近くにいました」

「ならば、探偵助手さん、あなたはどうなんですか」と星村は、今度はこの私に疑惑の視線を向けてきた。

「あなたは確か、あの場面、扉の付近にいましたよね。僕はハッキリ覚えていますよ。あなたは扉の傍の床の上で、いきなり何かに躓《つまず》いて床に手を突いていた」

「そう、そうだったわ。あたしも覚えてる。探偵助手さんは四《よ》つん這《ば》いになっていたわ」

「あのとき、探偵助手さんは躓いたフリをしながら、実は床に転がった茶色い異物を密かに拾い上げていたのかもしれない……」

「そうよそうよ。『探偵助手だから犯人ではない』なんて理屈はどこにもないものね」

まったく、この二人ときたら互いを犯人扱いしたかと思えば、いきなり一致団結して誰かを攻撃したりと、態度の翻《ひるがえ》し方が尋常ではない。本当はこの二人、花巻天界殺しの共犯者同士なのでは？　一瞬ではあるが私の脳裏にそんな素敵な考えが浮かぶ。

と同時に私は、自分の無実を証明する理論を懸命に考えた。このままでは本当に自分の立場が危うくなる。そんな不安を覚えたからだ。

だが考えれば考えるほど、それは無理であるように思えた。私は確かに、あのとき扉に近寄った。そこで躓いて床に手を突いたのも事実だ。だがその行為に疚《やま》しいところなど、いっさいない。あのとき何かが足に触ったような気がして、うっかり躓いた。ただそれだけなのだ。だがそれが真実だと、どうやって証明すればいいのか。その効果的な手段が、いっこうに思いつかないのだが——ああ畜生、なんて面倒くさいんだ！　理屈は別にして私が犯人なわけないじゃないか！　だって私はこの事件の正確な記録者だぞ。いわばワトソン役だ。もしも私が犯人だったなら、もうとっくにそう書いているよ。『実は私が犯人です』ってな！

大いなる憤りを指先に込めて、私は懸命にキーボードを叩く。

すると四畳半探偵は指をきっちり三本立てながら、私の気持ちを逆撫《さかな》でする発言。

「ふむ、どうやらこれで容疑者は三人に絞られましたな」

「ボスぅ〜ッ！」私は思わず禁じられた呼び名で上司のことを呼んだ。「それをいうなら二人でしょ、二人！　なんで僕まで容疑者に含まれてんスか！」

「まあまあ、とにかく一歩前進には違いないだろ。そう怒るなよ、大広間君」

「大広間じゃありません、ボス！　間です。間広大ッ！」

「ああ、ボスボスうるさい！　みんなの前でボスって呼ぶなと、いっとるだろーが！」

もはや内部分裂寸前の私と四畳半探偵。一方、自分以外の誰かに容疑者役を引き受けさせようと懸命な星村祐輔と月島綾子。そんな四人の様子を、まるで対岸の火事のごとく眺めているのは、古舘建夫と氷室麗華の二人だった。

もっとも、この二人に余裕があるのは当然のことだ。なぜなら現場の窓が破られた際、この二人だけはいっさい室内に足を踏み入れなかった。ビア樽のごとき体形の古舘は、腰の高さの窓枠を乗り越えられなかったのだ。氷室麗華の場合は、そのお上品なキャラとファッションゆえに、窓から室内に入るような振る舞いはできなかったものと思われる。

いずれにせよ、室内に入っていないのだから、床に転がる異物を密かに拾い上げるチャンスもない。仮に四畳半探偵の唱えるトリックが真実だとするならば、古舘建夫と氷室麗華だけは、容疑の対象から外れることになるだろう。

古舘はそのことをよく理解しているらしくニンマリと勝ち誇った笑み。自分以外の容疑者たちの滑稽《こっけい》な姿を、愉悦をたたえた眸《ひとみ》で眺めている。

一方の氷室麗華はその名のとおり冷たい表情で何を考えているのか判らない。そんな彼女は相変わらず黒猫を胸に抱きながら、あらためて四畳半探偵に自慢の美貌を向けた。

「あらあら、大変ですわね、探偵さん。このままでは、あなたの大事な部下までもが、犯人にされてしまいますわよ。本当にそれでよろしいんですの、探偵さん？」

「はあ、それでいいとは思いませんが、仕方ありませんな。私の推理によれば、犯人は三人の中の誰かに違いない。星村祐輔さんか月島綾子さんか、あるいは間広大さんか――」

「なんで容疑者になった途端にフルネームなんスか！しかも『さん』付けって！」

あまりの理不尽な扱いに、私は思わず歯嚙《はが》みをする。だがその一方、氷室麗華は何事か企《たくら》むような妖しい笑顔。そして、その魅惑の唇から疑問の声を発した。

「果たして、本当にそうでしょうか？　探偵さんが示されたトリック、それがこの密室を解き明かす唯一の答えなのでしょうか。わたくしには到底そのようには思えません。探偵さんは密室を語る上で、ひとつ重大な可能性を見過ごしていらっしゃいますわ」

「ひとつ重大な可能性を……何のことですかな？」

「自殺の可能性ですわ」氷室麗華は冷たい口調で言い放った。「中から鍵の掛かった部屋があり、その中で誰かが死んでいる。このような場合、真っ先に検討されるべきは、自殺の可能性ではございませんこと？」

「いや、しかし花巻天界氏は首を絞められて死んでいるのですよ」

「ええ、一本のタオルでもってね。しかし探偵さんもご存知ではありませんこと？　タオルなどを使って、自分の首を自分の手で絞める。そういう自殺があることを」

「あッ、そ、そうか！」探偵はひと声叫んで手を叩いた。「確かに聞いたことがあります。非常に珍しいケースなので、いままで考えもしなかったが……うーむ、なるほど！」

腕組みしながら探偵は唸《うな》り声をあげる。驚いたように質問を投げたのは古舘建夫だ。

「え、自分の首を自分の手で絞める⁉　そんなやり方で死ねるものなのかね⁉」

「ええ、死ねるか否かは場合によりますが、それで死に至ったケースは実際にあるようです。例えば紐《ひも》を自分の首に巻いて、その両端を自分で持って左右に引っ張ったとします。当然、首が絞まる。だが首が絞まるほどに当人の意識が遠のいて手の力が緩むから、結局その人は死ぬまでには至らない――判りますね、古舘さん？」

「ああ、当然そうなるだろうな。だから死ねるはずがないと思うのだが……」

「ところがです、それが単なる紐ではなくてゴワゴワした――つまりそれだけ表面の摩擦が大きい――タオルのようなものだった場合、そしてそのタオルが首に一周巻かれただけではなく、巻かれた上で首に結ばれていた場合、これは話が違ってきます。この状況でタオルの左右を引っ張れば、どうなるか。当然、首が絞まります。やがて当人の意識が遠のいて手の力が緩む。だが一度きつく結ばれたタオルは、手を離しても簡単には緩まない。首は絞まり続けるのです。結果その人は窒息して死に至る。そういうケースが、ごく稀《まれ》にあるという話です。――いや、しかし、よくご存知でし

「いえ、ドラマで見ただけですわ」氷室麗華は控《ひか》えめに首を振った。「それで探偵さん、実際のところは、どうだったんですの？　花巻さんのタオルは、ただ首に巻きついていただけだったのか、それとも巻きついた上で結ばれていたのか」

「そう、そこが重要なポイントよ！」容疑を逃れたい一心で月島綾子が叫ぶ。

「ああ、タオルが結ばれていたら自殺ってことだ！」同じく星村祐輔が叫ぶ。

「つまり、僕らの殺人容疑は晴れるってことですね！」と思わず私も叫んだ。

三人の容疑者（不本意ながら私も含まれるらしい）は、緊張した顔をいっせいに探偵へと向けた。その一方で氷室麗華と古舘建夫は余裕のある顔を、やはり探偵へと向ける。

五人の視線を一身に浴びながら、四畳半探偵はご満悦の表情。おもむろに口を開くと、一同に対して重大な事実を伝えた。「確かに、花巻天界氏の命を奪ったタオルは、首筋を一周した上で、きつく結ばれておりました。ええ、間違いありません」

「ということは――？」古舘が敢えて確認する。

四畳半探偵は答えた。

「彼の死が奇妙な形の自殺である可能性は、どうやら否定できないようですね」

5

それから、しばらくの後。ガランとした『現場（仮）』には、私と四畳半探偵の姿だけがあった。古舘建夫、星村祐輔、月島綾子、氷室麗華の四人は、降り続く雨の中、それぞれの雨具を用いて花巻邸へと戻っていった。そんな彼らの表情は一様に明るく安堵《あんど》の思いに満ちていた。長々と続いた議論の果てに導かれた結論。それが彼ら四人にとって理想的なものだったからだ。

椅子に座る私はテーブル上のパソコンに向かいながら、キーボードを叩き続けている。

強い雨は『陽奇館（仮）』の屋根を激しく叩き、ガラス窓を洗っている。雨音はあらゆる方向からやかましいほどに響き渡り、『現場（仮）』を喧騒《けんそう》で包み込んでいた。

私は落胆の溜《た》め息《いき》を漏らして探偵にいった。

「はあ、花巻氏がまさか自殺だったとは……。いままで事件について『あーでもない』『こーでもない』と騒いでいた僕らは、いったい何だったんでしょう。まさに『大山鳴動して鼠《ねずみ》一匹』てやつですかね、四畳半さん?」

「なーに、結構なことじゃないか」探偵は窓辺に佇《たたず》みながら満足そうに頷いた。「我々は見事、一匹の鼠をあぶりだすことに成功したのだからね」

「え、一匹の鼠!?」私はハッとなって顔を上げた。「どういうことですか、四畳半さん」

「ふふ、君は気付いていないようだな。まあいい、それでは私の口から説明してあげよう。ただし、その前にだ……」

なぜか中途で言葉を止めた四畳半探偵は、私のいるテーブルにツカツカと歩み寄る。そしてパソコンに向かう私の胸倉をいきなりグイと掴むと、「いつもいってるだろ、大広間君!」と、ひと声叫んで再び暴君の表情を覗かせた。「二人のときは『ボス』だ。私のことは『ボス』と呼べ。『四畳半さん』ではなく『ボス』と!」

「ははは、はいッ、判りましたボボボ、ボスッ」私はブルブル震えながら上司の理不尽な要求を呑《の》む。みんなの前で呼ぶときは普通に『四畳半さん』。しかし二人のときは『ボス』。これが『四畳半探偵事務所』における鉄の掟《おきて》なのだ。私は『四畳半さん』ではなく『ボス』に尋ねた。「それでボス、一匹の鼠というのは、いったい誰のことなんですか」

「うむ、それを説明する前に、君の知らない事実を教えてあげよう。先ほどの議論では、奇妙な自殺のことが話題になっていただろ。ああいった自殺の可能性は確かにあり得る。だが今回の花巻氏に限って、どうやらそれは当てはまらないようだ」

「え、どうしてですか。花巻氏の首筋のタオルは、きつく結ばれていたんでしょう?」

「ああ、それは事実だ。だが、花巻氏がいくら全力でタオルの両端を引っ張ったとしてもだ、それで首の骨が折れるなんてことは、到底あり得ないじゃないか」

「え、首の骨が折れてる!? 死体の首の骨が……」

「ああ、間違いなく折れていた。さらによく観察すると、頭頂部に強い打撃を受けた痕跡がある。出血はしていなかったがね。つまり被害者は首を絞められる一方、頭を殴打されて首の骨を折られているんだ。君は扉のほうに気を取られていたから、そのことに気付かなかったろう。いや、君だけじゃなく他の容疑者たちも誰一人、そのことには気付いていないはずだ」

「そうだったんですか。では花巻氏はやはり自殺ではなかった。何者かに殺されたんですね。ということは四畳……ボ、ボス」私はギリギリのところで鉄の掟を遵守《じゅんしゅ》して、探偵に問い掛けた。「結局、話は掛け金のトリックに戻るわけですね。容疑者は星村祐輔と月島綾子、それと不本意ながら僕も含まれる。この三人の中の誰かが、扉の付近に転がる茶色い異物を拾い上げた。ならば問題は、それが誰なのか、ということになります——」

「ところが、そうではない」探偵は意外にも首を左右に振った。「もうひとつ、君の知らない事実を教えてやろう。我々が密室に足を踏み入れた直後、現場の扉付近に集まったのは、確かに君たち三人だ。私は死体の傍にいたし、古舘建夫と氷室麗華は窓の外にいた。だが私は死体の傍にいながらも、その視線は扉の前にいる君たち三人の一挙手一投足に油断なく注がれていたのだよ。なぜと聞かれれば、それは名探偵としての勘としかいいようがない。要するに私はピンときたのだよ。これは密室殺人だ。ならば扉に近寄った連中に気を付けろ。私の中でそう警告する声があったのだ。その結果、判ったことがある」

「な、なんでしょうか……」

「扉に近寄った星村祐輔と月島綾子そして君、この三人に怪しい振る舞いはいっさいなかった、ということだ。星村と月島は一度も床に手を伸ばすような仕草を見せなかった。君に関しては、確かに躓いて転ぶという場面があったが、しかし君はあのとき何も拾い上げてはいなかった。両手は開いたままで何かを摘んだり握ったりしている様子はなかった。そして、その手をポケットに入れるような仕草もなかった。要するに、この三人に関しては床に転がる異物を拾い上げるような場面は、まったくなかったのだよ。——もっとも、それが事実か否かは、私、四畳半一馬の人並み外れた観察力を信用してもらうしかないわけだがね」

「信じます信じます。僕はボスの観察力を疑ったことなんて一度もありませんから！」

　私は歯の浮くようなお世辞を口にしてから、ふと真顔に戻った。「あれ⁉　しかし、そうなると密室の謎はまた振り出しに戻ってしまいますね。ボスの唱えた《茶色い異物で掛け金を固定するトリック》は完全に否定されてしまうわけですから……」

「振り出しに戻るだって⁉　とんでもない。振り出しどころか、まさにこれこそが今回の密室殺人事件の終着点だ。ついに我々は真実にたどり着いたのだよ。おや、まだ判らないのかね、大広間君。いいかい、私の唱えたトリックは、今回の密室を解き明かすための唯一無二のものだ。ならば、トリックの肝である茶色い異物は必ず現場にあったはずなんだ。だが実際にそれはなかった。何者かが密かに回収したんだ。しかし、そのような振る舞いをした人間はいない。いいかね、そのような振る舞いをした『人間』はいないんだ」

「……人間は……いない……？」

「そうだ。だが、あのとき現場にいたのは『人間』ばかりではない。そして掛け金を固定する茶色い異物の正体が、丸めたティッシュや茶色いゴム片だったとも限らない。それは生肉の赤身の欠片だったかもしれないし、スライスした魚肉ソーセージだったのかもしれない。あるいはそれらに似たキャットフードという可能性もある。もう判っただろ、大広間君。我々が人間たちの動きに気を取られるあまり、迂闊《うかつ》にも見逃していた存在。それは猫だ。あのとき現場には飼い主の腕から解き放たれた一匹の黒猫が闊歩《かっぽ》していた。そいつは君の足許《あしもと》にまとわりついて、君を無様《ぶざま》に転倒させたりもした。そう、黒猫は扉の近くまできていたんだ。ならば、その黒猫が床に転がる茶色い異物をエサとして食べたとしても不思議はあるまい。要するに、そういうことさ。トリックの肝となる茶色い異物は、人間の手ではなく猫の舌でもって、そいつの胃袋の中へと回収されてしまったんだよ」

「な、なんと！」私は思わず驚嘆の声を発した。「と、いうことは……」

「そうだ。もちろん、これは偶然ではない。黒猫は計画的に現場に放たれ、犯人の意図したとおりに、この密室殺人をアシストしたんだ。それを黒猫におこなわせた一匹の鼠の正体、それはいうまでもなく黒猫の飼い主、氷室麗華だ。そう、彼女こそは花巻天界氏を殺害した真犯人だったのだよ」

こうして四畳半探偵の推理は、ついに意外な真犯人の名前にたどり着いた。思わぬ展開に、私は舌を巻かざるを得ない。死体発見時、問題の扉にいっさい近寄らず、ただ窓の外にいただけの氷室麗華。その彼女が、まさかこの密室を作り上げた張本人だったとは！

だが、そう思ってあらためて事件を眺めれば、いまさらながら腑《ふ》に落ちる点もある。

「そういえば、花巻氏が自殺であることを言い出したのは、氷室麗華でしたね」

「そう、あれは重要な場面だった。あのとき古舘建夫は悠然とした態度だった。だが、それも当然のこと。古舘にしてみれば、星村や月島あるいは君、この三人の中の誰が犯人であろうが、いっこうに構わない。彼はただ悠々と高みの見物を決め込んでいれば良かったのだ。だが氷室麗華はそうはいかない。あのとき、すでに私の推理は彼女のトリックの半分以上を暴きだしていたのだからね。いったい誰が茶色い異物を拾い上げたのか、という議論があのまま続いた場合、どうなっていたか。『黒猫が食べてしまったのでは？』というようなことを、誰かが言い出す危険性はゼロではない。そのことを恐れた氷室麗華は、そうなる前に自分から花巻氏の自殺の可能性をほのめかしたのだよ。私にいわせれば、あれは彼女にとって自白にも等しい行為だったと思うね」

「うーむ、そういうことだったんですか。氷室麗華、なんと怖ろしい女。しかし、そんな彼女の企みを完璧《かんぺき》に見抜くなんて、さすがボス。まさしく関東随一の推理力、人並外れた観察力、ズバ抜けた知性、それから底知れぬ知識と教養、それとあと密かな人格者ってことも付け加えておきますね。もちろん、罵詈《ばり》雑言のほうは全部削除ってことで——」

「ん、罵詈雑言って何のことかね？」探偵は怪訝《けげん》そうに私のパソコンを覗き込む。

「いえいえ、何でもありません、こっちの話ですから」私は苦笑いしながら懸命にパソコン画面を隠した。

——うーむ、この文書は上司に提出する前に、大幅な改稿が必要だな！

だが、いずれにせよ密室殺人の謎は暴かれた。この雨が止めば、やがて警察も到着するだろう。そして探偵は遅れてやってきた彼らの前で、氷室麗華の犯罪を告発するのだ。

それは、おそらく明日以降のこととなりそうだ。

気が付けば、外はもうすっかり夜の闇《やみ》に包まれている。『現場（仮）』を照らすのは、天井からぶら下げられたLEDランタンの頼りない明かりだけだ。私の指先もかなり疲れてきた。そろそろ作業を終えるべき頃合らしい。

私は充分に記録者としての重責を果たしたはずだ。上司は私に対して、『(おわり)の三文字を打ち込むまでパソコンを手放すな』という意味の命令を下したが、どうやら私はその命令を無事にやり遂げることができそうだ。では、これから私はその三文字を打ち込むことで、この『陽奇館(仮)の密室』に纏《まつ》わる記録をすべて終了させよう——と、そう思ったのだが、いやいや、ちょっと待てよ。そういえば『陽奇館』って(仮)だったな!

6

私はふと思い立ってパイプ椅子から立ち上がった。ノートパソコンを左手に持ち、右手でキーを叩きながら出入口の扉の前へと歩み寄る。目の前にあるのは、いままで繰り返し話題になってきた大きな銅製の掛け金だ。それはいまダランと下向きになっている。扉は施錠されていないということだ。私は掛け金を指先で摘み、クルッと時計回りに四分の三回転させて、それを受け壺に収める——というイメージを頭に思い描いた。

左手にパソコンを抱《かか》えて右手でキーを打つという、いまの私の状況では掛け金を自分の指で操作することは不可能。だから頭の中でイメージするしかないのだ。だが、その単純なイメージは私の頼りない脳味噌《のうみそ》を激しく活性化させた。私の右手の指先は慌《あわただ》しくキーボード上を駆け巡り、曖昧《あいまい》な思考の断片を形のあるものにしていく。

直方体の細長い部屋。一箇所のみの扉。クルックルと滑らかに回る掛け金。窓側の壁に寄せられたテーブル。畳まれて放り出されたパイプ椅子。強化ガラスの窓。首を絞められた死体。折れた首の骨。降り続く雨。包み込むように聞こえる雨音。ゴロゴロと鳴り響く雷。陽奇館(仮)。紙パックの容器。陽奇館(仮)の密室。

——ああッ、ま、まさか!

「ボボボボ、ボスッ」私は唇と指先を両方震わせながら上司を呼んだ。「わわわ、我々は大きな勘違いをしていたのかもしれません」

「ど、どうした、大広間君。何か気付いたことでも?」

「そうです。先ほどボスは、自分の唱えるトリックこそが唯一無二のものだと、そうおっしゃいましたよね。でも本当にそうでしょうか。よく考えてみてください。そうですね、例えばこの細長い部屋全体を、真横に倒した牛乳の紙パックだとしましょう――」

「はあ!?　何をいっとるんだ、大広間君。牛乳の紙パックが、どうしたって!?」

「いや、違います違います。牛乳の紙パックは忘れてください。要するに、細長い部屋をイメージしてくれればいいんです。そうですね、僕らの手の中に透明の四角いケースがあると考えましょうか。完全に密閉された細長い透明のケースです」

「四角くて細長いケースか。判った。その中身が牛乳なんだな」

「違いますって！」ああ、なぜ私は牛乳の紙パックの話などしてしまったのだろうか。自分の喩える能力の低さを嘆きながら、私は説明を続けた。「ケースの中身はこの部屋です。あるいは実際の現場です。片側に一箇所だけ扉がありますよね。そして、その壁側には掛け金があります。掛け金はダランと真下にぶら下がった状態です。――ほら、僕らの前にある掛け金と同じように。この場合、どうやって掛け金を掛けることができますか」

「どうやってって……だから、掛け金に異物を挟んで斜め上に固定して、それから扉をドンと叩くと、異物が落ちて掛け金がパタンと倒れて掛かる……そういうことだろ？」

「それも間違いとはいえませんが、もっと簡単な方法があります。――こうやるのです」

といって、私は左手に持つノートパソコンを四角いケースに見立てて、慎重に一回転させた。それを見詰める探偵は一瞬、何のことだか判らずにキョトンとした顔。だが、やがてハッとしたように目を見開くと、ワナワナと唇を震わせた。

「な、なんだって!?　つまり掛け金には手を触れず、逆にケースのほうを回転させるというのか。う、うむ、そうか、なるほど。確かに、そのやり方でも掛け金は掛かるだろう。掛け金を時計回りに回転させるのと、ケースのほうを反時計回りに回転させるのは、まったく同じことだからな。いや、しかし待て待て。両手で抱えられる程度のケースなら、それも可能だろう。だが大広間君――事件は透明なケースの中で起こっているんじゃない。『陽奇館』の中で起こっているんだ!」

「………」ここは何かツッコミを入れる場面ではないのか。そんな抗《あらが》いがたい誘惑を覚えたものの、いまはそれどころではない。私は結論を急いだ。「――違います、ボス。事件が起こったのは『陽奇館』ではありません。『陽奇館（仮）』です」

すると目から鱗《うろこ》とばかり、探偵は再びハッとした顔。そして独り言《ひとりごと》のように呟いた。

「そ、そうだ。確かに『陽奇館』は建設途中。ここは『陽奇館（仮）』に過ぎない……」

「そうです。完成した暁には部屋数二十を誇る巨大な館になる予定の『陽奇館』。しかし建設途中の現在は、重機で適当に均《なら》された地面の上に二十個のコンテナハウスが、無造作《むぞうさ》に並んでいるだけの状態。殺人現場となった細長い部屋もまた、コンテナハウスのひとつなのです。コンテナハウスというのは、駅や港で見かけるようなコンテナを人が住む住居として改造したもの。要するにそれは独立したコンテナ――つまり大型容器なのです」

「うむ、そのとおりだ。花巻氏は『陽奇館』という名前について、『陽気』な『奇術』の意味だと説明してくれたが、もちろんそれには『容器』の『館』という意味もあったのだろうな」

「そうですとも」私は大きく頷いた。「つまり『陽奇館』は『容器館』。だったら、できるじゃないですか、ボス。そうです。回転させるのですよ。重機を使って反時計回りに、このコンテナハウスをぐるっと一回転させるのです。それで掛け金は掛かる。現場は密室になるじゃありませんか」

「いやいや、待て待て、大広間君! そんな馬鹿な。確かに『陽奇館』は容器の館。地面に並んだコンテナは、これから積み木のごとく積み上げられて一個の館になるのだろう。だから当然ここには様々な重機がある。ブルドーザーにクレーン車にパワーショベル。だが、そんなものをいったい誰が操れるというん――だあああッ、ふ、古舘建夫か!」

四畳半探偵の絶叫が雷のごとく響く。瞬間、扉の向こうで聞こえる怪しげな物音。だが真相解明に夢中の私はそれを無視して、すぐさま事件の話に戻った。

「そうです。建設会社の現場監督から叩き上げで社長にまで登り詰めた彼になら、重機の扱いも可能なはず。そして古舘が犯人だと考えるなら、この密室が作られた意味も判ります。古舘は掛け金に細工したのではなく、コンテナハウスを一回転させて密室を作り上げた。しかし当然ながら、そんなトリックに思い至る人は皆《かい》無《む》でしょう。警察は誰か掛け金に細工した人物がいたものと、そう解釈するはずです。まさしくボスがそう考えたように。それこそが古舘の狙《ねら》いだったのです。だから彼は現場にはいっさい入らずに、窓の外に留まり続けた。掛け金に近寄れば、容疑者のひとりにされてしまう。だが窓の外にいる限り、彼の身は安泰ですからね。そして実際、彼の目論見《もくろみ》は的中しました。ボスは掛け金に近寄った星村祐輔や月島綾子、あるいは僕のことまで疑った。さらには黒猫を抱く氷室麗華が犯人であるということまで考えた。だが古舘が犯人だとはまったく考えなかった。そんなボスの姿を前にして、まさしく古舘は悠然と高みの見物を決め込んでいたってわけです」

「ううむ、なるほど」四畳半探偵は屈辱に顔を赤らめて強く拳を握った。「しかし君の説明を聞いても、いまだに信じられん。密室のために、そこまでする奴がいるとは……」

「ええ、確かに信じがたいことです。しかし古舘が現場のコンテナハウスを一回転させたと考えるなら、いくつかの不可解な事実に説明が付くのですよ。例えば、現場にあったテーブルがそうです。この『現場（仮）』のテーブルに比べて、実際の現場のテーブルは天板に傷が目立っていたんですよ。新品のはずのテーブルに、なぜ傷が目立つのかと不思議に思っていたのですが……おや⁉」

私はふとした違和感を覚えて、説明の言葉を止めた。

「ん、どうした、大広間君？」

「いや、いま何だか急に、この部屋が揺れたような気が……」

「ふむ、そういえば揺れたかも……雷のせいか、あるいは地震でも起きたか……」

と次の瞬間、互いにハッとした顔を見合わせる私と四畳半探偵。悪い予感を覚えながら、我々は慌てて窓辺へと駆け寄った。雨に濡《ぬ》れた窓ガラス。その向こうに広がる漆黒の闇。その中に黒く蠢《うごめ》く巨大なシルエットが確認できた。巨人ゴーレムの腕を思わせるような、大きなアームがこちらに向かって、にょきりと突き出されている。

「パ、パワーショベルだ！」ガラスに額を擦《こす》り付《つ》けながら探偵が叫ぶ。

「そういえば、さっき扉の前に人の気配が！」キーボードを叩きながら私も叫ぶ。

「畜生、さては犯人め、我々の口を封じる気だな」

「てことは、あれを操縦しているのは古舘ですね」

私の問い掛けにイエスと答えるがごとく、そのときパワーショベルの照明が点灯した。眩《まばゆ》いほどの明かりが窓から注ぎ込み、室内は一瞬、昼間を思わせる明るさとなった。

降りしきる雨の向こうにパワーショベルの操縦席が見える。操縦者の顔までは正直、判別できない。だが、そのビア樽のごとき大柄《おおがら》なシルエットは、間違いなく古舘建夫のものだった。

やはり真犯人は古舘だった。彼はいったん花巻邸に引き返すと見せかけて、その実、再びこの建築現場を訪れ、『現場（仮）』の扉越しに我々の会話を盗み聞きしていたのだ。そして自らの密室トリックが暴かれたことを知った古舘は、ついに破れかぶれの行動に出たのだろう。鬼気迫る表情を浮かべながら、操縦桿《かん》を握る古舘の姿が目に浮かぶようだ。

我々は想像を絶する恐怖に悲鳴をあげた。

「わ、わあッ、お、大広間君、これはいったい！」

「持ち上がっています。ゆ、床が持ち上げられています！」

正確には床が持ち上げられているのではない。我々がいるコンテナハウス全体がパワーショベルのアームによって、窓側から持ち上げられているのだ。地面に置かれただけのコンテナハウスは見る見るうちに斜めになっていく。探偵は顔を引き攣《ひ》らせながら叫んだ。

「お、おい、まずいぞ、大広間君！」

「だ、駄目ですボス、わ、わ、わぁ——ッ！」

足の踏ん張りが利かなくなって、私は一気に床を滑り落ちる。私に続いて四畳半探偵が高速のでんぐり返りをしながら床を転がり落ちた。と同時に、窓側の壁に寄せられていたテーブルも四本の脚を滑らせながら、反対側の壁に激突。その直後、パイプ椅子が激しい金属音をたてて床を転がり、探偵の頭を直撃した。彼の口から「ぐえッ」という呻《うめ》き声が漏れる。やがてドシンという大音響をあげながら、コンテナハウスは完全に倒れた。

私の目の前の世界は、反時計回りに四分の一回転していた。

扉に向かって左側の壁だった部分が、いまは足許にあり、右手にあった窓が頭上に見える。茶色い床はいま右手にあり、左手は天井だ。ぶら下がったLEDランタンの光が、左側から差している。

そして私は扉を見た。掛け金はブランと真下を向いたまま。だが扉のほうが四分の一回転したせいで、受け壺は真上の位置にある。

コンテナハウスの動きは、いったん止まった。だがホッとする間もなく、二度目の攻撃が我々を襲う。再びコンテナハウスは反時計回りに四分の一回転してドシン！　我々はドラム式洗濯機の中で攪拌《かくはん》される汚れ物のごとく、室内をゴロゴロと転がった。頭がグラグラと揺れ、キーボード操作が危うくなる（この状況でも、私はパソコンを手放してはいないのだ！）。

合計二分の一回転した建物は、ちょうど天地が逆になった恰好《かっこう》。床だったはずのものが真上にあり、天井だったはずのものが足許にある。掛け金は当然、真下を向いている。受け壺はさらに四分の一回転し、いまはアナログ時計でいう九時の方向にあった。

新品のテーブルは天板を下にした状態で、ひっくり返っている。

そこへ三度目の攻撃。天板を下にしながら床を滑る、いや違う、天井を滑っていく新品のテーブル。LEDランタンも、どうやらフックが外れたらしい。眩い明かりが天井をコロコロと転がっていく。私と四畳半探偵も天井を転がりながら、今度は窓があるほうの壁へと叩きつけられる。これでコンテナは四分の三回転した恰好だ。

私はテーブルを顎で示しながら叫んだ。「見てくださいボス！　あれじゃあ新品のテーブルだって天板が傷付くわけです。そして、ほら、掛け金はいままさに受け壺に収まったところ。これでさらに四分の一回転を加えれば、掛け金は僕らが現場で見た、あの状態になるでしょう。どうですかボス。これで僕の推理が正しかったことは、完全に証明されたってわけです。

――ねえボス、そうですよね？　あれ、ボス？　どうしましたボス？」

私はキョロキョロとあたりを見回して上司の姿を捜した。と次の瞬間、目に飛び込んできたのは衝撃的な光景だった。

床に倒れた、いや、正確には窓側の壁に倒れた四畳半探偵。その全身からは完全に力が抜け落ち、顔は通常ではあり得ない方角を向いていた。首の骨が折れていることは一目瞭然《いちもくりようぜん》。それを見るなり私は事件の被害者、花巻天界の首の骨が折れていた理由をたちまち理解した。だが、いまさらそんな真相を知って何になるだろうか。

私は万感の思いを込めて絶叫した。「ボぉぉぉスぅぅぅぅぅ――――ッ！」

だが上司に駆け寄る間もないまま、続けて四度目の攻撃。またしてもコンテナハウスが斜めになる。だが私はここでようやく学習能力を発揮した。前もって窓側の壁を駆け降りて、自分から先に床へとたどり着く。これなら壁を滑ったり転がったりするダメージは受けなくて済む。「畜生め、そうそう同じ手を喰《く》ってたまるか！」

だが、見えない敵に向かって吐《は》き捨《す》てた直後だ。窓側の壁を滑り落ちるテーブル。その脚の一本が窓枠に引っ掛かったらしい。テーブル全体が滑り落ちる方向を急激に変えて、私の頭上を目掛けて落下してくる。あッ――と思ったときにはもう遅い。瞬間、頭頂部に激しい衝撃が走り、私は勢いよく床に叩きつけられた。

それでも私はパソコンを手放すことはなかった。全身にわたる打撲。そして頭頂部への一撃。ひょっとすると、もう駄目かもしれない。それでも私は何かの意志に導かれるがごとくパソコン片手によろよろと立ち上がった。この最悪の状況にありながら、私を立ち上がらせたもの。それは命令を下した上司への忠誠心か。はたまたワトソン役としての使命感か。いずれにせよ私の指先はその動きを止めず、事件の記録を続けた。

『現場（仮）』のコンテナハウス、いや、いまや正真正銘の殺戮《さつりく》現場となったコンテナハウスは反時計回りにキッチリ一回転して、さっきまでとは違う地面に平然と立っていた。

いつの間にかLEDランタンは壊れてしまったらしい。だが窓からは再びパワーショベルの明かりが差し込み、室内を眩しいほどに照らし出していた。

強化ガラスの窓はまったく割れていない。窓からすぐのところに四畳半探偵の死体。テーブルは窓側の壁に寄り添うように四本の脚で綺麗に着地している。天板の表面には無数の引っ掻き傷が見て取れる。パイプ椅子は繰り返された衝撃のせいで自然と折り畳まれたらしい。床にパタンと無造作に倒れている。作り付けの本棚が回転の影響を受けていないことは、いうまでウスの外壁を綺麗に洗っているはずだ。

　そういえば花巻邸の人々は、どうしているだろうか。この建築現場での大音響は、あの屋敷まで届いていないのだろうか。それは判らない。だが仮に届いていたとしても、それを異変と感じる者はいないだろう。ただ遠くでドスンバタンと変な音の雷が鳴っているだけ。誰もがそのように解釈するはずだ。現に昨夜の我々も、そうだったのだから――

　おそらく花巻天界殺害事件も、これと似たようなことだったのだろう。

　やはり私の推理は正しかったのだ。

　それが証拠に、ほら、見るがいい。

　現場にある唯一の扉。掛け金はキッチリ受け壺に収まっているではないか。

　これこそが『陽奇館（仮）』の密室の真相だ。

　それを見届けた私は、今度こそ記録者としての責任を充分果たしたことを感じた。

　願わくば、この記録が殺人者ではなくて警察関係者の目に留まれば、私の超人的な努力も幸せな形で報《むく》われるのだが。――それは甘い願望に過ぎるだろうか。

　いずれにせよ、もう随分と視界も暗くなってきた。

　ここらで私は休ませてもらおう。

　どうやら最後までパソコンを手放さずに済んだ。

　これでなんとかボスの命令を果たせそうだ。

　私は薄れゆく意識の中で、最後の三文字を打ち込んだ。

（おわｒ↵

追われる男

東山彰良

Higashiyama Akira

1968年、台湾生まれ。2003年、第1回「このミステリーがすごい!」大賞銀賞・読者賞受賞作を改題した『逃亡作法 TURD ON THE RUN』でデビュー。'09年『路傍』で第11回大藪春彦賞、'15年『流』で第153回直木賞、'16年『罪の終わり』で第11回中央公論文芸賞、'17年『僕が殺した人と僕を殺した人』で第34回織田作之助賞、第69回読売文学賞、第3回渡辺淳一文学賞を受賞。近著に『小さな場所』。

とにかく、まずはこの服をどうにかせねば。

シャツにもすこし血が飛び散っているが、それはどうとでもごまかせる。たいしたことではない。問題はこの空色の忌々しいジャケットだ。ホテル名の入った胸のエンブレムも目立ちすぎる。こんなものを着ていたら、一キロ先からだって見つかってしまう。もしも追っ手が双眼鏡を持っていたら、二キロだ。

ジャケットを脱ぐと、北風の冷たさにぶるっと身震いが走った。ときどき秋と冬の境目のような日があるが、まさにそんな日だった。昨日までの秋晴れと打って変わって、たったの一日で空が灰色の雲にすっぽりとおおわれてしまった。冬が棺桶の蓋を持ち上げてのっそりと這い出てきたみたいだ。雑踏を行き交う人々は戸惑い、なかには安価なカジュアル衣料品店に駆けこんで急場しのぎのフリースやダウンジャケットを買う者もいるだろう。

俺は脱いだジャケットを小さく丸め、駅の構内にあるゴミ箱に押しこんだ。すこし迷ったが、とにかく一刻も早く品川《しながわ》を離れたかった。いっそのこと、東京から消えてしまうのはどうだろう。右手に提げたボストンバッグがずっしりと存在感を増す。そうだ、金はたっぷりあるじゃないか。

とにかく、いちばん早く発車する新幹線に飛び乗ることにした。品川駅は平生どおり、人でごった返していた。外国人観光客も多く、なかには俺が応対した客もいるはずだ。それにしてもあのキャスター付きのキャリーバッグというやつには、ほとほとうんざりさせられる。どいつもこいつも、キャリーバッグを引きずるぶんのスペースまで領有権を主張している。ぜったいに譲らない。さながら信仰を持つ者のように、奴らのまわりには壁が張り巡らされているのだ。

つまずき、人混みを避けながらどうにか切符売場に漕ぎ着けたものの、財布をジャケットごと捨ててしまった失態に気がついた。思わず毒づくと、窓口の販売員がぎょっとして顔を上げた。それから、俺の顔をまじまじと見つめてきた。頬の切り傷にじっと目を凝らしていた。

「ああ、これですか」俺は愛想笑いを取り繕った。「いや、なんでもないんですよ。ちょっと髭剃りに失敗しちゃって」

　誰がどう見てもそんな牧歌的な傷じゃないことは、俺自身がいちばんよく知っていた。なんといっても、ナイフで切られたのだから。そうかといって、ほかに言いようもない。狼狽《うろた》えた俺は、販売員から見えないようにしてボストンバッグのファスナーを開け、手探りでなかの金を何枚か抜き出した。ハリウッド映画の観すぎだった。金さえ摑ませれば、販売員がにやりと笑って見逃してくれると早合点してしまった。ここは東京で、現実はアクション映画ではない。俺の軽率なふるまいのせいで、彼の疑いをいっそう深めてしまった。

　顔に真新しい切り傷があって、ボストンバッグからこそこそ金をひっぱり出す客が泊めてくれと言ってホテルに来たら、俺なら警察に通報する。販売員の顔はまるで信号機のように、疑いから確信に変わりつつあった。ジリジリと燃える導火線のような目をしていた。これで「どこでもいいから、いちばん早く出る新幹線の切符をください」などと言った日には、完全にドッカーンだ。俺は落ち着きを装い、さも用事を思い出したふりをして窓口から離れた。販売員は腰を浮かしかけたが、幸い俺の後ろには長い行列ができていて、彼のほうも触らぬ神に祟りなしを身上としているようだった。

　額の汗をぬぐいながら駅の構内を高輪口のほうへとって返すと、まるで自分からのこのこ虎口へ舞い戻るような心許ない気分になった。いまにもあの男がナイフを片手に（下手をしたら拳銃だって持っているかもしれない）飛びかかってくるのではないかとびくびくしながら、先ほど制服のジャケットを捨てたゴミ箱のところまでたどり着いた。

　一足遅かった。通行人にじろじろ見られながら、すでにホームレスの男が俺のジャケットを大事そうに羽織っていた。俺の財布を開いて、なかをのぞきこんでいる。それから胸のまえで十字を切り、天を仰いでなにかをぶつぶつ唱えた。

「すみません」俺は慌てて声をかけた。「そのジャケット、私のなんです」

　ホームレスが疑わしげな眼差しをむけてくる。狂気が透けて見えるような目だった。これから死ぬまで、俺はこんな目で見られるのかもしれない。まるで雛を守ろうとする親鳥のように、彼は俺の財布をしっかりと胸に抱えこんでいた。

「あの、ジャケットは差し上げますので、財布だけ……いえ、ただとは申しません。なかのお金は差し上げます」

「なかの金って……」もごもごとつぶやいたホームレスの口には前歯がごっそりなかった。「千円札が二枚ということかい？」

「もっとあります！」先ほど切符販売員の不信を買った札びらを、俺はポケットからひっぱり出した。「免許証とかカードとか、そういうものを返していただきたいだけなんです」

彼は俺をじっくりと値踏みした。頭のてっぺんから爪先まで。その目が貪欲に光った。

「あんたはなんでも金でカタがつくと思っとるんだな、ええ？」

「いやいやいや、だってそれ私のですよ！」

「なんの証拠もないだろうが」

「名前と住所を言いますから、なかの免許証を見てくださいよ」

「なかの免許証を見ろだと？」ホームレスの男は喧嘩腰で財布をふりまわした。「このわしがそんなことをするとでも思っとるのか？　たとえなかの免許証にローマ法王の名前とバチカンの住所が書いてあろうと、いまはわしのだ」

「そんな！」

「あんたはわしがこの財布をネコババすると思っとるな？」

俺は口をつぐんだ。こんなところでいつまでも足止めを食っているわけにはいかない。俺の職場（いや、いまや元職場と言ったほうが正しいのだが）から駅までは目と鼻の先だ。佳織《かおり》の男が、ろくでもない仲間たちにこのへんを捜させているのは間違いない。

「わしがこんななりをしとるから、正しくない誘惑にころっといくと思っとるんだな？　いいか、教えてやる。わしがこんな暮らしをしとるのは、まさに正しくない誘惑から遠ざかるためなんだ。よく聞け。腹が空っぽでも、心が満たされる生き方を選んだからよ」

「わかりましたから」口ではなだめながら、俺は頭のなかでこのみすぼらしい老いぼれを殴り倒して財布を奪い返す算段をしていた。「そんなに声を荒らげないでください。みんなが見てるじゃないですか」

「見たい奴には見せておけばいい」彼は声を張った。

「見られて困るようなことはなにもない。正しい者に邪《よこしま》な目がむけられることもあるんだ」

　怪訝そうにとおり過ぎていく人々にむかって、俺は眉尻を下げてみせた。いやなに、人生によくある不運にちょっと見舞われただけなんですよ、という顔つきで。大丈夫、ちゃんと対処できますから。

「この財布はあんたのかもしれん。なかに馬券やら質札やら入れとったろ？　あんた相当競馬が好きなんだろ、ちがうか？」

　首を縦にふるべきか、横にふるべきか決めかねた。

「わしのことがわからんようだな。あんた、そこの大きなホテルで働いとるだろ？　ピカピカの名札をつけて、髪をきれいになでつけて、こざっぱりした制服を着て」

　そう言われて、俺はホームレスのじいさんをまじまじと見てしまった。

「本当にわからんようだな」彼は憐れみたっぷりに首をふった。「あんたのホテルの厨房に、陳《ちん》さんという料理人がおるだろ？　陳さんはいい人だった。わしを憐れんで、いつも食べ物を分けてくれとった。わしらはときどき一緒に煙草を吸ったもんさ」

　それで思い出した。ホームレスに食べ残しを与えていたので、しばらくまえに厨房の中国人をひとり馘《くび》にしていた。

「あんたは陳さんをたたき出して、陳さんがわしのために用意しとった食い物にまで洗剤をぶっかけたな。そりゃ、あんたにも立場ってもんがある。それはよくわかる。だけど、あそこまでする必要はあったのかい？」

「おい、じじい」俺としては、強く出るしかなかった。「いいから、その財布を返せ。さもなきゃ――」

　駅の構内を行き交う人々がどよめき、悪い予感が背筋を駆け上がった。いたぞ！　高輪《たかなわ》口のほうから駆けてくる男がふたり、ほかの誰でもなく俺にむかってわめいた。逃げられると思うなよ、富松《とみまつ》！

　俺は奴らに背をむけて走った。

「あっちだ！」背後でホームレスのじいさんがわめいた。「あっちへ逃げたぞ！」

　俺はボストンバッグを小脇に抱えて、死にもの狂いで走った。港南《こうなん》口のほうへ抜け、エスカレーターを一気に駆け下りる。驚いた人々が脇に避けていく。駅前の広場に停まっていたタクシーに、まえの男を押しのけて飛び乗った。

「早く出せ！」

運転手は目を白黒させたが、俺の剣幕に圧されて言うとおりにした。

リアウィンドウをふりかえると、追っ手が地団駄を踏んでくやしがっていた。佳織の男がいた。俺の頬を切りつけ、俺に消火器で顔面を殴られた奴だ。俺は声を立てて笑った。抑えようとしたが、自分でも首を傾げてしまうほど大笑いしてしまった。

「あの、お客さん？」

笑いの発作に抗《あらが》いながら座席にすわりなおすと、ルームミラーのなかに運転手の怯えたようなふたつの目があった。

「大丈夫ですか？」

しばし行き先に迷ったが、これ以上勘ぐられたくなかった。「品川警察署へ」と告げると、強張っていた運転手の肩がようやく安堵に緩んだ。

「なんですか、さっきの奴ら？」

俺はルームミラーのなかの彼の目を捉え、世の中にはどうしようもないならず者がいるのさ、という感じで首をふった。運転手は心得顔でうなずき、それからは余計な口をきかずに運転に集中してくれた。自分から警察へ行く悪党などいない。そう思いこんでいるのだ。もちろん、俺は悪党じゃない。

ただ、悪党の金を奪っただけだ。


品川駅から警察署までは、第一京浜《だいいちけいひん》を行けば、正味五分ほどの道のりだ。

品川警察署のまえでタクシーを捨てると、俺は警察署へ入るふりをしてつぎのタクシーを捕まえた。そのころにはずいぶん落ち着きを取り戻していて、羽田《はねだ》空港という選択肢を冷静に思いつけたほどだった。

「第一ターミナルへ。湾岸線を使ってください」

運転手がうなずき、指示通りに車を走らせた。

こんなことならパスポートも用意しておけばよかった。まあ、いい。いまはとにかく東京からすこしでも遠ざかりたい。佳織には空港に着いてから連絡しよう。どっと疲れが押し寄せ、座席に深くもたれる。膝の上のボストンバッグに手を置き、この一切合切をふりかえってみた。

ことの起こりは、そう、三カ月ほどまえにさかのぼる。ギャンブルでこさえた俺の借金のせいで、女房が子供を連れて家を出ていったばかりだった。台風が去り、まだ暑さの残る空は洗いたてのシャツみたいに輝いていた。さして悲しいとも思わなかった。ガキは女房の連れ子だし、俺には新しい女がいた。

佳織はフィリピンとのハーフで、俺の勤めるホテルの清掃係だった。男と女がくっついたり離れたりするのに、もっともらしい理由なんかない。俺と佳織もそうだった。どちらからともなく誘いあい、空室で慰めあった。乱れたベッドは佳織が整えた。彼女はそのために雇われていた。

始まりもなければ終わりもない関係だったから、佳織が真剣な顔をふりむけてきたとき、俺はてっきり別れ話を切り出されるのだと思った。それならそれでかまわない。未練があるとすれば彼女のしなやかな体に対してだけで、もしそれだけなら未練などないと言ってもよかった。

その日、俺たちはベッドに並んで横たわり、マリワナ煙草を回しあっていた。うちのホテルでいちばん高価なスイートルームの大きなベッドだ。レースカーテンに濾過された淡い午後の光と影が、彼女の胸に落ちていた。有線放送のラジオからは、ダスティ・スプリングフィールドの歌が流れていた。ねえ、ずっしりした煙を吐き出しながら佳織が言った。まるでダスティに耳元でささやかれているみたいだった。ちょっとお金になりそうな話があるんだけど。俺は眉を持ち上げ、マリワナ煙草を受け取り、深々と一服やった。富松さん、あたしの男がヤクザ者だって知ってるよね？

計画はもう佳織のなかでほぼ出来上がっていた。

佳織の男が子供を誘拐する計画を立てている。身代金の受け渡しに、佳織の勤めているこのホテルを使う。筋書きはいたってシンプルだ。子供の親にチェックインさせ、金だけを残して部屋から出ていかせる。子供はべつの部屋に監禁している。ヤクザ者たちが首尾よく金をせしめたら、その部屋の番号を親に伝える。誰も傷つかない。あたしの役目はお金を運ぶこと。佳織は言葉を継いだ。でも、気がついたの。もしあたしがお金を取りにいくまえに誰かがそのお金を持っていっちゃったらどうなるんだろうなって。俺は横をむき、彼女の緑色がかった目をのぞきこんだ。つまり、俺がその誰かになるってことか？　佳織はにっこり微笑み、俺の顔をやさしく撫でた。完璧だと思わない？

もうすぐ羽田空港が見えるというところで、メールの着信音が鳴った。俺はボストンバッグを開き、札束に埋もれた自分のスマホを掘り出した。ルームミラーに目を走らせたが、運転手の目はまえをむいたままだった。

佳織のアドレスからメールが届いていた。開くと、空のメールにファイルが添付されていた。

俺の目はスマホの画面に吸い寄せられた。添付されていた佳織の顔写真は口の端が腫れあがり、マスカラがこすれて滲み、汗に濡れた髪が額に貼りついていた。なにをどう考えたらいいのか、わからなかった。なにも考える必要はなかった。答えのほうが俺を見つけてくれた。

出し抜けに電話がかかってきて、危うくスマホを取り落としそうになった。画面に現れたのは、俺と佳織が頬を寄せ合っている写真だった。面白くない事態が持ち上がっている。それは間違いなかった。すくなくとも、誰かが俺を褒めてやろうと思って電話をかけてきたわけではない。なかなか電話に出ない俺を、運転手がルームミラー越しにじっと見ていた。このままスマホの電源を切り、なにもかも忘れて沖縄あたりまで逃げ落ち、アロハシャツを着て残りの人生を生きていくことだってできる。

俺は電話のアイコンをスライドさせた。

「富松だな？」まるで十年ぶりに旧友と再会したような明るい声だった。「いまどこにいる？　いや、待て。言うな、当ててやる……おまえはいまディズニーランドにいるんだろ？」

「……」

「さぞや楽しいだろうな、ええ？　ディズニーランドでしか見られないような夢を見てるんだもんな」

「佳織は……」俺は粘つく口をこじ開け、かすれ声を絞り出した。「佳織になにをした？」

「それはおまえしだいだな」言葉を切る。「金はどうした？」

迂闊なことを言わないように、俺は口を引き結んだ。

「その金はおまえのじゃない」

「おまえのでもないだろ」

思わず口走ると、電話のむこうで男が笑った。

「その金は俺たちのだ」そう言った。「俺たちが計画を立て、俺たちが危ない橋を渡り、俺たちが受け取るべき報酬だ」

「盗っ人にも三分の理ってやつだ」

「おまえは口が達者なんだな」

「神様もなにを考えてんだろうな」よせばいいのに、俺は相手を挑発せずにはいられなかった。「苦労が報われないうえに鳶に油揚げで、おまけに消火器で顔を殴られたりするんだから」

「たしかに神様の考えることはわからないが、おまえが消火器で殴ったのは俺じゃない」と、落ち着いて切り返された。「おまえは自分の言葉をちゃんと持っているみたいだな。きっと本をたくさん読むんだろうな、ちがうか？　俺も本を読むのは好きだよ。ストーリーさえ思いつけば誰にでも書けるものより、安っぽいストーリーでもその作家にしか書けないような本が好きだな。たとえば、ジョン・アーヴィングとかな。読んだことあるか？」

ジョン・アーヴィングの小説を読む誘拐犯——はたしてそんな奴がいるのだろうか？　いるかもしれない。つまりこの男は、結果よりもプロセスを楽しむ犯罪者ということなのだろうか？　どうりでさっきから楽しそうにしゃべっているわけだ。

「金を返せ」文学的犯罪者が言った。「さもなければ佳織を殺す」

「そして、金を返しにのこのこ現れた俺も殺されるんだろ？」

「おまえが殺されるかどうか俺は知らない。それは俺が決めることじゃないんだ」

つまり、こいつの背後にまだ誰かいるということか？

「だけど、おまえが金を返さなければ佳織だけじゃなく、おまえの女房子供も殺す。子供のほうはおまえの子供じゃないみたいだが、そんなことは関係ない。こっちで損をしたら、あっちで取り返す。こっちで痛めつけられたら、あっちを痛めつける。いいか、これはビジネスだ。どこかで帳尻を合わせなきゃならない」

すこし考えてから、俺は口を開いた。「それでも俺が金を返さなかったら？」

「そのときは、もちろんおまえの勝ちだ」

あっさりとそう言われて、肩すかしを食ったような気分だった。「俺の勝ち？」

「そう、おまえの勝ちだ。死ぬべき奴が死んで、おまえはその金で一生遊んで暮らせる」

「どうせしつこく追いかけてくるんだろう？」

「そんな無駄なことはしない」

「嘘をつけ」

「言っただろう、これはビジネスなんだ。おまえを捜し出して痛めつけるより、おまえの大事な者たちを痛めつけたほうが効率がいい」

「俺には大事な者などいない」

「失ってみなければ、大事かどうかはわからんよ」

「俺はこの金で自由気ままに生きる」

タクシーをターミナルビルにつけると、運転手がふり返った。

「だったら、逃げればいいさ」通話を切り上げるまえに男はそう言った。「だけど、そうだな……考える時間をやろう。三十分だ。三十分経っても連絡がなければ、あとはせいぜい死んだ者たちのことを忘れて残りの人生を楽しむといい」

俺は料金を支払い、ボストンバッグをしっかり掴んでタクシーを降りた。

灰色の空を見上げると、ちょうど銀色の機体が分厚い雲に吸いこまれていくところだった。

ターミナルビルに駆けこみ、チケットカウンターに直行する。

三十分以内に出発する便ならどれでもよかった。余計なことを考えたくなかった。飛行機の上にいれば、あきらめがつく。佳織や女房子供の死だって、そのうち色褪せてくれるにちがいない。

が、あいにく北往きも南往きもキャンセル待ちの長い行列ができていた。空席のあるいちばん早い便はおよそ四十分後、十六時四十分発の南紀白浜《なんきしらはま》往きだった。

南紀白浜がいったいどこなのか見当もつかなかったが、とりあえずチケットを買い求めた。それから、カジュアル衣料品店で全身の衣服を取り換えた。ブルージーンズに白のスニーカー、グレーのスウェットパーカーとベージュのダスターコートに着替え、それまで着ていたスラックスや血のついたシャツや革靴をボストンバッグに押しこんだ。革靴だけどうしても入らなかったので、ゴミ箱に放りこんだ。

腕時計を見ると、午後四時二十五分になっていた。俺は胸を撫で下ろした。もうそろそろ搭乗案内が始まる。なんとかこの三十分を逃げ切ることができたようだ。しかし、神様の考えることは本当にわからない。保安検査の優先搭乗の列に並んだとき、耳をつんざくような子供の泣き声が空港じゅうに響き渡った。ふりかえると、母親と思しき女が五歳くらいの女の子を激しく叱りつけていた。女は娘を怒鳴りつけ、足早にその場を立ち去った（言うまでもなく、あの忌々しいキャリーバッグを引きずって）。追いすがる女の子は、ごめんなさい、ごめんなさい、手をつないで、ママ、手をつないでよと泣きじゃくった。母親は断固として足を速めただけだった。小さな娘からというより、自分自身から遠ざかろうとしているみたいだった。

空港の喧騒が潮のように引いていく。沖縄の青い海が干上がり、あとには月のような殺伐とした荒野が目路の果てまで広がっていた。いろんなことがありすぎて、正常な判断ができなくなっていたのかもしれない。いずれにせよ、胸の奥底に押しやっていた後悔が喉元にせり上がってきた。けっきょく、俺はメイの父親になれなかった。女房の連れ子に対して、父親になるために必要なだけの愛情をどうしてもかき集めることができなかった。理由をこじつけて殴ったり、蹴ったりしたことはない。だけど、理由もなく抱きしめたり、キスしたこともなかった。

うしろに並んだ男の咳払いで、自分が保安検査の列を堰《せ》き止めていることに気づいた。検査官の女性が手招きしながら急き立てる。行先案内表示板を見上げると、俺が乗るはずの便はすでに最終搭乗案内に入っていた。もうすぐ約束の三十分が経つ。神様に消火器で頭をぶん殴られたみたいだった。行列を飛び出した俺は、タクシー乗り場を探しながらスマホを操作した。通話のアイコンをタップする。

相手はすぐに出た。

「ずいぶん迷ったみたいだな」先ほどの男が楽しげに囀《さえず》った。「じゃあ、金を持ってきてもらおうか。バッグのまま持ってこい。コインロッカーの鍵なんかじゃなくてな」

「佳織は無事か？」

「ああ、バッキンガム宮殿にいるエリザベス女王より無事だよ」

「本当か？」

相手の気配が遠ざかり、誰かが不明瞭な音声で「富松さん、富松さん」と叫んだ。佳織の声だった。

「聞こえたか？」

俺は大きく息を吸い、覚悟と一緒に吐き出した。

「どこへ行けばいい？」

相手が告げた池袋の住所と店の名を、俺は頭に刻みこんだ。

「あんたがそこにいるのか？」

「ヤクという者が行く」

「……ヤク？」

「ヤク・トシオだ」

ヤク・トシオ。

「いまどこにいる？」

その質問には答えず、逆にこちらから言い渡した。

「今夜十時に行く」

「おい、それはおまえが決める――」

「いやなら取引はなしだ」かぶせた。「あんたらは殺したい奴を殺し、俺はこの金で一生遊んで暮らす」

短い沈黙のあとで、溜息が通話孔から漏れた。

「オーケー、いまはおまえがボスだ」電話を切ろうとする俺を、相手の声が呼び止めた。「なぜ電話する気になったんだ、富松？」

空港ビルを出た俺は速足で歩きながら、客待ちをしているタクシーにむかって手を挙げた。

「やっぱり気が咎《とが》めるのか？　自分のせいで誰かが死んだら夢見が悪いもんな」

おまえの知ったことじゃないと言って電話を切った。


タクシーに乗りこみ、行先を告げると、ボストンバッグを抱えてひとしきり後悔した。ひどく馬鹿げたことをしているのは明白だった。いまならまだ間に合う。もういっぺん切符を買って、南紀白浜でもハバロフスクでもどこにでも行っちまえ。もし奴らが佳織やメイを殺すなら、それが彼女たちの運命だ。その運命に俺まで巻きこまれることはない。

スマホで「ヤク・トシオ」を検索してみた。「夜久」という姓はあったが、いかなる「トシオ」も見つけることはできなかった。

座席に背を沈め、目を閉じた。頭のなかはとっ散らかったままだった。もし俺が無意味にメイを抱きしめたりキスしたりするような男なら、これからはじまることにもすこしだけ意味があるのかもしれない。とりとめもなく、そんなことを思った。だけど、俺はそんな男じゃないのだから、きっと俺の死にもあまり意味はないんだろうな。

豪徳寺にある妻の実家にタクシーを乗りつけた。むかしながらの一軒家が建ち並ぶ、入り組んだ住宅地の一郭だ。妻の家には陽当たりのいい小さな庭があって、春先になるとウグイスの飛んでくる梅の木があった。彼女の父親はもう他界していて、いまは耳の悪い母親がいるだけだった。

玄関を開けた妻は、訪問客が俺だとわかると、そのまま扉を閉めようとした。

「渡したいものがあるんだ」閉まるドアと壁のあいだに、俺は咄嗟に爪先をねじこんだ。「すぐに帰る」

扉にこめられていた渾身の拒絶が抜け、ふたたびおずおずと押し開かれた。俺はまずそのことに対して礼を言った。彼女はグレーのスウェット地のワンピースにカナリヤ色のカーディガンを羽織っていた。丸い眼鏡をかけ、長い髪を頭のてっぺんでざっくり束ねていた。三カ月ぶりに会った彼女は、たしかに俺といた頃よりあらゆる面で改善されているようだった。

「なんなの？」そこだけはどうあっても譲れない領分であるかのように、彼女は胸のまえでしっかりと腕を組んだ。「どうしたの、その顔？」

俺はボストンバッグから札束を三つ摑み出し、驚いて目を丸くしている妻に手渡した。妻は札束を見下ろし、また顔を上げて俺を見た。

「なにも言わずに受け取ってくれ」

「受け取れない」妻が溜息を漏らした。「受け取れるわけないじゃない。どうせろくでもないお金なんでしょ？」

言葉に詰まった。

「頰に切り傷をつくって、いきなりこんな大金を持って現われるなんて」そう言って、金を俺に押し返した。「あんたはいつもそう。目先のことしか見えてない。このお金のせいで、あたしたちがへんなことに巻きこまれるかもしれないとか考えなかったわけ？」

俺は顔を伏せた。

「やっと静かな暮らしを取り戻したの。もうあたしたちをひっかき回さないで」

「メイは？」俺は勢いこんだ。「元気にしてるのか？」

閉まりかけた扉の隙間から、妻の冷たい視線が突き刺さった。面白くもなんともないものを見るような目だった。俺の頰の傷さえも、彼女にとってはそのへんに落ちている鳥の糞ほども面白くないのだ。

「いまさら？　あんたには物事を正すチャンスがいくらでもあったのよ。いい？　いくらでもあったんだから」

「そんな言い方はないだろ」カッとして詰め寄った。

「こっちは命懸けでここまで来たんだぞ」

「よかったじゃない」鼻で笑われてしまった。「これであんたも命懸けでなにかをやったことがあるって他人に自慢できるわよ。気分いいでしょ？」

俺は拳を握り締めた。

「帰って」妻が言った。「話があるなら弁護士をとおして」

とりつくしまもなく扉が閉まった。たたきつけるようにではなく、期待を持たせるようにでもなく、閉まるべきものがただ静かに閉まった。

俺は玄関先に立ち尽くし、途方に暮れ、冷たい北風に吹かれた。陽はとっぷりと暮れていた。腕時計を見ると、六時をすこしまわっていた。約束の時間まで、まだ四時間ほどもある。それが四年のように感じられた。いまとなっては、もはやなぜ十時と指定したのかよくわからなかった。金を受け取った妻が抱きついてきて、俺に傷つけられた日々を水に流してくれるとでも？　メイが飛びついてきて、ほっぺたにキスをしてくれるとでも思ったのだろうか？

札束をボストンバッグにしまい、妻の家をあとにした。タクシーが拾えそうな界隈ではない。だから足を引きずりながら、見当をつけた駅のほうへと歩いていった。ほとんど誰とも行き会わなかった。無人の住宅地の路地は冷え冷えとしていて、どんな奇跡も期待できなかった。ボストンバッグがやたらと重たい。俺のような人間に訪れる奇跡はいつだって誰かからかすめ取った奇跡で、そんなものは奇跡でもなんでもなかった。

四時間あれば、どんなことでも起こり得る。前後不覚になるまで酒が飲めるし、女も買えるし、豪勢なディナーと洒落こむことだってできる。金はたっぷりあるのだ。これから羽田空港にとって返し、どれでもいいからすぐに出る便に飛び乗ることだってできる。

魂を悪魔にでも売り渡したようなつもりで、俺は妻に会いにやって来た。魂を売り渡すことが最悪なのではない。最悪なのはその魂に買い手がつかないことで、それよりもっと悪いのは、金をもらってもそんなものはいらないと言われることだった。まるで果てしない坂道をのぼっているみたいだ。いっそのこと回れ右をして、上り坂を下り坂に変えてしまいたかった。そうできれば、どんなに楽だろう。人はいずれ死ぬ。それが早いか遅いかだけの問題じゃないか。俺の体は冷えきっていて、心はくたびれ切っていた。もし背後から乱暴に突き倒されなければ、本当に沖縄あたりまで逃げていたかもしれない。

なにが起こったのか、理解できなかった。耳障りなエンジン音が轟き、突風のような排気ガスをもろにひっかぶった。

俺は蛙のようにアスファルトにひっくり返り、どうにか体を起こしたときには、そのスクーターはもうほとんど黒い点になっていた。ふたり乗りで、うしろの男が小脇にボストンバッグを抱えていた。その男がちらりとふりかえる。

叫ぼうと思ったが、声が出なかった。追いかけようと思ったが、足が動かない。そんなはずはないと自分に言い聞かせてあちこちに目を走らせたが、俺のボストンバッグはやはり影も形もなかった。

まるで地滑りに足を取られたみたいに、悪運が四方八方から押し寄せてくる――頭のなかで古いブルースが鳴った――期待にうずもれ、欲求不満に生き埋めにされたのさ。生きながら葬られるのは監獄よりひどいものだぜ。

暗黒大陸《アフリカ》からさらわれてきた黒人奴隷は、びくともしない悪運に太い鎖でつながれていた。彼らにできることは、ブルースを歌うことだけだった。俺のなかにもブルースが流れていた。それは抗いようのない悪運に見舞われた者にだけ聴こえてくる、来世の歌だった。

おそらく改造して排気音を大きくしているのだろう、視界からすっかり消えてしまってからも、悪運のブルースはしばらく空っぽの住宅地に谺《こだま》していた。だけどそれもやがて遠雷のように遠ざかり、静寂がまた流砂のように俺を呑みこんでいった。

不思議なことに、俺はそのまま逃げたりしなかった。ポケットには小銭がすこしばかり残っているだけだった。有り金は南紀白浜往きのチケットに化けていたし、そのチケットはもう紙屑だった。命綱のようにしがみついていたボストンバッグもろくでなしどもに奪われてしまった。

なのに、俺は池袋を目指して歩きだしていた。

逃げつづけの人生に嫌気が差したとも言えるが、むしろ逆のような気もする。指定された場所へ行き、ヤク・トシオと会ってなにかを終わらせることが、俺にとって逃げることだったのかもしれない。誰かを見殺しにしたって、金さえあれば生きていける。いまの俺にはそれすらもできない。だとしたら、と歩きながらなかば痺れた頭で考えた。俺はなにをしようとしているのだろうか?

ホテル勤めをしていると、けっしてどこへも行き着かない人たちを頻繁に見かける。毎週土曜日になると、かならず現われる身なりのいい老人がいた。きっかり午後三時、ビッグベンのように正確に。その老人は真冬でもパナマ帽をかぶり、趣味のいいネッカチーフを巻き、しっかりアイロンをあてたスラックスに、顔が映りこむほど磨きこまれた革靴を履いていた。判で押したように、いつもホテル向きのおなじ格好だった。彼はなにをするわけでもなく、ただ二時間ほど静かにロビーにすわっていた。そして俺たち従業員がとおりかかるたびに、かならず帽子に触れて挨拶をしてくる。そのさまは前時代の紳士的であると同時に、獲物を待ち伏せするウツボのようでもあった。彼の場合、迂闊に近づいた獲物に咬みつくわけではなく、ただ挨拶をするというだけだ。ときには、文庫本を広げることもあった。そのようなときはちらちらと腕時計に目を走らせ、いかにも待ち合わせでございというふうだったが、時間がくると本をぱたりと閉じてひっそりと帰っていった。一度、彼を帝国ホテルで見かけたことがある。俺の記憶に間違いがなければ、それは火曜日の午後だった。老人はパナマ帽をかぶり、ぴかぴかのブルーチャー・オックスフォードを履き、膝の上に文庫本を広げ、そして従業員がとおりかかるたびに優雅に挨拶をしていた。

老人のことを笑う気にはなれなかった。この世界は、俺には理解できない歓びに満ち溢れている。そう、まるでマルセル・デュシャンの作品——太陽が西から昇ろうともホテルのロビーには飾れない、あの小便器をひっくり返しただけの恐るべきオブジェ——のように。つまり他人に歓びをもたらす歓びもあれば、他人をすり減らしていく歓びもある。たぶん俺の歓びも、多くの人をすり減らしてきたのだろう。

裏道をとおり、しばらく環七を歩いた。首都高が見えてくると、今度はそれに沿って新宿方面に足をむけた。

親父が死んだときのことを不意に思い出した。俺は大学四年生で、ちょうど就職活動をしていた。卒業したら就きたいと思っていたマスコミ関係の仕事にはことごとく面接で落とされ、ほとんどは面接にすら漕ぎ着けなかった。親父は肺がんで、病名が判明した二週間後にはもう死んでいた。俺は親父の死に目に会えなかったが、さほど残念だとも思わなかった。それよりも、自分の求める世界から拒絶されつづけていることのほうが、はるかに俺を傷つけていた。就職試験を受けた会社からなにか連絡がありはしないかと、葬儀のときも人目を盗んでこそこそ携帯電話で確認した。深夜にひどく具合が悪くなって救急車で運ばれたのよ。火葬場へとむかう葬儀社のバスのなかで母親がそう言ったときも、俺は携帯電話をいじっていた。ストレッチャーに載せられて手術室に入るとき、お父さんがにっこり笑って手をふったの。留守電サービスにはいかなるメッセージも残されていなかった。俺は溜息をつき、携帯電話のフリップを閉じた。ふぅん、それで？　それだけよ、と母親は言った。最期に笑って、バイバイって手をふっただけ。

　巨大な夜の片隅を、俺はひっそりと通り抜けた。街の喧騒はほとんど耳にも目にも入らなかった。どこかのビルの電光掲示板が「さなえちゃん、無事保護される」というテロップを流していた。通行人が足を止め、何人かがそのニュースを指さしていた。あきらかに安堵している人も見かけた。さなえちゃんが無事だったのは本当によかった。俺は心底胸を撫で下ろした。これでさなえちゃんまで無事じゃなかったら、悔やんでも悔やみきれない。ジョン・アーヴィングの男は、これはビジネスなのだと言った。こっちで痛めつけられたら、あっちを痛めつけると。奴らはさなえちゃんを痛めつけなかった。なぜなら、ほかに痛めつけたい奴がいるからだ。無事に保護されたからには、さなえちゃんはこれから両親のもとへ帰ることになるのだろう。さなえちゃんと入れ違いに、今度はこの俺が誰にも保護してもらえない場所へと赴くわけだ。

　気力が萎え、もう一歩も歩けないと思うことが何度かあった。それでもつぎの信号、つぎの自動販売機、つぎの交差点までと思い定めて歩きつづけた。頭を空っぽにして足を繰り出していると、だんだん気分が高揚してくるのが感じられた。西新宿の交差点を折れて山手通りに入るあたりからは、なにやら人生の真理に触れているような気にさえなった。まるでこれから戦地へ赴く兵士にでもなったような気分だった。たぶん、生きては帰れない。だけど、それは俺にはどうしようもないことだ。願わくは、俺もにっこり笑って誰かに手をふりたかった。最期の瞬間ににっこり笑って手をふりたい相手がいるのは、とても素晴らしいことだった。

池袋に着いたのは、約束の時間の十五分前だった。三時間以上も歩いたことになる。脚が棒だった。スマホというものがあるので、指定された店のおおよその位置は見当がついた。

目的の路地は雑居ビルと煙草屋にはさまれていて、まるで底の見えない古井戸のようにぽっかりと口を開けていた。こんなところに店があるとは思えなかったが、俺のスマホは揺るぎなく俺をその路地の奥へと導いていた。

情けなくなるほど膝が震えだし、無性に煙草が吸いたくなったが、それを買う金すらなかった。俺を呑みこもうとする路地の不気味な息遣いが、ねっとりとした生温かい風となって吹きつけてくる。

俺は立ち尽くし、何度か深呼吸をしてから佳織に電話をかけてみた。やはり誰も出なかった。虚しく鳴りつづける呼出音を聞きながら、俺は人気《ひとけ》のない山林を想像し、枯葉や湿った土にうずもれたスマホを思い描いた。真っ暗な草叢《くさむら》がぼうっと光り、佳織が着信音にしている曲のメロディが虚ろに流れつづける。近くにいる鹿とか梟《フクロウ》とかが首をもたげ、画面を這っていた甲虫がびっくり仰天してひっくり返る。その黒い六本の脚がもぞもぞと宙を掻く。自動応答音声が聞こえてきたところで俺が電話を切ると、佳織のスマホもぴたりと沈黙する。森や沢や樹々はふたたび闇に閉ざされ、ひっくりかえった甲虫はどうにか体勢を立て直し、鹿は草を踏み分けて歩み去り、梟は全身の羽毛を膨らませる。

腕時計に目を落とす。いつの間にか十時を十分ほどもまわっていた。俺はずっと、自分はもっと多くに値する男だと信じていた。この世界が俺のために用意してくれているものが、たったこれっぽっちであるはずがない。佳織から身代金の横取りを持ちかけられたとき、ついに世界が俺に借りを返す気になったのだと思った。だけど、じつはその思い上がりこそが、世界が俺たちの鼻先に垂らした餌だったのだ。俺は天真爛漫な魚みたいにその餌に食いつき、そして世界に釣り上げられてしまった。だから足を引きずって、とぼとぼと路地へ踏みこんでいくしかなかった。どうあっても俺の負けに変わりはないのなら、あとは負け方の問題だった。

思いがけない場所に、半地下の店があった。ビルの横腹にコンクリートの短い階段があり、その下にメキシコ風のどっしりした扉があった。扉の上でぼんやりと光っているネオン管は〈LUCILLE〉と読めた。どうやらここで間違いないようだ。溜息が漏れた。リトル・リチャードの「ルシール」を聴きながら死にたくはないが、もしそれがB.B.キングのなら悪くはない。

また余計なことを考えだすまえに、思い切って扉を引き開けた。なかは洞窟のように真っ暗だった。正面にあるバーカウンターは幽霊のようにぼうっと青白く光り、だだっ広いフロアにゆったり配置されたテーブル席には天井からアセチレンランプが吊り下げられていた。なにもかもが、時間さえもが影のなかに沈んでいるみたいだった。ひんやりしたジャズが、ジンの香りをまとって流れていた。

カウンターのなかにいる年配のバーテンダーが顔を上げ、かすかにうなずいた。なにかを言い含められているようにも、ただたんに無口なようにも見えた。黒いジャケットに黒い蝶ネクタイを締めている。おそらくそれが彼のいつもの格好なのだろうが、見ようによっては死に敬意を払おうとしているみたいだった。

L字になったカウンター席の右端では、男がひとりで酒を飲んでいた。出入口からは横顔しか見えない。ツイードのジャケットを着ていて、銀縁の眼鏡をかけている。暗すぎる店のなかでは、歳の見当まではつかなかった。三十歳にも五十歳にも見えた。ヤク・トシオっぽいと言えば言えたが、彼は俺が店に入ってきてもわざわざふりむいたりしなかった。静かに赤ワインを飲んでいた。いずれにせよほかに客はいなかったので、俺はその男に近づいた。

足が地につかない。本当はわっと叫んで逃げ出したいのに、見えない大きな手に鼻面を引きずられているみたいだった。男が顔をふりむけてくる。薬指に金の指輪をはめた手に、シガリロを持っていた。俺は目をそらさなかったし、それは彼もおなじだった。俺と彼を隔てるもの、そして生と死を分けているものは、シガリロの甘い煙だけだった。

「なにか？」

「いいえ」俺は慌てて目をそらし、カウンターのなかほどへ退散してバーテンダーに声をかけた。「あの、待ち合わせをしているのですが」

バーテンダーがうなずき、繊細な手つきでカウンターにコースターを置く。俺はコースターの置かれた席に腰を落ち着けた。カウンターの左端には季節外れのカサブランカが、大きな花瓶に生けられていた。むっとするほどの花香が、その見事な純白の花弁から放たれていた。花瓶の横手の壁には、立派に額装した絵がかかっていた。紅い服を着て、緑色の帽子をかぶった女の絵だった。女の肩は強張っていて、両目を大きく見開いている。なにを考えているのかわからない、ぼんやりとした顔つきだった。

「シャイム・スーティンの『心を病む女』です。もちろん複製ですが」

バーテンダーに手渡されたおしぼりで顔を拭くと、歩きどおしだった両脚に砂が流れ落ちるような痺れが走った。あらためて絵を見てみると、女の全身がひきつっているように見えた。

「なにかお飲みになりますか？」

ささやくような、まるでこの店の静寂は微妙なバランスを保っていて、それがかろうじて心の平衡も保っているのだとでもいうような声だった。

いいえと言いかけて、思い直した。この期に及んで、いったいなにを遠慮することがあるというのだ。これから殺されるのだとしたら、酒の支払いなど気にしなくてもいいじゃないか。

「バーボンをダブルで」

「銘柄はいかがいたしますか？」

「なんでも。できれば甘いやつを」

バーテンダーがうなずき、まるであらかじめ俺の注文を予想していたみたいに、背後の酒棚からボトルを一本抜き出した。手際よく削った丸氷をタンブラーに落とし、メジャーカップを使って慎重に酒を注ぎ、ボトルを添えて出してくれた。

「エンジェルズ・エンヴィでございます」

魚を思わせる形のボトルには、天使の翼が描かれていた。

天使の羨望は俺がそれまで口にしたどんなバーボンよりもふくよかで、なめらかで、深い甘みが通奏低音のように流れていた。華やかであると同時に、古いマホガニーのようにどっしりと落ち着いてもいた。うっとりと溜息を漏らした俺を見て、バーテンダーが声をかけてきた。

「お気に召しましたか？」

「ええ、とても」

「それにしても、天使にも羨むものなんてあるんですかね」

俺は曖昧に微笑み、酒を口に含んだ。

「もし天使というものが不死の存在だとしたら」バーテンダーが言った。「彼らが羨むのは死かもしれませんね」

酒精にむせて、地獄のように咳きこんでしまった。酒に棘が生えたみたいだった。おしぼりで口元をぬぐいながら注意深くバーテンダーを観察したが、彼は事もなげに話をつづけた。

「私が若い頃に修行をしたバーのマスターが大の読書家で、とくにレイモンド・チャンドラーとかダシール・ハメットといったむかしのハードボイルド小説をよく読んでいました。そのせいか、言うことがいちいち小洒落てるんです。その店にはいろんな珍しい酒が置いてありましたけど、なかでもマデイラ・ワインの品揃えはピカイチでした。日本一だと思います。ご存知ですか？　ポルトガルのマデイラ島で造られる酒精強化ワインです。私の師匠の店では二百年前のマデイラ・ワインを出していました。もちろん高級なもので、一杯二万円もします。あるとき客から、そんな高い酒を飲む奴がいるのかと訊かれました。すると、私の師匠はこう答えたんです。『このお酒を飲まれる方は時間を飲んでいるんですよ』ね？　おわかりになるでしょ？」

思い過ごしだ。口のなかが干上がり、俺は酒をがぶりと飲んだ。疑心暗鬼になっているんだ、そうだとも。

「またべつのあるとき、客に良い酒と悪い酒のちがいを訊かれました。やっぱり値段ですか、とね。師匠はこう言いました。『悪い酒というものは存在しません、ただほかの酒より味の劣る酒があるだけです』誰の言葉かおわかりになりますか？」

「それはおそらく……」おもむろに口を開いたのは俺ではなく、カウンターの右端の客だった。「チャンドラーかハメットでしょう？」

「そのとおり」我が意を得たバーテンダーはそっちとむきあった。「チャンドラーのほうですよ。ただし、『酒』ではなく『ウィスキー』ですが」

「悪いウィスキーというものは存在しない」その客は

上等の酒を味わうようにしてつぶやいた。「ただほかのウィスキーより味の劣るウィスキーがあるだけだ……なるほど」

「これって、いろんな言い換えができるんです。たとえば、こんなのはどうですか。悪い結婚は存在しない、ただほかの結婚より劣る結婚があるだけだ。なんだか哲学的に聞こえるでしょ？」

「人の生き死ににについてもおなじことが言えそうだな」

息苦しさに喘《あえ》ぎながらも、俺はそれを頭のなかで言ってみた。悪い死というものは存在しない、ただほかの死より劣る死があるだけだ。頬を流れ落ちる汗をおしぼりでぬぐう。それから、カウンターの端に顔をふりむけた。

「あなたがヤク・トシオさんですね」

俺の声は聞こえたはずなのに、彼はなにも言わず新しいシガリロに火を点け、美味そうに一服した。吹き流された灰色の煙が、まるで物語のプロローグのように広がっていく。実際、それは衝撃的なプロローグだった。

俺が彼の正体に気づいたのは、このときだった。出会い頭に横面を張り飛ばされたみたいだった。最初は煙に目をたぶらかされているのかと思ったが、そうではなかった。微笑をたたえたその横顔には、たしかに見覚えがあった。

「きみは私を哀れな老人と思っていたのだろう？」口をぱくぱくさせている俺を後目《しりめ》に、彼のほうが先に言った。「週に一度、宿泊客のふりをしてホテルのロビーにすわることだけが生甲斐の老いぼれだと」

「なぜ……なぜあなたがここに」俺は何度も唾を呑み下した。「あなたも誘拐犯だったんですか？」

彼がその質問に答えることはなかった。

人の気配にふりむくと、扉の前に若い男がふたり立っていた。思わず腰を浮かせた俺を、ヤク・トシオと思しき男がたしなめた。

「まあ、すわりなさい」

バーテンダーが俺の目を捉えてうなずいた。

「聞いてください」俺は前のめりになって説明しようと試みた。「金は返そうと思ったんです。嘘じゃありません。だけど道を歩いているときに、ふたり連れの男たちに奪われてしまったんです。出来すぎた話だとは思います。こんな都合のいい話、俺だって信じられません。でも、本当なんです。嘘じゃありません。俺は本当に――」

残りの言葉が吹き飛んだ。バーテンダーがおもむろに持ち上げたボストンバッグに、俺の目は釘付けになった。彼はそれを静かにカウンターに置いた。

「我々がきみのご家族を見張っていないとでも？」ヤク・トシオが言った。「夜は長い。さあ、すわって話そうじゃないか」

俺はうろたえ、腋の下にいやな汗をかき、何度も出入口をふり返ったが、そこにいるふたりが俺から金を奪ったふたり組なのかどうかは判然としなかった。しかし奪われた金がいま目のまえにあるのは厳然たる事実だし、バーテンダーも奴らの一味であることははっきりしていた。

「この方がすわれと言ったらすわったほうがいい」

バーテンダーの声に呼び戻される。

「佳織は……」俺は逃げようとする目を力ずくで彼に据え、どうにか声を絞り出した。「佳織は無事なのか？」

「おまえはどう思う？」

口調こそ変わったものの、その声は相変わらず穏やかで、懐かしい響きすらあった。雲間から射しこんできた一筋の光みたいに。なにかを期待せずにはいられない。俺はあたふたとスマホをひっぱり出し、もう一度佳織に電話をかけてみた。

じりじりしながら待っていると、藪から棒に聞き覚えのある着信音が耳朶を打った。

スマホを耳にあてがったまま、俺はバーテンダーの顔を穴が開くほど見つめた。彼の手のなかで鳴っているのは、間違いなく佳織のスマホだった。全身が粟立った。目を白黒させている俺を見て、バーテンダーがにやっと笑った。その瞬間、このバーテンダーがあのジョン・アーヴィングを読む男だと悟った。

「心配するな」と、バーテンダーが言った。「もうすぐ彼女に会えるさ」

俺が電話を切ると、彼の手にあるスマホも鳴りやんだ。固く凝《こご》ってゆく沈黙のなかで俺にできることといったら、ヤク・トシオの慈悲にすがることだけだった。なんといっても、彼とはまったく知らない間柄ではないのだ。

が、そこにいたのは俺が見知っているあの老人ではなかった。まったくの別人だった。彼はある種の凄味をまとっていた。それはホテルのロビーにすわっていたときにはまったく感じたことのない不穏な説得力を持っていた。たとえ彼の口から出てくるのが安っぽい脅し文句だとしても、それは実行力をともなう脅しだろうと思わせるなにかがあった。俺はいったいなぜこの人を老人などと思ったりしたのだろう？

「彼に飲みものを」

ヤク・トシオはバーテンダーに命じ、再度俺に着席を促した。俺としては、それに従うしかなかった。ガラスを爪でひっかいたような恐怖がゆっくり引いていくと、あとには麻痺した混乱だけが残った。バーテンダーが注文を待っている。すこし考えて、ギムレットを注文した。

「もうギムレットには早すぎるということはないでしょう」

ほとんど投げ遣りにチャンドラーを引き合いに出すと、バーテンダーが満足げにうなずいた。

カクテルが出されるまでのあいだ、ヤク・トシオは静かにシガリロを吹かし、俺は俺の殻に閉じこもってまたぞろ死について考えた。考えずにはいられない。死とは、出たとたんに切れてしまう電話のようだった。がらんどうの俺のなかで、小さなベルの音が途切れることなく鳴りつづけていた。

バーテンダーがジンとライムジュース、それにちょっぴりのシロップをシェイカーに垂らす。シェイカーをふる音がいやにやかましかった。ほどなく俺のまえにカクテルグラスがそっと置かれ、さわやかな香りのする酒がそそがれた。口に含むと古今東西、未来永劫、なにものにも汚されない味がした。すべてのカクテルは、あらゆる夜の真実だった。

「つまり」と、俺は言った。「俺のホテルに毎週来ていたのは下見のためだったということですか？」

「そこだよ」

俺はヤク・トシオを見やった。

「人間は自己を超えた物事を理解することはできない」彼は言葉を継いだ。「きみはまず私を憐れんだ。そして、いまは恐れている。恐れて当然だ。きみはそれだけのことをした。だから、恐怖以外の可能性が見えてこないんだ」

「じゃあ、下見のためではなかったと？」

「これは、そう、読書に似ていると思わんかね？」

バーテンダーが相槌を打つ。

「良い物語とは箱のようなものだ」ヤク・トシオはワインで喉を潤した。「しかし、いくら箱が立派でも大事なのは中身のほうだろう？　たいていの作家は箱が立派なら中身も立派に見えるということをよく知っている。なぜなら、ほとんどの読者は箱にばかり目を奪われるものだからだ。だから、作家たちは箱に意匠を凝らす。しかし中身が本当に価値のあるものなら、どんな箱に入っていようとあまり問題ではない。まったく異なる物語で、まったくおなじメッセージを伝えることも可能なんだよ」

なんとなくわかるような気もした。だから、その気持ちをそのまま口に出して言った。「俺に見えていたのはその箱だけだった、というわけですね」

「きみにはこの物語の全体像はけっして見えない」言葉を切る。「なぜなら、そんなものが見える人間などいないからだ。この私も含めてね」

「だけど、あなたは俺の物語の結末を知っています」

「そのとおりだ」

「それを教えてくれる気はあるんですか？」俺はまっすぐに彼を見た。「それとも、そのときが来たらわかるとでも言うつもりですか？」

「どっちがいいのかね？」

返答に詰まった俺を見て、出入口のふたりがくすくす笑った。

「遠慮せずに訊きたまえ」彼の顔に悪戯っぽい笑みが広がる。「金を奪われても約束どおりここへ現われたきみの勇気に敬意を表して、嘘はつかないよ」

俺はカクテルグラスを一気に干した。スツールを回転させ、体ごとヤク・トシオとむきなおる。が、口を開こうにも、唇がにかわでくっついてしまったみたいに開かない。小刻みに震えるばかりだった。出口をふさがれた言葉が喉を締めつけ、ひどく息苦しかった。顔が火照り、血がのぼるのを感じた。

俺がもうひとりの自分と格闘しているあいだに、バーテンダーが出入口のふたりを鋭い口笛で呼びつけた。男たちが音もなくカウンターにやってくる。そのうちのひとりは俺の頬をナイフで切りつけ、俺に消火器で顔面を殴られた男のようだった。顔の左半分に包帯を巻いている。二度見たが、やはり間違いなさそうだった。

「ほっぺたの骨が砕けたぜ」その男が顔を寄せてきて、押し殺した声で言った。「その破片が目の奥に刺さってるんだ」

なんとも答えようがなかった。

バーテンダーがカウンターの下からなにかを取り出し、まるで煙草の箱でも手渡すように無造作に差し出す。ただしそれは煙草の箱ではなく、銀色に輝く拳銃だった。その拳銃を受け取ったのは、俺に消火器で顔面を殴られた男だった。男と目が合った。ひとつしかない彼の目は無機質で、爬虫類じみていた。彼は拳銃を持ったまま、じっと俺を見下ろしていた。もし彼が犬なら、彼をつないでいる鎖はいまにも千切れそうに見えた。ヤク・トシオがうなずくと、もうひとりの男がボストンバッグを持ち上げた。

「さてと」ヤク・トシオが席を立つ。「私はそろそろ失礼するよ」

消火器で殴られた男が拳銃のスライドを引き、薬室のなかをたしかめる。まるで映画のワンシーンのように、スライドを戻すガチャッという音が耳のなかではじけた。

「ああ、くそ」思わず毒づいてしまった。「くそったれ」

体じゅうから汗が噴き出した。額に浮いた汗が頬を伝い、ぽたりぽたりとカウンターに滴り落ちる。手が激しく震えだしたので、俺は祈るように両手を握り合わせなければならなかった。だけど俺には祈る言葉も、祈るべき相手もいなかった。

「酒を……」喉が灼けるように渇く。「もう一杯酒をくれ」

「もちろんだとも」バーテンダーが両腕を軽く広げた。「なにがいい」

「なんでもいい」

バーテンダーは顎に手を当て、眉間にしわを寄せて考えた。せめて最期の酒くらいは後悔しないものを出してやりたいと思っているみたいだった。これから銃殺されるメキシコの革命軍に政府軍が情けの煙草をあたえるように、彼は俺のまえに氷の入ったタンブラーをおき、琥珀色の酒を注いでくれた。銘柄を言われたが、俺は聞いていなかった。タンブラーをひったくると、ひと息で酒を飲み干した。

「もう一杯」

バーテンダーは肩をすくめ、タンブラーにおなじ酒を注いでくれた。俺に顔を殴られた男は、拳銃を持った手を股間のまえで組み合わせていた。金を持った男が脇に退いたのは、ヤク・トシオをとおすためだった。

「人生は娯楽だよ」ヤク・トシオが俺の肩に手を置いた。「この世にあるのは、けっきょく娯楽だけだ。小説どころか、戦争でさえ娯楽以外のなにものでもない」

「それは……どういう意味ですか？」

「そう考えられるようになれば、それは人生を客観視できた証拠だ。そうすれば、生きようが死のうが、けっこう楽しめてしまうものだよ」

彼は励ますように俺の肩をぽんっとたたき、そして店を出ていった。そのうしろに、ふたりの男たちが付き従った。ボストンバッグを持った男がまえを行き、頬の骨が砕けた男がうしろを行った。扉をくぐるまえに、頬の骨が砕けた男がふりむいた。彼は銀色の拳銃を俺にむけた。怖くはなかった。どういうわけか俺は彼が撃つことはないとわかっていたし、それは間違っていなかった。彼がうなずき、俺はうなずき返した。

それだけだった。

そして気がつけば、店には俺とバーテンダーだけが取り残されていた。蹴り上げられた海砂が沈殿していくような静寂のなかで、心を病んだ女がまばたきもせずにこちらを見つめていた。あたしが憶えといてあげる。彼女の病んだ目はそう言っていた。あんたの醜さも情けなさも、みんなあたしが憶えといてあげる。ペパーミントみたいにクールなジャズが死滅した世界に漂っていた。

俺は震える手でタンブラーを持ち、今度はゆっくりと酒を喉に流しこんだ。気取られないように、バーテンダーをちらちらと盗み見た。だけどジョン・アーヴィングが好きな悪党は、いきなり俺の頭に銃弾を撃ちこんだりしなかった。カウンターのなかで黙々とグラスを拭いているだけだった。

俺はゆっくりと時間をかけて酒を飲んだ。無人の廃墟をさまよう亡霊にでもなったような気分だった。呪うべき相手は死に絶え、俺はどこへも行けない。そして、ヤク・トシオと思しき男の言葉を思い返した。まったく異なる物語で、まったくおなじメッセージを伝えることも可能なんだよ——彼はそう言った。

酒がなくなってからも、じっとすわっていた。そのあいだ、ほかの客はひとりも入ってこなかった。腕時計を見ると、午後十一時をまわっていた。時間が意味を持つ場所に、俺はまだいた。

「じゃあ」意を決して口を開いた。「これでおしまいか？」

「もう一杯どうだ？」

「もう充分だ。もう行ってもいいのか？」

グラスを拭きながら、バーテンダーが言った。「ああ、いいよ」

俺はもうしばらくすわってみた。なにかを期待しながら。もしくは、なにも期待せず。すると唐突に、なんの前触れもなく獰猛な詩が牙を剝いて飛びかかってきた。どこにもない咬傷／それをおまえは／とりさらねばならない／ここから――俺は時間をかけてその詩について考えた。なんとなく、それは正しいような気がした。けっきょくのところ、俺には咬傷などどこにもなかったのだから。まさにそこが問題だった。それから席を立ち、バーテンダーに背をむけて歩き、メキシコ風の扉を押し開け、青い夜のなかへと出ていった。

見張り塔

深緑野分
Fukamidori Nowaki

1983年、神奈川県生まれ。2010年、「オーブランの少女」で第7回ミステリーズ!新人賞佳作入選。'13年『オーブランの少女』で単行本デビュー。'16年『戦場のコックたち』で第154回直木賞、第18回大藪春彦賞、本屋大賞の候補になる。'17年、第66回神奈川文化賞未来賞受賞。'19年『ベルリンは晴れているか』で第160回直木賞、第21回大藪春彦賞、本屋大賞の候補。他に『分かれ道ノストラダムス』など。

僕は毎朝、号令よりも少しだけ早く起きる。近づいてくる軍靴の音、ぎいっと軋む扉の音で、光のない闇の夢から引き上げられ、鋼鉄の天井に向かって息を吐く。その直後に号令がやってくる。

「起床！」

飛びはねるようにして平たいベッドから起き上がり、昨日と同じ、汗がまだ乾いていないズボンを穿いて身支度をする。仲間と一緒に。号令係の下士官は、僕らが整列し点呼を終えるのを待つこともなく、隣の部屋へ行って同じことを繰り返す。放送もベルもない。街の鉄塔が倒されて電気が来なくなったからだ。

水道の水はまだ出る。でも石鹼は分隊にひとつだけ、顔を洗うにも一苦労だ。あちこちが割れた琺瑯《ほうろう》引きの洗面器に水を汲み、頰や口の周りを少し濡らせば時間切れ、まだ髭が生えてなくてよかった。全部で十二名の僕らは、整列して鉄の階段を駆け下りる。折りたたみ式のテーブルと椅子が四組という狭い食堂で、炊事班から朝飯を受け取り、めいめい席で食べる。内容はいつもだいたい同じ、缶詰の桃、干した肉のかけら、それからじゃがいも入りの水っぽい黒パン。代用コーヒーすら少なくなってきたので、白湯を飲む。

僕らはこの見張り塔で敵を見張る。敵と戦う。どれくらい前から？　少なくとも一年前には、この第三防衛地区にいた。

通路を歩くと、第三防衛地区長で見張り塔の長である大佐付きの下士官が立っていて、両手を後ろに組んだ休めの姿勢で、

「連帯。連帯だぞ、諸君。我が祖国の勝利のためにもっとも肝心なこと、それが連帯だ」

と声を張る。〝連帯〟は祖国で生を受けた者が最も多く耳にする単語であり、最も大切な行為だ。ひとりでは弱いかもしれないが、みんなで手を取り合えば強くなれる。強き者は弱き者を助け、弱き者は強き者を支える。足並みを揃え、互いをよく見て、どんなに些細なことでも話し合う。そうでないと人間はばらばらになってしまうからだ。

一斉に、一律に。分隊の靴音が、見張り台へと続く屋内階段に響き渡る。五階の弾薬庫をまっしぐらに通り抜けて、奥の重い二重扉を開けた。ショルダーをず

らしライフルを背中に担いで、軽快な歩調を崩さず梯子を登る。

今日もよく晴れている。新鮮で甘い空気を胸いっぱいに吸い込む。最上階の見張り台に到着すると、びゅうっと強い風が吹きつけてくる。中央に屹立する真っ白い旗竿のてっぺんに、祖国の国旗が勇ましくひるがえり、僕は崇高な気持ちを感じながら敬礼した。

北の青い空と荒れた大地との間には、僕らの街の影がうっすらと見える。しかし以前は摩天楼のようだった影はだいぶ低くなり、今では岩場みたいな、いびつででこぼこした影になってしまった。

空襲のことを思うと、爪を立てて頭皮を掻きむしり、毛を引きぬいて喚《わめ》きたい気持ちになってしまう。でも僕らには高射砲塔がある。敵機を一掃し祖国を守り、やがて勝利へと導いてくれる偉大な高射砲塔が。

高射砲塔はこの見張り塔から百メートルほど後方、日に焼けて赤茶けた荒野にずんぐりと佇んでいる。一見すると濃い灰色の巨大な岩のようだけれど、実際は要塞《ようさい》で、敵の攻撃から人々を守っているのだ。高さはこの見張り塔と同じくらいだけど、防壁はずっと堅牢だし、体積も四倍はある。頂上からにょきにょきと覗く細長い筒は高射砲の砲身で、上空を飛び回る戦闘機や、地上を走る戦車を破壊するほどの威力を持つ。そのひとつひとつには、僕の所属する高射砲中隊の優秀な射手が座っているはずだ。

以前、昼も夜も引きも切らずに爆撃機や戦闘機が飛来して、真っ白く細長い雲を引いて空を滑空し、機関銃を撃ち爆弾を落としていった頃、あの高射砲塔は雷鳴のような音を轟かせ、敵を何機も撃ち落とした。炎の弾が噴くたびに大地が揺れ、きっと神話で聞くような神の怒りとはこんな感じなのだろうと思った。

だけど今は静かだ。最後に高射砲塔の動く姿を見たのはいつだったか思い出せないくらい長い間、沈黙が続いている。物音も、大勢いるはずの人の声も聞こえない。コンクリート製の分厚い壁による高い防護力のおかげで、すべてが隠れてしまうのだ。

しかしだからといって気を抜くわけにはいかない。僕らはここ見張り塔で空や大地を監視し、敵が飛来したのをいち早く確認する。その時は旗を揚げて高射砲に合図を送り、後方の街のために空襲警報を鳴らす。他にも、防衛線を越えてきた敵兵はもちろん、降伏しようとする裏切り者が現れた場合は、このライフルで射殺する。それが僕ら、高射砲中隊から分遣した監視部隊の任務、連帯の心だ。

　今日も僕らは決められた配置につく。乾いた心地良い風が南東の方角から吹き、軍服の青い襟をぱたぱたとはためかせた。空を仰げば中天は目が覚めるような紺碧、視線を下げるにつれ色合いは淡くなり、裾が森の果てに広がる頃には、白味を帯びた柔らかな水色に変わっている。雲は湧いていたが、形はいつか食べたわたあめのようで、雨雲ではない。今日も一日晴れるだろう。

　見張り塔配属の監視分隊、昼班の十二人のうち、五名が装備の補充や芋の皮むきなどの雑用をするので、ここにいるのは七名と、分隊長と従卒の計九名だ。兵士四名がライフルを構えて持ち場を行ったり来たりし、一名がノートと鉛筆を手に戦況の記録係をつとめ、残りの二名が見張り台の隅に立つ小さな気象台へと登り、双眼鏡で異状がないかどうか監視する。気象台に取り付けてある白い風車は、四六時中音を立てて回るので、ここはいつも風車のからからという音楽が鳴りっぱなしだ。

　街の反対側、南には海のように広く深い森があって、敵の歩兵どもはここまで及んでいるという話だった。一年経っても侵入してこないのは、この暗い森に鬱蒼と茂る木々が敵の歩みを阻み、また森の中へと消えていった我らが勇敢な師団が、戦闘で勝利をおさめ続けているおかげだ。

　それでも、一日に二、三人の敵兵の姿を見る。赤い線の入ったヘルメットや赤襟の軍服を見つけたら、監視係が即座に合図し、隊長が命令を下し、目標を狙いやすい位置についている隊員がライフルで撃つ。その行程は雷電のごとく素早く、目標は音もなく倒れ、それから微動だにしない。

「警報、目標発見！　南南西方向に敵兵一名、目視距離三百！」

「了解、南南西方向に敵兵一名、二番射手、撃て！」

「二番射手、撃ちます！」

　スコープの丸い拡大図には、こちらに背を向けて走り逃げる赤襟の敵の姿がある。僕は引き金を引き、間髪容《い》れずその背中に穴が空き、敵は倒れて、ヘルメットが転がった。記録係がノートに走らせる鉛筆の音。

　赤茶けた荒野には、ぽつんぽつんとインクを垂らした染みのようなものが、ところどころに落ちている。

骸《むくろ》だ。

「だからさ、コンデンサを手に入れたいんだよ。どうにかならないかな」

夕食の時、後ろの席に座っているやつらの会話が聞こえて、僕は肩越しにちらりと振り返った。分隊の五番が、十番に話しかけているところだった。五番は気分屋な上に唐突なことを口にする性格なので、面倒くさそうにあしらおうとする十番に同情した。

「コンデンサ？　なんでそんなものが必要なんだよ」

「趣味だよ。だって暇だろ？」

暇だなんて、上官に知られたら懲罰ものだ。僕は聞かなかったことにして姿勢を戻し、ブリキ皿の中の麦粥に再び取りかかろうとした。麦粥という名の、灰色のぶつぶつした得体の知れないどろどろに。

食堂には僕ら分隊の十二名の他に、白いエプロンとコック帽姿の炊事班の三名がいて、みんなそれぞれ席が近いやつとおしゃべりしながら、空っぽで悲鳴をあげている胃袋に餌を流し込んでいる。ドアの前には将校の従卒が気をつけの姿勢で立ち、誰かが騒ぎすぎたり迂闊なことを言ったりしたら、罰を与えに飛んでくる。

見張り台の任務は、もうひとつの分隊〝夜班〟が引き続き遂行中だ。昼班と夜班がこうして交代することで、休息を取りながらの監視が行える。

「……五番は、親父さんが電器屋だったっけね」

向かいに座っている一番がふいにそう言ったので、僕は「さあ？」と肩をすくめつつ匙を口に入れた。何度食べても鼻水みたいな味がする。

「僕はあいつの親父さんは旅芸人だって聞いたけど」

「嘘だ、本当に？」

そう言って一番はおかしそうに笑った。穏やかな物腰の一番が笑うと、なんとなく春が笑っているような気持ちがする。新芽が生え、膨らんだ花のつぼみでいっぱいの、ぽかぽかと暖かな野原みたいな少年だ。だけどその優しげな雰囲気とは裏腹に、射撃の腕は分隊随一で、だから隊長にも一番に任命されている。そして僕は二番だ。

僕らにも親から名付けられた名前がある。だけどみんな、上官はもちろん同じ二等兵の仲間たちもまた、隊長から与えられた番号で呼び合っている。よそよそしい関係なのではなく、むしろこれは仲間だから通じる符丁だった。僕らにとっての連帯の証《あかし》だ。

僕は後ろの五番にわざと聞こえるように、少し大きい声で一番に教えてやった。

「一番は素直すぎるのがいけない。人の言うことを信じすぎなんだよ。五番は口から出まかせばかり言うからな。まったく、あいつが記録係をしてるなんてさ！　軍の記録が大ボラ吹きのタブロイド紙になっちゃうぞ」

すると一番は少し困ったような、悲しいような顔で眉尻を下げた。

「記録については隊長が検閲しているから大丈夫だよ」

「そういう問題じゃない。あいつ便所で幽霊を見たって脅かすし、この間なんて、双眼鏡で後方を見たら気象観測部隊が高射砲塔から手を振ってたって」

「本当？」

「僕は嘘をつかないよ！　だいたい、気象観測部隊が高射砲塔にいるはずがないのに。連中は市街地へ戻れって命令があったろ」

「そうだね」

てっきり笑ってくれると思ったのに、一番はふと暗い顔になって、匙で麦粥をくるくるかき回しながらぽつんと呟いた。

「……僕らはいつ街へ行けるんだろう」

「配置替え希望ってことか？」

「違う、この部隊を離れたいわけじゃないよ。ただ、家族に会ったり、街を回って買い物をしたりしたいんだ。もう一年以上休暇がないから」

一番の言うとおり、この見張り塔で過ごしはじめてから、僕らには休暇がなく、それどころか一歩だけでも外へ出て、歩き回ることすらしていない。しかし元々休暇は少ないし、今は敵が森まで迫っているのだ。

「仕方がないさ。見張り塔から離れるなんて、そんな余裕はないんだから。他の部隊だってそうだよ。自分の持ち場で手一杯なのさ」

僕がそう言うと、一番は顔を上げてこちらをじっと見つめた。その灰色の瞳には不安が揺らいでいた。僕は慌てる。個人の心の弱さは連帯の鎖を蝕《むしば》むからだ。万が一勘づかれて上官に報告されたら、一番は罰を受けることになる。

「気をしっかり持てよ、一番。大丈夫だって、戦争が終わるまであとちょっとなんだから。森に向かった討伐部隊は精鋭ばかりだって、大佐もおっしゃってたじゃないか。僕らは勝ち続けてるんだ。でなかったら、ひとりふたりの敵兵が逃げてきたりなんかしないよ。敵側に敗残兵が出てるってことは、僕らが勝利しつつある証拠なんだよ！」

万が一僕らが劣勢ならば、敵が逃げる必要はどこにあるだろうか？　確かに通信が途絶えた今、戦況は不明だ――森は深く、双眼鏡を覗いたところでみっしりと茂る葉が見えるだけ、その下で起きている戦闘の様子は窺えない。しかし敵が攻めてこず、それどころか敵から敗残兵が出ている、そのことが何よりも戦況説明になっていた。

一番はまだ悲しそうではあったけれど、僕の励ましも少しくらい効果はあるだろう。

食事と片付けを終え、中階の兵舎に引き揚げた後、隊長から新しい命令が伝えられた。

「明日マルハチマルマル時より、夜班は見張り塔の任を解かれることになった」

たちまちざわつく仲間たちに向かって、従卒が「静粛に！　静粛に！」と叫び、手を打ち鳴らす。だけどそうは言ったって、声が出てしまわない方がおかしい。夜は見張らなくていいということだろうか。

「隊長、あの。夜班の代わりはどこの隊が来るんですか？」

後ろから誰か――この声はたぶん十一番だ――が問いかけると、隊長は顔色ひとつ変えずにはっきりと言った。

「補充はない。よって、これより昼班をふたつに分割する。一番から六番までが夜班、七番から十二番までが昼班となる。わかったな？」

みんな戸惑っていた。人員が不足するし、これまで七番たちがやっていた装備の補充作業や炊事班の手伝いは、どうなるのだろう？　そもそも夜班はどこへ異動になるんだ？　まさか高射砲塔だろうか。あそこにはすでに三百人以上いるはずなのに、それでも人が足りないのだろうか。

だけど「はい！」と返事するべきだし、命令は守るものだ。僕らは胸を張って「はい、隊長！」と声を揃え、新しい配置に慣れるよう努力した。

なぜ一番から六番が夜班に指名されたのか、それは夜に見張り台に立ってみると、よくわかった。夜の帳《とばり》が降りた後の世界は青いインクですべてを塗りつぶしたみたいに暗く、見張り台に立つ仲間すらよく見えない。必死に目を凝らしてやっと誰がいるのかがわかるくらいだ。光源は空に浮かぶ月と、ヒトハチマルマル時から稼働をはじめる高射砲塔からの探照灯の青い光しかない。この状況で敵を射殺するのは至難の業だ。だから、より腕のいい一番から六番までが起用されたんだろう。気象台には視力のいい四番が立ち、双眼鏡で探照灯の明かりを頼りに監視する。五番は相変わらずの記録係だ。残りの四名で円形の見張り台を四分割して、持ち場に立った。誰もランタンを持たずに配置についたけれど、中央の隊長の居場所だけは、ぽつんと灯った煙草の赤い火が目印になった。

急に昼夜が逆転したせいか、仲間たちはあくびをかみ殺して睡魔と闘っている。僕はというと、緊張のせいかさほど眠くない。夜風が体に心地よく、むしろ昼よりも好ましいくらいだ。

任務自体は、順調とは言えなかった。探照灯はゆっくり動きながら全方位を照らすので、人影が見えてもあっという間に光の輪から外れてしまう。それでもなんとか、全体で一時間にひとりの頻度で敵をやっつけていった。

やがて東の空の裾が白みはじめ、夜明け前の強い風が吹き付けてきた。もうすぐ交代の時間だ。朝日が昇り、一日がはじまる——いや、僕らにとっては長い一日が終わる時間だ。しかし昼班、七番以降のやつらは寝坊したのかまだ姿を見せない。

まさかこのまま延長だろうか、もう眠くて限界なのにと思ったその時、隊長が片手を挙げて合図した。

「ご苦労だった。昼班は間もなく来る。貴様らは明晩に備えて英気を養え」

「ありがとうございました！　全体、気をつけ！　連帯を胸に、祖国を勝利へ！」

「連帯を胸に、祖国を勝利へ！」

従卒の号令を合図に任務が終わり、みんな小走りにドアへと向かう。一番も、三番も、五番も。僕もすぐ駆け出して追いかけたかったが、冷えたのか、ふくらはぎが攣ってしまった。コンクリートの床にしゃがんでもみほぐし、足首を上下させていたその時、ふいにすぐ隣で空気が揺れた。

「清々しくていい朝だ。よかったな」

逆光で顔がよくわからないが、丸く赤い火がすぐ目の前で燃えている。いつも傍らにいる従卒も記録係も姿が見えなかった。つまり僕に話しかけておられるのかとまじまじ見つめていると、視線がかち合った。

「二番」

僕は小さく飛び上がった。

「は、はい、隊長」

「ライフルを構えろ」

「はっ？」

「聞こえたろう。ライフルを構えるんだ。そこに敵がいる」

僕は大慌てでライフルを構え直し、スコープを覗いた。確かに、いた。

東から昇ってきた朝日に照らされ、陰影が刻まれた森と赤茶けた荒野との間に、人影があった。他の敵兵のように走ってはおらず、こちらに背を向けてゆっくりと歩きながら、境界線に張られた鉄条網を越え、森へ向かおうとしている。軍服は着ていない。袖なしの白い肌着に、カーキ色のズボンを穿いている。顔は見えない。

眠気はすでに吹き飛んでいた。僕は脇を締め、息を殺して集中し、命じられたとおりに引き金を引いた。

男はびくりと体を痙攣させて足を止めた。白い肌着の背中に赤いしみがじわじわと広がっていく。男が完全に倒れる前に僕は顔を上げ、スコープから目をそらした。足下に落ちた薬莢《やっきょう》を踏んで、じゃりっと音がした。

「見事な腕前だ」

思いがけず隊長に褒められ、頬がかっと熱くなる。

「ありがとうございます」

「だが、今度からは頭を狙え。背中では致命傷にならず生き延びることもあろう。一発で殺し、決して仕損じるな」

「……はい、申し訳ありません」

膨らみかけた気持ちが少ししぼむと、隊長が分厚くたくましい手を僕の肩に置いた。

「二番、貴様は訓練生の頃から特に真面目だったと記憶している。今も祖国に忠実な連帯の闘士だ。射撃の腕こそ二番の名に甘んじているが、兵士としては一番だろう。そこで貴様に新しい任務を授ける。俺の指示を受ける覚悟はあるか？」

頷かないはずがない。僕は有頂天で「はい！」と答えた。きびすを返して立ち去る隊長の後ろ姿を、弧を描いて落ちていく煙草の小さな火を、うっとりと眺めた。

それからだ、僕が分隊の仲間と少し違う行動を取るようになったのは。

僕は夜班から外され、七番と交代で昼班になった。起床は僕だけ一時間早まり、毎朝、夜明け前にひとりで梯子を登って、夜班と昼班が交代する一時間を、隊長と過ごすことになった。最初の日、昼班の到着が遅かったのは、昼班の連中が寝坊したわけではなく、そういう時間割だったのだ。

夜班が撤収した後のがらんとした見張り台で、僕は隊長がくゆらす紫煙の香りをかぎながら、「撃て」と命じられるのを待つ。指令が下ると、僕は逃げ去る人影の頭を狙い、決して外さなかった。一時間のうちに現れる二、三人の敵を確実に殺すと、隊長は満足げに頷いて僕を褒めてくれ、記録係には隊長が代わりに報告すると請け負ってくれた。そのうち僕はメダルをもらえるだろう。

だけど悪い面もあった。仲間たちとしゃべる時間がなくなってしまったのだ。みんなよりも早く起きるため朝の身支度はひとり、昼班と共に持ち場に着いている間の私語は厳禁だし、昼班と夜班が交代する間も居残り、ひとりで見張りを続けるので、食事の時間もずれてしまう。僕は将校たちが食事をする時間に、食堂の隅っこに縮こまり、ひとりで黙々と餌を喉に流し込まなければならなかった。くたびれて兵舎に戻る頃には、もうみんな寝静まっている。

親しかった一番ともしゃべっていない。夜明け、梯子を降りてくる夜班とすれ違う時に、ちらりと目と目を合わせるくらいだ。心なしか以前よりやつれているように見え、僕は不安になる。一番は射撃の腕はピカイチだけど、隊長が言うように、兵士としては強くない。もし誰かが上官に告げ口して、「個人の不安を持ち込み、連帯の輪を乱した罪」で処罰されることになったら、助けてやることはできないのに。

そんな日々をすごしてしばらく経ったある日のことだ。いつも「連帯だぞ諸君」と声を張っていた大佐付の下士官が、僕が目の前を横切っても、何も言わなくなっていた。振り返って様子をよく見ると、下士官は濁った瞳で呆然と宙を眺め、ひどく色の悪い頬に涙の筋を光らせており、僕は急いでその場から逃げた。

同じ頃、昼班では荒野を走って逃げる敵兵が、六時間にひとりほどに減っていた。夜班でも似た現象が起きているると知ったのは、食堂で防衛地区長である大佐が紙束を振り回しながら、ふたりの将校を相手に、話すのを聞いたからだ。隅の暗がりで麦粥を飲み込んでいた僕の存在には、気づかなかったか、無視したのだと思う。

「一日の狙撃数が減っているではないか！」

「敵兵が減っておりまして、大佐。昼夜どちらも」

「すなわち、終戦間近ということか？」

僕は心の中で快哉《かいさい》を叫んだ——やった、これで故郷に帰れるぞ！　と。少なくとも、あの妙な任務はやめられるだろう。そうなればまた一番や他の仲間たちとおしゃべりができる。食堂でひとりきりで食事をするのも終わりになるはずだ。

しかし、なぜかそうはならなかった。僕は相変わらず特別任務を続けさせられ、隊長とふたりきりで狙撃をする。僕の目には、狙撃対象は減っているどころか、増えているようにさえ思えるくらいだ。

「そこにいるのが見えるだろう。撃て、二番」

隊長の言葉、視野を拡大するスコープ、走って逃げるわけでもなくふらふらと森へ向かう人影。軍服を着ていない民間人がここにいるのは罪深い叛逆者だからだ、と僕は自分に言い聞かせる。引き金を引いて後頭部に一発、はじけ飛ぶ薬莢。一日中銃を手にしているせいで僕の手はすっかり鉄くさくなり、洗っても落ちない。

この日の朝、僕はなぜか胸騒ぎを感じ、いつものようにスコープからすぐに目を離さなかった。隊長の様子がいつもと違ったせいかもしれない。

丸く拡大されたそこには、僕が射殺したばかりの男の遺体が転がっている。弾が少しずれて首を撃ってしまったせいか、うつぶせではなく、仰向けで首を押さえながら死んでいた。その顔はよく知っている顔だった。隊長の従卒だ。気づいた瞬間、体中から血の気が失せ、膝ががくがくと震えた。

「……隊長！　じ、自分はとんでもないことをしてしまいました！」

敵だと思って撃ったのに、本当は味方だった。それも直属の上官の従卒だ。間違いなく投獄されてしまう。恐怖のあまりうまく息が吸い込めず、僕は胸元を叩きながら懸命に酸素を探した。

しかし双眼鏡で様子を確認した隊長は冷静だった。

「二番、明日も頼むぞ」

そう言って僕を置き去りにし、さっさと行ってしまった。梯子を降りていく靴音がやけに耳に響く。

悪い夢でも見たのではないか。あるいは、夜明けのまだ弱い日光のせいで、従卒と勘違いしたのではないか。昼班の任務を終えた後、僕は一縷《いちる》の望みを抱いて見張り塔の中を歩き、従卒を捜し回った。二階の兵站事務室、三階の食堂、四階の兵舎、五階の弾薬庫。しかし従卒の姿はなく、一階の食糧庫や搬入用の手動の昇降機室も覗いたけれど、誰もいなかった。

僕は兵舎に戻り、みんなが寝静まった中で、薄い毛布にくるまってがたがた体を震わせた。見張り塔の地下には監獄がある。不安に駆られたり、規則を破ったりした者が閉じ込められる悪夢の場所だ。明日になったら、きっと僕はあの檻の中へ入れられてしまう。

けれども翌朝、夜班のみんなが無言で帰って行くのを見送り、いつもより重く感じるライフルを担いで梯子を登って見張り台に立った先、薄紫色の空を背にひとり立つ隊長は、穏やかに煙草を吸っていた。煙が空に溶け、細くたなびく雲と重なり合う。

「五分遅刻だ。早く配置につけ」

心臓が早鐘を打つのを感じながら僕は床に伏せ、ライフルを構えた。じっとりと汗がしみ出して、手がかたかたと震える。位置について数分も経たないうちに、スコープが拡大する荒野を人影がよぎった。

「敵だ。撃て」

命令は聞こえている。スコープでこちらに背を向ける敵を追う。しかし指が動かない。右手の人差し指を引き金にかけたまま、硬直してしまった。

「二番！」

「わ、わかっております！」

隊長が敵と呼んだ男は、軍服を着ていなかった。私服だった。たまに空を飛んでいく小鳥のように白い服の裾を翻し、森へ向かおうとしている。昨日の従卒と同じだ。

「隊長……あれは、自分には敵に思えません」

「今更何を言う。今までも裏切り者の民間人は射殺してきたではないか。裏切り者は敵だ」

「しかしあの男は、逃亡途中には思えません。悠然と歩いています。まるで散歩でもしているかのような」

「この周辺は民間人の立ち入り禁止区域だ。いかなる理由があろうと極刑に値すると知っているだろう。撃て、二番。早くしなければやつは森に入ってしまう。

敵と合流させるつもりか」

僕は躊躇《ためら》った。だけど撃たないわけにはいかなかった。風に靡《なび》く国旗が、僕を責めるかのようにばたばたと強い音を立てた。僕は犬のように口を開けて息をしながら照準を合わせ、狙撃した。動揺は銃身に伝わり、弾は目標の頭から逸れ、また背中を撃ってしまった。

背に血の赤い花を咲かせた男は両手を挙げ、こちらをふり返り、跪《ひざまず》いた。その顔には見覚えがあった。廊下で「連帯」と言っていた下士官だ。先日は僕が目の前を通りすぎても呆然としたまま棒立ちしていた下士官だ。背中を赤く染めた下士官はこちらを見上げた格好のまま数秒立ち尽くし、それから倒木のようにどうっと地面に伏して、動かなくなった。

風が強かった。夜を切り裂く太陽と共に風が地平線から湧き立ち、横から吹き寄せてきて、僕の略帽を飛ばした。略帽はあっという間もなく、僕の手をすり抜けて落ちていき、見えなくなった。


内緒話ができる場所は兵舎しかない。僕は昼班の任務の最中に隊長代理の下士官に腹痛を訴えて、便所へ行くふりをして四階へ降りた。油っぽい鋼鉄の廊下に、夜班のみんなのいびきが響き、夜の任務の疲労が伝わってきた。人手が少ないためか見張りはいない。あの下士官も僕が殺してしまったのだから、当然だった。

「一番、起きて」

暗く、汗臭い兵舎を小走りに回ってベッドを探り、静かに寝息を立てている一番を揺り起こす。眠りが浅かったのか、一番はすぐにぱちりと瞼《まぶた》を開けた。

「……二番。驚かさないでくれよ」

「ごめん。でも頼む、聞いてほしいことがあるんだ」

僕は一番の手を引いて便所へ行き、声を潜めてこれまでのことを打ち明けた。隊長から昼班と夜班の交代の間、ひとりきりの狙撃を任されたこと、はじめは順調だったが、どうやら僕は隊長の従卒と、下士官をひとり殺してしまったらしいこと。一番ははじめこそ目をこすり、あくびをしていたが、ふたりを狙撃したくだりになると、まじまじと僕を見つめて話を聞いてくれた。

「まさか誤射してしまったのかい」

「それが……はじめは僕もそう考えた。でもたぶん違うんだ。隊長は僕が誰を撃ってしまったのかわかっているようだった」

「つまり、相手が誰か知っていて君に撃たせたっていうこと？」

　僕は頷いた。だって他にどう解釈できる？　隊長は従卒と下士官だと知っていて「敵だ」と僕に言ったのだ。

「処刑かな。ひょっとしてあのふたり、民間人に化けて逃げだそうとしたんじゃ？」

　これが最も正しい答えに思えた。きっと従卒も下士官も、不安に駆られたに違いない。戦争が嫌になってここから逃げだそうとしたのだ。それに隊長は気づいて、僕を使って処刑することにした。

　しかし一番は険しい顔で首を横に振った。

「実は、二年前から軍人の処刑は一切禁じられてるんだ。ひどい人員不足で補充兵が確保できないから、各防衛地区の将校は何があろうと味方の兵士を処刑してはいけなくなったんだよ。檻に入れるために軍法会議は開かれるけど、極刑の判決を下すことはできない」

「まさか……知らなかった」

　軍規には色々と細かく定められていて、兵士の自殺が禁じられているのは前から知っていた。連帯を乱すし、貴重な資源の損失を自ら招くのは重大な犯罪になるからで、兵役に就くときに誓わせられる。しかし処刑も禁止になっていたなんて。

「じゃあ兵士はやりたい放題じゃないか」

「だから末端の兵士には知らされてないんだ。下士官以上の階級にしか伝えられてない。僕らが調子に乗って羽目を外すとまずいから」

　一番はこの話を、街の守備部隊に所属する姉からの手紙で知ったのだという。軍人に危害を加えることは民間人はもとより政治家も禁じられ、軍は〝聖域〟になったと、一番の姉は伝えてきたそうだ。

「検閲に備えて、僕らふたりだけにわかる暗号で書いてあった。だから上も僕が知っているとは気づいてないはずだよ。姉は今どうしているか……しばらくは手紙のやりとりを続けたけど、一年前の空襲があってからは、何の音沙汰もない」

　一年前——僕らが高射砲塔部隊としてこの防衛地区に配属された直後、敵機からの大規模な爆撃が街を襲った。あの巨大な火の玉、街の中心部で白く光り、破裂した様は今も脳裏に焼き付いているが、思い出さないようにしている。街には食糧や水、医薬品を備えた立派で頑丈な掩蔽壕《えんぺいごう》がいくつもあったし、みんな無事に逃げ延びたはずだ。

「きっと郵便がまだ復旧していないだけだよ。大丈夫さ」

僕は一番の肩に手をやり、心からの言葉で励ました。街がやられるわけがない。地方とはいえ、祖国の中でも有数な都市なのだから。信じる信じないではなく、これは紛《まご》う方なき事実だ。僕は、一番の目の下にはひどいくまがあることに、この時になってやっと気づいた。昼班だった頃に比べて驚くほど頬がこけ、病人のようにげっそりとやつれている。夜間の任務はそれほどきついということなのだろう。

「大丈夫か？」

「ああ、励ましてくれてありがとう、二番。話を戻そう。僕らの祖国は、残った兵を薄く薄く引き延ばすようにして戦争を続けてる。以前の夜班がいなくなって、僕らの分隊だけでここを守らなくちゃならないのも、きっとそのせいだろう。それほど人員が足りないんだ。だから、もし隊長が軍人として従卒と下士官を処刑したのなら、重大な軍規違反になる。もはや殺人だよ」

「殺人……」

その凶悪な言葉が、鋭い棘のように胸に突き刺さった。

「隊長は従卒と下士官を殺したかったのかな」

「わからない。少なくとも夜班の任務の最中に、揉めたところは見たことがないね。だけど僕らには見えないところで、三人は何かで争っていたのかもしれないし」

この一番との会話をきっかけに、僕の覚悟は揺らぐこととなった。

僕らは敵を殺すけれど、戦争だからであって殺人ではない。殺人は連帯とは違う。むしろ輪を乱すものだ。だから軍規には殺人の禁止も明記されている〝何人も個人的怨恨《えんこん》により同志を殺してはならない。これに違反した者は厳罰に処する〟と。ただし、すでに軍人の厳罰は死刑ではなくなったらしいので、もし僕が密告して隊長が軍法会議にかけられたとしても、地下の監房に入れられるだけで終わるだろう。

それにしても殺人だなんて。隊長が誰と揉めていようとどんな動機だろうと、僕は自分の知っている人を殺すだなんて、もう絶対にやりたくない。

次の早朝の特別任務の際、僕は勇気を振り絞って隊長に申し出た。

「恐れながら申し上げます。僕が射撃するのは、今後は敵兵だけにして頂けますか」

返答があるまでの間はせいぜい五秒程度だったが、僕にとっては恐ろしく長い五秒だった。隊長は僕がいずれそう言い出すのを予期していたのか、眉ひとつ動かさなかった。

「わかった。では貴様を昼班任務のみに戻す。この特別任務のことは忘れろ」

「夜班がいいです。夜班の配属にして下さい」

深い理由はない、ただ一番と一緒にいたいだけの個人的な要望だ。これまでだったら訴えるなど思いも寄らなかった配置替えの希望を、声は震えつつもなんとか口から出せたのは、例の兵士は処刑されないという法を聞いたせいだ。それでも不安でいっぱいで、猛獣と一緒に檻に入れられたような心地でぎゅっと目をつぶると、隊長はあっさり「了解した」と言った。目を開けると隊長は僕のことなど顧みもせず、煙草を下に弾き落として、さっさと立ち去ってしまわれた。

しかし僕がいなくなっても、特別任務は続けられたらしい。夜班に戻り、ふたたび一番の隣で狙撃位置についた僕は、そういえば僕が抜けた時に七番が代わりに入ったのだった、と思い出した。しかし七番は昼班に戻らず、僕の隣でライフルのスコープを覗いている。そこは三番の持ち場のはずなのに。夜明け、任務を終えて梯子を降りた時、ドアの前で三番が寝ぼけ眼で立っていて、彼が僕の後を引き継いだことがわかった。

夜班から抜けたのは三番だけではなかった。ノートと鉛筆を手に記録をとっているはずの、おなじみの五番の姿も見えない。

三番には会えるし、話をしようと思えば、交代する時に挨拶ていどはできた。しかし五番はどこを探してもいなかった。

それもそのはずだった。五番がいたのは地下の監房だったからだ。

見張り塔の人員不足はますます加速していて、炊事班や衛生班もどこかへ異動していなくなり、調理当番は僕らの分隊が請け負うことになった。すでに見張りの任務もあってないに等しかった――夜班でも昼班でも、森から飛び出してくる敵兵を見かけることはなくなって、ライフルの銃弾を一発も撃たず、見張り台で時間を無為に過ごし、任務を終える日々が続く。そのおかげで、僕らは交替で作業を分担できたのだけれど。

見張り塔内は、風の吹かない凪の海のように静かで、ぼんやりしていた。下士官は姿を消し、残ったのは防衛地区長大佐とふたりの将校、そして隊長と僕らの分隊十二名だけだった。大佐とふたりの将校は毎日、どの時間帯でも食堂にいて、酒をあおり、缶詰を食べ、このままでは倉庫の備蓄を食い尽くしかねなかった。

食糧を食い尽くされるのは避けたかった。支給品の輸送はとうに途絶えているし、あるもので切り盛りするほかない。これまで一階食糧庫の備蓄で持ちこたえられてきたのは、塔にいる人数が少なかったおかげだ。だけどそれも日に日に少なくなり、箱が減って床が見えはじめていた。

僕ら一般兵は、敵がいようがいまいがあくせくと働いた。起こしに来る下士官なしでも時間通りに起き、自分たちで用意した食事を取り、ライフルを担いで見張り台に立ち、あるいは装備を磨いたり塔内を掃除したり、壊れたところを修繕したりした。任務を終えたら眠り、また翌日を迎える。時々、見張り台から高射砲塔の様子を窺う。しかし相変わらず静かで、すでに無人の廃墟なのではないかという疑いが頭をよぎってしまう。

洗い物で汚れた水を手動昇降機で一階へ下ろし、自分は階段を降りて、昇降機の箱から盥《たらい》を運び、太陽が照りつける外へ出て水を捨てる。日に焼けた地面はぐんぐん水を吸い、黒っぽいしみはたちまち乾いていく。盥を振って水滴を落とし、塔に戻ろうと階段に足をかけたところで、石でできた見張り塔と土の境目に、働き蟻の行列を見つけた。小さく黒々とした蟻たちは昆虫のちぎれた翅《はね》を巣穴に運ぶ最中だったが、一匹、誰かに踏まれたのか体をひくつかせ仰向けになった蟻がいた。その蟻を他の蟻が触角を動かし、えっちらおっちらと支えようとする。〝連帯〟だ。僕らと同じく、働き蟻も懸命に——

「誰か、誰か来てくれ！」

突然すぐそばで仲間が叫び声を上げ、僕は勢いよく立ち上がった。一瞬、敵の襲来かと思ったが、そうではなかった。急いで塔に戻ると、地下の階段から登ってきた十番が、泣きそうな顔で僕の腕を摑んだ。彼の軍服のズボンは、缶詰の汁や欠片で汚れている。

「一緒に下へ降りてくれ。五番が大変なんだ」

地下監房への進入は、一般兵には固く禁じられていた。人がいなくなった今も監房内の世話は隊長がひとりでこなしていたが、十番は隊長が眠る頃を見計らって、下へ降りたのだという。十番は五番と最も親しかった。看守はもうひとりもおらず無警戒状態の監房は、ひどい悪臭がした。

五番はそこにいた。檻に囲まれ、横になって眠ることができるかどうかも怪しい、非常に狭い房が数十個並んだうちのひとつに、五番が座っていた。しかし僕が地下に降りて最初にぎょっとしたのは、やつれて虚空を眺めている五番の姿より、檻という檻の扉がすべて開き、そのどれもが空っぽだったことだった。

「いったい……何なんだ、ここは」

「おい二番、ぼうっとしてないで五番を診てくれよ！」

僕にはろくな衛生の知識はなかったけれど、十番から鍵を受け取って中に入り、頼まれるまま五番の体を確かめた。しかし怪我もなければ熱もない。それなのに明らかに様子がおかしかった。五番は両目こそ開けているものの、僕らが何を言っても反応がなく、五番の体だけが残った脱け殻のようだった。

僕は泣きじゃくる十番の体を支えながら地下監房を出て、みんなのもとへ向かった。食堂には大佐がいるし、兵舎のある四階には隊長が眠っている。だから見張り台へ行くしかなかった。五階の弾薬庫と見張り台、合わせて五名の仲間たちと合流し、十番の話を聞くことになった。その中には一番もいた。

「五番は……コンデンサを手に入れたんだ。僕はやつと仲が良かったから、色々教えてもらってた」

「コンデンサと五番が監房に入れられたことに関係があるのか？」

僕はいつだったか、食堂で五番が「コンデンサを手に入れたい」と十番に打ち明けていたのを思い出した。みんなに取り囲まれた十番は、袖口で鼻水をぬぐいながら頷いた。

「コンデンサが必要だった。五番はラジオを修理しようとしたから」

「ラジオだって？」

みんな一斉に声を上げ、息を飲んだ。通信が途絶えてもう長い時間が経つ。見張り塔にもラジオはあって、以前は祖国からの放送を聞けたそうだが、僕らが配属された頃にはもう壊れてしまっていた。それに防衛地区長である大佐が「ラジオは悪だ」とおっしゃったこともある。通信は敵に妨害されているので、聞くだけで連帯の輪を乱す罪なのだと。

「まさか五番はラジオを作ったせいで監房に？」

「そうなんだ。結局難しくて、五番は壊れたラジオを元に戻そうとしたんだ。形はかなり大きくなっちゃったけど」

「ということはつまり、ラジオは完成したの？」

一番の問いかけに十番は小さく頷いた。ますます驚きだった。

「古いやり方でコンデンサを手作りした。僕らは一緒にラジオを聞いた。だけど……何かが変だった。五番はそのせいでおかしくなってしまったんだ」

「変って、敵の妨害放送か？」

「違う。何も聞こえてこないんだ。どの局に合わせても、誰もしゃべってない」十番はひび割れた唇を舌で舐めた。「無音だよ。雑音が聞こえてくるだけで、ただ静かなんだ」

「なんだ、そんなのラジオがおかしいんだろ。手作り部品のせいで失敗したんだろ」

するとと十番は鼻水と涙で汚れた顔を上げ、僕をじっと見つめた。その瞳には檻の中の五番と同じぽっかりとした虚無が浮かんでいた。

「まさか。五番はこれまでに何度もラジオを作ってきた。電気技師の親父さんと一緒に。ラジオの構造も何もかもわかっていた。今回だって、完璧に直したんだから」

「嘘だ、五番はほら吹きなんだから。きっと担がれたんだよ」

「五番は嘘つきじゃない。二番、君が相手だったから適当に誤魔化してきただけだよ」

「……どういう意味だよ」

「言葉通りの意味さ！　君は仲間よりも軍の方が大切で、頑固だったから……そんなやつに自分の話なんか打ち明けるもんか。今だって僕の話を信じてないだろ。だから君はみんなから信用されないんだよ！」

かっとなった僕は、後先考えずに十番に飛びかかり、殴り合いになった。僕が拳で十番の左頬を殴れば十番は僕の顔を引っ掻き、襟をつかみ合って倒れる。痛かったけれど、涙が出たのは情けなさのせいだ。十番にはむかついたし、五番を恨んだし、みんなのことが憎かった。だけど最悪なのは、仲間から信用されなかった自分自身だった。

その時、銃声が轟いた。まさか敵かとみんな泡を食ったけれど、その正体は隊長だった。傍らに三番を従えている。僕の代わりに特別任務をこなしている三番を。

「十番、こちらに来い」

隊長は空に向けていた拳銃をゆっくりと下ろしながら、十番を呼んだ。十番は僕の襟から手を離すと、ほんの一瞬だけこちらを振り返り、隊長のもとへ向かった。隊長は三番と十番を連れて、僕らには何も告げず、ドアの向こうへ姿を消した。

背中にみんなの視線を感じる。旗竿の国旗がばたばたとはためく音がいやに響く。僕は誰かが口を開いてしまう前に足を踏み出し、大股で見張り台を横切り、ドアを閉めた。何か言われるのが怖かった。

僕は倉庫に籠もって、誰かが置きっぱなしにした銃の掃除をし続けた。誰にも会いたくなかったけれど、誰ひとり呼びに来ないと、それはそれで少しがっかりした。時間が経てば腹は減るし、任務があるし、閉鎖された見張り塔の中では必ずどこかで顔を合わせる。それでも意地を張って、みんなが食事を終えた頃合いに食堂へ向かった。

食堂はがらんとして、誰もいない。ずらりと並んだテーブルには、汚れた皿ひとつなく、いつも酒をあおっていた大佐の姿すら消えていた。きっとみんな部屋に戻ったのだろう。大佐もようやくベッドで眠ることにしたに違いない。ひと気のない食堂を突っ切り、缶詰を取りに厨房を覗き込んでみたけれど、炊事係も不在だった。厨房の隅に積み上がった箱はほとんど空だ。空き箱をひっくり返しながらようやく一番下の箱に残った缶詰を摑み、ナイフを刺して蓋を開ける。力みすぎたせいかナイフが滑り、うっかり左の親指に傷をつけてしまったので、水道をひねった。しかし蛇口から水が出てこない。洗い場には皿もなく、誰かが食事をとった痕跡もなかった。

みんな、どこへ行ったんだ。

僕は缶詰を置いて食堂を飛び出し、仲間を捜し回った。しかしどこも無人で、物音ひとつしない。兵舎のベッドはもぬけの殻、便所の中も空っぽだ。二階の兵站事務室は散乱した書類で溢れ、ドアを開けた時の風圧で何枚かが飛び、誰もいない部屋でひらひらと舞った。

「どこだよ、みんな！　僕をからかいやがって！　仲間はずれはそんなに楽しいかよ！」

一階まで降り、ほとんどの備蓄がなくなってひっそりとした倉庫を前にした僕は、こみ上げてくる涙を堪《こら》えきれなかった。連帯の心はどこへ行ったんだ？　いや、そんな軍の標語ばかり言い続けたから、僕は嫌われたのか。壁に背中をもたせかけ、そのままずるずると尻を床につき、しばらく泣き続けた。

その時、誰かが僕の腕を摑んだ。一番だった。

「……二番」

目の前に現れた穏やかな顔、聡明で優しげな、でも今はとても悲しそうなその顔に、僕はますます泣いてしまった。

「どこへ行ってたんだよ！　探したんだぞ！」

「ごめん。君が消えてしまった後、色々あったんだ」

一番はろくに説明してくれないまま、僕の腕を支えて立ち上がらせ「こっちだよ」と引っ張っていった。

向かう先は、ぽっかりと口を開く見張り塔の出入り口だった。どこかで獣か鳥のような声がするけれど、分厚いコンクリート壁に囲まれているせいでくぐもり、よく聞こえない。

すでに日は暮れ、月明かりが夜の世界を青く照らしている。今みたいに秩序が乱れてしまう前は、夜に兵士だけで外に出るなんて考えられないことだった。でも、もう僕らはそれができてしまう。

見張り塔を一歩出ると、物音がはっきりと聞こえるようになった。上で誰かが叫んでいる。獣か鳥かと思ったけれど、正体は人間だった。

「走れ！　早く走らんか！　それ刺せ、撃て、戦争だ、戦争だ！」

金切り声の主は大佐だった。そして、だだっ広い荒野、青い闇に沈んだ荒野を、ふたりの男が追いかけっこをしていた。軍服の形はほとんど同じで判別がつかなかったけれど、襟の色がどうやら違うのがわかった。赤と青、敵と味方だ。どちらが追いかけてどちらが逃げているのかわからない。ふたりの顔には見覚えがある。大佐といつも共にいた将校たちだった。

「なんだあれ……鬼ごっこでもしてるのか？」

「二番には鬼ごっこに見えるのかい？　違うよ、よく考えて」

一番は静かな微笑みを浮かべながら、痩せてとがった顎をくいっと上げた。

「どうして我が軍の服と敵の服を別々に着てるんだと思う？　どうして大佐は戦争だと喚いているんだと思

う?」

「もっと腕を振って、相手を刺せ！　へっぴり腰どもめ、そんなふぬけた様子じゃ戦争には見えんぞ！」

ふたりはここまで聞こえるほどぜいぜいと息を荒らげ、ナイフで互いを刺し合わずとも、今にも共倒れしてしまいそうだった。味方の軍服を着た将校が、敵の軍服を着た方に体当たりし、仰向けになったところを胸元を摑んで引きあげた。そして心臓めがけて片腕を振りかぶる——青白い月光にナイフが光る。

その時、鋭い銃声がした。敵軍の格好をしていた方の将校の両腕からだらりと力が抜け、頭ががっくりと落ちた。額に穿《うが》たれた穴から血が溢れ出す。凶器を敵兵に向かって振り下ろさんとしていた将校は、ぎくりと硬直し、ナイフを取り落とした。そして跪き、死んだばかりの将校の胸に上半身を投げ出し、体を小刻みに震わせた。

「勝利！　我が軍の勝利！」

有頂天な大佐の声が見張り台から降ってきた。

「……なんてことだ」

僕は怒りを感じた。味方の、それも上官に怒りを感じるなんてあってはならないことだ。しかしこんな理不尽は許されない、防衛地区長の地位を剝奪して、監房にぶち込んで二度と出すべきではない。しかし一番は、怒る僕を冷ややかな目で見つめた。

「まだ、わからないのかい？」

「どういう意味だよ？　はっきり言えよ！」

すると一番は静かに瞬きし、話しはじめた。乾いた風が一番の前髪をゆらゆらと揺らす。

「これは今にはじまったことじゃないんだ。僕らも今日になるまで知らなかった。さっき、五番が作ったラジオを見つけたんだよ。ベッドの下に隠してあった。誰も壊さなかったんだ。ラジオは完璧に直っていた。そして十番の言うとおり、どの局に合わせても、まったく無音だった。無線の周波すら拾えなかった」

目の前では、味方の軍服を着た方の将校が、顔をあげ、ぼんやりと空を眺めていた。そして笑った。誰に笑ったのか、見張り台でまだ興奮している大佐になのか、それとも違う誰かになのかはわからない。次の瞬間、もう一発銃声が響き、将校は笑顔のまま頭から血を噴いて倒れ、折り重なるようにして事切れた。喜びに満ちていた大佐の声が一転して怒りに変わり、誰かを罵りはじめた。一番はこの流れにすら驚いていなかった。

「二番、聞いて。戦争はもう終わっていたんだ。とっくに――おそらく、高射砲塔が静かになった頃に」

僕は深くため息をついた。気づいていないわけではなかった。ただ、認めたくなかったんだ。雲が流れて月の顔を隠し、あたりが一段と暗くなる。

「……なんとなくわかってたよ。補給は止まったし、空襲もない」

「そうだよ。そしてたぶん街に生き残りはいない。だからラジオは何の音も拾えないのさ」

さすがに堪えたけれど、今更泣いても喚いても、死者は蘇らない。

「でもそれとこの鬼ごっこに、何の関連があるんだ？」

「街は僕らを除いて全滅した。そして、敵は爆弾を落とすだけ落として、ここには来なかった。森の向こうにも敵はいない」

「まさか！　だって大佐は、精鋭の討伐隊が向かったって」

「いつ討伐隊の姿を見かけた？　そんなの、大佐の方便に決まってる。敵なんかいない。とにかく、今この防衛地区に敵はひとりもいないんだ」

ぽかんと口を開けて、一番を見た。

「冗談言うなよ、だって何人も敵が荒野を走っていたじゃないか。だから見張り台が必要だった。お前もたくさん撃っただろ？」

まったく、一番も頭がおかしくなってしまったに違いない。僕は笑い飛ばそうとした。でも一番の瞳は正気そのものだった。

「僕らが殺したのは敵じゃない。この鬼ごっこと同じさ。味方の兵士に敵の軍服を着せて、走らせたんだ」

「……何だって？」

「僕らは〝戦争〟を続けなくちゃならなかった。そのためには〝敵〟が必要だった。味方の兵士が〝戦果〟を上げて、記録に残れば、まだ戦争は続いていることになる。だから自分たちの兵――たとえば高射砲塔に配属されていたはずの僕らの原隊や、気象観測部隊たち。おそらく僕らと変わる前の夜班もそうだろう。彼らに敵の軍服、それもただ襟の色を赤く変えただけの代物を着せて、荒野を走らせた。ヘルメットがあるから顔は見えないし、特に夜班の顔は僕らもよく知らない。見張り塔から敵を狙撃して倒せば、こちらの勝利が記録される」

　これまでの記憶が走馬燈のように蘇った。抵抗することもなく走る敵。そうだ、やつらはただ撃たれるだけだった。僕らがあんなに簡単に敵を殺せたのは、狩人に狙われたうさぎみたいに狙いやすかったためだ。敵なのに、一度たりともこちらを攻撃したことがないのだ。

「つまり……つまり僕らは味方を殺し続けてきたってことか？　一年間も？」

「そうだよ」

「祖国が要求したから？　戦争を続けろって？」

「いや……これは僕の考えだけど、祖国ももう人がいないんだと思う。ラジオを合わせてみたけど、祖国の本放送もまったく流れていないんだ。たぶんこの国には、僕ら以外誰も残ってない。敵もなぜか侵略してこない。〝戦争〟を続けたきっかけは、祖国と連絡を取れた時のための、つじつま合わせだったんだと思う。戦闘してない部隊なんて無駄だから、補給を切られかねないと考えてはじめたんだろう。でもだんだん、大佐も将校たちも、隊長や下士官たちも、わかってきたんだ。報告する相手はこの世におらず、自分たちだけが取り残されたことに」

　信じられない、僕は頭を抱えた。信じられるものか。祖国がないだなんて。僕ら以外全滅しただって？　あり得ない。だけど確かに戦争がとうに終わっているのに、祖国から撤退の命令もないし、敵に降伏を促されることもないのは妙だった。

　僕は二番だ。狙撃が二番目に巧いから、大佐から二番の称号を与えられた。そこではたと思い至り、顔を上げた。一番は、最も多くの敵、つまり仮装した味方を殺してきた一番は、今どんな思いでいるのだろう。

　雲が去り、再び明るさを取り戻した月の光に、一番の横顔が青白く浮かび上がる。

「……僕は考えたんだ。大佐がいなかったら、僕らは見張り塔を捨てて、兵士であることを捨てて、逃げ出せただろうかって。だけどたぶん、できなかったと思う。だってどこへ行ける？　誰の命令を聞く？　僕らはきっと、戦争が終わったなんて受け入れられなかったよ。大佐と同じように」

「今からでも遅くないよ。逃げよう。他のみんなも連れてここを出て、新しい人生をはじめればいい。本当に祖国がなくなったかどうか確かめに行ってもいい」

するとー番は心底おかしそうに笑った。

「二番。僕は君のそういうところが好きだよ」

やっぱり、一番は春の花のようだと思った。だけど春の夜風は驚くほど冷たいものだ。

「だけど、もう無理だ。僕はね、相手を敵だと信じて殺しているうちは気持ちよかったよ。爽快なくらいだった。だけど味方だったと知ったら……それで気づいたんだ。殺した相手が本当に敵だったとしたら、僕はほっと安堵してしまうってことに。それって最悪じゃないか。敵と味方の境界線はどこにある？　襟の色の違いかい？　人殺しは人殺しだ、誰が相手でも。みんなも同じ気持ちだよ。さっき確認したんだ」

僕は会話に夢中で、靴音がすぐそばまで近づいていることに気づかなかった。暗い闇に落ち込んだ見張り塔の中に、赤い煙草の火が浮かぶ。

「時間だ、一番」

「じゃあね、二番。後は頼んだよ」

そう言って一番は僕の手をぎゅっと、驚くほど強く握ると、こちらが握り返す間もなく手を離して、見張り塔の中へ駆けて行ってしまった。

「一番！　どこへ行くんだ！」

だけど一番は二度と振り返らず、声も発してくれなかった。タールのようにどろりとした闇から、隊長の青白い顔がぬっと現れる。

「二番。貴様には特別任務がある。来い」

特別任務。つまりまた僕に見張り台に上らせ、敵兵の格好をさせた味方を殺させて、〝戦争〟を続けるつもりだ。もう他に人はいない。目標は分隊の仲間に決まっていた。僕は以前一番から聞いたことを思い出して、隊長に詰め寄った。

「隊長、僕は特別任務の事実を知っています。しかしできません。兵員の処刑は軍規に反しています。戦争を続けるのであれば、軍規もまた守らねば――」

「黙れ。貴様は何もわかっていない。俺は戦争を続けるつもりはないぞ。一番は肝心なところを貴様に話さなかったようだな」

隊長は有無を言わさず僕の腕を鷲摑みにすると、階段を登らせた。

見張り台には大佐と、大の字に倒れた三番がいた。三番は目を半開きにし、血の海に横たわって死んでいた。大佐はひとり気象台の陰に隠れ、なにやらぶつぶつと呟いている。

「大佐は軍規違反だ。『味方を誤射した』と喚いて、三番を処刑しやがった。まあ、三番も勝手に将校を撃ったのだが。だから任務は再び貴様に任せる」

「ですが、特別任務はなりません！　軍規違反に……」

「軍規違反などではない。なぜなら対象は民間人だからだ。民間の脱走者、裏切り者は処刑される。そうだな？」

僕は射撃位置に連れてこられ、ライフルを構えることになった。いくら僕が察しの悪い愚か者でも、スコープを覗かずとも地上で何が起きているのかはわかった。

「目標確認、脱走者十名。射程距離二百。確認して復唱しろ、二番！」

「も……目標、確認しました」

涙で前が見えない。指が震える。陸に上がった魚のようにあえぎ、酸素を探す。スコープ越しに、森へ向かって静かに歩いて行く、十人の見覚えある後ろ姿が見えた。全員軍服を脱ぎ、肌着姿だった。五番も、十番も、一番もいる。

「二番。そんなに震えちまった指で、脳天を一発で狙えるつもりか。間違いなく殺せ」

体の震えが止まらない。股間のあたりが温かく、僕は尿を漏らしてしまったことを悟る。全身から水分を噴出させていると、ふと背中に、隊長の手のひらのぬくもりを感じた。

「怯えるな。貴様が怯えてし損じれば、やつらは苦しむことになる。苦しませたいのか」

「いいえ！」

「だったらしっかりと捉えろ。やつらを間違いなく死なせてやれ」

その瞬間、一番がふとこちらを向いて微笑んだ気がした。何の音も聞こえない。不思議なくらいにぴたりと震えが止まり、僕は引き金に指を掛けた。

息を詰めて慎重に一発一発を撃ち、仲間たちが僕の手で死んでいくのを見守りながら、僕は隊長の特別任務がいったい何だったのか、ようやく気がついた思いだった。祖国の軍規では、軍人を傷つけることを禁じる以前から、兵士自らの死を禁じる法があり、入隊時に全員が自死しないことを誓った。

僕が早朝の特別任務で死なせた人たちは、全員、私服または軍服を脱いだ肌着姿だった。みんな森へ向かっていた。敵がいるはずの、本当は誰もいない森へ。人のいないあの時間、僕ひとりだけなら、口外の危険性も少ない。隊長は、自死したい隊員の軍服を脱がせ、ここを歩かせたのだ。軍規のために。決まりのために。

連帯、何よりも連帯が肝心。あの蟻の列のように。怪我をした蟻は、巣穴に運ばれてどうなるのだろう。たぶん、治療はされないに違いない。

気がつくと見張り台には僕と大佐しかいなかった。薬莢を数えると十一発撃っていた。

東の空から太陽が昇り、新しい朝がやってきた。眩くて白い光が全てを照らす。僕は立ち上がってズボンや上着についた汚れを払い、ライフルを背中に担いで、三番の両目を閉じてやり、相変わらず気象台の脇に隠れている大佐を見た。

僕は何も言わずに梯子を降り、階段の手前にある二重扉に鍵を掛けた。軍規に従えば、三番を殺した大佐は監房送りになる。地下へ運ばなくても、ここが監房になるだろう。

それから食堂に降りて、誰もいない厨房を覗き、ナイフを刺したまま放置していた缶詰を開け、中のものをむさぼった。

何の音もしない。靴音も、笑い声も、唱和も、歌も。ただ、ただ、静かな見張り塔の中で、僕の咀嚼音だけが響いた。

動機なし

前川　裕
Maekawa Yutaka

1951年、東京都生まれ。一橋大学卒。東京大学大学院修了。法政大学国際文化学部教授。専門は比較文学、アメリカ文学。2012年『クリーピー』で第15回日本ミステリー文学大賞新人賞を受賞しデビュー。同作は映画化もされる。他に『死屍累々の夜』『イン・ザ・ダーク』『イアリー　見えない顔』『アウトゼア　未解決事件ファイルの迷宮』など。近著に『コウサツ　刑事課・桔梗里見の囮捜査』。英語関連書籍も執筆。

『週刊インシデント』の対談にゲストとして呼ばれた。テーマは「完全犯罪」だ。ゲストは私以外にもう一人いる。東洛《とうらく》大学教授の犯罪心理学者高倉孝一《こういち》である。司会者はジャーナリストの水野友幸《みずのともゆき》だった。

私は水野とはもともと面識があった。一言で言えば、嫌なやつだ。テレビなどに出て顔を売っていて、そこそこの知名度はあるが、ジャーナリストとしてのちゃんとした仕事など何もしていない。要するに、テレビタレントに近い何でも屋のような存在というのが一番適切だろう。

私は警視庁捜査一課のＯＢで、退職後は大きな殺人事件などが起こるとたまにテレビ局に呼ばれ、ゲストとしてコメントを求められることがあった。その内に、あるテレビ局のディレクターに勧められて、「犯罪評論家」の名刺を作ることになった。

私としては、忸怩《じくじ》たる思いがあった。私に言わせれば、犯罪とは評論するものではなく、捜査するもの、もしくは未然に防ぐべきものなのだ。だから、犯罪が起こらなければ生活が成り立たない犯罪評論家など、この世からなくなるのが一番いいのだろう。

だが、私にだって自分の生活がある。だからこそ、横柄《おうへい》な態度の水野のような男にも腰を低くして接してきたのだ。水野は私より二つ年上だったが、いつも原色の派手なジャケットを羽織《はお》り、妙に若々しく見えた。その分、品性のなさが露骨に伝わって来るような男だったが。

水野から見ても、私は親しくなる価値のある人間だったのだろう。警察関係の情報を手に入れるためには、私は格好の取材対象なのだ。

テレビ局などでたまに顔を合わせると、水野は馴れ馴れしく話し掛けてきて、さりげなく自分のそのとき知りたい情報を探り出そうとする。過去の事件物のノンフィクションを週刊誌等に書くこともあるらしく、捜査陣の内部にいなければ分からないような際どい情報を手に入れたがるのだ。そこがまさに彼がジャーナリストというより情報屋たる所以《ゆえん》だが、私にだって元警視庁刑事としてのプライドがある。

守秘義務はたとえ警視庁を辞めたあとでも、一生ついて回るものだと自覚している。だから、そういうときたいして意味があることは言わない。もちろん、故意に嘘を吐《つ》くことはしないが、要するに毒にも薬にもならない当たり前のことだけ教えてやるのだ。

普通のまともなジャーナリストなら、それでも執拗《しつよう》に極秘情報を探り出そうとするはずだが、水野の場合は案外あっさりしている。そこで、最近、気づくようになった。

彼にとって、情報の中身より、私に訊くこと自体が重要なのだ。彼が書いた記事を読むと、「警視庁ＯＢのＩ・Ｙ氏から私が聞き出した極秘情報によれば」などと書かれている。私の氏名は市村雄三《いちむらゆうぞう》だから、まさに私のことである。

要するに、彼はそういう極秘情報を提供できる情報提供者《インフォーマント》を持っていることを表明して、自分の権威を高めたいだけなのだ。そして、その中身が真実であるかどうかにはほとんど関心がないのかも知れない。

「ところで、市村さんは長年警視庁捜査一課の刑事としてご活躍されたわけですが、その市村さんの目から見て、いわゆる完全犯罪というものは、可能でしょうか？　プロの捜査官という立場を犯罪者という立場に置き換えてみると、まさに裏側から見えてくる完全犯罪の風景というものがあるのではないでしょうか？」

水野が私に振ってきた。その前に、最近起こったいくつかの事件について、水野が愚《ぐ》にもつかないコメントをして、現代の犯罪が捜査官の推理を遥《はる》かに超えるような奇想天外なものになりつつあることを語っていた。

だから、統計学で言う暗数《あんすう》、つまり発覚しない完全犯罪が殺人のような凶悪犯罪についても存在するのは当然であるというような前振りがあったのだ。

『週刊インシデント』はけっして硬派の雑誌ではなく、どちらかと言うと、直近で起こった事件を三面記事的に扱うことを持ち味としていた。だから、司会者としての水野の狙いは、完全犯罪マニュアルのような証言を二人のゲストから引き出したいのだろう。

それにしても、普段は私に対してほとんどため口で喋《しゃべ》るくせに、妙に丁寧な口調であるのが気持ち悪い。ただ、さすがに場面場面での身の処し方は知っているのだ。それだけで生き延びて来たような男なのだから。

「動機ですね」

私はずばり核心を衝《つ》いた発言をした。

「と仰《おつしや》いますと？」

水野が促すように訊く。

「つまり、完全犯罪を実現する最高の条件は動機がないことなのです。例えば、水野さんが土地鑑のまったくない、人通りもほとんどない暗い通りで、たまたま通りかかった通行人を、たまたまそこに落ちていた棍棒で殴り殺せば、その犯罪はまず発覚しないでしょ。お互い面識がないのだから、恨みなどあるはずがない。お金も奪いませんから、強盗が動機でもない。被害者が若い女性の場合でも、性的暴行など加えない。だから、強姦目的の性犯罪とも言えない。棍棒は現場に捨てて逃げる。もちろん、用心のために手袋を嵌《は》めているに越したことはないでしょうが、仮にその棍棒に指紋が残っていたとしても、水野さんに犯罪の前歴がなければ、警察は水野さんに辿《たど》り着くことはできません」

「ハッハッハ、私はそんな無意味な犯罪はしませんよ」

水野は甲高《かんだか》い声で笑いながら、言い放った。だが、私はわざと名指しで水野を喩話《たとえばなし》に使ったのだ。詐欺や恐喝などのちゃちな犯罪ならやりかねない男だから、お前にはこんな大胆な犯罪はできないでしょという意味合いを込めたつもりだった。しかし、私の悪意が鈍い水野に伝わったとも思えない。

「さあ、元警視庁刑事はこんなことを言っていますが、名探偵の高倉先生でもこんな犯罪ではさすがに犯人に迫れませんか？」

水野は相変わらず真剣みに欠ける口調で、今度は話を高倉に振った。高倉は、苦笑したように見えた。

高倉とは初対面だった。もちろん、有名人だから名前は知っている。第一印象は水野に比べて、随分品のいい男だった。イケメン過ぎるのが気に入らないが、腰も低く、取り立てて非難に値するところは見当たらない。このときも、高倉は自分に向けられた「名探偵」という子供じみた呼称は無視して、まじめな表情で語り始めた。

「今、市村さんが仰ったことは、私のような犯罪心理学者の机上《きじょう》の空論とは違って、長年実際の捜査に携《たずさ》わってきた方の、本当に説得力のあるご意見だと思います。確かに、嫉妬《しっと》や怨恨《えんこん》は犯罪動機の王様と言われていますが、今仰られたような犯罪では、嫉妬も怨恨もまるで意味がない。おそらく、市村さんが現役刑事として犯罪捜査をされていた頃、地取り捜査でそういう人間関係から犯人に辿り着いたこともあったでしょうから、その筋を消されることがいかに手痛いかよくご存じなんでしょうね。また、強盗でもないから、奪った金の使い道から犯人が浮上してくることもない。強姦目的でもないとすれば、女性が受けた性的暴行の痕《あと》や体液から犯人に辿り着く科学捜査の道も絶たれているわけです。凶器の棍棒という犯人の遺留物はあるけれど、そういう凶器の使い方は完全犯罪を目指す犯人にとって、理想的なんでしょうね。何しろ、初めからそれはそこに落ちていた物ですから、その凶器の入手経路から犯人に迫ることもできない。そんなに都合よく、凶器になり得る物が落ちているものかという反論もあるかも知れませんが、こういう犯罪の場合、凶器の落ちている場所を見つけてから、犯行に及べばいいわけですから、逆にむしろ現実的とも言える。唯一あり得るのは、逃走する姿を通行人に見られることでしょうが、そもそも人通りの少ない、犯人にとって土地鑑のない場所を選んでいるわけですから、仮に目撃者がいたとしても、マスクや帽子などを使ってしかるべき変装をしておけば、その目撃証言が犯人逮捕に繋《つな》がることはほとんどあり得ない――」

「えっ、ちょっと待ってください。それじゃあ、話が終わっちゃいますよ」

高倉の長すぎる発言にしびれを切らしたかのように水野が素《す》っ頓狂《とんきよう》な声で高倉の発言を遮《さえぎ》った。

「今回の対談企画の狙いは、読者の方々にいわば完全犯罪マニュアルとでも呼ぶべき何かを提供するというものなんです。しかし、そういうものを提供するためには、白熱の議論があって、ようやくそこに辿り着いてこそ、そのマニュアルに価値が出るわけですが、こう簡単に高倉先生に白旗をあげられては困りますよ。動機がないというだけで、完全犯罪の大半が成立しちゃうなんていうのも、どうも雑誌の対談企画としてはイマイチでしてね。高倉先生、何とかなりませんか？　市村さんの理論には何か大きな見落としがあるんじゃないですか」

水野の口調も相変わらず半ば冗談混じりだったから、高倉も笑いながら、水野の質問に答えた。

「ありませんね。少なくとも私の能力ではそれを見つけることはできません。ただ――」

そう言うと、高倉は短く言葉を切って、私のほうに穏やかな視線を投げた。言ってよろしいでしょうかと、許可を求められているようにも感じた。高倉も、このまま結論が出てしまっては、この週刊誌の編集者に多少なりとも申し訳ないという気持ちが働いたのかも知れない。私は大きくうなずき返した。

「これはけっして理論上の欠点というわけではないのですが、こういう何の動機も目的もない、言わば不毛な殺人を、つまり殺人のための殺人を犯す気になれる犯罪者が本当にいるのかということなんです。犯罪心理学者として、強《し》いて市村さんの理論にけちを付けさせていただくとしたら、そういう心理面での困難さを指摘するしかないんです」

「高倉先生は、犯罪者がそういう犯罪を実行する気になることは、現実にはほとんどあり得ないとお考えなんでしょうか？」

私も丁寧な口調で訊いた。高倉が私に対して、敬意を払ってくれているのは分かっていたから、私も等分の敬意を払っているつもりだった。

「そうですね。私はそう信じています。そんな殺人が罷《まか》り通るようになれば、それこそこの対談どころか、この世が終わってしまいますからね。フランスの犯罪心理学者にジョルジョ・フーコーという人物がいるのですが、彼は『不毛理論』という犯罪心理学の本を書いて、そういう動機のない殺人を犯罪者たちが行なえる可能性を延々と追究しています」

「ほおっ、そういう研究があるのですか。それは、興味深いですね」

私は身を乗り出すようにして言った。実際、ある理由からそういう話には大いに関心があったのだ。しかし、話が学究的な方向に進もうとしているのを嫌っているのか、水野は浮かぬ表情だ。できるだけ、刺激の強い、派手な対談にしたいのだろう。水野の知性などせいぜいその程度だった。

高倉の説明では、フーコーという犯罪心理学者は、そういう犯罪、つまり動機の欠片《かけら》もない殺人を犯したと自ら宣言している犯罪者の事件を分析し、いずれの事件にも潜在意識の中に隠れた動機を発見したという。

つまり、本人は動機がないと信じているにも拘《かか》わらず、本当は動機はちゃんと存在していたというのだ。だからこそ、事件は発覚したというのが、フーコーの説だった。

「例えば、英語で murder without apparent motive という表現があります。この言葉は、トルーマン・カポーティが『冷血』という一家四人殺しを描いたノンフィクション・ノヴェルの中に登場し、この本が出た一九六〇年代に有名になるのですが、この表現自体がとても象徴的な意味を持っていると思います。普通に訳せば、『明白な動機なき殺人』と訳せるわけですが、apparentには『一見したところの』という意味もありますから、『一見したところ、動機がないように見える殺人』という意味にも取れるのです。この場合、逆に言えば動機はあると言っていることになります。実際、この言葉を用いた精神科医は犯人二人の被害者家族に対する見栄や意地の張り合い、すなわち『ある種の摩擦を伴う心理劇《インタープレー》』が動機だったと結論づけているわけです。確かにこの事件は大変不可解で、殺し方があまりにも残虐なため、当初は怨恨殺人と考えられていたのですが、蓋《ふた》を開けてみれば、加害者と被害者の間には、まったく面識がなく、ただの強盗殺人だったことが判明するわけです。しかも奪い取った金は、いくら一九五〇年代とは言え、たったの四十ドル程度だったのです。しかも、被害者家族四人を実に複雑な方法で縛り上げながら、結局きわめて残虐に殺害しているのです。どうせ殺すなら、そんな面倒なことはしないで、初めから殺せばいいというのが普通の考え方ですからね。しかし、そういう奇妙な状況にこそ、この事件の本当の動機が隠されていたとも言えるわけです」

「しかし、それはあくまでも人間の心の奥底に隠れている潜在意識レベルの動機ですよね。確かに心理学者がそこまで入り込めば、そういう動機を見つけることはできるかも知れません。しかし、現場の捜査官が動機と呼ぶものは、そういうものではありません。女を抱きたい。金が欲しい。殺したいほどあいつが憎い。そういう世俗的なものこそが本来の動機であって、その痕跡さえ消してしまえば、完全犯罪は可能なのです。そんな奥深い動機に現場の捜査官は関心を持ちませんよ」

私の口調は、妙に気色《けしき》ばんで聞こえたのかも知れない。不可視の緊張感が、対談場所として借りている都内のホテルの一室に浸潤《しんじゅん》したように思われた。水野は私のいわば豹変《ひょうへん》に驚きを露《あらわ》にし、高倉は若干、当惑したような表情を浮かべている。

「要するに、高倉先生の仰っていることは、現場の捜査官から見れば、学者特有の机上の空論と仰りたいわけですね。どうです？　高倉先生、何か反論はありますか？」

水野が煽《あお》るように訊いた。ここは盛り上げどころだという判断が、咄嗟《とっさ》に働いたのだろう。

「いや、それはそうだと思います。現場の捜査官から見たら、そんな心理学的、もしくは精神医学的な動機はどうでもいいのかも知れません。ですから、さきほど市村さんが仰ったような事件が現実に起これば、捜査陣はお手上げになることは十分に考えられます。しかし、あえて申し上げると、それでも完全犯罪というものはきわめて難しい気がするのです。それが成立するためには、百パーセントの偶然が味方する必要があるように思われるのです」

高倉の激しい反論を期待していた水野はがっかりした表情だった。盛り上げどころに失敗した、バラエティー番組の司会者の顔だ。だが、私は逆にぎょっとしていた。「百パーセントの偶然」。確かに私が恐れていたものは、その「偶然」という言葉だった。私はそっと高倉の顔をうかがい見た。

特に変化のない穏やかな表情だった。十年前の出来事が私の頭の中で旋回し始めた。

午後十一時を少し回ったところだった。街灯は一つだけあるが、その光は微弱で、人通りもほとんどない、ある高校の裏側を通る狭い道路だった。

高校の塀《へい》に沿う側溝の中に光る物が見えていた。金属バットだ。

これを発見したことが動機だと言えないことはない。この因果関係が重要だった。犯行を決意したあとで、凶器を見つけたのではない。凶器を見つけたから、犯行を決意したのだ。

ただ、ターゲットに多少の条件があったことは確かだった。まず女性や子供は年齢を問わず、除外だ。そもそもそんな時間帯に女性や子供が通るとは思えない、暗い心寂《うらさび》しい場所だったが、仮に通ったとしても、私は見逃したことだろう。一番いいのは二十代の若い男だが、基本的には子供以外の男なら誰でもよかった。男という属性にこそ意味があるのだ。

とにかく、最初に通りかかる人間を襲う必要があった。最初に女性や子供が現われたら、その時点で犯行は中止だ。その通行人に私の姿を見られる可能性があり、そのあとに事件が起これば、その人物の証言が重要な目撃証言にもなりかねない。

もっとも、仮に私の姿を見られたとしても、大丈夫な準備はしていた。二月初めの極寒の頃だったが、どこにでもあるような黒い平凡なコートを着て、マスクを着け、その上、度の入っていない太い黒縁の伊達眼鏡を掛けている。私は人前で眼鏡を掛けたことは一度もなかった。

私は右側の電柱の陰に隠れて、最初の通行人が現われるのを待った。金属バットは、側溝から引き上げ、塀に立てかけてあった。おそらく、その高校の野球部員等が自転車で走行中、落としたのに気づかず、そのまま走り去ったのだろうと想像していた。

そうだとすれば、そいつも運のないヤツだ。金属バットは現場に残すつもりだから、まず疑われるのは、その野球部員だろう。だが、殺されることに比べればましなのだから、その運の悪さを呪うべきではないのだ。

前方に自転車のヘッドライトの光が見えた。ゆっくりとした速度で近づいて来る。街灯の弱い光が一瞬、その姿を映す。成人の男だ。年齢までは分からない。

私は白い手袋を嵌めた手で金属バットの柄を握りしめた。何しろ、私は現役刑事なのだから、突然の現場への臨場に備えて、普段からそういう白い手袋を持っていたとしても、誰も不自然には思わないだろう。

心臓の鼓動が軽く打つのを感じていた。だが、極度の緊張を感じていたわけではない。

自転車が私の目の前を少しだけ通り過ぎた瞬間、私は運転者の後頭部めがけて、金属バットを振り下ろした。私は剣道五段の腕前で、全日本選手権への出場経験もある。

ぶしっという確かな手応えがあった。金属バットが後頭部を正確に捉えたのは間違いない。悲鳴はなかった。その代わり、自転車が急ブレーキを掛けて、横転する耳障りな金属音が響き渡った。

自転車は側溝に車輪を取られた格好で、無様な姿をさらしていた。そのサドルの横に、二十代前半くらいの男が放り出されて、うめき声を上げている。暗闇の中でも、後頭部から鮮血が滲《にじ》み出ているのが視認できた。リーゼントヘアーで、どちらかと言うと、軽い印象の男だ。おあつらえ向きだと思った。

もともと一撃で済ますつもりだった。過剰な打撃はひどい返り血を浴びる可能性を排除できず、危険だった。私は金属バットを側溝の中に放り込み、悠然と歩き出した。返り血の有無が一番計算できない部分だったが、今の一撃で大量の返り血を浴びたとは思えなかった。

衣類のどこかに僅《わず》かな血痕が付着している可能性はあるだろう。しかし、雑踏の中でそれに気づく通行人がいるとも思えない。

実際、駅前近くに出て、飲食店の明かりが連なる場所を歩き始めても、すれ違う通行人が私に注目する気配はまるでなかった。もちろん、私も細心の注意を払って、体のどこかに付着したかも知れない血痕を探したが、少なくとも肉眼ではどこにも見つからなかった。

あいつが死ぬかどうかはどちらでもいい。私は、その日に初めて降りた、見知らぬ街の駅前の風景にぼんやりとした視線を投げた。


「本当にこの前の対談ではお世話になりました」

私は丁重に礼を述べた。私は西新宿《にしにしんじゆく》にある「高倉犯罪相談所」のオフィスを訪問し、マリンブルーの応接セットのソファーで、高倉と対座していた。「この前」と言っても、あれからすでに一ヶ月近くが経っていた。

私にコーヒーを出してくれたのは、夏目鈴《なつめりん》という高倉の助手をしている女性だ。何だか体調を崩して六ヶ月ほど休んでいたのだが、一週間ほど前に職場復帰したばかりだという。

体調を崩していたという割には、元気そうで明るい雰囲気の女性だった。髪の毛はかなり短く、一言で言えばボーイッシュだが、顔立ちはとても整っていた。

三月の初めで、まだかなり寒い季節だったので、暖房の入った室内でも、ローライズのジーンズに黒の革ジャンという服装だったが、中に着ている黒のTシャツが少し短いのか、何かの用で立ち上がるたびに、形のよい臍《へそ》がちらちらと覗《のぞ》いた。

「夏目さんも、記録係として同席させていただいてよろしいでしょうか？」

高倉の発言は想定内だった。高倉が依頼者の話をまず助手に聞かせて、依頼を引き受けるかどうかを決めるというのは、噂話としてはけっこう知られていたのだ。

もっとも、私は何かを依頼するつもりで高倉を訪ねたわけではない。だから、普通なら依頼者はまず「高倉犯罪相談所」のホームページに出ている電話番号に電話して、面会予約を取らなければならないのに、私はそういう正式の手続きを踏んでいない。対談のときに、高倉からもらった名刺に記された高倉の携帯番号に直接、電話したのだ。

「もちろんです。ただ、これは高倉先生に何かを依頼するというよりは、ただの情報提供なのです」

「情報提供？」

高倉は怪訝《けげん》な表情だった。確かに、高倉には私から情報提供を受けなければならないいわれはないのだ。

「ええ、水野さんのことなんですが――」

そう言うと、私は言いよどむように言葉を切った。もちろん、初めから話すつもりだったが、ここは少し迷っている振りをするべきだと判断していたのだ。

「実は、水野さんがこの前の対談にまつわる妙な企画を日南《にちなん》テレビに持ち込みましてね。あそこの局では水曜日の午後八時から『未解決事件の迷宮』という番組をやっているんですよ。ご存じですか？」

私は高倉の目を見ながら訊いた。

「不勉強ですみません。私、あまりテレビを見ないものですから」

高倉が申し訳なさそうに答えた。鈴が少し怪訝そうな表情で高倉を見ていた。

「あの――私はたまに見ています」

鈴が何かを取り繕《つくろ》うような口調で口を挟んだ。まるで高倉の代理で見ていますと言わんばかりの発言だった。

「そうですか。しかし、高倉先生のような方が見る必要のない番組です。私も何度かゲスト出演したことがあるのですが、まともなタイトルの割には、番組内容はひどいものでした」

ここで私はいったん言葉を切り、同意を求めるように鈴の顔を見た。鈴は、若干当惑したような曖昧《あいまい》な表情を浮かべている。私は言葉を繋いだ。

「過去の未解決事件をドラマ仕立てで紹介したあと、お笑い芸人や若い女性タレントも交えて、勝手な推理をおもしろおかしく行なう番組なんです。もちろん、出演者の中に、ジャーナリストも入ってはいるのですが、中にはジャーナリストだか、タレントだか分からないような人もいるものですから、結局、事件の本質から外れたバラエティー番組みたいな内容になってしまうんです。私みたいな人間がまじめに事件解決の提言をしても、かえって浮いてしまうような雰囲気があるんです。もっとも、番組担当のディレクターに言わせると、それが重しのような役割を果たすから、それでいいんだと言うのですが」

「ジャーナリストだか、タレントだか分からないような人」というのは、もちろん、水野のことだ。水野は、レギュラーではないが、準レギュラー程度の頻度で、その番組に出演していた。

鋭い高倉のことだ。この発言で私が水野を嫌っていることはすぐに察知したことだろう。いや、この発言がなくとも、この前の対談の雰囲気でそれはすでにある程度伝わっていたのだろうが。だが、高倉は用心深い性格なのか、特に何もコメントを加えなかった。

「ところが、水野さんの企画が通ってしまったんです。未解決事件の中で、完全犯罪を狙ったと思われる事件をピックアップして、その謎を解くというテーマで行こうということになったらしいんです。しかも、彼は私に無断で、動機のない殺人は完全犯罪になり得るという私の意見を番組ディレクターに伝え、しかも事件として選ばれたのは、私の言う完全犯罪の条件をそろえている、十年前の通り魔事件だったのです」

私はこのあと簡略に、十年前に練馬《ねりま》区の私立自生《じせい》高校裏で起こった金属バットによる撲殺事件について話した。マスコミの間では、練馬事件と呼ばれている事件だ。

「ああ、あの事件ですか。覚えています。対談のとき、具体的には申し上げませんでしたが、市村さんのお話を聞きながら、私もあの事件のことを頭に思い浮かべていたんです」

さすが高倉だと思った。だが、私はここでも嘘を吐く気はなかった。

「そうでしたか。実は私もああいうことを言ったのは、練馬事件の捜査経験があったからなんです。あの事件では、練馬署に帳場が立ち、私も捜査本部要員として警視庁の捜査一課の主力捜査員の一人として事件捜査に加わっていたんです」

私の説明に高倉は大きく頷いた。

「もちろん、私たちは必死で捜査したのですが、皆目《かいもく》犯人の手がかりが摑めず、いつの間にか十年という歳月が経過してしまいました。私はすでに警視庁を辞めましたが、私の後輩たちがいまだにあの事件の専従捜査を行なっています。しかし、解決の見通しは暗く、警視庁内でも迷宮入りの噂が流れています。それをテレビで取り上げて、広く情報提供を求めようという企画なのですが、事件直後にもほとんど目撃者のいない事件でしたので、今更情報を求めても、まともな情報が寄せられるはずがないのです。むしろ、捜査を混乱させるガセネタばかりが多くなり、私の後輩たちに迷惑を掛ける結果になりかねないと心配しています」

「すると、市村さんとしてはそういう番組企画そのものに反対なのですね」

「ええ、まあそうですが、私が反対する理由は、それ以外にもあるのです。実は、この番組の中心にいる沢《さわ》田元《だはじめ》というディレクターから、相談されていましてね。彼自身がこの事件を番組で取り上げることには、あまり乗り気じゃないんです。しかし、どうやら水野さんに弱みを握られていて、嫌とは言えない状態らしいんですよ」

沢田が水野に握られている弱みというのは、こういう業界ではよくあるありふれた話だった。未成年の女子高生タレントと交際し、それが所属プロダクションにばれて、沢田は一時かなり危うい立場に追い込まれていたのだ。

「そのプロダクションの一部がやばい筋に繋がっていたそうで、そこで水野さんが仲介して、金で解決したらしいんです。結局、その子はそのプロダクションを辞め、今では沢田との関係も切れてはいるんです。ところが、ことあるごとに、水野さんがその件を持ち出し、未成年との淫行という言葉を口にするものだから、沢田もほとほと嫌気が差しているんです。その番組で、水野さんを準レギュラー扱いで出演させているのもそれが大きいんです。水野さんは番組スタッフからも評判が悪く、本当は切りたいらしいんですが、その件があるものだから、沢田も切れないでいるというわけです。それに、この話にはまだ裏があるんです」

私はここで言葉を切り、高倉の様子をしばし観察した。予想通り、退屈そうな表情だった。芸能界ではありふれたそんな話に、高倉のような知性の高い人物が関心を持つはずがないのは、当然だった。鈴はうつむき加減で、ひたすらｉＰａｄに私の話を打ち込み続けている。

私だって、こんなくだらない話に興味があるわけではない。しかし、私はどうしてもこの話を高倉に伝える必要があった。そして、鈴がそれをきちんと記録してくれることも、私には非常に重要なことだったのだ。

「裏と仰いますと？」

高倉は、まるで質問しなければ悪いという風な、おざなりの調子で訊いた。

「実は、これは私が沢田に頼まれて、警視庁組織犯罪対策部の知人の刑事に聞いて分かったんですが、その問題のプロダクションが暴力団などのやばい筋と繋がっていることはまったくないというんです」

「すると、それは水野さんの作り話だと――」

「ええ、断言はできませんが、その可能性が高いですね。沢田は定期預金などを解約して、慰謝料として三百万払ったと言っているんですが、その内の百万が相手方のプロダクションに行っただけで、残りは水野さんが着服しているようなんです。私も沢田に頼まれて、このプロダクションの社長にも会ったのですが、そのテレビタレントの女の子はもともと素行が悪く、そういうことがなくても切る方向だったので、それを好機と考え解雇したようです。その際、水野さんから渡った百万はその子の親に渡したから、プロダクションとしては一銭ももらっていないと言っています」

「それで、その話と私がどういう――」

高倉はついに我慢できなくなったように訊いた。そんな興味もない芸能界の内幕を情報として提供されたとしても、高倉にとっては何の意味もないのは分かっていた。

「いや、失礼しました。高倉先生との関わりを最初に申し上げるべきでした」

私はまずへりくだって謝罪した。

「実は、水野さんはあなたをその番組に担ぎ出そうとしているんです。この前の雑誌におけるような完全犯罪に纏《まつ》わる討論をテレビでも再現したいと考えているんです。沢田自身は、あなたのような本格的犯罪心理学者に番組に登場していただくことには、必ずしも反対ではないのですが、討論番組でもないため、沢田の上にいるプロデューサーは難色を示しているそうです。それに沢田にしてみれば、水野さんのような曰《いわ》く付きの男に強要されるような形でそういう番組を作ることにも抵抗があるのでしょうね。しかし、真っ向から断れば、また例の問題を水野さんが持ち出してくることを沢田は恐れています。実は、水野さんの案では、その番組の中心にあなたを据えて、その事件の推理を行ない、私と完全犯罪に関して議論を戦わせるというものですから、あなたにさえ、この話をお断りいただければ――」

「それでしたら、ご心配には及びません」

高倉は、不意に晴れ晴れしい笑顔になって、若干弾んだ声で言った。

「私はそういう番組に出演する気持ちはもともとありません。私がたまにテレビに出していただいているのは、ニュース番組か、それに近い番組だけですので」

高倉は口にこそ出さなかったが、要するに、そういうバラエティー番組的な要素の強い番組に出る気はないと言いたいのだろう。確かに、これまで高倉が出ている番組は、ほとんどが犯罪心理学の専門家として実際に起こった事件を論評するもので、タレント活動とおぼしきものは一切していないし、討論番組に出ている姿さえ見たことがなかった。

「そうですか。それを聞いて安心しました。沢田ディレクターにも、私のほうからあなたの意向を伝えておきますよ」

これで、話は一応終わりになった。私はいつ引き上げるべきか、腰を浮かすチャンスを窺《うかが》っていた。

「夏目さん、市村さんと私にコーヒーをもう一杯いただけませんか」

高倉が微妙なタイミングで言った。確かに、私の前に置かれたコーヒーカップはほぼ空《から》になっていた。私は立ち上がり時を失ったように感じた。それは高倉のほうにまだ話したいことがあることを暗示的に伝えているように思えたからである。

鈴が笑顔で立ち上がり、隣室にあるキッチンに向かった。

「ところで、練馬事件はやはり、警察としては通り魔的な事件とお考えだったのでしょうか？」

高倉がさりげなく訊いた。このさりげなさは、要警戒だ。とにかく、水野の詐欺まがいの話にはほとんど関心を示さず、十年前の事件のほうに関心を示して来たのだ。

「ええ、まあ、そうとしか考えようがなかったですね。被害者は二十歳の大学生の男でした。いくら身辺を洗ってもトラブルらしいものはなく、怨恨の筋を見つけることはできませんでした。ポケットの中に財布も残されていて、お金も三千二百円ほど入っていましたが、家族や友人の話では彼の所持金はたいていそんな額で、金が取られた形跡もなかったのです」

「金属バットの所有者は分かったのですか？」

「ええ、それが現場に残された唯一の遺留物でしたので、我々もその入手経路や所有者を特定するのに必死でした。一番可能性が高いのは、何しろ、高校の裏で起こった事件でしたので、その高校の野球部員が落とした物ではないのかという推定でしたが、意外なことに、その高校の野球部に問い合わせても、バットをそこに落としたという者も現われなかったのです」

「すると、その金属バットは犯人が用意した可能性が出てきたわけですね」

「いえ、そうではありません。これも意外な偶然だったのですが、事件から一ヶ月くらいが経った頃、その高校の近所に住む五十代の女性から、その金属バットを側溝に投げ込んだのは自分だという申し出があったのです」

その母親は自宅で引きこもりを続ける高校二年生の一人息子の家庭内暴力に悩んでいた。夫は三年前に病死していて、母子家庭だった。息子の家庭内暴力は凄まじく、その金属バットを使って、自宅の窓ガラスを割られることもしばしばあった。それは、昔、息子が少年野球のクラブに入っている頃、父親が買い与えたものだったのだ。

母親としては、その金属バットを息子のそばに置き続けることは、危険極まりないと思わざるを得なかった。それで、ある日、処分する決意をした。息子の隙を衝いて、それを持ち出し、廃棄場所に悩んだあげく、高校の裏道の側溝に投げ捨てたのだ。

そんな目に付きやすいところに、何故《なぜ》捨てたのかと警察に問われて、母親はそういう場所に置いておけば、野球好きの誰かが見つけて勝手に使ってくれるだろうと考えた、と答えている。

「しかし、その母親の息子が激しい家庭内暴力を行なっていたとすると、事件現場との距離からしても、警察の疑惑の目が彼に向かうことはなかったのですか？」

「仰る通りです。我々も、当初はそういう疑いを持ち、その息子のことを調べたのですが、妙なアリバイが成立していることが判明したんです」

「妙なアリバイ？」

「ええ、実は撲殺事件が起こったと推定されていた時間帯に、この息子は意味不明なことで母親に腹を立て、母親を殴りつけたあとで、素手で家の窓ガラスを壊して大暴れしたんです。それで普段からこの息子の家庭内暴力を知っていて、母親に同情していた近所の人がついに一一〇番通報して、パトカーが駆けつける騒ぎになったんです。母親が被害届を出さなかったため、結局、息子はパトカーの警察官に説諭されただけで済んだのですが、これが皮肉なことにその息子のアリバイ証明にもなったのです」

「それは興味深いですね」

「興味深い？」

私は思わず訊き返した。いまいち、その文脈的な意味が理解できなかったのだ。

「いや、そのパトカー騒ぎというより、金属バットに纏わる裏話全体がです」

「と仰いますと？」

私はそれでもなお意味がよく分からなかった。ただ、高倉が言おうとしていることが何故か気になったのだ。

「つまり、前回の対談であなたが完全犯罪を可能にする犯罪パターンとして仰った事件と、練馬区の撲殺事件との唯一の相違点はこの凶器の違いだけです。あなたはたまたま落ちていた棍棒という表現を使っておられたが、練馬事件ではたまたま落ちていた金属バットが使われている。そして、今、この事件の捜査と関連するお話を聞いて、これは微細な違いに見えて、意外に大きな違いだなとつくづく思ったのです。凶器にはそれに纏わる固有の風景なり事情なりがあるものなんですね。従って、今更、あなたのご意見に異議を唱えるわけではないのですが、完全犯罪を狙うなら、たまたまそこに落ちていた物を使う場合でも、遺留物として現場に残すのではなく、やはり持ち去るべきじゃないでしょうか」

高倉と私の目があった。高倉の発言の意図に気づかぬほど私は鈍い人間ではない。高倉は、私が対談で挙げた架空の事件ではなく、ひょっとしたら練馬事件を念頭に置いて話しているのかも知れない。

いや、この段階でそう決めつけるのはまだ早計だろう。捜査本部が十年掛けて捜査しても解決できない事件を、高倉といえどもそう簡単に解決できるはずがないのだ。私はもう少し、高倉がこの先何を言おうとしているのか、見極めることにした。

そこにタイミングよく、コーヒーサーバーを持って鈴が戻って来た。

「遅くなってすみません。私、コーヒーを淹《い》れるのが下手で、美味《おい》しいか自信がないんですけど」

鈴はそう言いながら、私の目の前に立ち、コーヒーカップにできたてのコーヒーを注いだ。Tシャツが上に引っ張られ、臍が丸見えになった。もともと無防備な女性なのか、それとも今時の若い女性は臍を他人《ひと》に見せることなど何とも思っていないのか、私には分からない。いずれにせよ、私は何故か懐かしい気持ちになり、ある人物を思い浮かべた。

鈴は高倉のカップにもコーヒーを注ぎ、コーヒーサーバーを持って、再びその場を離れた。しかし、すぐに戻ってきて、再び、高倉の横に着席した。

「つかぬ事をお伺いしますが、市村さんには昔、妹さんがおられたのではないですか？」

鈴が戻って来たのを見計らうように、高倉が不意に訊いた。ぎょっとした。何故分かったのか。だが、とにかく嘘を吐くわけにはいかない。

「ええ、四つ年下の妹がおりましたが、三十年前に亡くなりました」

「やはり、そうでしたか」

高倉は遠くを見る目つきになってそう言うと、小さく溜息を吐いた。まるで自分の予想が当たったことに失望しているようにさえ見えた。

「実は、この前の対談のとき、市村さんが仰ったような事件がどれくらいあるのかパソコンで検索してみたんです。いわゆる通り魔的な事件は、みんなそんな範《はん》疇《ちゅう》に入り、かなりの数の事件があるのですが、凶器を金属バットや木製バットに限定すると、その数はきわめて限られていることに気づいたのです。金属バット殺人というと、一九八〇年に川崎《かわさき》で予備校生が両親を撲殺した事件が有名ですが、これは家庭内暴力の変形ですから、こういうタイプの事件には分類できません。すると、過去三十年に限定すると、金属バットを用いた通り魔的な事件は、二〇〇〇年に渋谷《しぶや》駅前で、十七歳の少年が金属バットで次々に通行人を襲い、八名に怪我を負わせた事件と練馬事件しかないことが分かったんです。渋谷の事件は犯人はその場で逮捕されていますから、未解決事件ではありません。従って、さらに未解決事件という限定を加えれば、練馬事件しか残りません。暗闇で見知らぬ人を襲う事件は、それほどまれではないのですが、ナイフや包丁、あるいはボーガンなどを使う事件がほとんどで、金属バットや木製バットを使う事件は案外ないんですね。それはともかく、今度は通り魔的という要素を外して、金属バットによる撲殺事件という括《くく》りだけでネット検索を掛けると、これはかなりの数の事件にヒットします。先ほどの予備校生による事件も、当然、この範疇に入ってきます。その検索で、三十年前に世田谷《せたがや》区で起こった殺人事件の被害者の方に、市村千佳《ちか》さんという氏名があることに気づいたんです。そこで、この方はひょっとしたら、あなたの血筋に当たる方ではないのかと考えたのです」

私の顔は恐ろしく硬直していたに違いない。これが、たまたま落ちていたためであっても、凶器を現場に残すべきではないという高倉の主張の意味なのか。実際、高倉はその金属バットから私の妹の事件に辿り着いたのだ。しかし、素直に認めたくはなかった。

「市村も、千佳もそんなに風変わりな苗字でも、名前でもないのに、あなたは私の血筋の人間ではないかと考えた。それは私に言わせれば、私の血筋の人間が、そういう被害者の中にいるに違いないという予測を持ってあなたが過去の事件を洗ったとしか思えないんですがね」

私の言葉に高倉は深刻な表情で黙り込んだ。それは高倉の誠実さのようにも感じられた。そこまで嘘を吐くべきではないと考えているのか。案の定、高倉はあっさりとその事実を認めた。

「仰る通りかも知れません。しかし、先ほども申し上げたように、練馬事件は私は初めから知っていましたから、あなたが完全犯罪の例として持ち出した喩え話で、何故、金属バットを棍棒に変えたのか気になったのです。つまり、あなたは、その喩え話の中で、金属バットに言及するのを意図的に避けたように感じたのです。だから、金属バットを用いた撲殺事件にあなたと同じ苗字の被害者の苗字を発見したとき、私には何かピンと来るものがあったんです」

「あなたは当然、市村千佳が犠牲者となった事件の概要をご存じなんですね」

私は千佳が三十年前に死んだ私の妹であることをこの時点でも正式には認めていなかった。高倉もあえて、念を押すことはしなかった。しかし、それは二人の間に成立する暗黙の了解として、会話は進行した。

「ええ、週刊誌の記事で読みました。従って、どれくらい正確な記事かは分かりませんが」

週刊誌の記事。私はある週刊誌の特集記事を思い浮かべた。正確かどうかは、私にも分からない。しかし、大袈裟な言葉は抑制されているものの、妙にリアルで残虐極まりない描写が際立つ記事だったのだ。特に、私にとって。

「週刊潮流」（一九八八年十月二十七日発売）

市村千佳さんは、友成章《ともなりしよう》の顔見知りではあったが、交際していたわけではない。事件が起こったとき、このあたりの事情が誤解されていて、友成のような札付きの悪と付き合っていた千佳さんに対する心ない誹謗《ひぼう》中傷《ちゆうしよう》があったが、これはおおむね事実関係の誤認に基づくものだった。

当時高校二年生の千佳さんが友成を知っていたのは、たまたま週三回、アルバイトで働いていたファミレスに友成がよく顔を出していたからに過ぎない。友成は二十一歳だったが、常に三、四人の未成年者の少年を引き連れて来店していた。後の裁判で明らかになることだが、友成はこのファミレスで自分で支払うことはほとんどなく、他の少年たちから自分の分も含めた金を集めていたという。

ただし、レジでの支払いは必ず友成が行なっていた。いかにも自分がおごっているような態度をレジ係に見せつけていたらしい。友成はイケメンで女性にはもてたが、見栄っ張りでいつも金には不自由していないことを周囲にアピールしていた。その実、高校中退後、仕事などほとんどしていなかったから、後輩の未成年者から無理矢理に奪い取る金や、母親や祖母からもらう小遣いで生活していた。

友成の母親は友成が小学生の頃、離婚しており、その後一人息子の友成を引き取り、公立小学校の給食調理係として、生計を立てていた。だが、離婚調停の際、合意されていた慰謝料の支払いを元夫側が実行しなくなっており、生活は苦しかった。

こういう生活環境を小学生の頃から経験していた友成に、多少の同情をすることは許されるだろうが、彼が今度の事件で犯した鬼畜のような所業はとうてい許されるものではない。友成程度の不幸の体験者など、それこそ掃いて捨てるほどいるだろうが、そのうちのほとんどの人間がまっとうな生き方をしているのである。

友成は、きれいで清純な印象を与える千佳さんに惚《ほ》れていた。千佳さんに過ちがあったとすれば、一度だけとはいえ、友成の誘いに応じて、喫茶店で話してしまったことだろう。ただ、これも千佳さんが友人に打ち明けたところによれば、高校の帰り道で待ち伏せしていた友成と他の三人の少年に取り囲まれ、半ば脅されるようにして、街中の喫茶店に連れ込まれたという事情があったようだ。中に入ると、友成は他の少年たちをすぐに帰らせ、二人だけで話したという。

　このとき、友成は強引に喫茶店に連れ込んだやり方とは裏腹に、かなり紳士的な態度で千佳さんに接したらしい。「思ったほど悪い人じゃないみたい」と千佳さんは、後に同じ友人に打ち明けたことがマスコミにも伝わっている。この発言が、千佳さんと友成が交際していたかのような、後の噂話に繋がったことは否定できない。だが、実際は、千佳さんは交際を迫る友成に対して、その喫茶店できっぱりと断っている。

　友成もそれほどしつこく迫ることはせず、ただ、その日、千佳さんを自宅アパートまで送らせて欲しいと申し出ていた。千佳さんもそれ以上友成の機嫌を損ねるのは危険と判断したのか、この点は了承している。

　しかし、友成はこうすることによって、千佳さんの自宅を確認し、後の拉致《らち》行為の準備を計画的に進めていたと警察は見ているのだ。

　友成と、他の三人の少年A（十七歳）、B（十六歳）、C（十六歳）は十月十一日（月）朝の八時頃、高校への通学のために自宅の外に出てきた制服姿の千佳さんを取り囲み、近くの空き地に駐車させていた車に連れ込んだ。この車は、少年Aの父親の所有する物だったが、Aは勝手に持ち出し、無免許で運転していた。

　このとき、共稼ぎの千佳さんの両親は出勤のためすでに家を出ており、同居していた大学生の兄はまだ自宅で寝ていた。だが、千佳さんが大声で近所の人々に助けを求めなかったことを訝《いぶか》る声もある。

　確かに、当初、千佳さんの母親から通報を受けた世田谷署の動きは鈍く、拉致だけでなく、家出の可能性も視野に入れていた。それは、千佳さんが男たちと一緒に車に乗り込むところを近所の主婦が目撃しており、特に強制されているようには見えなかったと証言していることとも関係があったのだろう。

　しかし、千佳さんの性格をよく知る友人によれば、千佳さんは羞恥心が強く、大声で助けを求めることができるような性格ではなかったという。特に千佳さんにしてみれば、近所には挨拶を交わす程度の知り合いがおり、かえってそういう言動は取りにくかったのではないか。

千佳さんは友成の自宅の離れに連れ込まれた。この2DKの離れは、元々は祖母が住んでいたものだが、友成の要求によって、祖母が母屋に移って娘と暮らし、友成がほとんど独占的に利用していた。

友成の母親は、離婚後、一人息子を連れて、世田谷の実家に戻っていた。祖父は、すでに死亡していたが、若い頃は建設業で成功を収めた人物で、代々、その家を引き継いでおり、かつては暮らし向きも悪くなかったという。

千佳さんは、三人の少年の前で、友成に強姦された。三人の少年は、千佳さんの制服を脱がせるまでは手伝ったものの、強姦そのものは行なっていないという。これは後の裁判でそれぞれの弁護士に質問されて、三人とも異口同音《いくどうおん》にそう答え、友成の弁護士も特に反論しなかったから、事実なのだろう。

このことは、友成が他の三人の少年に対しても、圧倒的な支配権を持っていたことを示している。少年たちの証言では、千佳さんは強姦されている最中、それほどの大声も出さず、ただ小声で啜《すす》り泣いていたという。

しかし、千佳さんにとって、本当の地獄はここから始まったと言うべきだろう。千佳さんは、その一週間後、死体で発見されるまで、この部屋に監禁され続けることになるのだが、パンティー一枚の姿で、手は常に後ろ手にロープで縛られていた。

友成の変態・サディストぶりは、三人の少年たちも唖然《あぜん》とするばかりで、少年たちに様々な種類の女性用下着を買いに行かせ、それを千佳さんに穿《は》かせて、千佳さんの顔が羞恥に歪《ゆが》むのを楽しんでいたという。排尿・排便は千佳さんを友成自身がトイレに連れて行き、友成の監視下でさせていたらしい。ただ、友成はそれを自分だけで楽しみたかったのか、トイレの監視役を少年たちに任せることは一度もなかった。

残虐の極めつきは、ときおり千佳さんを俯《うつぶ》せに寝かせ、パンティーをずり下ろして、肛門に火の点《つ》いた煙草を押し込んで、千佳さんが泣き叫ぶのを見て、友成が笑い転げていたことだろう。肛門の筋肉を鍛えるんだ、友成はそう嘯《うそぶ》いていたという。

実際、肛門筋を強く締め付けないと、煙草は倒れ、それは臀部の皮膚を焼き焦がし、千佳さんは熱さの苦痛で泣き叫んだ。友成はしばらく煙草をそのまま放置し、頃合いを見計らって、もう一度同じ煙草を肛門に押し込む。

　すると、千佳さんのほうも、煙草を倒してしまうと、再び地獄のような熱さの苦痛が始まるのが分かっているため、必死になって肛門を締め付け、それが倒れるのを防ごうとする。こんなことが何度も繰り返され、友成は千佳さんが煙草を倒さずに尻で咥《くわ》えている間は「頑張れ、頑張れ」と声援を送り続け、それが倒れて千佳さんが熱さの苦痛で泣き叫び始めると、大声で笑い転げた。

　しかし、三人の少年たちはその凄惨《せいさん》な光景を見て、笑うどころではなかった。みんな顔面を引きつらせて、ただ呆然とするばかりだったのだ。

　特に少年Cは、もともと千佳さんが好きだったため、「可哀想で涙がこぼれた」と裁判で証言している。この証言に刑罰を少しでも軽くしたいという弁護側の意図を見て取ることも不可能ではないが、実際に、友成の逮捕のきっかけを作ったのは、この少年Cである。

　Cは適当な口実を作って、いったん外に出ると、自分の家に直行し、母親にすべてを打ち明けた。驚いた母親が警察に通報し、世田谷署の捜査員が友成の実家を急襲することになるのだ。

　しかし、警察の動きは一歩遅かった。Cがいなくなったあとで、他の二人の少年にも動揺が走り、二人は疲れた友成が別室で眠っている間に相談し、千佳さんを逃がすことを決めていた。

　友成は、前日から千佳さんにはもう飽きたと言い出し、このままではやばいから、千佳さんを「近日中に始末する」ように耳打ちしていたのだ。AもBも、この表現が何を意味しているかは、百も承知だったのだろう。しかし、二人とも好んで殺人者になるような度胸はなかった。

　二人は、千佳さんの手を縛っているロープを解《ほど》き、制服を着るように指示した。しかし、衰弱している千佳さんの動作は極端に遅かったので、別室で眠っている友成が目を覚ますのを恐れた二人は、千佳さんが制服を着るのを手伝った。Aが小声で「逃がしてやる。だが、警察には絶対言うなよ」と言うと、千佳さんはうなずきながら、「有難う」と答えたという。

　しかし、悲劇はこのあとに起こる。物音に気づいた友成が起き出してきて、制服を着て玄関から出て行こうとする千佳さんの姿を見て激昂《げきこう》し、玄関の靴箱に立てかけてあった金属バットで後頭部を殴りつけたのだ。千佳さんは仰向けに倒れた。友成はさらにバットを数回振り下ろしたため、千佳さんの顔全体がめちゃくちゃに陥没し、血しぶきが舞った。

友成は血だらけになった金属バットをAとBにも突きつけて「てめえら、この女を逃がそうとしただろ。死にたくなかったら、この女の死体をどこかに捨ててこい」と言い放った。この恫喝《どうかつ》に縮み上がった二人がなす術《すべ》もなく、死体を運搬する準備を始めた頃、友成の母親に案内された十名を超える私服・制服警官が姿を現わしたのである。

AもBも友成が金属バットでも振り回して抵抗すると思ったが、友成の言動はあまりにも意外だった。

「すみません。ちょっとやり過ぎちゃったみたいです」

友成は抵抗する素振りさえ見せなかったのだ。

私たちは、友成のこの軽い言葉を何と聞くべきなのか。

「意外だったのは、少なくとも主犯は死刑であってもおかしくない事案だったのに、一審の東京地裁は友成に無期懲役を言い渡しました。他の三人の未成年の少年たちはそれなりに納得できる有期刑だったのですが、友成が死刑を免れたことには、当時、いろいろな方面から批判が出ていたようですね」

高倉がこの事件を相当に調べていることは明らかだった。しかし、高倉がこの事件と練馬区の撲殺事件をどう結びつけるかが問題だった。

「高倉先生は、主犯の男がどうして死刑を免れたとお考えですか？」

私は冷静に訊いた。このあとの高倉の出方を確かめる必要があった。

「一つには、死刑に関する当時の基本的な考え方があったのでしょうね。死刑か否かはやはり、被害者の数に影響されるのはある程度はやむを得ないことで、幼児に対する営利誘拐による殺人などを除けば、死刑判決を出すためには複数の被害者が必要だという相場観があったのでしょうね。それと、これは友成の弁護人が強く主張していたことですが、友成はもともと被害者を殺すつもりはなかった。ところが、少年二人が無断で被害者を解放したことに思わずかっとなり、少年たちに対する見せしめのために被害者を殺害してしまったというのです。つまり、計画的ではない、衝動的な犯行で、被告本人もひどく後悔しているから、どうか罪一等を減じてやって欲しいという主張が部分的に認められたのでしょうね」

「ふざけるんじゃない！　友成は被害者が仰向けに倒れたあとでも、何度も被害者の顔を金属バットで打ち付けているんですよ。そんな言いわけが通るはずがない」

私は思わず興奮して、叫ぶように言った。

「いや、それはその通りです」

高倉は恐縮しきったように頭を下げた。だが、高倉は友成が一審で死刑を免れた客観的理由を述べているだけで、それが正しいと言っているわけではないことは私にも分かっていた。だから、そんな怒りを露にしてしまったことで、私はむしろ高倉に一本取られたような気分になっていた。私の怒りは、明らかに身内の怒りだったのだ。

「ところで、高倉先生、そろそろ本音で話したいのですが――」

私の言葉に高倉は顔を上げ、私の顔をじっと見つめてうなずいた。

「あなたは、どうやら練馬区の撲殺事件に関して、なにやら私に疑惑を抱いているような気がするんですが、いかがでしょうか？」

異様な緊張感が室内に行き渡った。鈴もすでにｉＰａｄを打つ手を止めて、深刻な表情で二人の会話に耳を傾けている。

「では、私も本音で言わせてもらいます。確かに、私はあなたに疑惑を抱いている。だが、同時に私の考えていることが妄想だと判明することも期待しています」

「では、まずお訊きしますが、あなたが私に疑惑を抱くようになったきっかけは、やはり、対談で私が金属バットという言葉を使うことを避けたことですか？　ただそれだけのことで、あなたは私に疑いを持ったということですか？」

「いや、違います。これはあらかじめあなたに謝っておかなくてはならないことなのですが、実は私は今日、最初からあなたに嘘を吐いています」

「嘘？」

「ええ、『未解決事件の迷宮』というテレビ番組を知らないと私が言ったのは嘘なんです。もっとも、一度も観たことがないのは事実ですが、実は昨日、あなたも言及された沢田さんというディレクターが訪ねてきて、私に熱心に出演交渉をし、番組内容を説明しているんです」

そうだったのか。私は沢田がここに来たことは知らなかった。

この事務所に沢田が最初に電話して来たのは一昨日《おととい》のことで、そのときは鈴が電話で話を聞き、鈴から番組内容を聞いた高倉は、その時点ですでに断ったという。

「バラエティー番組のように感じたので、私には向かないと思っただけで、あなたが仰ったようなテレビ局内の人間関係については何も知りませんでした」

ところが、沢田はどうしても説得したいと言って、結局、直接高倉に会いにこの事務所を訪ねてきたらしい。そのとき図《はか》らずも沢田は水野に関して、高倉にとって大変興味深いことを話したのだ。

その企画はもともと水野が持ち込んできたものだが、彼の名前は企画立案者から外し、出演もさせないと沢田は言ったらしい。彼は私から高倉も水野のことを好んでいないという話を聞いている様子だったという。

それは事実で、私は確かにそういう趣旨のことを沢田に伝えていた。

「しかし、沢田さんがそういうことを言ったのは水野さんに対する私の好みとはあまり関係なく、現在、水野さんが警察から恐喝と詐欺で取り調べられていることと関係があるみたいなんです。沢田さんという人は随分正直な人のようで、自分も水野さんから詐欺と恐喝まがいのことをされたことがあると言っていましたから、それがおそらくあなたの仰っている未成年者との交際の話なんでしょうね」

ただ、水野が現在、警察から取り調べられているのはもっと深刻な別の事件だった。その事件のことで、水野は逆に沢田に「今回の企画はあなたの好きなように任せるから、未成年者との交際について沢田さんから私が受け取った三百万円については、絶対に警察に話さないで欲しい」と泣きついてきたらしい。

警察はこういう場合、類似の余罪を次から次へと暴《あば》き立て、それをてこにして、本件に迫るのが常套《じょうとう》手段だったから、私には警察の捜査方針は手に取るように分かった。そして、水野は叩けば埃《ほこり》がいくらでも出る男だった。

それはともかく、沢田と水野の力関係は、警察の思わぬ動きで逆転していたのだ。しかし、私はそのことを知らなかった。何故か沢田はその後の展開を私に話さなかったのだ。故意に話さなかったというより、私と会う機会がなかったので、あえてわざわざ連絡しなかっただけのことかも知れない。しかし、その情報取得の遅れは、私には致命的だった。

「沢田さんが私のような部外者に自分の恥部にも相当するような話をしたのは、その三百万の一件を警察に話すべきかどうか私に相談したいというところもあったみたいですね。私は話したほうがいいとは言いましたが、私が殊更《ことさら》口を挟むべきこととも思いませんでしたので、強くは言いませんでしたが」

「水野のことはもうどうでもいいんです。私が訊いているのは、あなたが私に疑惑を持っている理由なんです」

私はついに苛立《いらだ》ちを露にして言い放った。高倉の長話が私を苛つかせて混乱させる心理作戦のようにも感じていたが、それでも私は自分が抑えきれなくなっていたのだ。

「それでは、簡潔に言いましょう。私は沢田さんと話したあと、返事は保留しました。彼はバラエティー番組の要素は薄めて、市村さんと私との、事件を巡る対談中心で行きたいとまで妥協してきましたので、その場で断るのも悪いような気持ちになっていました。それでも断ることに変わりがなく、今日にでも電話を差し上げて丁重にお断りさせていただこうと考えていたのです。しかし、今になって考えてみると、返事を保留したこと自体は正解だったと思っています」

「私がその番組をやりたがっていないことが分かったからですか？」

私は強《こわ》ばった声で訊いた。確かに、高倉が即断っていれば、それが私にも伝わり、私が高倉を訪問しなかった可能性が高い。

「そうです。それに今日のあなたの話にも嘘があることが分かりました。沢田さんと水野さんの人間関係は、すでに二人の間の力関係が逆転しているという時間的ズレを除けば基本的には本当でしょうが、プロデューサーが乗り気ではないというのは明らかに嘘のようですね。沢田さんの話では、一番乗り気なのはむしろプロデューサーで、何としても私との出演交渉をまとめるように沢田さんは厳命されているそうです。おそらく、あなたはプロデューサーのそういう意向は知っていたのでしょうね。ですから、テレビ局からそういう話が私に持ち込まれた場合、万一私が出演依頼を受けることを恐れて、先手を打つつもりで、私に会いに来たのではないでしょうか？　ところが、沢田さんのほうが一歩先んじて私に会ってしまった。だが、問題は何故あなたがそれ程までにその番組を実現したくないのかということなんです」

「分かりました。あなたの疑惑はその理由を聞けば、私としてもそれなりに納得できるものです。しかし、あなたは肝心なことを忘れていらっしゃるようですね。私の妹を無慈悲無残に殺害した犯人の友成章はすでに――」

「そうです。彼はすでに病死しています」

高倉が私の言葉を引き取るように言った。彼がそれを知っているのは、想定内だった。ただ、私はここで初めて、市村千佳が私の妹であることを正式に認めたことになった。

一審判決後、検察側は当然死刑判決を求めて、控訴していた。しかし、控訴期間中に、友成は急性白血病を発症《はっしょう》させ、あっという間に病院で死亡してしまったのだ。私には、その死を天罰という言葉で片付ける気持ちにはなれなかった。

友成は病院の医師や看護師に見守られて、病院の温かいベッドの上で死んでいったのだ。それに比べて私の妹は何という悲惨な死を遂げたことだろう。私は彼が絞首台の上で、首をくくられなければ我慢できなかった。

「では、私が何のために練馬区の撲殺事件の被害者を殺害したとあなたは言うのですか？　その被害者と友成の間に血筋の関係でもあれば別だが」

「いや、それはないでしょうね。確かに、その被害者はあなたとは何の関係もない人物です」

「じゃあ、私が三十年前の妹の事件とは無関係に、完全犯罪に関する自分の理論を試すためだけに、あの犯罪を実行したと言うのですか？」

「いや、それも厳密に言えば、違うでしょうね。ただ、復讐の対象となるべき、友成はもうこの世にいない。共犯となった当時少年だった三人の人間はおそらくどこかで生きているでしょうが、どう考えても彼らが友成への復讐の代替者になり得るとも思えない。罪の重さという点でも、彼らはともかく最後には千佳さんを助けようとはしているんです。仮にあなたが彼らを殺したとしても、とても満足できるような相手ではない」

ここで高倉は一呼吸置いた。それから、相変わらず落ち着いた口調で言葉を繋いだ。

「市村さん、本当の動機、いや、本当のあなたの気持ちはあなたでなければ分からない。私はもちろん、仮説程度のものは持っています。だが、そんな当てずっぽうな見解を、悲惨な事件で妹さんを亡くされたあなたに申し上げる気持ちにはとうていなれないんです。これはあくまでも推測ですが、妹さんの事件が起こったとき、あなたはまだ大学生でしたから、そのあとであなたは警察に入ろうと決意されたのではないでしょうか。でしたら、思い出してみてください。そのときあなたがそういう決意をされたのは、妹さんのような不幸な人間が二度と出ないようにするためではなかったんですか？」

高倉はここでもう一度言葉を切ると、暗い表情で押し黙った。自分のこれまでの推理が当たっていたことに対する誇らしげな様子は微塵《みじん》もなかった。私は、自分の口がひとりでに動き出したように感じた。

「やはり側溝に落ちていたあの金属バットを見たことがきっかけだったのでしょうね。もちろん、私は長年の事件捜査の疲労が蓄積していて、少しおかしな精神状態に陥っていたことは確かです。その中で、自分の完全犯罪の理論を試してみたいという気持ちも正直ありました。実際、変装をして、まったく土地鑑のない、人通りの少ない通りに出かけていくこともたびたびあったのです。ただ、実際に実行しようと決意していたというより、いわば妄想の中で具体的な計画を進めていたという印象でした。ところがあの日、金属バットを見たことにより、妹の事件を思い出し、死んだ友成に対する憎しみが事件当時と同じくらいの強さで込み上げてきたのです。四つ下の妹を私はとても可愛がっていましたから、その死を知ったとき、私は自分の体の重要な部分をもぎ取られたような気持ちになったのです。あの金属バットを見たとき、私はふと一石二鳥という言葉を思い浮かべていました。これで妹の復讐を果たせると同時に、私の完全犯罪の理論も実践できると。ターゲットは、成人の男性と思い決めました。男性という属性に対する復讐になればいいという発想だったのです」

「事を実行し終えたとき、妹さんの復讐という意味では、あなたの気持ちは晴れたのでしょうか？」

　高倉が静かな口調で訊いた。私は首を横に振った。晴れるわけがない。そんなことは初めから分かっていた。それにも拘わらず、何故あんなことをしてしまったのか。

「そうですか。そうでしょうね。しかし、言いにくいことですが、これだけは言っておきたいのです。あなたに殺された被害者は服装や髪型はいかにも今風で、見た目は軽い印象の男だったようですが、意外なほどの孝行息子で、アルバイトをたくさんして、母子家庭で自分を育ててくれた病気がちの母親を精一杯助けていたらしいですよ。従って、息子の死を知った母親の泣き叫び方は尋常《じんじょう》ではなかったそうです」

　そのことは言ってくれるな。私はほとんど手で耳を塞《ふさ》ぎそうになった。新聞や週刊誌の報道でその事実を知った私は、この十年間、塗炭《とたん》の苦しみを味わってきたのだ。

「あなたが私との対談で練馬事件に近い事件の話をされたのは、完全犯罪を果たした人間の自己顕示欲というより、あなたの罪の意識の現われ、潜在意識の中に眠っていた罪の告白の衝動的表現だったと私は考えています」

　それはよく言い過ぎだろう。私はそんなりっぱな人間ではない。

　不意に若い女の啜り泣きの声が聞こえた。斜め前方に視線を投げると、鈴が啜り泣いていた。

「妹さんも、練馬事件の被害者も可哀想――」

　鈴が途切れ途切れの声で言った。私は鈴のことを優しい女性だと思った。同時に私の目に浮かぶ涙の表面張力も限界に達しているように感じた。しかし、私は泣くまいと決意した。責任を取るということは泣くことではない。

「あなたのお弟子さんを悲しませてしまったようで申し訳ない」

　私は無理に笑顔を作って言った。

「いや、実は夏目さんも最近ちょっとした事件に巻き込まれてつらい思いをしたものですから、いろいろな意味で気持ちが傷つきやすくなっているんだと思います」

　高倉が、鈴を気遣《きづか》うように言った。

「そうですか。でも、夏目さん、私の話を少しだけ聞いてくれますか？」

鈴が顔を上げた。涙に濡れた瞳が美しく輝いているように見えた。私は高校時代の妹の顔を思い出した。

「私の妹も練馬事件の被害者の方も、もう生きてはいないのです。だが、あなたは生きている。それが一番重要なことなのです」

私は言いながら立ち上がった。高倉も立ち上がる。鈴も慌てたように立ち上がった。

「高倉さん、私はこれから警察に行きます。その前に一つだけ訊いていいですか？」

高倉がうなずく。

「私の言うような不毛な完全犯罪は、やはり、実際には実行不可能なのでしょうか？」

高倉は一瞬、間を置いた。それから、力のこもらない声で答えた。

「それはあなた自身が見事に証明しているじゃありませんか」

私はにっこりと笑い、高倉と鈴に一礼して、玄関に向かった。

「市村さん、生きてくださいね」

高倉の若干上《うわ》ずった声が背中から聞こえた。自殺するなという意味か。それは私にも分からない。


私は振り向かず、無言のまま扉を押し開けた。

＊　ジョルジョ・フーコーは架空の人物であり、『不毛理論』という本も存在しません。

＊　「ある種の摩擦を伴う心理劇《インタープレー》」は、『冷血』の原文、a certain frictional interplay に対する筆者の拙訳です。

守株

米澤穂信
Yonezawa Honobu

1978年、岐阜県生まれ。2001年『氷菓』で第5回角川学園小説大賞ヤングミステリー＆ホラー部門奨励賞を受賞しデビュー。'11年『折れた竜骨』で第64回日本推理作家協会賞長編及び連作短編集部門受賞。'14年『満願』で第27回山本周五郎賞受賞。近著に『Iの悲劇』。

ああ、よかった、いらっしゃいましたか。この交番は誰もいないことも多いですから、いなかったらどうしようかと思っていました。電話で通報してもよかったのですが、それでは警察がうちに来てしまいますし、そうなると妻がまたパニックになりそうなので、こうして直接お話しできるのがなによりありがたいことです。つまりそういうわけですから、どうぞ私を捕まえてください。

落ち着けとおっしゃいますか。私は落ち着いていますよ。いや、そうでもないかもしれません。だいたい子供が、罪のない子供が死んだのに、落ち着いていられる方がおかしいとは思いませんか。かわいそうに、まだ七歳だった！　六歳だったかな……やっぱり七歳だ、間違いない。たしかに私は少し混乱しているようですが、自分が何をしているのかわからないほどではないはずです。

ああ、お忙しいですか。わかります、昨今、勤め人で忙しくない人というのはいませんね。私も建設会社で営業をしていますが、いや毎日忙しいのなんの。私の親父などは、七時にテレビでナイターが始まる頃には夕飯も済ませていて、晩酌の仕度をしていましたから、計算すると五時半か遅くとも六時には家に帰っていたようですが、私など五時半に帰ったらクビになったのかと心配されます。すみません、話が逸れました、私を捕まえていただく話でした。どうも私は脱線が多くていけません、妻にもよく叱られます。それとも、失礼ながら、私の話も聞いて頂けないほどお忙しいでしょうか。

順を追って話せ、と。そうですね、最初からお話しした方がわかりやすいかもしれません。

私はこの近所に住んでいます。引っ越してきたのは八年前で、子供が育ってきたのを機に新居を構えたのです。子供は一人いましたが、妻は子供好きですからもう一人ほしいと言っていまして、そうなると思春期にはそれぞれの部屋もあった方がいいでしょうから、4LDKの物件を探していたのですがどうにも家賃が高くて手が出ませんで、子供が育ってからのことはその時に考えようと妻と相談して、3LDKのマンションで妥協しました。しかし住めば都で、いまでは環境が気に入っています。公園の桜が綺麗で、いいところですね。少し坂が多いですが、慣れればどうということはありません。最近は電動自転車も安くなって、斜面も楽に登れますからなおのことです。

そう、私がお話ししたいのは、この坂のことです。

職場へは、坂を下って駅に向かうのですが、その途中で崖下を通ります。崖と言っても垂直に近いのはせいぜい二メートル半ほどの高さまでで、その上はゆるやかな斜面になっている場所です。警察の方ならこのあたりのことはお詳しいでしょうから、どこのことかはわかるでしょう。ええ、コンクリートで固められた、あの崖です。ごみ集積所があるところですよ。

私のマンションには専用の集積所がありますから、あの崖下の場所を使うことはありません。職場への行き帰りに横を通るだけです。可燃ごみの日は防鳥ネットが、不燃ごみや資源ごみの日はプラスチックの箱が置かれていますが、子供の頃はあれがどこから出てくるのか不思議でした。自治体にもよりますが、いま私が住んでいるところでは、収集車がごみを集めるとき、翌日使う箱なりネットなりを置いていくようです。その集積所の上、つまり崖の上に、消火器があったのをご存じですか。あったのですよ。

私は通勤の途中に、その消火器に気づきました。黄色いシールが貼られていましたよ。近寄って確認したわけではありませんが、たぶんごみの分別が間違っているときに貼られる警告だったのではないでしょうか。

消火器を見つけた時、私は二つのことを考えました。一つは、どうして消火器が崖の上にあるのか、ということです。誰かが捨てたものの、ごみ出しのルールに反していたので回収されず、警告シールだけ貼られて残されたのだろうということは察しがつきます。しかしそれなら集積所に置かれたままになるはずで、崖の上にあるのは理屈が通らない。誰かが投げ上げるなり、足場を使って持ち上げるなりしたのでしょうが、どうしてそんなことをしたのかがわかりません。しかしそれよりも差し迫って考えたのは、危ないなということでした。

消火器は崖から乗り出すように置かれていて、その真下にはごみ集積所があるのです。あんな重いものが落ちて、もし人に当たりでもしたら、大怪我は必至です。崖の上の消火器に気づいてからは、朝晩の通勤のときに集積所から離れて歩くようになりました。

　私は最初、あんなところにある消火器は、すぐに片づけられるだろうと思っていました。消火器は私の観察力が優れているから見つけられたわけではなく、誰でも一目見ればわかるところにあったのですから、近所の人も自治体の人たちも気づいていたはずです。危険な状態はせいぜい一週間か二週間ぐらいで解消されるだろうと思っていたのです。ところが、引っ越してから一ヶ月たっても、誰も手を付けない。二ヶ月たってもそのままです。これはまずいなと思っていました。

　とはいえ、自分で片づけようとは思わなかった。さっきお話しした通り、崖の高さは二メートル半はありますから、手を伸ばしても届かない。梯子か脚立か、そうしたものが必要です。ところが、私のマンションから崖下の集積所までは歩いて五分ほど離れていました、脚立を抱えてえっちらおっちら五分歩くというのはどうにも億劫ですし、ご近所にも恰好がつきません。そもそも我が家はその集積所を使ってさえいないのですから、私が片づけるのは、おかしなことではないですか。

　実を言えば、一度だけ片づけようとしたのです。いつ頃のことでしたか、暑い季節だったと思いますが、仕事の都合で早めに家を出たことがありました。いつものように崖下を通ったとき、ビニール紐で縛られた古雑誌がどっさり出されているのを見て、あれは足場になると思いついたのです。腕時計を確認したところ、早めの行動が功を奏して予定の電車には充分間に合いそうでしたし、古雑誌を踏み台にして消火器を崖から下ろすだけなら二分もあれば充分だと思われました。それでもやはり躊躇《ためら》いはしましたが、意を決して古雑誌を集め、片足をかけたところで後ろから声を掛けられたのです。

「なにをしているんですか」

　とね。いま思い出してもぞっとする、冷たい声でした。

　声を掛けてきたのは、四十歳ぐらいの女の人でした。とはいえ、この頃はいくつになっても肌がきれいな人が、男にも女にも増えましたね。ぱっと見て人の年齢を推し量るのは、実に難しい。四十というのも当てずっぽうで、三十でも五十でも驚きませんよ。私のお袋などは、三十の時は三十なりの、四十の時は四十なりの肌をしていたものですが……。ともあれその女の人はエプロンを着けたまま、近所の家から出て来たところでした。新聞でも取るつもりで、変な男を見かけて声を掛けたといった感じでしたね。

　実はその時まで気づいていなかったんですが、この女の人の家というのが実に立派でして。いえ、これは営業トーク、婉曲表現です、まあ要するに古かった。塀は苔生し壁は色褪せ、瓦葺きの屋根に雑草が生えているといった具合です。マンションがにょきにょき建つこのあたりに、よくもまあこんなに古い家があるなと感心したほどですよ。しかも、古い家だけあってというべきか、土地が広い。マンションは手がけていないとはいえ、私もこれで建設会社の営業ですから、もったいないなとやっぱり思うわけです。家を潰してマンションを建てれば、どれほどいい商売になるか。

　その頃、集積所に出された古紙のたぐいを勝手に持っていって売り払う業者のニュースがありましたから、そうした人と間違われたのかと思いましたが、こっちはスーツにビジネスバッグでしょう、怪しい者じゃないとわかりそうなもんです。いや、それとも意外に怪しい人というのは、こうしたいわゆる普通の恰好をしているものなんでしょうか。そのあたりは警察官の方がお詳しそうですが、実際どんなものでしょう。

　すみません、また脱線した。

　話を戻しましょう。崖上の消火器を片づけようとした私は、女の人から声を掛けられた途端、縮み上がりました。営業なんて肝が据わってないと出来ないなんて言う人もありますが、そんなのは人それぞれで、私はいたって小心者なんです。事情を説明する気なんて一瞬で失せて、

「いえ、なんでもないんです」

と言うのが精一杯。逃げるように立ち去った、いえ私は実際、逃げ出したんです。

　それきり、崖の上の消火器を自分で何とかする気は失せました。自治体に電話しようかとも思ったのですが、そんなことをすればあの消火器を置いたのは私だと疑われやしないかと思うと嫌気が差して、持ち上げた受話器を何度置いたかしれません。

　いま思えば、別に恥ずかしいことをするわけじゃないんですから、堂々としていればよかった。家から脚立を持っていくことだって、どうしても出来なかった

というわけでもないんです。しかしこれは、済んだことです。

私に出来たのは、息子に、あの崖で遊んではいけないときつく念を押すことぐらいでした。というのも、ご存じでしょうがコンクリートで覆われたあの崖は、なんとも登りたくなる風情がありますから。角度よし、ほどよい手がかりもあって車はあまり通らない、登れば見晴らしはよさそうで、なにより友達仲間での英雄になれそうな、そんな崖です。私が小学生だったら、確実に登っていましたね。実はいまでも時々、嫌なことがあった夜なんか、帰り道にふと登りたくなるほどです。

その魅力的な遊びを、私は息子に禁じました。とはいえ当時の息子は五歳でしたからね。六歳だったかな……やっぱり五歳だ、間違いない。五歳の子供にとって二メートル半の崖は、遊びの対象には見えていなかったんでしょうね。あの崖で遊んではいけないと言い聞かせると、文句も言わず「うん」と頷いていました。いやあ、かわいかったなあ、あの頃は。

もちろん、一回で事足れりとはしませんでしたよ。何度も何度も、あの崖では遊ぶなと言い聞かせました。その理由も話しましたとも。息子は頭のいい子ですから、理屈が通っていれば決して無茶はしない子ですから、なまじ隠すよりちゃんと説明した方がいいんです。

それからしばらく、消火器のことは忘れました。というより、気にしていられなくなったといった方が正確です。愛媛に転勤になりましてね。妻はこっちの人間ですし、子供に友達もいるし、なにより賃貸とはいえ新居を構えたばかりですからそうそう引っ越しも出来なくて、結局は単身赴任ということになりました。

私ね、単身赴任を余儀なくさせるのは、犯罪だと思っているんですよ。あんなのってありませんよ、家族と離れてね。愛媛はいいところでしたがね。蜜柑の他にも旨いものがあるんですよ、愛媛は。脱線になるので、いまは言いませんけれども。

長話でまことに恐縮です。手短に話そうとは思っていますが、順を追って話し始めましたから、いまから端折ると私もわけがわからなくなりそうですので、もう少しご辛抱ください。

さて、愛媛から戻って来たのは二年後です。

帰ってきたら、家族が増えていました。今度も男の子です。それでね、まあ警官ともなるといろんな人生をご覧になっているでしょうからお察しでしょうが、その子の母親はたしかに私の妻ですが、父親は私じゃなかった。別々に暮らしているときの子供ですから、そりゃあ私がいくら鈍くたってわかりますよ。だから言うんですよ、単身赴任なんて犯罪だって。

慰めて下さいますか。ありがとうございます。ただまあ、結局は収まるところに収まりましたよ。私もずいぶん荒れましたし、妻は泣き通し、上の息子は親がそんなですからどんどん顔が暗くなる。これじゃよくない、起きてしまったことは起きてしまったこととして、なんとか落としどころを見つけようじゃないかと思って下の子の顔を見れば、まあこれも可愛いんですよ。友達連中にはお前は甘いなんて言われましたがね、この子が元気に育つなら実の親が誰だなんてことはまあいいじゃないかと、そう思えました。

もちろん、法的責任は別の話ですよ。私の留守をいいことに妻に手を出して、子供が出来たとなるとほっかむりをして逃げた男には、きっちり責任を取ってもらいました。ああ、交番でこんな言い方をして、誤解を招いてはいけない。慰謝料を取り、養育費の支払いも認めさせたということです。

そんなこんなで、こちらに戻ってからしばらくは心身ともにぎりぎりの生活をしていたのですが、落ち着いてくるとやっぱり気になるのが、あの消火器です。二年たっても、まだ崖の上にある。風雨に晒される場所にあるわけですが、見た感じ、特に錆びてもいないようでした。丈夫なものですね、そうでないといけないんでしょうが。

ところで、こちらに帰ってからは会社がフレックスタイム制になりました。出社を遅らせると同僚からは多少白い目で見られるのですが、愛媛勤務を経験してからは通勤ラッシュを耐え難く感じていたので、ありがたく制度を使わせて頂いています。一時間遅めに行くようにしたので、必然的に、例の崖下を通る時間帯も変わるわけです。そこで、ある老人を見かけるようになりました。

どうでしょう、七十歳か、八十歳か。髪は真っ白ですが矍鑠《かくしやく》とした男性です。ごみの集積所は、いくら防鳥ネットを張っても烏や猫に狙われますから、可燃ごみの日は多かれ少なかれ生ごみやなにかが散らばっているものです。このひとは、トングを使ってそうしたごみを片づけていました。いつもいるわけではありませんが、週に二回の可燃ごみの日は、たいてい見かけたように思います。無愛想な顔つきで、ちょっと近寄りたくない感じのお年寄りです。子供が通りがかると「おはよう」と声を掛けていましたが、たいてい無視されていました。まあ、こういうご時世ですから、お年寄りといえど知らない人に声を掛けられても相手にしないのは、一理なくもない。ただ、やっぱりちょっと可哀想ではありましたね。

この男性は、例の古い家に住んでいたようです。憶えていますか、あの、塀が苔生し壁が色褪せ……そうそう、瓦屋根から雑草が生えた、あの家ですよ。入っていくところを見ました。するとあの老人は自治体から委託を受けたわけではなく、単に近所だから掃除をしているようです。時間も余っているんでしょうが、なかなか出来ることじゃありませんよ。見上げたものです。そう思ったから、一度「ご精が出ますね」と話しかけてみたら、男は「ふん」と鼻を鳴らしたきり、こちらを見もしない。子供相手と態度が違いすぎやしませんかね、冷たくあしらわれるのは仕事で慣れていますが、あの老人の反応はさすがに予想外でした。あんまり腹が立ったので、崖の上に消火器があることは教えませんでした。教えておけば、といまになって思いますよ。

家族も増えたことですから、それからの五年は必死になって働きました。

一時は冷え切っていた妻との関係も、だんだん改善していきました。上の子は頭がよくて、テストはたいてい百点、悪くても八十点は取ってきます。まあ、それより悪い結果のテストは、私に見せてないだけかもしれませんがね……。子供の頃は、そのぐらいはするものでしょう。生意気に、中学校は私学がいいらしくて、自分から勉強していますよ。下の子とは年が離れていますから、あまり兄弟らしい遊びもしていないようです。あるいは、下の子とは父親が違うことをそれとなく察して、子供らしい潔癖さで距離を置いているのかもしれませんが。

下の子は、これは腕白でした。まったく、誰に似たのか……私に似たのでないことだけは、確かですが。いつもエネルギーを持て余していて、どこに連れて行っても走りまわって、すぐいなくなる。友達と遊ぶときも、始終相手を小突いたり蹴ったりしているようでした。学校の成績はひどいものでしたが、体育だけはまあまあでした。なにかスポーツでもやらせようか、と妻と相談していたぐらいです。

崖の上の消火器は、相変わらずそこにありました。初めて見つけてから八年、大風の日も地震の日もありましたが、落ちることはありませんでした。あんまり安定しているので、私自身、あれはなにかで固定されているのではと思ったほどです。実際は、重いものだからなかなか動かなかったというだけなのでしょうが。

通勤の時に消火器の真下を避ける習慣も、なおざりになっていきました。それでも少しは不気味で、通りがかるときにちらと上を見るぐらいはしましたが、自分で片づけようとか関係者に通報しようとか、そういうことはもう考えなくなっていました。

先々月のことでしたが、駅に向かう途中、例の古い家の玄関に忌中の紙が張り出されていました。どなたが亡くなったのか、外からはわかりませんでしたが、それから可燃ごみの日にも集積所を掃除する人はいなくなったので、あの老人が亡くなったのだろうと察しがつきました。二週間もしないうちに、散らばった生ごみを狙って烏が集まるようになって、動物は賢いものだと思うと同時に、ひと一人が亡くなる影響の大きさについていろいろ考えましたよ。

ところが、死の影響ということで言えば、もっと大きなことがあったんです。

先月、あの古い家が取り壊され、建築計画の看板が立てられました。建築物名は集合住宅となっていましたから、建つのはアパートか、たぶんマンションでしょう。あの家は敷地が広かったですから、けっこう大きなプロジェクトになっているはずです。「あ、待っていたな」と、すぐにわかりました。

私もこれで建築の世界で飯を食っているわけですから、おおかたの察しはつくんです。あのお年寄りがネックだったのでしょう。いくら元気そうに見えても、もう先は見えていたであろうあの男性が、出来れば自分の家で死にたいと願うのは自然な感情だ。家は売らんぞと言いはって、どんな好条件にも耳を貸さない……その彼が先々月になって大往生を遂げたので、さっそく家を取り壊し、マンションを建て始めたというわけです。計画は彼が生きているあいだから進んでいたはずです。でなかったら、早すぎますから。

ネックになる人間がいなくなったことでプロジェクトが進み出すのは、日常茶飯事です。お年寄りが「わしの目の黒いうちは」と言い出すのはふつうですし、息子の受験が終わるまではとか、娘が嫁に行くまではとか、人にはそれぞれいろんな事情があるものです。そうした事情を出来るだけ汲んで、しかし時にはそこをなんとかと説き伏せる、そのあたりが出来る営業の秘訣というやつです。


家が取り壊されてから三、四日後、残業で帰りが遅くなった日がありました。

かろうじて終電に乗り込んで、駅に着いたのは午前零時半過ぎ、もうくたくたで、帰ったら寝ることしか考えられませんでした。体が重くて、足を引きずるように坂道をゆっくり登っていたら、金属的な音が聞こえてきたんです。がちゃん、というような感じで、なにか金属製のものを置いたときの音に聞こえました。

あのあたりは交通量も多くありませんし、住宅街ですから夜は本当に静かです。それだけにぎょっとしまして、これはもしや泥棒かと思い、道の先に目を凝らしました。

街灯の少ない場所ですが、目が夜に慣れていたのでしっかり見えました。崖下のごみ集積所に脚立が置いてあり、女の人がそこに登って、手を上げていました。この八年、ずっと気にしていたのだから、すぐにわかりましたよ。その人は、崖上の消火器を下ろそうとしていたんです。

私が彼女に気づいたように、彼女も私に気づいたようで、その首が不意にぐるりとまわって、こちらを向きました。いや、恐ろしかった。夜中に人に遭うのがあれほど恐ろしいとは思いもしませんでした。

女の人はゆっくり脚立を下りると、それを畳んで両手で持ち、何事もなかったように坂道を下りてきます。私はただ、目を合わせないようにどこかあらぬ方を見ながら、やり過ごそうとするだけで精一杯でした。

やがて脚立が揺れる金属音が遠ざかって、やっとのことで顔を上げることが出来た私は、崖の上にまだ残されたままの消火器を見てようやく、ああ、そういうことだったのかと気がついたのです。

あの女性は、明らかに崖の上の消火器を下ろそうとしていました。午前一時近くに、です。しかも、私に見られたと知るや、彼女はなにもせずに立ち去った。なぜでしょうか。

このあたりは次々に新しいマンションが建っていますから、あの家にも早くから開発会社が接触していたはずです。ところが地権者であるご老人は、この家で死にたいと言って首を縦に振らない。本人はそれでもいいでしょうが、気を揉むのはまわりです。売り時を逃がしたら……話が流れてしまったら……なにしろあれだけの土地ですから、首尾よく売れれば、売値は何億という額になるでしょう。家族の誰か、ひょっとしたらご老人以外の全員が、その金がほしいと思ったとしても責められることではありません。

おじいちゃん、死んで。一日も早く死んで……。家族がそう願っても老人は健康で、いくつまで生きるかわからない。とはいえ、じゃあひと思いにばっさりと、というわけにも、なかなかいかない。殺人は恐ろしく、罪深く、リスクが大きいことですから。

そこで、消火器だったのです。

あの消火器を崖の上に置いたのは誰なのか、私はこの八年間、ずっと不思議でした。いや、もしかしたら、それを置いたのはちょっとしたいたずら者で、他意はなかったのかもしれない。けれどあの古い家の住人達は、その不安定な消火器に希望を託していたのではないでしょうか。

崖の上からはみ出した消火器は、いずれ落ちる。あの老人は、ごみ集積所の掃除を自らに課している。そして消火器は、ごみ集積所の真上にあったのです。

子供の頃、お袋はよく、「待ちぼうけ」を歌っていましたよ。親父は田舎親父なりに教養のある人で、あの歌は故事に由来すると教えてくれました。むかし、農夫が畑仕事をしている最中、兎が飛び出してきて切り株に頭を打って死んだ。それ以降、農夫は仕事もせず、もう一度兎が切り株に当たるのを待ち続けた。そういう話があるんだそうです。

古い家の人々は、偶然落下した消火器が偶然老人にあたり、偶然彼が死んでしまうことを期待して、消火器を見守っていた。だから、あの女性は、かつて私が消火器を片づけようとしたとき、声を掛けて止めたのです。そして、老人が亡くなり、結局は役に立たなかった消火器をこっそり片づけようとしたところで、これも間が悪く、私に見られてしまった……。

消火器はただの消火器なのに、それに死への願いを込めていたからこそ、女性は私に気づくとすぐに立ち去ったのでしょう。

　あの老人が寿命を迎えて亡くなったのか、それとも消火器という名の切り株を守り続けることに飽きた誰かがとうとう手を下したのか。それは私にはわかりません。警察の方々がお調べになる甲斐があるようにも思いますが、実際のところ、老人はただの自然死だったのかもしれません。もしそうだとしたら、運命とはまったく皮肉なものです。

　いや、すみません。また話が脱線してしまった。古い家のことなど、別にお話しするつもりはなかったのに。まったく妻の言う通り、これは私の悪癖です。


　私が通りがかったため、消火器は崖の上に残されることになりました。

　昨日、仕事中に妻から電話がかかってきました。大事な取引先との打ち合わせ中でしたから、正直なところ迷惑だったのですが、妻が仕事中に電話をかけてきたことはこれまでありませんでしたから、嫌な予感がして電話に出たんです。そうしたら、下の子が大怪我を負って病院に運ばれたというじゃありませんか。

　私は面食らって、すぐに取引先に打ち合わせのやり直しをお願いしました。スケジュールを突き合わせて次の打ち合わせ日を決めてから、取る物も取りあえず病院に駆けつけたのですが間に合いませんで、下の子はもう、息を引き取っていました。頭が割れて、頭蓋骨は素人目にもわかるほど歪んでいましたよ。

　何が起きたのかと妻に訊いたのですが、泣きじゃくるばかりで要領を得ない。ですが上の子はしっかりしたもので、私にこう教えてくれたんです。

「俺、こいつの友達から聞いたよ。あの崖を登って遊んでいたんだ。もうちょっとで登り切れるって時に手を伸ばして、摑んだのが」

　おわかりでしょう。

　下の子は、消火器を摑んだのです。

　消火器がいくら重いとはいっても、固定されているものではありません。摑んで引っぱられれば、当然、落ちる。下の子は二メートル半落下してアスファルトに叩きつけられ、そしてその頭に、消火器が落ちた。

　下の子の無惨な亡骸をじっと見つめ、そして私は、不意に頰が緩むのを感じました。

　それで、気づいたのです。

私は、決してあの崖では遊ぶなと子供に言い聞かせてきた。何度も何度も、口を酸っぱくしてね。

しかし、それは上の子に対してだけです。

下の子は腕白で、いかにもあの崖に挑戦しそうなのに、あそこは危ないと言った憶えがないのです。ええ、一度も言っていないはずだ。

そこで、ぜひとも聞いて頂きたいのですが、私もまた、切り株を守っていたのではないでしょうか。いつか、妻がほかの男とのあいだにつくった子、育つにつれて私には全く似ていないことがどんどんはっきりしてきたあの子が崖で遊び、消火器がその頭上に落ちてくることを待っていたのでは？

そうしていま、兎はとうとう切り株に当たったのでは？

落ち着けとおっしゃいますか。私は落ち着いていますよ。たしかに少しは混乱しているようですが、自分が何をしているのかわからないほどではないはずです。

つまりそういうわけですから、どうぞ私を捕まえてください。ええ、私が、あの子を殺しました。

初出一覧

手から手へ、今	赤川次郎	「オール讀物」二〇一八年五月号／『幽霊解放区』所収
春の作り方	芦沢　央	「小説ＢＯＣ」二〇一七年四号／『猫ミス！』所収
居場所	天祢　涼	「小説推理」二〇一七年五月号／『新鮮　ＴＨＥ　どんでん返し』所収
川の様子を見に行く	太田忠司	「ミステリーズ！」二〇一八年九十二号
降っても晴れても	恩田　陸	『奇想天外　21世紀版　アンソロジー』所収
論リー・チャップリン	呉　勝浩	「小説すばる」二〇一八年九月号
シャルロットと猛犬	近藤史恵	「ジャーロ」二〇一六年五十七号／『シャルロットの憂鬱』所収
永遠《とわ》に美しく	知念実希人	「小説新潮」二〇一六年六月号／『天久鷹央の推理カルテＶ：神秘のセラピスト』所収
巨鳥《きょちょう》の声	長岡弘樹	「読楽」二〇一八年七月号
兄がストーカーになるまで	新津きよみ	『二年半待て』所収
陽奇館（仮）の密室	東川篤哉	『謎の館へようこそ　白　新本格30周年記念アンソロジー』所収
追われる男	東山彰良	「小説新潮」二〇一八年八月号
見張り塔	深緑野分	「小説すばる」二〇一八年五月号
動機なし	前川　裕	「ジャーロ」二〇一八年六十六号
守株	米澤穂信	「小説新潮」二〇一八年七月号

（原則として二〇一六年一月号から二〇一八年十二月号までの各誌に掲載された作品より収録しました）

最新ベスト・ミステリー
喧騒《けんそう》の夜想曲《ノクターン》

2019年12月30日　初版1刷発行

編　者　日本推理作家協会《にほんすいりさっかきょうかい》
発行者　鈴木広和
発行所　株式会社 光文社
〒112-8011　東京都文京区音羽1-16-6
電話　編　集　部　03-5395-8254
　　　書籍販売部　03-5395-8116
　　　業　務　部　03-5395-8125
URL　光　文　社　https://www.kobunsha.com/

組　版　萩原印刷
印刷所　堀内印刷
製本所　ナショナル製本

落丁・乱丁本は業務部へご連絡くだされば、お取り替えいたします。

ISBN978-4-334-91327-4